中公文庫

# ホワイト・ティース（下）

ゼイディー・スミス
小竹由美子 訳

JN030057

中央公論新社

目　次

## アイリー　1990, 1907



## マジド、ミラト、マーカス　1992, 1999

上巻　目次

## アーチー　1974, 1945



## サマード　1984, 1857

# ホワイト・ティース　下

# アイリー

## 1990, 1907

原因と結果が交錯するこの錬鉄のような世界において、私が彼女たちから盗んだあの秘密のときめきが彼女たちの将来に影響を及ぼさないなどということが、あり得るだろうか？

——『ロリータ』ウラジミール・ナボコフ

# 11　アイリー・ジョーンズにおける教育の誤り

ジョーンズ家とグレナード・オーク総合中等学校のちょうど中間に街灯があるのだが、それがアイリーの夢のなかに現れはじめた。正確に言えば街灯ではなく、街灯の柱の、目の高さのところにぐるっとセロテープで貼り付けられた手作りの小さな広告である。

それにはこう書いてあった。

**体重を減らしてガッツリ稼ごう**
**081 555 6752**

さて、十五歳になるアイリー・ジョーンズは大柄だった。クララのヨーロッパ的プロポーションは一世代すっとんで、アイリーは代わりにホーテンスのどっしりしたジャマイカ風体格、パイナップルやマンゴーやグアヴァをどっさり詰めこんだ体になってしまったのだ。アイリーはずっしり重かった。大きなおっぱい、大きなお尻、大きな腰、大きな腿、大きな歯。体重は十三ストーン（約八十三キロ）で、貯金は十三ポンド。アイリーは自分がその広告の対象であるとわかっていた（広告対象があるとするならば）。充分によくわかっていた。口にドーナッツを頬張り、腰の回りには贅肉をぶら下げ、学校に向かってとぼとぼ歩きながら、その広告が自分に語りかけているのだと。自分に語りかけているのだ。体重を減らして（と言っている）ガッツリ稼ごう。あんた、あんた、あんただよ、ミス・ジョーンズ、カーディガンの両袖をじょうずに結わえつけてお尻を隠し（果てしない謎：どうすればこのふくれあがった巨大な塊を、ジャマイカの尻を縮小することができるだろうか）、ショーツで腹を締めつけ、ブラで胸を締めつけ、窮屈なライクラのコルセット――鯨骨にたいする、まことに称賛されるべき九〇年代の解答――を装着して、ウエストは伸縮素材。広告が自分に語りかけているとアイリーにはわかっていた。だが、それが何を言っているのかは、いまいちわからなかった。ここで言われているのはどういうことだろう？　スポンサーつきでスリムになれるということ？　やせた人はお金を稼げるってこと？　あるいはもっとなにかジェームズ一世時代風の、強欲なウィルズデンのシャイロックによるアイディアで、一ポンドの肉に対して一ポンドの黄金、肉と金を引き替えるってこと？

急速。眼球。運動。（レム睡眠中の眼球運動で、夢と関連があると言われている）ときには、ビキニ姿で学校を歩いていることもあった。あの街灯の謎の宣伝文句を、茶色い体に、変化に富む隆起（本やお茶のカップやバスケットを置く棚がわり、子供や果物の袋、水の入ったバケツなどを置くならもっとぴったり）、遺伝子的にはべつの国を、べつの気候を念頭に置いてデザインされた隆起の上に、チョークで書きこんで。スポンサーつきでスリムになる夢のこともある。ドアからドアへと叩いて回る。素っ裸でクリップボードを持ち、陽の光を浴びながら、一インチむしり取って一ポンドくれないかとオジサン連にすすめるのだ。いちばんひどい夢？　白い斑点のとんだだぶだぶの贅肉をむしり取り、あの昔ながらの曲線美のコークの瓶に詰める。それを店に持っていき、カウンターに差し出す。ビンディーをつけてVネックを着たミラトが店員で、瓶を数え、血のシミのついた手でさも惜しそうにレジを開けて、金を寄越す。カリブ人の肉ちょっとに対してイギリスの小銭がちょっと。

アイリー・ジョーンズは強迫観念にかられていた。心配した母親は、時折、さっと出ていきそうになる娘を玄関でつかまえては、精巧にできたコルセットに文句をつけた。「あんた、どうかしちゃったの？　いったいなにを着こんでるの？　これでどうやって息ができるのよ？　アイリー、あんたはステキよ——正真正銘のボーデンだわ——自分がステキだってわからないの？」

だが、アイリーは自分がステキだとわからなかった。イギリスという国がある。巨大な鏡だ。そして、アイリーがいる。鏡には映らない。不思議の国の異邦人だ。

悪夢と白昼夢。バスのなかでも、風呂のなかでも、教室でも。使用前。使用後。使用前。使用後。使用前。使用後。体型を変えることにとりつかれた者の呪文だ。へこましては、ゆるめる。遺伝子の運命に甘んじたくはない。かわりに、ダンズ・リヴァー・フォールズの砂でずっしり重いジャマイカの砂時計から、イギリスのバラへと変身するのを待ち望むのだ——ああ、彼女を知っているだろう——ほっそりと華奢(きゃしゃ)で、燃える太陽は似合わない。波に洗われるサーフボードも。

使用前

使用後

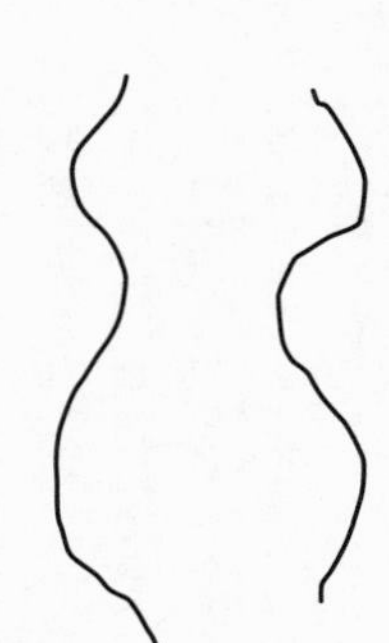

英語の教師で、二十ヤードまでの距離ならいたずら書きを目ざとく見つけてしまうミセス・オリーヴ・ルーディーは、教卓ごしにアイリーの練習帳に手をのばし、問題の一ペー

ジを破り取った。胡散臭(うさんくさ)そうに眺める。それから、抑揚の美しいスコットランド訛(なまり)でたずねた。「使用前、使用後って、なんの？」

「あの……なにがですか？」

「なんの使用前、使用後なの？」

「べつになんでもありません、先生」

「なんでもない？　あらいやだ、ミズ・ジョーンズ。遠慮する必要はないわ。ソネット百二十七より面白いのは確かなんでしょうから」

「なんでもないんです。なんでもありません」

「本当ですか？　じゃあ、これ以上授業の進行を遅らせたいと思ってはいないのね？　あのね……なかには授業を聞かなくちゃと思ってる人もいるの――いや、多少興味を持っている人さえいるわ――言っておきますけど。だからね、あなたがそのイ・タ・ズ・ラ・ガ・キ(ドゥウウウウウドゥリング)のお時間をちょっと割いて――」

何人たりともオリヴァー・ルーディーのようにイ・タ・ズ・ラ・ガ・キ(ドゥウウウウウウドゥリング)と言える者はいなかった。

「――いっしょに参加していただけるなら、授業をつづけられるわ。いいですか？」

「いいですかって、なにがです？」

「できますか？　時間を割ける？」

「はい、ミセス・ルーディー」

「あら、よかった。それは嬉しいわ。ソネット百二十七です、どうぞ」

「かつて、黒は美しいとは思われず」学生がエリザベス朝の詩を読むときのたどたどしい口調でフランシス・ストーンがつづける。「たとえ美しくとも、美と称せられることはなかった」


　アイリーは右手をお腹にあてて引っこめ、ミラトの視線を捕らえようとした。だが、ミラトは、かわいいニキ・タイラーに向かって、舌を縦に細く丸めてフルートみたいにして見せるのに一生懸命だ。ニキ・タイラーのほうはミラトに、自分の耳たぶが垂れずに頭の横に張り付いているのを見せつけている。今朝の理科の授業を軽薄になぞっているのだ。遺伝的特徴。その1（a）垂れている。はりついている。起伏がある。起伏がない。青い目。茶色い目。使用前。使用後。

「それゆえに、わが愛しき人の目は鴉（からす）のごとく黒く、眉もまた同じ、その喪の装いの両の瞳は……わが愛しき人の目は太陽に遥か及ばず、その唇の赤さより珊瑚（さんご）のほうが遥かに赤い。雪が白ならば、彼女の胸はさしずめ……」


　思春期、まさにたけなわの思春期（胸がかすかに膨らむとか、ぼわぼわした毛がうっすら現れるといった程度でなく）が、この幼なじみの二人、アイリー・ジョーンズとミラト・イクバルを隔ててしまった。学校のフェンスの別々の側に。アイリーは自分が困った札を配られたと思っていた。小山のような体曲線、出っ歯に分厚い金属の固定装置、手のつけようのないアフロヘアー、そして仕上げにモグラ並の視力、おかげで少しピンクがかった分厚いレンズの眼鏡をかけなければならない（あの青い目――アーチーがあんなに大喜びした――でさえ、二週間しかもたなかった。生まれたときは青い目だった、確かに。だがある日クララが見ると、茶色の目が見つめ返していたのだ。閉じたつぼみが変化して花開く場合と同じく、その正確な瞬間は、見ようと思っても肉眼では見極めることはできない）。そしてこの、自分は醜い、へんだ、という思いこみは、アイリーを押さえつけていた。最近は小生意気な言動も控え、いつも右手を腹にあてている。自分はどこもかしこもへんなのだ。

一方ミラトは、片眼鏡の年寄りがノスタルジックに思い浮かべるような若者だった。絵に描いたような美しさだ。つぶれたローマ鼻、背が高く、スリム。薄く静脈が浮き出して、滑らかに筋肉がついている。暗い海にきらめく月光のように緑の輝きを帯びた茶色の目、人を惹きつけずにおかない笑顔、大きな白い歯。グレナード・オーク総合中等学校には、黒人、パキスタン人、ギリシャ人、アイルランド人――こういった人種がいた。だが、セックスアピールがある者は、ほかのランナーたちをぶっちぎりで抜いてしまう。彼らは彼ら自身で一つの種なのであった。

「髪が針金だとしたら、彼女の頭には黒い針金がはえている……」

アイリーはミラトを愛していた、もちろん。だが、彼は彼女にこう言うのだ。「だってさ、みんなおれを頼りにしてるんだ。おれにミラトでいてほしいんだよ。いつものミラトでね。サイコーのミラト。信頼できるキュートなミラト。みんなおれにクールでいてほしいんだ。事実、義務みたいなもんさ」

そして、それは事実だった。リンゴ・スターがかつてビートルズについて、一九六二年後半、リヴァプールにいたときがいちばんビッグだったと言ったことがある。あとは単により多くの国で人気を得たに過ぎないと。そして、ミラトもまた同じ状況だった。一九九〇年の夏、クリックルウッドで、ウィルズデンで、ウェスト・ハムステッドで、ミラトはあまりにもビッグであり、のちの人生で彼が何をしようとこれを越えることはできないほどだった。最初のラガスタニから、ミラトは仲間を広げ、発展させていった。学校じゅうに、ノース・ロンドンじゅうに。ミラトはアイリーの愛情の対象だけにおさまっているには、あまりにビッグすぎた。ラガスタニのリーダーに、サマードとアルサナ・イクバルの息子におさまっているには。彼はつねにみんなを喜ばせなければならなかった。ホワイトジーンズとカラーシャツを着たコックニーの不良どもにとってはミラトはおどけ者であり、危ないことをやってのけるヤツであり、一目置かれる女ったらしだった。黒人の少年たちにとってはミラトはマリファナの常用者仲間であり、大切な顧客だった。アジア系にとってはヒーローであり、スポークスマンであった。社会的なカメレオンだったのだ。そして、そういういろいろな顔の下には、つねに怒りと痛みがあった。すべての場所に属している人間が感じる、どこにも属していないという思いが。この無防備な弱い部分こそが、ミラトを、アイリーやオーボエを吹く長いスカートをはいた中流階級の女の子たちにもっとも愛され、もっとも慕われる存在に、フーガを歌う軽やかな髪の女性たちに熱愛される存在にしていたのだ。ミラトは彼女らの浅黒い王子であり、たまさかの恋人、手に入れがたい憧れの的であり、熱い幻想や燃えるような夢の対象だった……。

そしてミラトは彼女らの研究課題でもあった。ミラトについてなにをなすべきか？　ぜったいに彼のマリファナを止めさせなければならない。わたしたちで教室から出ていくのを止めなければならない。彼女らはお泊まり会でミラトの「態度」を心配し、ミラトの教育について両親と仮定法で話しあい（たとえばね、インド人の少年がいるとするでしょ、それでね、その子がいつも……）、ミラトを主題に詩まで書いた。女の子たちはミラトを求めるか、あるいは向上させようとするのだが、たいていはこの二つがあわさっていることが多かった。彼らはミラトを、自分たちが寄せる思いに適う（かな）ところまで引き上げたかったのである。みんなに磨き上げられる素材だった、ミラト・イクバルは。

「だけど、おまえはべつだぞ」ミラト・イクバルは苦しむアイリー・ジョーンズに言う。「おまえはべつだ。古いつきあいだもんな。過去を共有してる。おまえは本当の友達だよ。あいつらはおれにとって、なんの意味もないんだ」

アイリーはこの言葉を信じたかった。二人は過去を共有していて、自分はいい意味でほかの子たちとはべつなんだと。

「わが黒き人は、わたしにとってはもっとも美しい……」

ミセス・ルーディーは指をあげてフランシスに朗読を止めさせる。「さて、ここではどういうことを言ってるんでしょう？　アナリーズはどう？」

赤と黄色の糸をせっせと髪に編みこんでいたアナリーズ・ハーシュは、きょとんとして顔を上げる。

「さあ、なんでもいいですよ、アナリーズ。なにかちょっとしたことでもないかしら。どんなちいさなことでもいいのよ。どんなつまらないことでも」

アナリーズは唇を噛む。本を見る。そしてミセス・ルーディーを見る。また本を見る。

「黒いってこと？……は？……いいこと？」

「ええ……そうね、先週の発言にそれを付け加えたらいいんじゃないかしら。『ハムレット？……は？……気が狂ってる？』っていうのに。誰かほかに？　これはどう？　『なぜなら、誰もが自然の力をかすめとり、技巧による偽りの顔で汚いものを美しくしているのだから』これはどんな意味なのかしら？」

クラスでただ一人、進んで意見を発表するジョシュア・チャルフェンが、手を挙げた。

「はい、ジョシュア？」

「メイキャップです」

「そのとおり」ミセス・ルーディーはオーガズムに近い表情になった。「そうです、ジョシュア、そのとおり。で、それがどうしたっていうのかしら？」

「彼女は浅黒い顔をしていて、それをメイキャップで、技巧を用いて白くしようとしてるんです。エリザベス朝の人々は白い肌を非常に好みましたから」

「じゃあ、やつらはきっとおまえを大好きになっただろうなあ」ミラトが皮肉る。ジョシュアは青白くてぜんぜん生気がなく、巻き毛で太っているのだ。「エリザベス朝のトム・クルーズになれたかも」

　笑い。おかしいからではなく、いけ好かない優等生をふさわしい場所に据えたのがミラトだからだ。ぴったりの場所に。

「あと一言でも余計なことを言ったら、ミスター・イックボール、出ていってもらいますよ！」

「シェークスピアなんて。くだらない。たわごとだ。これで三語だ。おかまいなく、自分で出ていきますから」

　こういったことをやらせると、ミラトはひどく手際がいい。ドアがバタンと閉まる。お利口さんの女の子たちは例の表情で顔を見合わす（彼って、ほんとにめちゃくちゃでクレージー……やっぱり手助けが必要だわ、いい友達が一対一で親密に個人的な手助けをしてあげなくちゃ……)。男の子たちは腹を抱えて大笑い。先生は、これは反乱のはじまりなのだろうかと心配になる。アイリーは右手で腹を覆う。

「すばらしいこと。実に大人っぽいわ。ミラト・イクバルは一種の英雄ってわけね」ミセス・ルーディーは5Fの生徒たちの愚かしい顔を見回して、はじめて、情けないほどありありと、ミラトがまさに英雄であることを悟った。

「誰かほかに、いままでのソネットについてなにか意見はありませんか?　ミズ・ジョーンズ!　未練がましくドアを眺めるのはもうよしなさい!　彼は出ていっちゃったの、わかった?　それとも、あなたも出ていきたいの?」

「そんなことありません、ミセス・ルーディー」

「じゃあ、けっこう。あなた、ソネットについてなにか意見はある?」

「はい」

「どんなこと?」

「彼女は黒人ですか?」

「誰が黒人ですって?」

「あのダーク・レディーです」

「いいえ、彼女は浅黒いの。現在で言う黒じゃないわ。当時はぜんぜんそのう……アフリカ・カリブ系の人はイングランドにはいなかったのよ。そういうのはもっと近世の現象なの、あなたも知ってると思いますけどね。でも、これは一六〇〇年代よ。断言はできませんけど、可能性はきわめて低いんじゃないかしら、彼女が奴隷かなにかだとでもいうのでないかぎり。でも、シェークスピアが君主に一連のソネットを捧げると同時に奴隷にも捧げるというのは、まずあり得ないんじゃないかしらね？」

アイリーは赤くなった。さっきはちょっと、自分の姿が投影されたものを見たような気がしたのだ。だがそれは遠のいていった。アイリーは答えた。「わかりません、先生」

「それに、シェークスピアははっきりこう言ってるわ、『汝が黒いのは、その行いだけ』。いいえ、彼女はただ浅黒かっただけだわ、わたしみたいにね、たぶん」

アイリーはミセス・ルーディーを見つめた。先生の顔はストロベリー・ムースの色だった。

「つまりね、ジョシュアの言ったことはまったく正しいの。当時、女性の顔は過度に白いのが好まれたんです。このソネットは、彼女の自然の顔色と当時の流行だったメイキャップとを比べているのよ」

「あたしはただ……ほら、ここに書いてありますよね、『そしてわたしは断言しよう、美の女神自身が黒いのだと……』それから、あのカーリーヘアーのところも、黒い針金だって――」

アイリーはくすくす笑いに圧倒されて言葉を中断し、肩をすくめた。

「いいえ、あなたは現代人の耳で聞いてるんですよ。昔のものを現代人の耳で聞いてはいけません。そうね、これは本日の原則に使えるわね――みなさん、この言葉を書き留めておいてください」

５Ｆの生徒たちは書き留めた。アイリーが垣間見た映像は、いつもの闇へとこっそり消えた。教室から出ようとすると、アナリーズ・ハーシュからメモを手渡されたが、彼女は肩をすくめて、自分がそれを書いたわけではなく、手渡しを中継した一人に過ぎないことを示した。メモにはこう書いてあった。「ウィリアム・シェークスピア作：レティーシアならびにわが縮れっ毛のデカ尻女どもに捧げる頌歌」

＊

「ＰＫのアフロヘアー：デザインとマネージメント」という謎めいた名称の店がフェアウェザー葬儀会館とラークシャン歯科医院のあいだにある。これらが都合よく近接しているということは、アフリカ系の死体が開いた棺へと最後の旅をする際に、これら三つの施設すべてを通過するのも決して珍しくはないということを意味する。だから、髪の予約の電話を入れた際に、アンドレアかデニーズかジャッキーが、ジャマイカ時間で三時半と言ったとしたら、当然それは遅めに来てくれということなのだが、しかしまたひょっとしたら、かちかちに冷たくなった敬虔なご婦人が、長いつけ爪とヘアーピースをつけて墓へ入ろうと心を決めていたということなのかもしれないのである。奇妙に聞こえるだろうが、アフロヘアーで主と会うのを拒む人はたくさんいるのだ。

こんなことはぜんぜん知らないアイリーは、予約した三時半きっかりに現れた。変身しよう、自分の遺伝子と戦おうと心を決め、鳥の巣のような髪をスカーフで隠し、右手を注意深く腹に置いて。

「なんか用なの？」

ストレートヘアー。ストレートなストレートな、長い、黒い、つややかな、軽くはねる、さらっと宙に舞う、揺れる、手にやさしい、指が通る、風になびく髪。切り下げた前髪。

「三時半に」アイリーが言えたのはこれだけだった。「アンドレア」

「アンドレアは隣だよ」女は答え、ガムを引っ張って伸ばし、フェアウェザーの店のほうに顎をしゃくる。「死人と楽しくやってるよ。すわって待っといで、おとなしくね。いつまでかかるかわかんないから」

アイリーは途方に暮れた顔で店のまんなかに突っ立った。自分の贅肉をつかんで。女はかわいそうに思ったらしく、ガムをのみこみ、アイリーを上から下へと眺め回した。アイリーのココア色の顔と明るい色の目を見て、女はさらに思いやり深い表情になった。

「ジャッキーだよ」

「アイリーです」

「白いんだねえ！　雀斑(そばかす)とかがさあ。あんた、メキシコ人？」

「いいえ」

「アラブ？」

「半分ジャマイカ。半分イギリス」

「混血児(ハーフカースト)っていうんだよ」ジャッキーはわざわざ教えてやる。「あんたのお母さんが白人？」

「お父さん」

ジャッキーは鼻に皺(しわ)を寄せる。「普通は逆なんだけどね。どのくらいチリチリなのさ？その下を見せてみな――」彼女はアイリーのスカーフをつかもうとした。アイリーは人がいっぱいいるところでむき出しにされるのを恐れて、先に手をやり、固く押さえつけた。ジャッキーは口をきゅっとすぼめた。「見せもしないで、どうしろっていうのさ？」アイリーは肩をすくめる。ジャッキーは頭を振る、面白がっているようだ。

「前に来たことないよね？」

「一回もありません」

「どんなふうにしたいわけ？」

「ストレート」ニキ・タイラーを思い浮かべながら、アイリーはきっぱりと答える。「ストレートのダークレッド」

「なるほどね！　最近、髪、洗った？」

「きのう洗いました」アイリーはむっとして答える。ジャッキーはアイリーの頭の上の方をパンとはたいた。

「洗っちゃだめだよ！　ストレートにしたいなら、洗っちゃだめ！　頭にアンモニア塗ったことないの？　悪魔が地肌の上でパーティーやってるみたいになるんだよ。あんた、バカじゃないの？　二週間洗わずにおいて、それから出なおして来な」

だが、アイリーは二週間も待てなかった。すっかり計画をたてていたのだ。今晩、新しい髪をアップにしてミラトのところへ行く。そして、眼鏡を外し、髪を揺すっておろす。すると彼が言う。「ねえミス・ジョーンズ、思いもよらなかったよ……ねえミス・ジョーンズ、君って——」

「今日じゃなきゃ困るんです。姉が結婚するもんで」

「でも、アンドレアがもどってきたら、あんたの髪をすっかり焼いちまうよ。ここからハゲ頭で出て行かなくてすんだら運がいいってことになる。ま、だけど、それはあんたの問題だからね。ほら」彼女はアイリーの手に雑誌を何冊も押しつけた。「あそこ」彼女は椅子を指さした。

ＰＫの店は、男性と女性、二つに分かれている。男性セクションでは、古ぼけたステレオから音量の一定しないラガ（レゲエに似たダンスホールミュージック）がガンガン流れるなか、電気バリカンを見事に操るやや年長の男の子たちの手で、若い男の子たちが後頭部にロゴを剃りこんでもらっている。ADIDAS. BADMUTHA. MARTIN. 男性セクションは笑い声や話し声や冗談でいっぱいだ。男性のヘアカットは六ポンド以上の値段になることはなく、掛かる時間も十五分以下なので、雰囲気が気楽なのだ。ただの単純なやりとりで、そこには喜びがある。耳のそばで刃が回転しながら唸り、温かい手でざっと毛を払い落としてもらい、前後を鏡で見て変身を喜ぶ。うっとうしい、不揃いでぼさぼさの頭を野球帽で隠してやってきて、あっという間に新しい人間になり、ココナツオイルの甘い匂いを漂わせ、誓いの言葉みたいにシャープでクリーンなカットで帰っていく。

これと比べて、PKの店の女性セクションは、死のような暗い雰囲気だった。ここでは、ストレートの、そして「揺れる」髪になりたいというかなわぬ欲求が、湾曲したアフリカ人の毛包の頑固な決意と日々戦っている。ここでは、アンモニアやホットコームやクリップやピンや簡易ヒーターがすべて戦にかり出され、カーリーヘアーを一本一本服従させようと精一杯の努力が繰り広げられている。

「ねえ、ストレートになってる?」タオルが取り除かれ、じんじん痛む頭がドライヤーから出てくるときに発せられるのは、この質問だけだ。「ストレートになってる、デニーズ? ストレートになってるか言って、ジャッキー?」

この質問に、白人の美容師のような義務は持ちあわせない、お茶を出したりへいこらしたり、お世辞を言ったり話をあわせたりする必要のないジャッキーとデニーズは（なにしろ、彼女らが扱っているのは客ではなく、必死になっている哀れな患者なのだから）、さあどうだかと鼻を鳴らし、いやな緑色のガウンをさっとはずす。「完全にストレートだよ！」

いま、四人の女がアイリーの前にすわっている。唇を嚙み、一心に長細い汚い鏡を見つめて、いままでよりストレートな髪になった自分が現れるのを待っている。アイリーが不安な気持ちでアメリカの黒人向けヘアースタイル雑誌をめくっているあいだ、四人の女は痛みに顔をしかめていた。ときどき誰かが誰かに話しかける。「何分やってるの？」誇らしげな答えが返ってくる。「十五分。あんたは？」「二十二分。このいまいましいヤツを二十二分も頭に塗ってるんだ。ストレートになってもらわなくちゃね」

これは苦しみの競争なのである。金持ちの女がおしゃれなレストランでなるべく小さなサラダを注文するような。

ついに、叫び声が響きわたる。「もうだめ！　くそっ、もうがまんできない！」そして、問題の頭はシンクにつっこまれるのだが、いくら手早くしてもおっつかない（アンモニアを洗い流すには、どれほど手早くしても足りない）、涙がにじんでくる。恨み心が生じるのはこのときだ。普通よりひどい「縮れっ毛」の人がいる。なかなか負けていないアフロヘアーがあるのだ、薬に耐える髪が。そして恨みは相客から美容師へと広がる、この苦痛るんじゃないかと疑いたくなるからだ。例のやつを洗い落とすその指はあまりにゆっくりしているし、水はほとばしらず、ちょろちょろしか出ないように思え、しかもその間じゅう、悪魔が大はしゃぎで生え際をちりちり燃やしている。

「ストレートになってる？　ねえジャッキー、ストレートなの？」

男の子たちは仕切りの壁のほうに顔を向け、アイリーは雑誌から目を上げる。ほとんど言うことはない。みんなストレートか、充分ストレートになっている。しかしまた同時に、死んでいる。乾いているのだ。割れている。かたい。しなやかさがまったく失せている。しっとりした感じがなくなって、死体の髪のようだ。

ジャッキーとデニーズは、湾曲したアフリカ人の毛包が結局は遺伝子の指示に従うことになると充分承知していて、悪い知らせを達観した口調で告げる。「完全にストレートだよ。運が良ければ三週間はもつね」

望んだとおりにならなかったことは明らかなのに、順番待ちの女たちはみな、自分のときはちがうだろうと思う、頭のおおいが外されたら、本当にストレートでさらさら、風になびく頭髪が自分のものになっているだろうと。アイリーもまた、ほかの女たちと同じくそう信じ切って、ふたたび雑誌に目を落とした。

大ヒットのドラマ、「マリカの生活」の輝く若きスターであるマリカは、どうやってあのさらさらと流れるような髪に仕上げているのか、話してくれた。「毎晩、熱いタオルで巻くの、毛先には軽く『アフリカン・クィーン・アフロ・シーン』ワックスをつけてね。そして朝は、櫛をレンジで温めて――」

アンドレアがもどった。アイリーの手から雑誌が取り上げられ、スカーフが出し抜けに、止める間もなく外される。そして、五本の長い器用な指先がアイリーの頭に分け入る。

「わあ」アンドレアが呟く。

めったに聞かれないほめたたえる響きに、ほかの美容師たちも見てみようと仕切り壁の回りに寄ってきた。

「わああ」デニーズもアンドレアといっしょに指を差し入れて叫ぶ。「すっごく柔らかい」

ドライヤーの下で苦痛に身を強張らせていた年輩の女が、称賛するようにうなずく。

「柔らかいカールだねえ」ジャッキーも湯ですすいでいる最中の自分の患者をほったらかして、アイリーの髪に手をのばし、嬉しそうに言う。

「これは混血児の髪だね。あたしの髪もこんなだったらなあ。これならきれいに癖毛がのびるよ」

アイリーは顔をしかめた。「あたし、こんな髪嫌い」

「この子、嫌いだってさ！」デニーズが店のみんなに言う。「この髪、ところどころライトブラウンじゃない！」

「午前中ずっと死体を扱ってたんだ。こんな柔らかいものをさわると、手が気持ちいいね」アンドレアは仕事を思い出したようだ。「癖毛を伸ばすんだね？」

「はい。ストレートに。ストレートの赤毛に」

アンドレアは緑色のガウンをアイリーの首に巻きつけ、回転椅子を低くした。「赤毛はちょっとねえ。染めるのと癖毛伸ばしをおなじ日にはできない。髪をダメにしちゃうんだよ。だけど、癖毛伸ばしはだいじょうぶ。きれいに仕上がるよ、きっと」

ＰＫの店では、美容師間の業務連絡はちゃんとなされておらず、アイリーがきのう髪を洗ったことを、誰もアンドレアに教えなかった。白いアンモニアが頭にこてこて伸ばされて二分たつと、アイリーは最初のひんやりした感覚がすさまじい炎に変わるのを感じた。地肌を守るべき汚れがなかったのだ。アイリーはわめきはじめた。

「いま塗ったばかりだよ！　あんた、ストレートになりたいんだろ？　ぎゃあぎゃあ言うのはやめな！」

「でも、痛いんだもん！」

「人生は痛みだよ」アンドレアは冷笑する。「美しくなるのは痛いんだ」

アイリーはもう三十秒耐えたが、右の耳の上に血管が浮いてきた。そして、哀れな少女は失神した。

気がつくと、アイリーの頭はシンクに突きだされ、ごっそり束になって抜けた髪が排水口で揺れていた。

「言わなきゃダメじゃない」アンドレアが文句を言う。「髪を洗ったたって言ってくれなきゃ。まず汚れをつけとかなきゃいけないのに。ほら、見てごらんよ」

ほら、見てごらん。背骨の中程まで垂れていたアイリーの髪は、たった数インチになっていた。

「自分のやったことをみてごらん」わあわあ泣くアイリーに、アンドレアはつづけた。「ミスター・ポール・キングがなんて言うかな。電話して、無料でこの始末をしてあげていいか聞いてみるよ」

ミスター・ポール・キングは「ＰＫ」当人で、この店のオーナーだった。大柄な白人で、五十代半ば。ビルの売買をやっていたが、ブラック・ウェンズデーの株価暴落と妻のクレジットカード濫用で、家屋以外すべてを失った。新手の商売を探していたとき、朝刊の家庭欄で、黒人女性は美容関連商品に白人女性の五倍、髪には九倍の金をかけるという記事を読んだ。妻のシーラを典型的な白人女性として考えてみると、ポール・キングは涎(よだれ)が出てきた。近所の図書館でさらにちょっと調べてみると、数百万ポンドの産業の存在が明らかになった。そこで、ポール・キングはウィルズデン大通りの店じまいした肉屋を買いとり、ハールズデンの美容院からアンドレアを引き抜き、黒人向けの美容院を開業したのである。商売はたちまち成功した。低所得の女たちが、実際、月に何百ポンドもの金を髪にかけることを厭わず、爪やアクセサリーにはさらに使うと知って、ポール・キングは驚嘆した。最初にアンドレアから、肉体的な苦痛もプロセスの一環なのだと聞かされたときにも、なんとなく面白いと思った。しかも、なんといっても最高なのが、訴えられる恐れがないということだ——客は焼けるような痛みを覚悟しているのだから。申し分のない商売だ。

「いいとも、アンドレア。その子にただでやってやれ」ウェムブリーに開く新しい店の工事の騒音に負けまいと、ポール・キングは煉瓦のような形のケータイに向かって声を張り上げた。「だけど、こんなこと、しょっちゅうは困るぞ」

アンドレアはアイリーのところへいい知らせをもってもどってきた。「オッケーだよ。無料でしてあげる」

「だけど、どう——」アイリーは鏡に映るヒロシマみたいになった自分の顔を見つめた。「どんなふうに——」

「スカーフをかぶってね、ここを出て左へ曲がって大通りを行くと、『ロッシのヘアケア』って店があるから。このカードを持ってって、店の人にPKの店から来たって言うんだ。五番の赤みがかった黒髪を八束もらって、さっさとここへもどっといで」

「髪って？」鼻水と涙を流しながらアイリーは聞き返す。「作り物の髪？」

「バカな子だね。作り物じゃないよ。本物だよ。あんたの頭にのっかったら、本物のあんたの髪になるんだ。行きな！」

赤ん坊のようにおいおい泣きながら、アイリーはPKの店を飛び出し、大通りを歩いた、店の窓に映る自分の姿から目をそらしながら。ロッシの店に着くと、なんとかしゃんとしようと努めながら、右手を腹にあててドアを押して入った。

ロッシの店は暗く、PKの店と同じにおいが強く漂っていた。アンモニアとココナツオイル、喜びと混じりあった苦痛。ちかちかする裸電球のぼんやりした明かりに浮かびあがった店内には、棚と言えるようなものはなく、髪用の商品が床にじかに山のように積み上げてあった。付属品（櫛、バンド、マニキュア液）のほうは壁に留めてフェルトペンで値段が書いてある。目に入る唯一の展示品らしきものは、天井のすぐ下に部屋をぐるっと囲むようにして、戦勝記念の犠牲者の頭皮のように誇らしげに飾ってあるものだった。髪の毛だ。長い髪の房が数インチ間隔で留めてある。それぞれの下には大きな厚紙の札が貼ってあって、髪の血統が記されている。


二メーター。天然。タイ人。ストレート。栗色。

一メーター。天然。パキスタン人。ウェーブのかかったストレート。黒。

五メーター。天然。中国人。ストレート。黒。

三メーター。合成。縦ロール。ピンク。


アイリーはカウンターに近づいた。サリーを着た太った大柄な女がよたよたとレジに歩いていき、もどってくると、髪を地肌近くまで不揃いに刈りこんだインド人の少女に二十五ポンド手渡した。

「そんな顔してあたしを見ないでおくれ。二十五ポンドっていうのは、充分妥当な値段だよ。あんなに毛先が割れてるんだから、これ以上はあげられないね」

少女はよその国の言葉で抗議し、問題の髪の袋をカウンターから取り上げると、それを持って出ていきそうにしたが、年輩の女は袋をひったくった。

「さあ、もうこれ以上無理は言わないでおくれ。話は終わったんだから。あんたにあげられるのは二十五ポンドが精一杯のところなんだ。よそへ行ったって、これ以上はもらえないよ。さあ」女は少女の肩ごしにアイリーを見た。「ほかにもお客が来てるんだから」

アイリーは、自分と同じような熱い涙が少女の目にわきあがるのを見た。一瞬その場で体を固くし、怒りでわずかに体を震わせたあと、少女は手をカウンターにたたきつけるようにして二十五ポンドを取り上げ、ドアのほうへ向かった。

太った女は、出ていく少女の後ろ姿を見て、軽蔑するかのように顎を震わせた。「感謝の気持ちってものがないんだから」

そして、女は茶色の台紙からラベルを一枚はがすと、髪の袋にぺたんと貼り付けた。

「六メーター。インド人。ストレート。黒／赤」と書かれていた。

「さてと。どんなご用？」

アイリーはアンドレアの指示を繰り返し、カードを渡した。

「八束？　それじゃあ、だいたい六メーターだね？」

「わかりません」

「そんなところだね。ストレートがいいの、それともウェーブ？」

「ストレートです。完全なストレート」

太った女は黙って考え、さっきの少女が置いていったばかりの髪の袋を取り上げた。

「これがあんたの探してるやつだ。ちゃんと束にはなってないけどね。でも、清潔だよ。

これにするかい？」

アイリーは疑わしげな顔をした。

「あたしが言ったことは心配しなくていい。毛先が割れたりなんかしてないよ。あのバカな女の子が、もらえるぶん以上にむしり取ろうとするからさ。単純な経済がわからない人間もいるんだよね……髪を切ったのがひどく辛いもんで、百万ポンドとかいった、バカげた金額を期待してるんだ。あの子の髪はきれいだよ。あたしだって、若い頃はきれいな髪だったけど、ねえ?」太った女はけたたましく笑いはじめた。上唇の動きにつれてヒゲが震える。笑いがやんだ。

「アンドレアに、三十七ポンド五十五だって言っといて。あたしらインドの女は髪がきれいなんだ、そうだろ?　みんながほしがる!」

双子用のバギーを押した黒人の女が、ヘアピンの袋を持ってアイリーの後ろで待っていた。彼女は口をへの字に曲げた。「自分をなんだと思ってんだろうね」彼女は半分独り言のように呟く。「あたしらのなかには、自分のアフリカ人の髪で満足してる者だっているんだ、おかげさまで。あたしは、どっかのかわいそうなインド人の女の子の髪なんか、買おうとは思わないね。それに、一度でいいから、黒人から黒人用の髪用商品を買いたいもんだ。自分たちでビジネスをやらなきゃ、この国じゃやっていけないだろう?」

太った女の口の回りの皮膚がぎゅっと引き締まった。女はすごい勢いでしゃべりはじめた。アイリーの髪を袋に入れて領収書を書きながら、黒人の女に言いたいことをアイリー相手にまくし立て、折々発せられるもう一人の女の声は極力無視する。「ここで買い物したくないなら、どうぞ買わないでくださいって言いたいね——あんたに買ってくれって誰か言ったかい?　誰も言ってないだろう?　びっくりしちゃうよね。ほんと、礼儀知らずな人間がいるんだから。人種差別するわけじゃないけど、理解できないよ。あたしはただ、お客様に奉仕してるだけだ、奉仕だよ。悪態つかれるのはごめんだから、カウンターに金だけ置いて出てっとくれ。悪態をつくんなら、あたしだって客扱いはしないよ」

「だれも悪態なんかついてないだろ、まったく！」

「あたしのせいだって言うのかい、みんながストレートの髪をほしがるのは——白い肌をほしがるのもいるね、マイケル・ジャクソンみたいに。あれもあたしのせいかい？　あたしにドクター・ピーコック・ホワイトナーは売るなって言う——地元の新聞が、まったくねえ、えらい騒ぎさ！——そうしておいて、それを買うんだ——アンドレアに領収書を持ってってておくれ、いいね？　あたしはただ、ほかのみんなと同じようにこの国で生活していこうとしてるだけなんだ。はいどうぞ、あんたの髪だよ」

黒人の女はアイリーの後ろから手をのばして、きっちりの額の小銭を腹立たしげにカウンターにたたきつけた。「くそったれ！」

「それがみんなのほしがる物だとしたら、あたしにはどうしようもない——需要と供給だよ。それから、悪い言葉はお断りだよ！　単純な経済だ——出るときは足元に気をつけて——それから、あんた、二度と来ないでほしいね。こんどは警察を呼ぶよ。おどかされるのはごめんだからね。警察。警察を呼ぶからね」

「はい、はい、はい」

アイリーは双子のバギーが出られるようにドアを開け、バギーの片側を持ち上げて、表の階段を降ろすのを手伝った。外に出ると、黒人の女はヘアピンをポケットに入れた。うんざりした顔だ。

「あの店、大嫌い」と彼女。「でも、ヘアピンがいるもんでね」

「あたしは髪がいるの」とアイリー。

黒人の女は頭を振った。「髪ならあるじゃない」彼女は言った。


五時間半後、他人の髪を少しずつ本人の二インチの髪に編みこんでは接着剤でくっつけるという難工程を含んだ作業のおかげで、アイリー・ジョーンズの頭は、全体を長いストレートの赤みがかった黒髪で覆われていた。

「ストレートになってる？」自分の目が信じられない思いで、アイリーはたずねる。

「完璧なストレートだよ」アンドレアは自分の作品を満足げに見る。「だけどね、ちゃんとくっつけておきたかったら、編んどかなきゃだめだよ。編んであげようか？　そんなふうに垂らしといたら、とれちゃうよ」

「だいじょうぶ」アイリーは鏡に映る自分の姿にうっとりしている。「とれたりしないもん」

彼に――ミラトに――一度見せればいいだけなのだ、結局のところ、一度だけでいいのだ。きれいなままでミラトのもとに行きたいと、アイリーはイクバル家まで歩いていくあいだじゅう、両手で髪を押さえていた。風にとばされて髪が抜けるのが恐かったのだ。

玄関にはアルサナが出てきた。「あら、いらっしゃい。いいえ、あの子は家にはいないわよ。外じゃないの。どこへ行ったかなんて聞かないでよ、あの子、なんにも言わないんだから。マジドのほうがまだ居場所がわかるくらいよ」

アイリーは玄関を入り、鏡に映る自分をちらっと見てみた。まだ髪はちゃんとくっついている。

「ここで待ってもかまわない？」

「もちろんよ。あなた、なんだかちがって見えるわね。やせた？」

アイリーは顔を輝かす。「髪型を変えたの」

「あら、ほんと……ニュースキャスターみたいよ。とてもステキ。じゃあ、居間で待っててちょうだい。『恥っさらしの姪（めい）』とあのいけ好かない友達が来てるけど、気にしないでね。わたしは台所で仕事があるし、サマードは草むしりをしているの。だから、静かにしててね」

アイリーは居間に行った。「あら、やだ！」近づいてくる姿を見て、ニーナが金切り声をあげる。「なんて姿になっちゃったのよ！」

なんてって、きれいでしょ。髪はストレートで、縮れてなんかいない。美しい。

「あんた、すごく変だよ！　まったくまあ！　マクシン、ちょっとこれ見てよ。ほんとに、アイリーったら。いったいどういうつもりでそんなことしたのよ？」

見ればわかるでしょ？　ストレート。ストレートヘアーよ。さらさらの。

「あのさあ、なに考えてるわけ？　ニグロのメリル・ストリープ？」ニーナは体を布団のように二つに折りたたみ、けたけた笑い転げる。

「この『恥っさらしの姪』ったら！」アルサナの声が台所から飛んでくる。「縫い物は神経を集中しなきゃならないのよ。その笑い声をなんとかしてちょうだい、大口（ミス・ビッグ・マウス）さん！」

ニーナの「いけ好かない友達」、あるいはニーナの恋人としても知られている、マクシンという名の娘――セクシーでほっそりした、磁器のような美しい顔、黒っぽい目、豊かな茶色の巻き毛の娘――が、アイリーの奇妙な感じのする前髪を引っぱった。「何をやったのよ？　あんたの髪はあんなにきれいだったのに。くるくるカールしてワイルドで。ゴージャスだったのにさあ」

アイリーは一瞬なんと答えていいかわからなかった。自分がステキ以外に見られる可能性など、考えてもいなかったのだ。

「ヘアカットしたの。それがどうかした？」

「だけど、それはあんたの髪じゃないでしょ、どうみたって。子供のためにお金が必要な、どこかのかわいそうな抑圧されたパキスタンの女の人のじゃないの」ニーナが髪をぐいと引っぱると、髪が一つかみ抜ける。「あら、やだ！」

ニーナとマクシンはまたばかみたいに笑いだした。

「ほっといてよね」アイリーは肘掛け椅子に退却し、膝を引き上げて顎を乗せる。さりげないふうを装いながら、アイリーはたずねる。「で……あのう……で、ミラトはどこ?」

「まさか、それがすべての目的ってわけ?」ニーナは驚いた顔をした。「あたしのおバカなイトコくんが?」

「ちがうってば。やめてよ」

「あのねえ、あの子は家にはいないよ。新しい子をつかまえたんだ。東側ブロックの体操選手で、洗濯板みたいなお腹。魅力的じゃないこともなくて、すごい胸してるんだけど、お尻は見事に引き締まってんの。名前は……名前は?」

「スターシャ」マクシンが『トップ・オブ・ザ・ポップス』からちょっと目を上げて答える。「とかなんとか、そんな名前だった」

アイリーは、スプリングの壊れたサマードお気に入りの椅子にさらに深く身を沈める。

「ねえ、アイリー、ちょっと忠告していい? あたしの知っているかぎり昔から、あんたはあの子を迷い犬みたいに追いまわしてる。そしてそのあいだ、あの子は誰とでもいちゃついてる、あんた以外とは誰とでもね。あたしにまで手を出してきたんだよ、いとこ同士だっていうのにさ、まったく」

「あたしにもね」とマクシン。「そっちのほうの趣味はないのに」

「なんであの子があんたに手をださないのか、考えてみたことない?」

「あたしがブスだからでしょ。太ってるし。それに髪は縮れてるし」

「とんでもない。それはね、あんたがあの子にとってすべてだからよ。あの子はあんたを必要としてるの。あんたたちは過去を共有してるじゃない。あんたはあの子のことが本当にわかってる。あの子がどれほど混乱してるか、見てごらんよ。アッラーがどうたらこうたら言ってたかと思うと、つぎの瞬間には、胸のでかいブロンドやロシア人の体操選手に、種子なしマリファナ（シンセミーリャ）の煙。自分で自分がわかってないんだ。あの子の父親とおなじ。自分が誰かわかってない。でも、あんたはあの子がわかってる、少なくとも多少はね。あの子のすべての面を知ってる。あの子にはそれが必要なの。あんたは別格なのよ」

　アイリーはあきれた顔をしてみせる。別格になりたいこともある。でも、ほかのみんなと同じになるためなら、髪の毛を犠牲にするのも厭わないことだってあるのだ。

「ね。あんたは賢い子よ、アイリー。でも、いままでろくでもないことばかり教えこまれてる。自分で自分を教育しなおさなきゃだめだよ。自分の価値を認め、奴隷のように尽くすのはやめて、人生を手に入れるの、アイリー。女の子を手に入れるのもいい、男の子を手に入れるのもいい、でも、まず自分の人生を手に入れるのよ」

「あんたって、とってもセクシーよ、アイリー」マクシンが優しく言う。

「うん」

「彼女の言うことを信じなさい、筋金入りのレズなんだから」ニーナは愛情をこめてマクシンの髪をくしゃくしゃと撫で、キスをする。「でもね、ほんとのところ、そのバーブラ・ストライサンド・カットはぜんぜんあんたには似合わないよ。アフロはクールだったのに。ステキだったよ。とってもあんたらしかったのにね」

突然アルサナがドアのところに姿を現した。大きなクッキーの皿を持ち、なんだか胡散臭そうな顔つきだ。マクシンは投げキッスを送った。

「クッキーはどう、アイリー？　こっちへ来てクッキーをつまみなさいよ。わたしと。台所でね」

ニーナがうなった。「そんなに心配することないって、おばさん。この子をレズのカルトに引っ張りこんだりしてないから」

「あんたたちが何をしようと、べつにかまわないわよ。あんたたちが何をしてるかなんて、知らないもの。そんなこと、知りたいとも思わないわ」

「あたしたちはテレビを見てんのよ」

テレビの画面に映っているのはマドンナだった。円錐形の胸を両手で撫で回している。

「なるほど、確かにね」アルサナは非難がましく言って、マクシンをにらみつけた。「クッキーは、アイリー？」

「あたしもクッキーほしいなあ」長いまつげを瞬かせながらマクシンが呟く。

「たぶん」アルサナはゆっくりと辛辣な口調でおきてをホンヤクしてみせる。「あなたのお好みの種類のはないわ」

　ニーナとマクシンはまたもや笑い転げる。

「アイリー？」アルサナはしかめっ面で台所を指さす。アイリーはアルサナのあとについて部屋を出た。

「わたしだって誰にもひけはとらないくらいリベラルなのよ」二人だけになると、アルサナは不満を漏らす。「でも、いったいなんだってあの人たちは、何事についても、ああいつも笑ったり大げさに騒ぎ立てたりしなきゃならないのかしらね？　同性愛がそこまで面白いもんだとは思えないけど。異性愛はぜったい面白くなんかないけどね」

「この家で、そんな言葉は聞きたくないもんだなあ」サマードが無表情な顔でそう言いながら庭から入ってきて、草むしり用の作業手袋をテーブルに置く。

「どっちの言葉？」

「どっちもだ。この家は極力神を敬う家にしておきたいんでね」

　サマードは台所のテーブルに誰かいるのを見つけ、眉をしかめ、それがアイリー・ジョーンズだとわかると、いつもの二人のお決まりのやりとりをはじめた。「やあ、ミス・ジョーンズ。お父さんは元気かね？」

　アイリーはそこで肩をすくめる。「あたしたちよりおじさんのほうが、しょっちゅうお父さんと会ってるじゃない。神さまのご機嫌は？」

「けっこうこの上ないよ、ありがとう。ところで最近、うちのろくでなし息子に会ったかね？」

「いえ、最近は会ってない」

「出来のいいほうの息子は？」

「何年も会ってない」

「うちのろくでなし息子を見かけたら、おまえはろくでなしだって言ってやってくれないかなあ？」

「まかせといてください、ミスター・イクバル」

「神のお恵みを」

「ご健康を」

「ちょっと失礼するよ」サマードは手をのばして冷蔵庫の上の礼拝用敷物を取ると、台所を出ていった。

「おじさん、どうかしたの？」サマードのセリフにあまり勢いがなかったのに気づいて、アイリーはたずねた。「なんだか、わかんないけど、悲しそうだったよ」

　アルサナはため息をついた。「あの人は悲しいのよ。自分がなにもかも台無しにしちゃったみたいに思ってるの。もちろん、台無しにしちゃってるのよ。だけどまあ、誰が最初にそれをわからせてやるかってことだわね。あの人、お祈りしてばっかり。でも、事実をまっすぐ見ようとはしないの。ミラトはわけのわかんない連中とつきあってる、いつも白人の女の子といっしょでね。そして、マジドは……」

アイリーは初恋の人を思いだした、完璧さというぼやけた光輪に囲まれた姿を。ミラトから何年にもわたって失望を与えられてきたことからくる幻影である。

「なぜ、マジドがどうかしたの？」

アルサナは眉をしかめ、台所の上の棚に手をのばし、薄い航空便の封書を取ってアイリーに渡した。アイリーはなかの手紙と写真を取りだした。

写真はマジドのもので、いまでは背が高く、気品をたたえた若者になっている。髪は弟と同じく真っ黒だが、顔にかかってはいない。左で分けて、つややかに耳の後ろに撫でつけられている。ツイードのスーツを着て、見たところ――写真があまりはっきりしていないので確かではないが――ネクタイらしき物を身につけている。片手には大きな日除け帽を持っている。もう一方の手は、著名なインド人作家、サー・R・V・サラスワティーの手を握り締めている。サラスワティーは真っ白な服を着て、頭にはつば広の帽子をかぶり、自由なほうの手には仰々(ぎょうぎょう)しい杖を持っている。二人ともなんだか嬉しくてたまらないといった様子でポーズを取っている。にこにこと微笑み、まるで、いまにもお互いに背中をぱんぱんたたきあおうとしているか、あるいはいまそうしたところだとでもいうようだ。真昼の太陽がダッカ大学の正面の階段に踊っている。写真はそこで撮られたのだ。

アルサナは人差し指で写真のシミを拭った。「サラスワティーは知ってる？」

アイリーはうなずく。ＧＣＳＥ（中等教育修了共通試験）必修テキスト『ア・ステッチ・イン・タイム』Ｒ・Ｖ・サラスワティー著。帝国最後の日々のほろ苦い物語だ。

「サマードはサラスワティーが大嫌いなの、わかるでしょ。植民地時代懐古主義者だ、イギリスの尻を舐めるヤツだって言うの」

アイリーは手紙の目についたところを読み上げた。


ごらんのように、三月のある輝かしい日、ぼくは幸運にもインドのもっともすばらしい作家に会うことができました。エッセーコンクールで賞を取ったあと（ぼくの題は、『バングラデシュ――この国は誰を頼るのか？』）、大学で開かれる表彰式でかの偉大な人物その人から賞品（賞状と少額の現金）をもらうために、ダッカへ行きました。光栄にもぼくは彼に気に入られ、ともに非常に楽しい午後を過ごしました。親しい雰囲気でゆったりとお茶を飲み、そのあとダッカの景色のいい場所を散歩したのです。長時間にわたる歓談のなかで、サー・サラスワティーはぼくの知性を誉めてくれ、なんとぼくが（引用しておきますが）『第一級の若者である』――この言葉はぼくの心の宝となるでしょう！――とまで言ってくれました。将来法律の分野に進んではどうか、大学で研究するのもいいし、あるいは彼自身の職業である創作の分野もいいかもしれないと言うのです！　初めに挙げられた職業がぼくの関心にはもっとも近く、ぼくがずっと望んできたのは、アジアの国々を道理の通る国にすること、秩序が行き渡り、災害に対する備えがなされ、花瓶が落ちてきて子供が危ない目にあったりすることのない（！）国にすることなのだと、ぼくは答えました。新しい法律、新しい規定が必要なのです（と彼に話しました）、われわれの不幸な運命、自然災害に対処するために。ところが彼は言いました。「運命じゃない」とね。「われわれインド人は、ベンガル人は、パキスタン人は、あまりにも頻繁に両手を上へあげては『運命だ』と叫びすぎる、歴史にたいして。だが、われわれの多くは教育を受けていない。世界を理解していないんだ。われわれはもっとイギリス人のようにならねばならない。イギリス人は最後まで運命と闘う。歴史が自分たちの聞きたいことを言っていないかぎり、歴史に耳を傾けたりしない。われわれは『そうなるしかなかったんだ！』と言う。そうなる必要なんかないんだ。そうなるしかないものなんて、なにもないんだよ」午後の一日で、ぼくはこの偉大な人からずっと多くの事を学んだのです、いままでの——

「あいつはなにも学んでない！」

サマードが腹立たしげにつかつかと台所へもどってくると、やかんをレンジ台に荒々しくのせた。「なにも知らない男から、あいつがなにを学ぶんだ！　あいつのあごひげはどうした？　カミーズ（ゆったりした上衣）は？　あいつの謙虚さはどこへ行った？　アッラーが嵐が来るとおっしゃったら、嵐が来るんだ。地震とおっしゃったら地震が来る。もちろん、そうなるしかないんだ。だからこそ、あの子をあっちへやったんだぞ——本質的におれたちは弱く、統制などとれていないんだということをわからせるためにな。イスラムというのはどういう意味だ？　この言葉、言葉そのものの意味は？　わたしは服従します、だ。わたしは神に服従します。わたしは神に服従します。これはおれの人生じゃない、神の人生だ。おれが自分の人生と呼んでいるものは、神が望むがままの、神のものなのだ。おれはまさに波に持ち上げられ、転がされるんだ、そして打つ手はなにもない。なにも！　自然そのものがムスリムなんだ、創造主がそのなかにしみこませた法則に従ってるんだからな」

「この家でお説教はやめてちょうだい、サマード・ミアー！　その手のことをやるための場所がちゃんとあるでしょ。モスクに行けば。でも、台所ではやめてね。ここはもの食べる場所だから——」

「だが、われわれは、われわれはなにも考えずに従ったりしない。われわれは油断ならない、油断ならないロクデナシなんだ、われわれ人間は。われわれは心に邪悪なものを持っている、自由な意思を。われわれは従うことを学ばねばならんのだ。それをわからせるためにこそ、あの子、マジド・メヘフーズ・ムルシェド・ムブタシム・イクバルを送り出したんだ。言ってくれ、おれがあの子を送り出したのは、あの子の心を『ブリタニアよ、統治せよ』崇拝者のヒンドゥーの老いぼれホモ野郎の毒で感染させるためか？」

「そうかもしれないわ、サマード・ミアー、そうじゃないかもしれない」

「やめてくれ、アルシ、警告しておくが――」

「あら、なんだっていうのよ、このポンコツ野郎！」アルサナはスモウ・レスラーのように体の回りの贅肉をたぐり寄せる。「わたしたちは統制なんてとれないんだって言ったわよね。だけど、あなたはいつだって、なんでも統制しようとしてるじゃない！　ほっときなさいよ、サマード・ミアー。あの子の好きにさせときなさい。あの子は二世よ――ここで生まれたんだから――だから当然、ものごとを違ったやり方でやるの。なんでもあなたの計画通りにはいかないわ。だいたい、なにがそんなに悪いっていうのよ――確かに、あの子は導師になる修行はしていない、でも、ちゃんと教育を受けてるし、こざっぱりしてるわ！」

「で、それが、おまえが息子に望むすべてだっていうのか？　こざっぱりしてるってことが？」

「そうかもしれないわ、サマード・ミアー、そうじゃないかも――」

「それから、二世なんて言葉をおれの前で使わんでくれ！　一世代だけだ！　分裂なんかするもんか！　永遠に！」

この言い争いのどこかで、アイリーは台所から滑り出て玄関に向かった。玄関のひっかき傷や汚れのついた鏡に映った自分の姿が、運悪く目に飛びこんできた。ダイアナ・ロスとエンゲルベルト・フンパーディングのあいだに生まれた私生児みたいだ。「あの子たちに、好きなように過ちを犯させておけばいいのよ……」白熱の争いをつづけるアルサナの声が聞こえてくる、台所の安物の木製ドアを通り抜け、廊下へと。そこではアイリーが突っ立って、自分の姿と向きあっていた。素手で懸命に他人の髪をむしり取りながら。

＊

ほかの学校同様、グレナード・オークも複雑な構成になっていた。といっても、とくに迷宮じみた設計だったわけではない。この学校は、それぞれは単純な二つの段階を経て建てられている。最初は一八八六年、救貧院として（できあがった建物：大きな赤いおどろおどろしい建物、ヴィクトリア朝様式の収容施設）、そして一九六三年、学校になったときに、棟が増築された（できあがった建物：灰色一色の「すばらしい公営住宅団地(ブレイヴ・ニュー・カウンシル・エステイト)」風）。二つのおどろおどろしい建物は一九七四年、巨大なアクリル樹脂のチューブ状渡り廊下でつながれた。だが、渡り廊下だけでは、二つの建物を一つにすることはできないし、分かれよう、分裂しようとする学生たちの勢いをそぐこともできなかった。学校は、千人の子供たちを一つのラテン語の語句（学校の理念：Laborare est Orare. 働くことは祈ることである）の下にまとめることなど不可能だと骨身にしみてわかっていた。子供たちというのは小便をひっかけてまわるネコか穴を掘るモグラみたいなもので、領土のなかに領土を作る。それぞれの縄張りにはそれぞれのルールや信念や関与の法則というものがある。学校側があらゆる抑圧の手だてを講じたにもかかわらず、なおも、縄張り、たまり場、所有権の争われている領土、衛星国、非常事態地域、ゲットー、飛び地、島、などといったものが存在しつづけているのである。地図はないが、常識を働かせれば、たとえば、ゴミ箱と工芸科のあいだの区域にはちょっかいを出さないほうがいいとわかる。犠牲者が何人かでているのだから（とくにキースとかいう、悪の世界に首をつっこんだかわいそうなヤツ）、この区域をうろついているやせた筋肉質の連中に手を出してはいけないのだ──彼らは、尻ポケットにいかがわしいタブロイドを拳銃のようにつっこんだ太った男たちの、荒っぽい正義──命には命を、縛り首くらいじゃ甘いぜ──を信じている太った男たちの、やせた息子なのである。

その向こう。ベンチがある。三つが直線に並んでいる。ここではごくごくわずかな量のドラッグが秘密に取り引きされていた。二ポンド五十のマリファナ樹脂とかいった、筆箱に入れておいたらわからなくなってしまいそうな、消しゴムのかけらと間違えそうな程度のものだ。あるいは、四分の一錠のE（エクスタシー、幻覚剤）、ひどくしつこい月経痛を和らげるのがせいぜいというやつ。騙されやすい者はまた、さまざまな家庭用品を買わされることもある――ジャスミン・ティー、庭の草、アスピリン、甘草、小麦粉――こういったものはすべてAクラスの麻薬に見せかけられ、演劇科の裏の窪みの奥あたりで、吸ったり飲みこんだりされる。この壁の窪みは、喫煙ガーデン（十六歳に達し、タバコを吸って気分が悪くなることを許されている者のためのコンクリートの庭――こんな学校がまだあるんだろうか？）でタバコを吸える年齢に達していない者がタバコを吸うときに、立つ位置によっては、教師の目をある程度避けることができる。演劇科の窪みには近寄らないほうがいい。ここにいるのは手に負えない小さなろくでなしども、十二、三歳のチェーンスモーカーたちだ。彼らは屁とも思っていない。本当に屁とも思っていない――ひとの健康のことも、自分の健康のことも、教師のことも、両親のことも、警察のことも――なにもかも。タバコを吸うことが彼らの宇宙に対する答え、彼らの42（異色スラップスティックSF『銀河ヒッチハイク・ガイド』で「生命、宇宙、そして万物についての究極の疑問の答え」とされた）であり、存在理由なのだ。彼らはタバコに情熱を傾けている。通ではない、ブランドにうるさかったりはしない。ただタバコならいいのだ、どんなタバコでも。彼らは赤ん坊が乳首を吸うようにタバコを吸い、それ以上吸えなくなると感傷的な目をして泥のなかにねじこむ。彼らは本当にタバコを愛しているのだ。タバコ。タバコ。タバコ。タバコ以外の彼らの唯一の関心は政治だ。もっと正確に言えば、あのクソ野郎、大蔵大臣、タバコの値段をつり上げているヤツだ。いつだって金は充分ではないし、タバコも充分ではないのだから。タバコをねだったりたかったり盗んだりするのに熟達しなければならない。人気のある策略は、一週間分の小遣いでタバコを二十箱買って、きれいさっぱり人にやってしまい、つぎの一ヶ月はタバコを持っているヤツに、この前はタバコをやったじゃないかと思い出させて過ごすことである。だが、このやり方はリスクが大きい。すぐに人に忘れられるような顔をしているほうが得だ。タバコをねだって、五分後にまたもう一本ねだりに行っても、覚えられていないような顔のほうが。目立たない人間に、マートとかジュールズとかイアンとか呼ばれる特徴のないつまらない人間になっておいたほうが得なのだ。でなければ、慈善にすがってタバコを分けてもらわなければならない。一本のタバコはいろんなやりかたで分けることができる。こんなふうに。誰かが（実際にタバコを一箱買った人間なら誰でもいい）タバコに火をつける。べつの誰かが「半分」と叫ぶ。半分のところでタバコが渡される。二人目の手に渡るやいなや、「三分の一」という声が聞こえる。それから「セイヴズ」（これは三分の一の半分である）、そして「吸い殻！」。寒くてタバコへの欲求に抗しがたいような日だと、「最後のひと吸い！」の声がする。だが、最後のひと吸いは、本当に吸わずにはいられない者だけのためのものだ。フィルターの下部を越え、タバコのブランド名を越え、吸い殻と言えるものをも越えている。最後のひと吸いは吸い殻の黄色くなった繊維質で、タバコとはほど遠い物質、時限爆弾のように肺に溜まり、免疫系を破壊して、慢性の鼻詰まり、鼻風邪を引き起こす物質を含んでいる。白い歯を黄色くする物質である。

グレナード・オークでは、誰もがなにかしらやっている。彼らはさまざまな言葉をしゃべり、それぞれが自分のやることに精を出す、考え得るかぎりの階級と多様な色からなるバベルの塔のような集団で、香炉代わりの口からは、せっせと奉納のタバコの煙を頭上のあまたの神々に送っている（一九九〇年ブレント自治区学校報告：六十七の異なる信仰、百二十三の異なる言語）。

働くことは祈ることである——

池のそばのガリ勉オタクたちは、カエルの性別を確認中、

音楽科のおしゃれな女の子たちは、フランス語で輪唱し、おふざけ言葉（ピッグラテン）を使い、グレープダイエットを試し、レズビアン的性向を押さえつけ、

体育科の廊下にいる太った男の子たちはマスをかき、

語学ブロックの外にいる興奮しやすい女の子たちは殺人の実録を読み、

インド系の連中はサッカーグラウンドで、テニスラケットを使ってクリケットをやり、

アイリー・ジョーンズはミラト・イクバルを探し、

スコット・ブリーズとリサ・レインボウはトイレで性交し、

ゴブリン、長老、こびとのジョシュア・チャルフェンは、科学のブロックの裏で「ゴブ

リンとゴルゴン」（ロールプレイゲーム）をやっている。

そして、誰も彼もがみんなタバコ、タバコ、タバコを吸っている。一生懸命ひとにねだり、火をつけ、吸いこみ、吸い殻を集めてタバコにし、文化や信仰の違いを越えてみんなを一つにするその力を称え、といっても、たいていは、ただ吸っているだけ——一本くれよ、一本分けてくれ——まるで小さな煙突のようにぷかぷか吸いつづけ、しまいにどんどん煙が濃くなり、一八八六年、救貧院時代のこの場所で、煙突の下に燃料をくべていた者たちでも場違いに感じないかもしれないほどになる。

そして、この煙のなか、アイリーはミラトを探していた。バスケットのコートを探し、喫煙ガーデンを探し、音楽科を、カフェテリアを、男性女性両方のトイレを、そして学校の裏手の墓地まで探した。ミラトに注意しておかなければならないことがあったのだ。教職員と地元の警察とが協力して、不法にマリファナやタバコを吸っている者の一斉検挙が行われることになっていた。地響きはアーチーというお告げの天使から伝わってきた。アーチーが電話で話しているのをふと聞いてしまい、ＰＴＡの神聖なる秘密を知ったのである。いまやアイリーは地震学者よりずっと重い責務を背負いこんでしまった。というか、予言の責務を背負いこんだのだ。なにしろ、地震の日取りと時間（本日二時三十分）を知っているのだから。アイリーは地震の威力を知っており（おそらくは退学）、そして誰がその断層線の犠牲となりそうかもわかっていた。ミラトを救わねばならない。揺れる贅肉を押さえ、三インチのアフロヘアーにじっとり汗をかきながら、アイリーは校庭を駆けぬけ、ミラトの名を呼び、ひとにたずね、いつもいる場所を片っ端から覗いたが、生粋のロンドンっ子たちのところにもいないし、おしゃれな女の子たちといっしょでもない、インド人グループのところにも、黒人のところにもいなかった。アイリーは最後にとぼとぼ科学ブロックへ歩いていった。ここは昔の救貧院の建物の一部で、大変人気のある穴場である。東の隅の離れた壁際に貴重な三十ヤードの芝生があり、不法行為にふける生徒たちは、ここならまったく人目を気にしないでいられるのだ。晴れたすがすがしい秋の日で、この穴場は満員だった。アイリーは、大人気のディープキス／ペッティング選手権のなかを突っ切り、ジョシュア・チャルフェンの「ゴブリンとゴルゴン」ゲームをまたぎ（「おい、気をつけろよ！　死者の洞窟を踏まないでくれ！」）、密集してタバコを吸っている集団をかき分け、ようやくその中心にいるミラトのところにたどり着いた。ミラトは黙々と円錐形のマリファナを吸いながら、濃いあごひげを生やした背の高い少年の話に耳を傾けていた。

「ミル！」

「あとにしてくれ、ジョーンズ」

「でも、ミル！」

「頼むよ、ジョーンズ。こいつはヒファン。古い友達だ。いまこいつの話を聞いてるんだ」

背の高い少年、ヒファンは、話を止めなかった。流れる水のような深く柔らかな声で、しっかりと話しつづける。それを止めるには、アイリーの突然の出現などより強い力を持つもの、たぶん引力より強い力を持つものが必要であったろう。彼はシャープな黒のスーツを着ていた。白いシャツにグリーンのボウタイ。胸のポケットには小さなエンブレムが刺繍(ししゅう)してある。くぼませた両手のなかで燃える炎の図柄、そしてその下になにか。小さすぎてよく見えない。ミラトと同い年なのに、ひどく毛深く、あごひげのせいでかなり年をくって見える。

「……だから、マリファナは能力や力を弱め、われわれのなかの最上の男たちを奪い去るんだ、この国ではね。君のような男たちだよ、ミラト、生まれながらにリーダーの資質を備え、人々の手を取って引き上げる力を持っている男たちだ。ブハーリーのこんな一節がある、第五巻二ページだ。『我が信者集団のもっとも良き人々はわたしと同世代の者たちであり、また支持者たちである』君はぼくと同世代だ、ミラト。君が支持者にもなってくれることを祈るよ。闘いが進行しているんだ、ミラト、闘いがね」

彼はこんな調子で話をつづけた。言葉がつぎからつぎへと出てくる。中断も息継ぎもなしに、チョコレートのような言葉が——言葉にはまりこみそうになる、そのなかで眠ってしまいそう。

「ミル。ミル。大事なことなの」

ミラトは気だるそうだった。マリファナのせいかヒファンのせいかはわからないが。袖をつかんだアイリーの手を振り払いながら、ミラトは紹介を試みた。「アイリー、ヒファンだ。こいつとおれはいつもいっしょにうろついてたんだ。ヒファン――」

ヒファンは前へ出た。アイリーの頭上にそびえ立って、鐘楼(しょうろう)みたいだ。「よろしく、シスター。ヒファンです」

「あらそう。ミラト」

「なあ、アイリー。一分でいいからおとなしくしててくれないか?」ミラトはアイリーにマリファナを渡した。「おれはこいつの言うことを聞いてるんだ、な? ヒファンはドンなんだぞ。このスーツを見ろよ……ギャングみたいだ!」ミラトはヒファンの服の襟に指を走らせた。ヒファンは思わず嬉しそうににっこりする。「ほんとだぜ、ヒファン。おまえ、すごいぞ。パリッとしてる」

「そうか?」

「おれたちがつるんでた頃の服装よりいいぞ、なあ? あのキルバーンの頃よりさ。覚えてるか、ブラッドフォードへ行って、それから――」

ヒファンは我に返り、元の信仰に凝り固まった顔にもどった。「キルバーンの頃のことは覚えていないよ、ブラザー。あの頃は無知だったからあんなことをした。今のぼくとは別人だ」

「ああ」とミラトはおとなしく答える。「そうだよな」

ミラトはふざけてヒファンの肩にパンチをくわせたが、ヒファンは門柱のようにじっと突っ立ったままだった。

「つまり、精神の闘いってやつが進行中だっていうんだな——そいつはすげえや！　時が来たわけだ——このけったくその悪い国でおれたちが名乗りを挙げるべきときが。なんて名前だっけ、おまえのグループ？」

「ぼくは『勝利に輝く永遠なるイスラム民族の守護者（Keepers of the Eternal and Victorious Islamic Nation）』のキルバーン支部から来た」ヒファンは誇らしげに答えた。

アイリーが息を吸いこむ。

「勝利に輝く永遠なるイスラム民族の守護者」ミラトは感銘を受けた表情で繰り返した。「すごい名前だなあ。カンフーみたいな、パワーのあふれるすげえ響きがあるよ」

アイリーは眉をひそめた。「KEVIN（ケヴィン）？」

「確かに」ヒファンは厳粛な面（おも）もちで、手のなかの炎の下、イニシャルが小さく縫い取りされている部分を指さす。「この略称には問題があるが（ケヴィンはアイルランドの聖者の名。イモ兄ちゃんの意も）」

「まあな」

「だが、この名はアッラーのもので、変えることはできない……このままでいくしかないんだ。ミラト、君ならクリックルウッド支部のリーダーになれるよ――」

「ミル」

「君もぼくが持っているものを持てるんだ。君がいま落ちこんでいるひどい混乱や、黒人やアジア系のコミュニティーを押さえこんでおこう、われわれの力を削ごうとして、政府が特別に輸入しているドラッグに依存する生活のかわりにね」

「ああ」新しいマリファナタバコを半分まで吸っていたミラトは、悲しげに答えた。「そんなふうな見方をしたことはなかったよ。そういうふうに考えるべきなんだな」

「ミル」

「ジョーンズ、待ってくれよ。おれはいま議論してるとこなんだ。ヒファン、いまどこの学校へいってるんだ？」

ヒファンは微笑みながら首を振った。「ちょっと前に、イギリスの教育システムとはおさらばしたよ。だが、ぼくの教育はずっと進んでる。タブリーズィーの言行録（ハディース）二百二十番を引用するならば、『知識を求めるものは、そのあいだ、神に仕えているのである。そして――』」

「ミル」ヒファンの滔々（とうとう）と流れるような声の陰からアイリーが囁（ささや）く。「ミル」

「まったくもう。なんだってんだよ？　すまない、ヒファン、ちょっと待ってくれ」

アイリーはマリファナを深く吸うと、ニュースを伝えた。ミラトはため息をついた。

「アイリー、連中が一方から入ってきたら、おれたちはべつの方から出ていく。どうってことはないよ。いつものことだ。わかったか？　さあ、もう行ってガキどもと遊んでこいよ。こっちは大事な話をしてるんだ」

「会えてよかったよ、アイリー」ヒファンはそう言って手を差し伸べながら、アイリーの全身を眺めた。「こう言うのもなんだけど、髪の短い、控えめな恰好の女性を見るのはいいもんだなあ。KEVINはね、女性は西洋流性的アイデンティティーのエロチックな幻想に媚びようとすべきではないと信じているんです」

「あら、そう。ありがと」

すっかりしょげてしまい、かなりマリファナが効いた状態で、アイリーは引き返そうとした。また煙の壁を突っ切り、ジョシュア・チャルフェンの「ゴブリンとゴルゴン」ゲームにふたたび足を踏み入れる。

「おい、ぼくたちはここでゲームしてるんだぞ！」

アイリーはくるりと振り向いた。たまっていた怒りではち切れんばかりだ。「だから？」

ジョシュアの友達――太った子、ニキビだらけの子、異常に頭の大きい子――は、縮みあがって後ずさりした。だが、ジョシュアは動かなかった。ジョシュアは学校のオーケストラとか称するもので、第二ヴィオラのアイリーの後ろでオーボエを吹いていて、アイリーの風変わりな髪の毛や広い肩をしげしげ眺めては、この子なら少しくらいチャンスがあるかもしれないぞ、などと思っていたのだ。アイリーは賢くて、まったくのブス、というほどでもなく、どこかひどくオタクっぽいところがあった。例の男の子とずっといっしょにいるにもかかわらず。あのインド人の。アイリーは彼にまつわりついてはいたが、彼の同類ではなかった。ジョシュア・チャルフェンは、アイリーはどうも自分の同類なのではないかという気がしていたのである。アイリーのなかには、自分なら引き出すことができるとジョシュアが感じるなにかがあった。アイリーは、太っちょの、容貌に欠陥がある、賢明で好ましい人たちのもとを逃れた、オタクの国からの移民なのだ。カルドア山脈によじ登り、レヴィアスラックス川を泳ぎ渡り、ドゥイルウェンの亀裂をものともせずに、本当の仲間の元からべつの国へと、無我夢中で行ってしまったのだ。

「注意してるだけだよ。どうやら君はゴルソンの国を踏んづけたくてたまらないらしいからね。いっしょにゲームしない？」

「いや、あんたとゲームなんかしたくない、やなヤツ。だいたい、あんたのことなんか、知らないし」

「ジョシュア・チャルフェン。ぼくもマナー小学校だったんだ。それに、英語の授業もいっしょだよ。オーケストラでもいっしょだし」

「いや、違う。あたしはオーケストラに入ってる。あんたもオーケストラに入ってる。だからって、そこでいっしょにいるわけじゃないでしょ」

ゴブリン、長老、こびとは、うまい言い方を認めるセンスを持っていて、この返答に哀れっぽい笑い声をあげた。だが、ジョシュアは侮辱などなんでもなかった。ジョシュアはシラノ・ド・ベルジュラックのごとく侮辱を受けとめる。彼はずっと侮辱を受けてきた（愛情のこもったもの：ふとっちょチャルフェン、ジョシュおぼっちゃまくん、ユダヤアフロのジョシュ。そうではないもの：あの間抜けなオタク野郎、縮れっ毛の腑抜け野郎、クソでも食うヤツ）、このいまいましい人生を通じてずっと果てしない侮辱をうけつづけ、知らん顔で澄ましかえっていられるようになったのだ。侮辱など、ジョシュアにとっては通り道の小石にすぎなかった、それを投げた相手の知的レベルが低いことを証明するだけのものだ。ジョシュアは気にせずつづけた。

「君のその髪型、いいなあ」

「あんた、ひとをからかってんの？」

「いや。ぼくは女の子のショートヘアーが好きなんだ。両性具有的なのが好みでね。ホントだよ」

「あんた、どっかに問題があるんじゃないの？」

ジョシュアは肩をすくめた。「べつに問題はないよ。フロイトの基本的な理論をちょっと齧ってみただけでも、問題があるのは君のほうだってわかる。なんでそんなに攻撃的なんだい？　マリファナを吸ったらもっと穏やかになると思うんだけどな。ぼくにも吸わせてくれる？」

アイリーは手でくすぶっているマリファナのことを忘れていた。「ああ、うん、いいよ。あたしたち、立派なマリファナ常習者ってわけね？」

「ぼくはちょっとやってみるだけだ」

ゴブリン、長老、こびとは、ふんふんずるずる鼻をならした。

「へえ」アイリーはため息をつき、マリファナを渡そうと手をおろした。「なんでもいいけど」

「アイリー！」

ミラトだ。アイリーからマリファナを取り返すのを忘れていた彼は、取りもどそうと走ってくるところだった。ジョシュアに渡そうとしていたアイリーは、動作の半ばで振り返り、ミラトがこちらに向かってくるのが目に入るのと同時に、地響きを感じた。振動はジョシュアの小さな鋳鉄(ちゅうてつ)のゴブリン軍を倒し、盤から払い落とした。

「いったいあれは——」とミラト。

それは一斉検挙委員会だった。PTA役員アーチボルド・ジョーンズ、待ち伏せには熟練していると主張する元軍人の彼の意見を容れ、両側から踏みこむことにしたのだ（初めての試みである）。兵力百名を数える集団が不意打ち作戦で、近づく足音以外はなんの警告も与えずに、小さな悪党どもを袋の鼠にしてやろうというわけであった。かくして、敵の逃げ道をすべて絶ち、ミラト・イクバル、アイリー・ジョーンズ、ジョシュア・チャルフェンといった輩を、まさにマリファナを吸っている現場で捕らえることになったのである。

＊

グレナード・オークの校長は、ずっと内部崩壊の状態にあった。髪の生え際は後退して、定まった潮の流れのようにもどらないままだ。眼窩は窪み、口はぎゅっと引き結ばれている。語るに足るような体は持ちあわさず、あるだけのものを小さくねじったパッケージに詰めこんで、組んだ両腕と組んだ足で封をしたといった按配だった。この当人の内的な崩壊に抗するかのように、校長は座席の配置を大きな円にした。こういう開放的な雰囲気にしておけば、皆がお互いに話したり顔を見たりすることができるし、自分の意見を述べていいひとに聞いてもらうことができ、そうすれば、行為を罰するというよりはむしろ問題の解決に向けて、話を進めることができるのではないかと期待したのである。校長があまりに物わかりよく許してしまうタイプなんじゃないかと心配する親もいた。秘書のティナに聞いてみたらいい（そんなことを実際にティナに聞く者などいるわけはないが。いやいや、とんでもない。「で、この三人のならず者どもは何をしたんです？」くらいが関の山だ）、血を流す（ブリーディング）どころか大出血なのだ。

「で」と校長はティナに憂いを含んだ笑顔を向けた。「この三人のならず者どもは何をしでかしたのかね？」

　ティナはうんざりしながら、「マリジュウワナ」所持という三人の訴因を読み上げた。アイリーは抗議しようと手を挙げたが、校長は穏やかな笑顔で制した。

「わかった。もういいよ、ティナ。出ていくときに、ドアをちょっと開けておいてもらえないかな、そう、そうだ、もうちょっと……けっこう――まあ、その、誰にも閉じこめられたような気分を味わわせたくはないのでね。いいですか、では。私が思うに、こういう場合、もっとも文明的なやりかたというのは」校長は両の手のひらを上にして膝に置き、なんの武器も持っていないことを示した。「皆がいっぺんに話すんじゃなくて、まず私が話して、つぎに君たちそれぞれが話すんだ。君からはじめよう、ミラト、そしてジョシュアが最後だ。で、話をすっかり聞いてしまったら、最後に私が締めくくる、それで終わりだ。たいして難しいことじゃない。いいかい？　いいね」

「タバコが欲しいなあ」とミラト。

　校長は姿勢を変えた。細い足を組みかえて左足を上にし、二本の人差し指を教会の尖塔の形に唇にあて、カメのように首を引っこめる。

「ミラト、はじめてくれたまえ」

「灰皿、ある?」

「いいや、さあ、ミラト、頼むよ……」

「じゃあ、門のとこで一本吸ってくるよ」

このようにして、学校全体が校長を脅すのである。千人の子供をクリックルウッドの通りに並べてタバコを吸わせ、学校の雰囲気を悪くさせておくわけにはいかない。いまは成績対比一覧表の時代なのである。うるさい親が『タイムズ教育付録』を仔細に読み、評定の記号と数字と視学官の報告で学校を評価する時代なのだ。校長は火災報知機を何学期間かにわたって切らざるを得なかった、千人の喫煙者を学校内に隠しておくために。

「ああ……そうだ、椅子を窓に寄せたらいい。さあ、さあ、そんなことくらいで騒ぐことはないだろう。そうそう。いいね?」

ランバート&バトラーがミラトの口にくわえられる。「火は?」

校長は自分のシャツのポケットを探った。ドイツ製の手巻きタバコとライターが、ティッシュペーパーの束とボールペン数本のあいだに埋もれていた。

「さあ、どうぞ」ミラトは火をつけ、校長のほうに煙を吐き出した。校長はおばあさんのような咳（せき）をした。「さあ、ミラト、君が最初だ。君からはなにか聞けると思うんでね、少なくとも。正直に話してくれ」

ミラトは言った。「ぼくはあのあたり、科学ブロックの裏にいました、精神的成長という問題のことでね」

　校長は前へ身を乗り出し、教会の尖塔で唇を数回とんとんとつついた。「もうちょっと説明がほしいね、ミラト。なにか宗教的なことが絡んでいるのなら、君には有利になるがね。ともかく、私は知る必要があるんだよ」

　ミラトはもっと詳しく述べた。「友達と話していたんだ。ヒファンと」

　校長は頭を振った。「どうも言ってることがわからんのだがね、ミラト」

「彼は心の指導者なんです。ぼくはアドバイスしてもらってたんだ」

「心の指導者？　ヒファン？　この学校の生徒かね？　これはカルトの話なのかい、ミラト？　カルトの話だとしたら、そう承知しておきたいのでね」

「いや、カルトなんかじゃないです」アイリーがイライラと嚙みつくように言う。「ちょっと急いでもらえませんか？　十分後にはヴィオラの練習なんです」

「ミラトがしゃべってるんだよ、アイリー。私たちはミラトの話を聞いてるんだ。願わくば、君がしゃべるときには、君がいまミラトに示したよりは多少ましな敬意をミラトが君に示してくれるといいのだがね。いいかね？　コミュニケーションをはかることは必要だよ。さあ、ミラト。つづけてくれ。どういった種類の心の指導者なんだ？」

「ムスリムだ。彼はぼくの信仰の手助けをしてくれてた、ね？　彼は『勝利に輝く永遠なるイスラム民族の守護者』のクリックルウッド支部長なんだ」

校長は眉をひそめた。「KEVINかね？」

「略称に問題があることは彼らも気づいてます」アイリーが説明する。

「なるほど」と校長は熱心につづける。「KEVINの男か。麻薬を提供していたのは彼かね？」

「違います」ミラトはタバコを窓の下枠でもみ消した。「あれはぼくのだ。彼はぼくに話をし、ぼくはあれを吸ってた」

「あのう」堂々巡りの会話がさらに数分続いたあと、アイリーが口をはさんだ。「簡単なことです。マリファナはミラトのです。あたしはなにも考えずに吸っちゃって、それから靴紐を結ぶあいだ、ジョシュアに持っててもらっただけで、彼は関係ありません。これでいいですか？　もう行ってかまいませんか？」

「ぼくも関係あります！」

アイリーはジョシュアのほうを向いた。「ええっ、？」

「彼女はぼくをかばおうとしてるんです。一部はぼくのマリファナだったんです。ぼくはマリファナを売り買いしてました。で、ブタどもに取り押さえられたってわけです」

「やだ、なに言うの。チャルフェン、あんたって、どうかしてる」

そうかもしれない。だが、この二日間、ジョシュアはいままでになく尊敬を集め、多くの者に背中を叩かれ、いままでになく大物面することができたのだ。繋がりができたことで、ミラトの魅力の幾分かが伝染したような気がしたし、アイリーについては——そう、彼は「漠然とした興味」を発展させ、この二日間でまったくのべた惚れ状態になっていた。取り消そう。彼は二人の両方にべた惚れ状態だったのだ。この二人にはなにか人を惹きつけずにおかないものがあった。こびとのエルギンや魔法使いのモロク以上に。ジョシュアは二人と繋がりを持てるのが嬉しかった、どれほど細々としたものであれ。彼は二人によってガリ勉オタクの世界から引っこ抜かれたのである。はからずも、薄暗がりからいきなり学校のスポットライトの下に連れ出されたのだ。努力もしてみないで元にもどるつもりはなかった。

「それは本当かね、ジョシュア？」

「はい……ええっと、最初はほんの少しだったんですが、いまでは自分でもかなり問題だと思ってます。べつにドラッグの取引をやりたいわけじゃないんです、そんなことはないんですけど、どうしてもやってしまうんです——」

「ねえ、頼むから……」

「アイリー、ジョシュアに話をさせてやりなさい。彼の話だって、君の話と同じように重要なんだ」

ミラトは校長のポケットに手をのばすと、ずっしり詰まったタバコの袋を取りだした。そして中身を小さなコーヒーテーブルの上にあけた。

「ほらよ。チャルフェン。ゲットー・ボーイ。八分の一オンス、計ってみろ」

　ジョシュアはきついにおいを発散させる茶色の山を見た。「ヨーロッパの八分の一オンスかな、それともイギリスの八分の一オンスかな？」

「ミラトが言ったようにしたらいいんだよ」椅子から身を乗り出してタバコを見つめながら、校長がじれったそうにせかす。「そうすれば片がつく」

　指を震わせながら、ジョシュアはタバコの一部を手のひらに乗せ、差し出した。校長はジョシュアの手をとり、検分させようとミラトの鼻先に突きつけた。

「五ポンド分あるかないかだな」ミラトは軽蔑したように言う。「おまえからはぜったい買いたくないなあ」

「よし、ジョシュア」タバコを袋にもどしながら校長が言った。「決着がついたと言っていいようだね。私でさえ、八分の一オンスにはほど遠いとわかったよ。だが、君が嘘をつかなきゃならなかったということは、どうも気になる。このことについて話しあう機会を設ける必要があるね」

「はい」

「ところで、君のご両親と話をしたんだがね、学校の方針も、懲罰主義をやめて建設的に素行を管理しようという方向に向かっていることだし、ご両親は寛大にも二ヶ月のプログラムを提案して下さったんだよ」

「プログラムって?」

「毎週火曜と木曜、ミラト、君と、アイリー、君は、ジョシュアの家に行って、彼といっしょに二時間のグループ家庭学習をするんだ、数学と生物に分かれてね。君たちには苦手科目、彼には得意科目だ」

アイリーは鼻をならした。「本気じゃないでしょう?」

「いや、本気だよ。とても興味深いアイディアだと思うよ。こうすれば、君たち二人はジョシュアの知力を分けてもらうことができるし、安定した環境を得ることができ、おまけに街中の誘惑から遠ざかることもできる。君たちのご両親にも話したんだが、なんというかその、取り決めに、喜んでいらしたよ。おまけにね、すばらしいことに、ジョシュアのお父さんは高名な科学者で、お母さんは園芸家なんだ。だから、君たちが得られるものはきっと大きいと思うよ。君たち二人は大きな可能性を秘めているのに、せっかくの可能性を損なってしまうようなことに足を引っ張られている——それが家庭環境なのか、個人的ないざこざなのか、私は知らないがね——とにかく、これはそういったものから逃れる絶好の機会だ。懲罰を越えたものだと思ってもらいたい。なかなか建設的だよ。人が人を助けるってことだからね。そして、ぜひ誠意を持って取り組んでもらいたい、いいね? この種のことは、かのサー・グレナード以来、我がグレナード・オークの歴史、精神、全体の気風に大いに見られることなんだよ」

＊

グレナード・オークの歴史、精神、気風というのは、その名に値するグレナーディアンなら誰でも知っているように、思いやり深いヴィクトリア時代の後援者として学校がその名をとどめることにしたサー・エドマンド・フレッカー・グレナード（一八四二―一九〇七）まで遡ることができる。公的な資料によると、グレナードは恵まれぬ人々の社会的地位の向上に対する並々ならぬ関心から、最初の建物に寄付をしたとされている。PTAのパンフレットでは、その建物は救貧院というよりは、当時イギリス人にもカリブ人にも利用される「宿泊所であり、作業所であり、教育施設でもあった」と説明されている。PTAのパンフレットによると、グレナード・オークの創設者は教育分野での慈善家であった。だがしかし、そのパンフレットはまた、「居残り」の適切な代用語として「放課後の逸脱反省時間」などという言葉を使っているのであるが。

地元のグレインジ図書館の公文書保管所でさらにいろいろ調べると、サー・エドマンド・フレッカー・グレナードが、ジャマイカにおけるタバコ栽培、というよりはむしろ、タバコが栽培されている広大な地域を監督することによってかなりの財産を築いた、成功した植民地住民であったことがわかるだろう。二十年にわたる植民地暮らしの最後に、必要よりかなり多くの金を手にしたサー・エドマンドは、立派な革の肘掛け椅子に身を沈め、なにか自分にできることはないのだろうかと自問した。老いてゆく身を、自分は善良な価値ある人間なのだという思いで慰めることができるようななにか。なにか人のためになることが。この窓から見える連中の。外の畑にいる連中のためになることが。

数ヶ月の間、サー・エドマンドは悩んだ。ところがある日曜日のこと、遅い午後の散歩でキングストンをぶらぶら歩いていたとき、聞きなれた響きにいままでになく圧倒された。神を敬う歌声。手を叩く音。すすり泣き、むせび泣く声。喧噪と熱気と法悦に満ちた律動が教会から教会へと広がり、ジャマイカのねっとりした大気を目に見えない聖歌隊のように突き進む。これだ、とサー・エドマンドは思った。こういった歌声をネコの声だと断じ、異教的だと糾弾するジャマイカ在住イギリス人仲間たちとは違い、サー・エドマンドはジャマイカ人キリスト教徒たちの信心深さにはいつも心を打たれていたのである。彼は、鼻をすすったり咳をしたり急に身動きしたりしても牧師に変な目つきで睨(にら)まれたりしない陽気な教会というやつが好きだった。サー・エドマンドには確信があった。かくも賢明な神が、教会をタンブリッジウェルズ（保守的な土地柄とされる）のそれのような融通の利かないいやなところになさろうとしたはずがない、きっと、楽しいところになさりたかったはずだ。歌ったり踊ったり、足を踏みならしたり手を打ち鳴らしたりするようなところに。ジャマイカ人はこのことを理解しているのだ。彼らが理解しているのは、この点だけではないかとも思えたが。とりわけ活気のある教会の外にしばし立ち止まったサー・エドマンドは、いい機会とばかり、つぎのような謎について考えてみることにした。すなわち、ジャマイカ人の神に対する献身と雇い主に対する献身との驚くべき差についてである。この問題については、過去に何度も考えたことがあった。この月だけでも、書斎にすわって自分の問題を考えようとしているときに、やってきた監視員たちから三つのストライキのニュースを告げられている。大勢の男たちが仕事中に寝たり麻薬にふけったりしているし、母親全員が（ボーデン家の女たちもこのなかにいた）賃金が低いと文句を言って働くのを拒否している、というのだ。さて、ここがポイントなのである、まさしく。昼でも夜でもどんな時間でもジャマイカ人にお祈りをさせることはできる。彼らは宗教的に大事な日ならいつでも、たとえどんなに知られていない日にでも教会に駆けつける――だが、タバコ畑で一分でも目を離そうものなら、仕事現場は停止してしまう。信仰活動にいそしんでいるときの彼らはエネルギーに満ち満ちている、ジャンピングビーン（トウダイグサ科の植物の種子、なかの虫の動きによって踊る）のように動き、側廊で泣き叫ぶ……ところが、働く段になると、ぶすっとして非協力的だ。この問題があまりに気になるので、サー・エドマンドは、その年早くこの件について、『グリーナー』に手紙を書き、返事をくれるよう要請したのだが、満足のいく答えは得られなかった。この件について考えれば考えるほど、イギリスとは状況がまったく逆であることがはっきりしてきた。ジャマイカ人の信仰には感心するが、仕事に対する倫理観と教育には絶望的になる。これと逆に、イギリス人の仕事に対する倫理観と教育は称賛すべきものだが、信仰心の薄さにはがっかりしてしまう。さて、自分の地所にもどろうときびすを返しながら、サー・エドマンドは自分がこの状況に影響をおよぼすことのできる立場にあることに気づいたのである――いや、それ以上だ――この状況を変革するんだ！　サー・エドマンドはかなり肥満した男で、体のなかにべつの誰かを隠しているのではないかと思えるほどの体つきだったが、文字どおりずっとスキップしながら家路についた。

翌日さっそく、彼は感動的な手紙を『タイムズ』に出し、ロンドンの広大な地所につぎこむという条件で、四万ポンドの金をとある伝道集団に寄付したのである。ここでジャマイカ人たちはイギリス人と並んでサー・エドマンドのタバコを包装する仕事をし、夜にはイギリス人から一般的な教育を受けることができる。中心となる工場に付属して小さなチャペルも建てられる。そして日曜日には、とサー・エドマンドは書きつづった、ジャマイカ人がイギリス人を教会に連れてきて、信仰とはいかなるものであるべきか見せてくれるだろう。

建物は建てられ、黄金でできた道をあたふたと約束したあげく、サー・エドマンドは三百人のジャマイカ人を船でノース・ロンドンに送りだした。二週間後、ジャマイカ人たちは世界の反対側から無事に着いたとグレナードに電報をよこし、グレナードは、すでに自分の名前が刻まれている銘板の下にラテン語の標語を掲げてはどうかと返事を出した。「働くことは祈ることである」と。しばらくのあいだは、すべて順調だった。ジャマイカ人たちはイギリスに関して楽天的に構えていた。凍りつくような気候は胸の奥にしまいこみ、サー・エドマンドが急に自分たちの生活の向上に関心を持ち、熱中するようになったことで心を温められていた。だが、サー・エドマンドの悪い癖は、関心や熱中を持続することができないということだった。彼の心は小さく、大きな穴がいくつもあいていて、情熱はその穴からいつも洩れてしまう。そして、「ジャマイカ人の信仰」はすぐに、逆さになったふるいのような彼の意識のなかでほかの興味に置き換えられてしまった。「ヒンドゥー教徒の軍人の激しやすさ」、「イギリス人処女の非現実性」、「甚(はなは)だしい暑さがトリニダード人の性的傾向におよぼす影響」。その後十五年の間、サー・エドマンドの事務員がきちんと小切手を送ってくる以外、グレナード・オーク工場には彼からなんの音信もなかった。そして、一九〇七年のキングストン地震で、グレナードは倒れた大理石の聖母像に押しつぶされて死んでしまい、それをアイリーの祖母が見ていたのである（これは古い秘密である。親知らずのように、時が来れば現れるであろう）。運の悪い巡りあわせだった。まさにその月、彼はイギリスにもどり、長い間なおざりにしていた実験がどうなったかを見てみるつもりだったのである。旅程の詳細を記した彼の手紙がグレナード・オークについたのと同じ頃、二日がかりで彼の脳を突き抜けたウジ虫は、哀れな男の左耳から出てきたところだった。だが、ウジ虫の餌食にはなったものの、サー・エドマンドは厄介な試練を免れたのである。彼の実験はうまくいっていなかったのだ。湿った重いタバコをイギリスまで運ぶ船賃を入れると、諸経費は最初から採算がとれなかった。サー・エドマンドの補助金が来なくなって六ヶ月たつと、商売は立ちゆかなくなり、伝道集団はひっそりと姿を消し、イギリス人たちはほかへ仕事を探しに行った。ジャマイカ人たちはほかで仕事を見つけることもできず、工場にとどまり、食べ物がなくなるまでの日数を数えた。この頃には彼らは、仮定法も、九九も、ウィリアム征服王の生涯とその時代も、正三角形の性質もわかるようになっていたが、何しろ空腹だった。飢えのために死ぬ者もいたし、飢えに突き動かされた軽微な犯罪で投獄される者もいた。多くの者たちはイーストエンドに、そしてイギリスの労働者階級に不器用に潜りこんだ。十七年後の一九二四年、大英帝国博覧会に出た者も数名いる。ジャマイカの展示でジャマイカ人の恰好をし、以前の生活のバカげた幻を演じたのだ——ブリキの太鼓、珊瑚のネックレス——彼らはいまやイギリス人であったのに。失望のおかげで、イギリス人以上にイギリス人だったのに。というわけで、全体的に見て、校長は間違っていた。グレナードは、偉大なる啓発的な指針などというものを将来の世代へ伝えたとは言えない。遺産というのは好みでやりとりできるものではないし、受け継ぐという厄介な仕事に確実性はない。グレナードをうんと気落ちさせたかもしれないが、彼の影響は個人的なものとなった、職業的なものや教育的なものではなく。それは人々の血を流れ、その家族の血を流れた。それは三世代にわたって移民たちのあいだに流れ、彼らはものすごいご馳走を前に家族の胸に抱かれていても見捨てられた気がし、また空腹を感じるのだった。そしてそれはジャマイカのボーデン一族であるアイリー・ジョーンズにまで流れていた、本人の知るところではなかったが（だがしかし、誰かがアイリーに、過去へ目を向けてグレナードに注目しろと言ってやるべきだったのだ。ジャマイカは小さな島で、一日で歩いて回れるし、そこに住んでいる人はいつかはみんな接触するのだから）。

＊

「本当のところ、わたしたちに、選択の余地はあるんですか？」アイリーがたずねる。

「君は正直に話してくれたから」校長は色の薄い唇を噛む。「私も君には正直にものを言いたいと思っている」

「選択の余地はないんですね」

「正直に言って、ない。この案に従うか、でなければ『放課後の逸脱反省時間』が二ヶ月だ。われわれは人を喜ばせなければならない、アイリー。もし、つねにみんなを喜ばせることが不可能だとしても、少なくともそのなかの何人かは――」

「はい、わかりました」

「ジョシュアのご両親は本当にすばらしい人たちだよ、アイリー。この体験はきっと君にとって教育的価値の高いものになるだろう。そう思わないかね、ジョシュア？」

ジョシュアはにっこりした。「はい、もちろんです、先生。ぼくも本当にそう思います」

「それに、すばらしいことに、これは一連のプログラムの一種のテストケースになるかもしれないんだよ」校長は頭にあることをそのまま口に出した。「恵まれない、あるいはマイノリティーの家庭の子供を、彼らに与えるものを持っていそうな子供と接触させる。もしかしたら、互いに与えあうことも可能かもしれない、逆にね。子供がほかの子供にバスケットやフットボールやいろいろなものを教えるんだ。財政の援助がもらえるぞ」財政の援助という魔法の言葉に、校長のくぼんだ目は震える瞼の下に隠れはじめた。

「くそったれめ」ミラトが信じられないというように頭を振る。「タバコが欲しい」

「半分」ミラトのあとに続いて出ていきながらアイリーが言う。

「じゃあ火曜日に！」ジョシュアが叫んだ。

# 12　犬歯：糸切り歯

こういう比較はこじつけに過ぎると思われるかもしれませんが、わたしたちがこの二十年間に経験した性や文化における革命は、多年草による花壇の縁取りや沈床花壇で起こっている園芸の革命とそれほど隔たったものではありません。以前は地面から細々と生え、年に二、三度（運が良ければ）花を咲かす越年性の貧相な色合いの花で満足していたのに、現在では、わたしたちは、花の多様性と持続性の双方を、一年三百六十五日、情熱的な色合いのエキゾチックな花が咲き誇っていることを要求するのです。以前、園芸家は花粉を同じ花の雄しべから柱頭へつける（自花受粉）自家受粉株の信頼性を主張していましたが、現在では、わたしたちはもっと大胆になり、花粉を同じ株のある花からべつの花へつけたり（隣花受粉）、同じ種のべつの株の花につけたり（異株異花受粉）する他家受粉を積極的に推奨しています。鳥やハチや風に漂う濃い花粉のもや——こういったものがすべて奨励されるのです！　確かに、二通りある受精のプロセスのうちでは、自家受粉のほうが簡単で確実です。とくに同じ親株の系統を何度も繰り返すことによってコロニーを作る多くの種にとっては。しかし、このように同一の子孫を複製するように作り出していく種には、たった一つの進化上の出来事によってぜんぶが絶滅してしまうという危険が伴います。庭においては、社会や政治の分野と同様、変化こそが唯一持続されるべきものなのです。わたしたちの両親も、わたしたちの両親のペチュニアも、辛い思いをしながらこの教訓を学びました。「時の流れ」は感傷的ではありません。一つの世代とその世代の一年草を、情け容赦のない決意をもって踏みにじるのです。

実際、他家受粉は、変化する環境に適応しやすいより多様な子孫をもたらします。他家受粉株は、種の数も多く、その質もよくなる傾向があるとも言われています。我が家の一歳になる息子がなかなかのものだとしたら（背教カトリックのフェミニスト園芸家とユダヤ人知識人との他家受精！）、わたしはこれが真実だと請けあうことができるわけです。皆さん、結論はこういうことです。これから先も髪に花を飾りつづけたいと思うならば、花は強壮でいつでも手に入るものでなくてはなりません。それは、本当に親身に世話をする園芸家のみが作り上げることのできるものなのです。もしわたしたちが子供たちに楽しい遊び場を、夫には思索のためのコーナーを与えたいと願うなら、変化と面白さに富んだ庭を造るべきです。母なる大地は偉大で豊穣ですが、彼女といえども、ときには助けの手が必要なのです！

——ジョイス・チャルフェン著『ニュー・フラワー・パワー』（一九七六、キャタ

ピラー・プレス）より

ジョイス・チャルフェンは、焼けつくような七六年の夏、狭い屋根裏部屋で雑然とした自分の庭を見おろしながら『ニュー・フラワー・パワー』を書いた。率直な書き出しの風変わりな小さな本――花よりはむしろ人間関係について書いてある――は、七〇年代後半を通じて着実によく売れた（コーヒーテーブルにかならず置いてあるとまではいかないが、よく見ると、団塊の世代ならどの家の本棚にも、忘れられ、埃にまみれたこの本が、スポック博士やシャーリー・コンラン（ベストセラー『スーパーウーマン』の著者）、よれよれになったウイメンズ・プレスのアリス・ウォーカー著『グレインジ・コープランドの第三の人生』といった、ほかのお馴染みの本のそばにあるだろう）。『ニュー・フラワー・パワー』の人気に一番驚いたのはジョイスだった。それは事実上、勝手に出来てしまったような本だった。書くのにたった三ヶ月しかかからず、その間ほとんど、暑さをしのごうとぴちぴちのTシャツと短パン姿で、合間合間におよそ上の空でジョシュアに乳を含ませながらよどみなく流れ出す文を書き取りつつ、これこそまさに自分が望んでいた生活なのだと思ったりしていたのだ。これこそ、七年前にミニスカートをはいて名門大学の中庭を横切ったとき、マーカスの知的で小さな目が自分の豊かな白い足を品定めするように見たのにはじめて気づいたときに、ジョイスが大胆にも心に描いた未来だった。ジョイスは、最初に一目みたときから、未来の伴侶が口を開いて不安げにまず「こんにちは」と言おうとしたときにはもう、すぐさまわかってしまう類の人間だった。

　非常に幸せな結婚だった。あの七六年の夏は、暑さやらハエやらアイスクリーム売りの車が繰り返し流すメロディーやらで、すべてがぼやっとしていた——これは現実なんだと確認するために、ジョイスは自分をつねってみなければならないこともあった。マーカスの仕事場は入り口の廊下の右で、日に二度、ジョイスはがっしりした腰の一方にジョシュアをのっけて廊下を歩き、空いているほうの腰でドアを押し開いて、マーカスがまだそこにいるか、ちゃんと存在しているか、確かめたものだ。そして、机の上に色っぽく身を乗り出し、へんてこならせん（ヘリックス）や、文字や数字相手に懸命になにかしている大好きな天才からキスをもぎ取る。ジョイスはマーカスをそういうものから引き離し、ジョシュアがやったり覚えたりした最新の驚くべきことを見せたがった。言葉、字を覚える、連係動作、模倣。あなたに似たのね、とジョイスはマーカスに言い、いい遺伝子だよ、とマーカスはジョイスに言い、彼女のお尻や豊かな腿を叩き、手でそれぞれの乳房の重みを計り、小さなお腹を撫で、彼のイギリス産の洋ナシを、彼の大地の女神をあまねく称賛する……そしてジョイスは満足し、子供を口にくわえた大きなネコのように自分の仕事場にとって返す、幸せな汗にうっすらまみれて。何とはなしに幸せな気分で、思わず知らず呟いている。思春期の子供たちの、トイレのドアの落書きの音声版を。ジョイスとマーカス、マーカスとジョイス。

マーカスもまた、あの七六年の夏に本を書いていた。本というよりは（ジョイスの感覚では）研究論文であったが。それは『キメラ・マウス――細胞が八個に分裂した発達段階におけるネズミの胚融合に関するブリンスターの研究（一九七四）の評価および実用面での探求』という題だった。ジョイスは大学で生物をかじってはいたが、夫の足元でモグラ塚のように大きくなる原稿の山に手を触れようとはしなかった。自分の限界をわきまえていたのである。マーカスの本を読みたいなどという大それた望みはなかった。それらが書かれていると知るだけで充分だった。自分が結婚した男がそれらを書いていると知っているだけで。ジョイスの夫は、ただ金を稼いでいるのではない、ただ物を作っているのでも、他人が作った物を売っているのでもない、生き物を作り出すのだ。マーカスは神の構想力の境目まで行き、ヤハウェが思いつきもしなかったようなネズミを作るのである。ウサギの遺伝子を持ったネズミ、足に水搔きのあるネズミ（とまあこれはジョイスの想像である、たずねたわけではない）、毎年毎年、いっそう雄弁にマーカスの設計を発現させるネズミ。行き当たりばったりの品種改良から胚のキメラ融合へ。その先はジョイスの知力を越えてマーカスの将来へと急速な発展が繰り広げられた――ＤＮＡ顕微注入法（マイクロインジェクション）、レトロウィルスを用いた形質転換（トランスジェニック）（これによってマーカスは一九八七年、ノーベル賞まであと一歩のところまでいった）、胚性幹細胞を用いた遺伝子導入――マーカスはこういったプロセスによって卵子を操作し、遺伝子の形質発現過多あるいは過少を調整し、身体的特徴として現れるように指示や命令を胚細胞に埋めこんだのである。体そのものがマーカスの命令どおりになるようなネズミを作ったのだ。しかも彼は、つねに人類の幸福を考えていた――癌や脳性麻痺、パーキンソン病の治療――すべての生命体を完全なものにできる、より効率のよい、より論理的な（なぜなら、資本主義が社会的動物にとって悪い論理に他ならないのとちょうど同じように、病気はマーカスにいわせると、ゲノムにとっての悪い論理に他ならないのだ）、より効果的で、よりチャルフェン的なものにしてゆけると、つねに固く信じていたのである。マーカスは、度を超した動物愛護主義者も――何人かの過激派がマーカスのネズミの扱い方を嗅ぎつけたときには、ジョイスはこういう恐るべき連中をカーテン吊り棒で戸口から追い払わねばならなかった――ヒッピーも環境保護主義者も、社会の進歩と科学の進歩は戦友なのだという単純な事実を理解できない人間はすべて軽蔑した。それが、何世代も一族に伝わってきたチャルフェンの流儀だった。彼らは生まれつき、とてもじゃないがバカを容認することなどできなかったのである。もしチャルフェンとの議論で、真実は言葉との相関関係でしかないとか、歴史は解釈であり科学は隠喩だなどと考えている例の風変わりなフランス人たちを持ちだそうものなら、件(くだん)のチャルフェンは、こちらの言い分を黙って聞き終わるや、あっちへ行けと手を振り、そんなくだらない話などわざわざ反論する必要もないと思うだろう。チャルフェンにとって、真実は真実なのである。そして、天才は天才なのだ。マーカスは生き物を作り出す。そして、彼の妻であるジョイスは、小型のマーカスを作り出すことに励んでいた。

＊

十五年たったが、ジョイスはなおも、万人に向かって、自分より幸福な結婚生活があるなら見せてみろと言わんばかりだった。ジョシュアのあとに三人子供ができた。ベンジャミン（十四歳）、ジャック（十二歳）、そしてオスカー（六歳）。活発な巻き毛の男の子たち。みな頭脳明晰で面白い。『室内用鉢植え草花（ハウスプランツ）の内面生活』（一九八四）とマーカスが大学で得た職のおかげで、一家は好景気と不景気が交互に訪れた八〇年代を、浴室を一つ増やし、温室を作り、熟成したチーズ、いいワイン、フィレンツェで過ごす冬の休暇といった生活を楽しみながら、無事乗り切ることができた。現在、二つの新しい仕事が進行中だった。『ツルバラの秘めたる情熱』と『形質転換（トランスジェニック）マウス——胚性幹（ES）細胞を用いた遺伝子導入（ゴスラー他、一九八六）との比較におけるDNA顕微注入法（マイクロインジェクション）（ゴードン・アンド・ラドル、一九八一）の内的限界の研究』である。マーカスはまた、不本意ではあるが、「一般向けの科学」の本も書いていて、小説家との共著であるこの本で、少なくとも上の二人の子供の大学までの費用をまかなえるよう願っていた。ジョシュアは数学の花形だし、ベンジャミンは父親と同じく遺伝学者になることを望んでいて、ジャックは精神医学に夢中、オスカーは十五手で父親のキングに王手をかけることができた。しかも、これらはすべて、チャルフェン夫妻が、子供たちをグレナード・オークに通わせるという、仲間の心配性のリベラルたちが肩をすくめてしぶしぶ私学に金を払い、罪の意識を感じながらも避けているイデオロギー上の賭けを、あえて行った上でのことなのである。おまけにこの子供たちは、優れているだけでなく満ち足りていて、いかなる点でも温室育ちではなかった。子供たちの唯一の放課後の活動は（みなスポーツを軽蔑していた）マージョリーという名の昔ながらのフロイト派セラピストによる週五回の個人セラピーで、ジョイスとマーカスも（別々に）週末には通っていた。チャルフェン以外の人間には多すぎるように思えるだろうが、マーカスはセラピーをとくに重んずるように育てられていて（彼の一族にとってセラピーは長年ユダヤ教に代わるものであった）、効果について云々（うんぬん）することなど考えられなかった。チャルフェン家の者はみな、自分が精神的に健康で感情面も安定していることを明らかにした。子供たちはエディプス・コンプレックスを早めにきちんと経験し、みな純然たる異性愛者で、母親を敬慕し、父親に敬服していて、珍しいことに、この気持ちは思春期にはいるとなおさら強まった。本当の口論はめったになく、遊び半分の、政治や知的トピックに関するもの（無政府主義の重要性、税を引き上げる必要性、南アフリカ問題、魂と体を分けて考えることについて）ばかりだったし、どっちにしろ意見はみな一致するのである。

チャルフェン家の者に友だちはいなかった。彼らは主にチャルフェン一族に連なる者と交流した（始終言われるのが良い遺伝子ということである。科学者が二人、数学者が一人、精神科医が三人、そして労働党で活動している若い従兄弟が一人）。祝日には寛容の精神で、ジョイスの長らく無視されてきた係累、コナー一族を訪ねる。『デイリーメール』に投書するような人たちで、いまだに、ジョイスがユダヤ人と恋愛結婚したことに対する嫌悪感を隠すことができない。すなわち、チャルフェン家の者は他人を必要としないのである。彼らは自分たちのことを、名詞、動詞、ときには形容詞として口にした。「それがチャルフェンの流儀なんだ」「それから彼は真のチャルフェニズムを示したんだよ」「彼がまたチャルフェンやってる」「これについてはもう少しチャルフェニストになる必要がある」ジョイスは誰に対しても、これより幸せな家族がいたら、この自分たちの家族よりチャルフェニズムの家族がいたら見せてみろと言わんばかりだった。

それでもなお、それでもなお……ジョイスは自分がチャルフェン一家のかなめだった黄金時代を思い焦がれていた。自分なしではみんな食事ができなかった頃を。自分が手伝わねば服も着られなかった頃を。いまでは、オスカーでさえ自分で簡単な食事を作ることができる。これ以上進歩させたり啓発したりすることはなにもないように思えることもある。最近では、ツルバラの枯れた部分を剪定しながら、ジョシュアになにか気に掛けてやるような欠点が見つかったらいいのに、ジャックかベンジャミンの隠れたトラウマ、あるいはオスカーの倒錯が見つからないものかと願っている自分に気がつく。だが、子供たちはみな完璧だった。チャルフェン一家が日曜のディナーを囲んですわり、チキンを裂いてぼろぼろの胸郭だけを残して食べ尽くしながらも黙ってのみこむ音が聞こえるだけ、会話といえば塩や胡椒を取ってくれというだけ、という状態のときなど――退屈は明らかだった。二〇世紀も終わりに近づこうとしているいま、チャルフェン一家は退屈していたのだ。お互いがクローン同士のような一家にとって、ディナーのテーブルは完璧さが鏡に反射しているようなものだった。チャルフェニズムとそのすべての原理がかぎりなく自身を反射させていく、オスカーからジョイスへ、ジョイスからジョシュアへ、ジョシュアからマーカスへ、マーカスからベンジャミンへ、ベンジャミンからジャックへと、肉や野菜を横切って、いやになるほど。彼らは相変わらずそれまで同様すばらしい家族だった。だが、有名大学出の仲間――判事、テレビ局のお偉方、広告業者、弁護士、俳優、その他チャルフェニズムが軽蔑する軽薄な職業――との絆をすべて絶ちきってしまったために、チャルフェニズムそれ自体を称賛してくれる者は誰もいなかった。その華麗な論理を、その情け深さを、その理知を。彼らは岩を見つけることができないでいる燃える目をしたメイフラワー号の乗客に似ていた。異国に出会わない入植者（ピルグリム）であり、預言者だった。彼らは退屈していた。そして、いちばん退屈していたのがジョイスだった。

一人で家にいる長い一日（マーカスは大学へ通っている）、ジョイスはしばしば退屈を紛らわすためにチャルフェン家に届く膨大な雑誌の山（『ニュー・マルキシズム』『現代のマルキシズム』『ニュー・サイエンティスト』『オックスファム（貧窮者救済機関）・レポート』『第三世界』『アナーキスト・ジャーナル』）をめくることがあったが、すると、髪のないルーマニア人の子供や丸い腹をつきだした可愛いエチオピア人の子供が欲しくてたまらなくなる――もちろん、とんでもないことだとはわかっている、でもどうしようもないのだ――光沢紙の上の泣き叫ぶ子供たち、自分を必要とする子供たちが欲しくてたまらない。ジョイスには必要とされることが必要なのだ。それは自分がいちばんよくわかっている。本当に悲しかった、たとえば、目をとろんとさせて母乳に夢中だった子供たちが、つぎつぎとその習慣をきっぱり捨ててしまったときには。ジョイスはいつも母乳を与える期間を二、三歳まで引き延ばし、ジョシュアのときには四年も与えた。だが、乳が止まることはなかったのに、要求は止まってしまった。子供たちがソフトドラッグからハードドラッグへと移行する、カルシウムからライビーナという甘い飲み物へと嗜好が切り替わる避けられない時期を、ジョイスは絶えず恐れて暮らしてきた。ジョイスが園芸にもどったのは、オスカーの授乳を止めたときだった、小さなものたちが自分を頼りにしてくれる暖かい腐葉土にもどったのは。

そして、ある晴れた日、ミラト・イクバルとアイリー・ジョーンズが気の進まない足取りでジョイスの生活に入ってきたのである。そのときジョイスは裏庭で、ガーターナイト・デルフィニューム（薄紫とコバルトブルーで、まんなかは空に開いた弾痕のように漆黒）にアザミウマがついていないかどうか、涙ながらに調べていた――すでにボッコニアはそのいやらしい害虫に台無しにされていたのだ。玄関のベルが鳴った。ジョイスは頭を後ろに反らせ、マーカスのスリッパを履いた足音が書斎から出て階段を下りていくまで待ち、夫が応対してくれそうなので、やれやれとまた深い茂みの探索にもどった。ジョイスは眉を上げて、デルフィニュームの八フィートの茎に沿ってまっすぐに伸びる口の形をした二重の花を調べた。アザミウマだ、どの花もページの角を折ったようになっているのを知って、ジョイスは大きな声で独り言を言った。アザミウマだ、彼女は繰り返した。まんざら嬉しくないこともない。こうなったら面倒をみてやる必要があるし、本を書くネタになるかもしれない、少なくとも一章分くらいには。アザミウマ。ジョイスはアザミウマについてかなりの知識があった。

**アザミウマ**　広範囲にわたる植物を食べる微小な昆虫の俗称。とくに、室内用あるいは外国産の植物に求められるような暖かい温度を好む。種の大半は成虫でもたった1・5ミリ（0・06インチ）しかなく、羽のないものもあるが、毛状物で縁取られた短い一対の羽を有するものもある。成虫も幼虫も口の部分で吸ったり刺したりする。

アザミウマは植物の受粉を行ったり害虫を食べたりすることもあるが、現代の園芸家にとっては恵みと害の両方をもたらすものであり、通常はリンデックスのような殺虫剤を使って駆除すべき害虫とみなされている。

**学術的分類**：アザミウマは総翅目である。

――ジョイス・チャルフェン著『室内用鉢植え草花の内面生活』害虫・寄生虫索引より

そう。アザミウマは、もともとはいい性向なのだ。本質的には善意ある生産的な生物で、植物の発達を助ける。アザミウマはいいことをするつもりなのだが、やりすぎるのだ。受粉や害虫を食べる以上のことをしてしまう。植物自体を食べはじめるのだ、内部から。放っておくと、デルフィニュームが何世代もつぎつぎとやられてしまう。このケースのようにリンデックスが効かないときは、アザミウマにどう対処したらいいのだろう？　うんと刈りこむ以外、情け容赦もなく刈りこんで最初からやりなおす以外ないのだろうか？　ジョイスは深く息を吸いこんだ。デルフィニュームにこれをこれを行うことにしたのだ。自分がやらなければ、デルフィニュームにチャンスはないのだから。ジョイスはエプロンのポケットから大きな園芸用のハサミを取りだし、強烈なオレンジ色の柄をしっかり握ると、青いデルフィニュームのむき出しの喉元を二枚の銀色の刃で挟んだ。厳しい愛情というやつだ。

「ジョイス！　ジョオーイス！　ジョシュアがマリファナを吸う友達を連れてきたぞ！」

pulchritude（容姿端麗（パルクリチュード））。ラテン語の pulcher「美しい」からきている言葉だ。ミラト・イクバルがマーカスの趣味の悪い冗談にフンという顔をしながら、スミレ色の目の上に手をかざして薄れゆく冬の日差しをさえぎり、温室の階段を登ってきたときに、ジョイスの頭に最初に閃いたのはその言葉だった。容姿端麗。概念だけではない、実体を持った言葉がそっくりジョイスの眼前に現れたのだ、あたかも誰かがジョイスの網膜にタイプしたかのように——容姿端麗（パルクリチュード）——およそ思いもよらないところにある美、げっぷか皮膚感染でも表すべきであるように見える言葉に隠された美。背の高い茶色い若者の美。いつもミルクやパンを売ってくれる男と、確かめてくれと計算書を差し出す男と、銀行の出納窓口の分厚いガラスの向こうから小切手帳をよこす男とこの若者の見分けなど、ジョイスにはつかないはずなのに。

「ミリヤット・イックボール」マーカスは外国の名前を発音してみせた。「そして、アイリー・ジョーンズだね、きっと。ジョシュの友達だよね。いま言ったところだよ、いままで会ったおまえの友達のなかではいちばんかっこいいなってね！　いつもの連中は背が低くてひ弱そうで、頭はいいけど近視でね、おまけにがに股。そして、女性だったためしがない。とにかく！」マーカスはジョシュアのハラハラした顔は無視して楽しそうにつづける。「君みたいな人が現れて、ほんとによかったよ。このジョシュアのやっと結婚してくれる女性をずっと探してたんだ……」

マーカスは庭の階段に立ち、アイリーの胸に開けっぴろげな称賛の眼差し（まなざし）を注いでいた（はっきり言ってマーカスは、アイリーの肩までの背丈しかなかったのだが）。「こいつはいいヤツだよ、頭もいいし。自己相似図形（フラクタル）はちょっと弱いけど。まあ、だけど、僕たちはこいつが好きなんだ。ところで……」

マーカスはジョイスが庭からやってきて作業用手袋をとり、ミラトと握手してみんなについて台所へ入るのを待った。「君はなかなか大柄だね」

「はい……どうも」

「うちじゃあ、そのほうが歓迎だ――健啖家（けんたんか）のほうがね。チャルフェン家はみんな健啖家なんだ。ぼくはぜんぜん太らない、でも、ジョイスは肉がつくほうだ。ちゃんとつくべき場所にね、もちろん。晩飯は食べていくかい？」

アイリーは台所のまんなかで黙って突っ立っていた、緊張してなにも言えなかったのだ。この夫婦はアイリーが知っているどのタイプの親とも違っていた。

「マーカスのことなんて、気にしないで」ジョシュアが愉快そうにウィンクする。「ただのスケべじじいなんだから。チャルフェン・ジョークだよ。誰かがドアを入ってきたとたんに質問責めにするのが好きなんだ。どれだけ頭が切れるか、確かめるんだよ。チャルフエン家じゃあ、決まり切った挨拶なんて無意味だってことになってるんだ。ジョイス、アイリーとミラトだよ。科学ブロックの裏にいた二人だ」

ミラト・イクバルを目にした衝撃からいくらか回復したジョイスは、気を取り直して、自分の役目であるマザー・チャルフェンを演じようとした。

「じゃあ、あなたたちがわたしの長男を堕落させてる二人組ね。わたしはジョイス。お茶はいかが？　あなたたちがジョシュの悪い仲間ってわけだ。いまね、デルフィニュームの剪定をやってたの。この子はベンジャミン、それにジャック——廊下にいるのがオスカーよ。ストロベリー、マンゴー、それとも普通の？」

「ぼくは普通のにしてよ、ジョイス」とジョシュア。

「あたしも同じでお願いします」とアイリー。

「うん」とミラト。

「普通のが三つとマンゴーが一つ、お願いね、マーカス、お願い」

新しく詰めたパイプを手にドアから出ていこうとしていたマーカスは、うんざりしたような笑顔を浮かべてきびすを返した。「ぼくはこの人の奴隷なんだ」マーカスはこう言いながら、両腕を輪にしてチップを集めるギャンブラーのように妻の腰を抱いた。「でも、そうしないと、家に若いきれいな男が転がりこんでもきたら、駆け落ちされちゃうかもしれないからね。今週はダーウィニズムの犠牲にはなりたくない」

このいかにもあからさまな、こちらを向いたままでの抱擁は、どうやらミラトに見せつけるためのものらしかった。ジョイスの大きなミルキーブルーの目はずっとミラトに注がれたままだった。

「これがあなたに必要なものなのよ、アイリー」ジョイスは一家お得意の聞こえよがしの内緒話といった口調で、知りあって五分ではなく五年もたっているような顔をして言った。「長いつきあいを考えるならマーカスみたいな男ね。遊び人ていうのは、楽しむにはいいかもしれないけど、父親となるとね？」

ジョシュアは赤くなった。「ジョイス、彼女はうちへ入ってきたばかりだよ！　まずお茶でも出したら！」

ジョイスは驚いたふりをした。「わたし、あなたを困らせちゃったんじゃないでしょうね？　マザー・チャルフェンを許してね、どうもわたしの足と口は仲が良くってねえ」

だが、アイリーは困らせられてなどいなかった。魅せられていたのだ。五分間で魅了されていた。ジョーンズ家では誰もダーウィンを引き合いに出したりしないし、「わたしの足と口は仲が良い」（「口に足を入れる」で失言するの意）などとも言わない。お茶の種類を選ばせたりすることもないし、大人から子供へ、子供から大人へと気楽に話をやりとりすることもない。この二つの種族のコミュニケーションのルートが、歴史にさえぎられたりせず自由であるかのように。

「ところで」マーカスに抱擁を解かれ、円形テーブルに腰を落ち着けたジョイスは、二人にもすわるように促した。「あなたたち、とってもエキゾチックね。出身はどこか聞いてもいいかしら？」

「ウィルズデンです」アイリーとミラトは同時に答えた。

「もちろん、そうよね。でも、もともとはどこ？」

「ああ」ミラトは、自分でバッドバッドディングディング訛と呼んでいる話し方に切り替えた。「ワタシがモトモトどこ出身かていうイミね？」

ジョイスは当惑した表情になった。「そう、もともとは」

「ホワイトチャペル」ミラトはタバコをとりだした。「ロイヤル・ロンドン病院と２０７番バス経由で」

　台所をうろうろしていたチャルフェンたちは皆、マーカスもジョシュもベンジャミンもジャックも、いっせいに笑い出した。ジョイスもおとなしくそれに倣(なら)った。

「騒ぐなよ」ミラトは胡散臭そうに言った。「そこまでおかしくなんかないだろ」

だが、チャルフェンたちは笑いつづけた。チャルフェンたちはめったに冗談など言わないし、言うとしても、恐ろしく古くさいか数に関係したもの、あるいはその両方に当てはまるものだけだ。０が８になんと言ったか？　いいベルトしてるね。

「それ、吸うつもり？」笑いが静まると、ジョイスがいきなりたずねた。声にちょっと慌てたような気配がある。「ここで？　じつはね、わたしたち、そのにおいが嫌いなの。ドイツ製のタバコはかまわないんだけど。それでも、吸うのはマーカスの部屋なの。そうじゃないと、オスカーが困るのよ、そうよね、オスカー？」

「ううん」いちばん年下でいちばん愛らしいオスカーは、せっせとレゴの帝国を作っている。「ぼく、かまわないよ」

「オスカーが困るの」ジョイスは繰り返す、また例の周囲に聞かせるための内緒話だ。「タバコのにおいが大嫌いなのよ」

「ぼく……にわ……で……すって……きます」ミラトは正気でない人間や外国人に言うようにゆっくりと言った。「また……すぐ……もどって……きます」

ミラトが声の届かないところへ去り、マーカスがお茶を運んでくると、ジョイスから年齢が死んだ皮膚みたいに剝がれ落ち、彼女は女学生のようにテーブルに身を乗り出した。「ねえ、彼って、すごくステキじゃない？　三十年前のオマー・シャリフみたい。面白いローマ鼻よね。あなたと彼って……？」

「その子を困らせるんじゃないよ、ジョイス」マーカスが諭す。「そんなことを打ち明けるわけがないだろう？」

「いいえ」アイリーはこの人たちになんでも打ち明けたい気分だった。「あたしたち、そんな関係じゃありません」

「それはよかった。あの子の両親がきっともう息子のためになにか決めちゃってるでしょうからね、ちがう？　校長があの子はムスリムだって言ってたわ。でも、女の子じゃなかったことを感謝すべきよねえ？　彼らが女の子にすることといったら、信じられないわ。あの『タイム』の記事、覚えてる、マーカス？」

マーカスは冷蔵庫を引っかきまわして、きのうのポテトサラダの皿を探しているところだった。「うん。信じられない」

「でも、ちょっと見ただけだけど、あの子、そこらのムスリムの子とはぜんぜん違うみたい。だってね、わたしの個人的な体験から言うと、園芸の仕事であちこちの学校へ行って、いろんな年齢の子供たちといっしょに作業してるんだけど、ムスリムの子って、ふつうはほとんどものを言わなくて、ものすごく従順なのよ——でもあの子はとっても……はっきりしてるわ！　だけど、ああいう男の子って、背の高いブロンドが好きなのよね？　つまり、要するに、あれほどハンサムな男の子はってことよ。あなたの気持ちはわかるわ……わたしもあなたの年にはトラブルメーカーが好きだった。でもね、大人になるとわかってくるの、本当よ。危険だからって魅力的なわけじゃないの、ほんとなんだから。ジョシュアみたいな子のほうがあなたにはずっと幸せよ」

「母さん！」

「この子、今週は、ずっとあなたのことばかりしゃべってたんだから」

「母さん！」

ジョイスはこの抗議にちょっと笑顔を浮かべた。「そうねえ、わたしはあなたたち若い人にズバズバものを言いすぎるかもしれない。でもねえ……わたしの頃には、もっとずっと率直だったの。これはと思う男をつかまえようと思ったら、そうでなくちゃいけなかった。大学には女の子が二百人に男が二千人！　みんなが一人の女の子を争うの——でもね、賢い女の子って、えり好みするのよ」

「おやおや、君はえり好みしたわけだ」マーカスは妻の背後に近寄ると耳にキスした。

「しかも、こんなに趣味がよかった」

ジョイスはそのキスを、親友の弟をかわいがってやっている女の子みたいな様子で受けた。「でも、あなたのお母さまは心配なさったじゃない？　わたしみたいに高学歴だと、子供をほしがらないいんじゃないかって思ったのよね」

「でも、君は母さんを納得させた。このヒップなら、誰だって納得させせられるさ！」

「そうね、最後にはね……でも、お母さまはわたしのこと、あまり評価してなかったでしょ？　わたしがチャルフェン家にふさわしい人間だとは思ってなかったわ」

「あのときは君を知らなかっただけだよ」

「でも、わたしたち、お母さまをびっくりさせたわよね！」

「彼女を喜ばせるために、せっせと種付けに励んだってわけだ！」

「結局、孫が四人だものね！」

このやりとりのあいだ、アイリーは、こんどは大きなピンクのゾウの鼻を尻につっこんで、ウロボロスの円環を作ろうとしているオスカーに注意を向けようと努めた。この風変わりで美しいもの、中産階級にこれほど近づいたことはいままでなかった。困惑するというよりは、実のところ興味をそそられ魅惑された。奇妙かつ不思議な感じだった。砂ばかり見つめながらヌーディストビーチを歩くカマトト女になったような気分。裸のアラワク族に会って、どこを見たらいいかわからないコロンブスのような気分だった。

「こんな両親で、ごめんね」とジョシュア。「お互いの体に触らずにはいられないんだ」

だが、こうした言葉にすら、プライドがこもっていた。チャルフェン家の子供たちは、自分たちの親が類い稀な存在、グレナード・オーク全体でもたった一ダースほどの幸福な結婚生活を送る夫婦であることを承知していたのだ。アイリーは自分の両親のことを考えた。いまやあの二人の触れあいなど、二人がともに指で触れたところに残像として浮かびあがるくらいのものだ。リモコンとか、クッキーの缶の蓋とか、明かりのスイッチとかに。

アイリーは答えた。「二十何年もたってまだそんな気になれるなんて、すてきね」

ジョイスは誰かがボールを放ったかのようにくるりと向き直った。「すばらしいのよ！すてきなの！　ある朝目覚めて突然、一夫一婦制は束縛じゃないって悟る――あなたは解き放たれるのよ！　それに、子供だってそういう環境で育てなくっちゃね。あなたがそういう育ち方をしたのかどうかは知らないけど――よく書いてあるじゃない、アフリカ系カリブ人はどうも関係を長続きさせるのが苦手みたいだって。悲しいことだわよねえ？『室内用鉢植え草花の内面生活』に、ドミニカ人の女の人のことを書いたんだけど、アゼリアの鉢植えをね、六人の男の家を持ってまわるの。一ヶ所では窓のところに置くでしょ、つぎは暗い隅っこ、そのつぎは南向きの寝室って具合。植物って、そんなことしちゃいけないのに」

これはいつものジョイス流の脱線で、マーカスとジョシュアは、愛情をこめながらもおやおやとあきれ顔をしてみせた。

ミラトがタバコを吸いおえてもどってきた。

「そろそろ勉強にとりかからないか？　こうしてるのも結構だけど、今夜は出かけたいんだ。適当なところでね」

アイリーが、夢見がちな文化人類学者のようにチャルフェン家の人々のことをあれこれ考察しながら瞑想に耽(ふけ)っているあいだ、ミラトは庭で窓越しに室内を見ながらマリファナを巻いていた。アイリーが文化や洗練、階級、知性を見たところに、ミラトは金を見た。遊んでいる金、とくになんの働きもせず、ただ単にこの家族の周りにあるだけの金だ。良い目的を必要としている金、その目的が自分であったっていいかもしれない。

「じゃあ」とジョイスは手を叩いて言った。みんなをもうちょっと部屋に引き留めておこう、チャルフェン家の沈黙の再来をできるだけ引き延ばそうとしながら。「あなたたちはみんなでいっしょに勉強するのね！　あなたとアイリーは本当に大歓迎よ。わたし、校長に言ったの、そうよねえマーカス、これは罰と受け取られるべきじゃないって。べつに憎むべき犯罪ってわけじゃないんだから。ここだけの話だけど、わたしね、以前は大麻を栽培するのが上手だったのよ……」

「すげえじゃん」とミラト。

　育てるんだわ、とジョイスは思った。忍耐強く、定期的に水をやり、そして刈りこむときには短気を起こさない。

「……それから、校長が話してくれたんだけど、あなたたちの家庭環境があまりそのう……つまり……きっとここならもっと勉強しやすいと思うの。とても大事な年なんですもの、中等教育修了共通試験（GCSE）のね。二人とも頭がいいのは一目でわかるわ――あなたたちの目を見ただけで誰にでもわかるわよ。そうよね、マーカス？」

「ジョシュ、おまえの母さんはぼくに、IQというものが目の色や形といった二次的な体の特徴に現れるものかどうかとたずねてるぞ。この質問にたいして分別のある答えはできるかね？」

　ジョイスは頑としてつづける。ネズミに人間、遺伝子に胚、それはマーカスの領分だ。種苗、光源、成長、養育、物事の埋もれた本質――それは自分の領分だ。どの伝道船でもそうであるように、職務はそれぞれに委ねられていた。マーカスは船首で嵐を見張る。ジョイスは甲板の下で敷布にナンキンムシがついていないか調べる。

「校長は、潜在的な能力が無駄に消えてしまうのをわたしがどれほど残念がるか知ってるのよ――だから、あなたたちをうちへよこしたの」

「それに、校長は、チャルフェン家の人間のほとんどが自分より四百倍頭がいいのもわかってるしね！」ジャックが高く飛び跳ねながら言う。まだ小さいので、自分の一族への誇りをもう少し世間に受け入れられやすい形で表すことを知らないのだ。「オスカーでさえね」

「いや、そんなことはない」オスカーは最近作ったレゴの車庫を蹴とばしながら言う。

「ボクは世界中でいちばんバカなんだ」

「オスカーはね、ＩＱが一七八なの」ジョイスが囁く。「ちょっとびっちゃうわよ、母親でもね」

「わあ」アイリーは部屋にいるほかの者たちとともに称賛を送るべく、プラスチックのキリンの頭を飲みこもうとしているオスカーのほうを向いた。「それはすごいですね」

「そうね。でも、この子はすべてを持ってるでしょ、それに結局は育ち方だと思うの、そうじゃない？　わたしはそう信じてるのよ。わたしたちはたまたま幸運にもこの子に多くのものを与えることができたし、マーカスのような父親もいるしね――一日二十四時間充分な日光に照らされているようなもんでしょ？　この子は運良くそういうものが持てた。そう、この子たちみんなそうなのよ。あのね、へんに聞こえるかもしれないけど、わたしはずっと自分より頭のいい男と結婚しようと決めてたの」ジョイスは両手を腰にあて、アイリーがそれをへんだと思うのを期待するような顔をした。

「あら、ほんとにそう決めてたのよ。しかも、わたしはがちがちのフェミニストなの。マーカスに聞いてみて」

「彼女はがちがちのフェミニストだよ」マーカスが冷蔵庫の奥の院から答えた。

「わかってもらえないかもしれないけど――あなたたちの世代はまた考え方が違うから――でも、わたしはね、自分より頭のいい男と結婚することで自由になれるってわかってたの。それに、自分の子供たちのためにどんな父親がほしいかということもね。ちょっと驚かせちゃったかしらね？　ごめんなさいね、でも、うちの家じゃ普通の世間話はしないの。あなたたちが毎週ここに来るなら、いまのうちに、チャルフェン家ってものをそこそこ経験しておいてもらったほうがいいと思ってね」

この最後の言葉が聞こえる範囲内にいたチャルフェン家の者は、みんな微笑み、うなずいた。

ジョイスは言葉を切り、ガーターナイト・デルフィニュームに向けてきた眼差しでアイリーとミラトを見た。ジョイスは熟練した目で素早く病気を見つけることができる。そしてここには、被害が見受けられた。最初のもの（アイリアンサス・ニグレシウム・マーカシリア）には、秘められた苦痛が見られる。おそらくは頼れる父親がいない、知性が充分に開発されていない、自己に対する評価が低い、といったところか。そして二番目のもの（ミラチュリア・ブランドリディア・ジョイキュラタス）には深い悲しみ、ものすごい喪失感、ぱっくり開いた傷口が見られる。教育や金以上のものを必要としている穴が。愛を必要としているのだ。ジョイスはチャルフェンの園芸家の指でそこに触れ、傷を閉じ、皮膚を縫いあわせてやりたくてたまらなかった。

「聞いてもいいかしら？　お父さまは？　どんなお仕事を――？」

（ジョイスは、両親は何をしているんだろう、何をしていたんだろうと思ったのだ。突然変異した最初の花を見つけると、ジョイスは断絶がどこで生じたのか知りたいと思うのである。間違った疑問だ。両親ではない、一世代だけではなく一つの世紀全体が関係しているのだ。つぼみではなく、茂み全体が）

「カレー運んでます」とミラト。「バスボーイ、ウェイターです」

「紙を」アイリーが説明をはじめる。「折りたたんだりとか……それに切り取り用のミシン目とかもやってます……広告のダイレクトメールなんだけど、べつに広告業ってわけじゃなくて、っていうか、少なくとも企画のほうじゃなくて……折ったりするほうで――」

アイリーはあきらめた。「ちょっと説明が難しくて」

「そうね。そうよね。ちゃんとした男性の役割モデルが欠けているとね……すべてがゆがんでくるの、わたしの経験によると。わたしが仕事で行った学校のことなんだけど、『ウイメンズ・アース』に最近記事を一つ書いたのよ。わたしが仕事で行った学校のことなんだけど、子供たち全員に鉢植えのホウセンカを渡して、一週間のあいだ、お父さんやお母さんが赤ちゃんの世話をするように世話しなさいって言ったの。子供たちそれぞれが、父母のどちらの真似をするか決めてね。ウィンストンっていう可愛い小さなジャマイカ人の男の子がいたんだけど、お父さんにするって決めたの。つぎの週、その子のお母さんから電話があってね、鉢植えにペプシをやってテレビの前に置くなんてことを、どうしてウィンストンにやらせるんだって聞かれたわ。まったく、ひどいわよねえ。でも、こういう親の多くが、子供をちゃんと大事にしていないの。一つには文化もあるのかもしれないけど、ねえ？　こういうのって、ほんとに腹が立つわ。わたしがオスカーに見せる唯一の番組は『今日のニュース』を一日に三十分だけよ。それでも充分すぎるくらい」

「オスカーはラッキーだな」とミラト。

「まあとにかく、あなたたちが来てくれてほんとうに嬉しいの、だって、だってね、わたしたちチャルフェンは、つまり――変に聞こえるかもしれないけど、でも、わたし、このやり方がいちばんいいって断固校長を説得しようと思ったのよ。こうしてあなたたち二人に会ってみたら、なおさらそう確信したわ――だってわたしたちチャルフェンは――」

「どうやって人々のあいだに正しいことをもたらすか知ってるから」ジョシュアが言葉を継いだ。「二人はぼくにそうしたんだ」

「そう」言葉を探す必要がなくなってほっとしたジョイスは、誇りに満ちた笑顔を浮かべた。「そうよ」

ジョシュアは後ろへ椅子を引くと、テーブルから立ちあがった。「ぼくたちはそろそろ勉強にとりかからなくちゃ。マーカス、あとでちょっと生物を手伝いにきてくれる？　ぼく、生殖のとこをかみ砕いて説明するのは、ぜんぜん自信ないんだ」

「いいよ。フューチャーマウスの仕事をしてるとこなんだけどね」これはマーカスのプロジェクトを指す家族間のふざけた名前で、年少のチャルフェンたちは赤い短パンをはいた人間みたいな姿のネズミを思い浮かべながら、父のあとについてフューチャーマウス！と歌った。「それに、まず、ジャックとちょっとピアノを弾かなくちゃならないし。スコット・ジョプリンをね。ジャックは左手、僕は右。アート・テータムとはいかないけど」

マーカスはジャックの髪をくしゃくしゃ撫でた。「でも、まあなんとか」

アイリーは、ミスター・イクバルが死んだ土色の指でスコット・ジョプリンの右手部分を弾くところをなんとか思い描こうとしてみた。あるいは、ミスター・ジョーンズがなんであれかみ砕いてみせるところを。アイリーは自分の頬がチャルフェニストの啓示の熱で火照（ほて）るのを感じた。現在に生きる父親がいるのだ、過去の歴史を鎖と金属球でできた足かせのように引きずってはいない父親が。過去のぬかるみに首まで浸かって沈みかけたりしていない父親が。

「晩ご飯も食べていってよね？」とジョイス。「オスカーがあなたたちにいてほしがってるの。オスカーは家にお客様が来るのが好きなの、わくわくしちゃうのよ。肌の色が茶色のお客様なら、なおさらね！　そうでしょ、オスカー？」

「ううん」とオスカーはアイリーの耳元で言う。「茶色のお客なんて、だいっきらい」

「この子、茶色の肌のお客様を、きっと喜ぶわ」ジョイスは言った。

＊

二〇世紀は客人の世紀であった。茶色、黄色、白の。二〇世紀は壮大なる移住実験の世紀であった。いまごろになってやっと、運動場に行くと、魚の池のそばにはアイザック・リョンが、サッカーのゴールにはダンニ・ラヘマンがいて、クァン・オロークはバスケットボールを弾ませ、アイリー・ジョーンズはハミングしている、という情景を目にすることができるようになった。名前と名字が衝突を起こしそうな子供たち。大量脱出、窮屈なボートや飛行機、寒々しい入国、検診、そんなものを内に秘めた名前だ。いまごろになってやっと、そしておそらくこのウィルズデンだからこそ、親友同士のシーターとシャロンを目にすることができる。二人はいつも間違えられる。シーターが白人で（母親がこの名前を気に入った）、シャロンはパキスタン人（母親はこの名前がいちばんいい――トラブルが少ないだろうと思った）だからだ。ところが、これだけ混ざりあっているにもかかわらず、ようやくそこそこ心地よくお互いの生活に入りこんでいる（真夜中の散歩のあと、恋人のベッドにもどる男のように）という事実にもかかわらず、こういった状況にもかかわらず、インド人よりイギリス的な人間はいない、イギリス人よりインド的な人間はいない、ということを認めるのはなおも簡単ではない。そういうことに腹を立てる白人の若者がまだいるのだ。閉店時間の薄暗い街へ包丁を握りしめて出ていくような若者が。

　だが、国粋主義者の抱く不安、悪い影響や勢力の浸透や異人種混交への恐れを聞くと、移民たちは笑い出す。こんなことは大したことではない、くだらない（ピーナッ）ことだからだ、移民たちが抱く不安と比べると――溶けこんで、消えてしまうのではないかという不安と。ものに動じないアルサナ・イクバルでさえ、しょっちゅう冷汗をびっしょりかいて目を覚ます、ミラト（遺伝的にはＢＢ、Ｂはベンガル人を意味する）がサラ（ａａ、ａはアーリア人を意味する）などという名前の娘と結婚し、マイケル（Ｂａ）という子供ができ、こんどはその子がルーシー（ａａ）という娘と結婚して、わけのわからない曾孫（Ａａａａａａ！）を、ベンガル人の血がすっかり薄まった、遺伝子型が表現型に隠れてしまった曾孫を持つことになるという夢を見て。これは世界でもっとも筋が通らずかつ自然な感情である。ジャマイカでは文法にさえこの感情が見られる。人称代名詞の選択がないのだ。

「わたし」や「あなた」や「彼ら」が分かれていない。ただ単一で同質の「わたし」しかないのだ。自身半分白人の血が混じるホーテンス・ボーデンがクララの結婚のことを聞いたとき、彼女はクララの家へ来ると、玄関の踏み段に突っ立って言った。「いいかい、あたしはあたしといまこのときから口をきかないからね」ホーテンスはきびすを返して立ち去り、自分の言葉を守った。ホーテンスがあれほど努力して黒人と結婚したのは、自分の遺伝子を危ない瀬戸際から引きもどしたのは、娘にさらにピンク色に近い子供を産ませるためではなかったのだ。

同様に、イクバル家でも戦線が明確になっていた。ミラトがエミリーとかルーシーとかを家へ連れて来ると、アルサナは台所で声を殺して泣き、サマードは庭でコリアンダーに突っかかる。翌朝は待機戦術だ。エミリーやルーシーが立ち去って言葉の闘いをはじめられるまで、じっとこらえる。だが、アイリーとクララのあいだでは、この問題はほとんど口にされなかった。自分はお説教できる立場ではないとクララは自覚していたのだ。それでもなお、失望や心を突き刺す悲しみをあえて隠そうとはしなかった。アイリーの部屋の聖堂を飾る緑の目のハリウッドスターたちから、アイリーの部屋にしょっちゅう出入りする白人の友達の群にいたるまで、クララは娘がピンク色の肌の大海に取りまかれるのを目にし、娘がその潮流に連れ去られるのを恐れた。

一つにはそのためもあって、アイリーはチャルフェン一家のことを両親には話さなかった。べつにチャルフェン家の一員になりたいなどと思っていたわけではない……だが、本能的には同じだった。アイリーは十五歳の娘の漠然とした情熱を一家にたいして抱いていたのだ。抗しがたいほどなのに、実際の方向も目的も定まってはいない情熱を。アイリーはただ、そう、なんというか、一家に溶けこみたかったのだ。彼らのイギリス性が欲しかった。彼らのチャルフェン性が。それら純粋なるものが。チャルフェン一家もまた、言ってみれば移民である（ドイツとポーランド経由の三世代目、もとはチャルフェノフスキー）ということなど、考えもしなかった。また、自分が彼らを必要としているように、彼らも自分を必要としているのかもしれないということも。アイリーにとって、チャルフェン家は、イギリス人よりイギリス的だった。チャルフェン家の敷居をまたいだとき、アイリーは禁制を犯すようなスリルを感じた。ユダヤ人がソーセージを食べたり、ヒンドゥー教徒がビッグマックをひっつかんだりするような。アイリーは境界を越えてイギリスへ忍びこもうとしていたのだ。恐ろしく反抗的なことをやっている気分だった。他人の制服、あるいは他人の皮を身につけているような気分だった。

アイリーは、火曜の夕方はネットボールがあると言って、それで済ませておいた。

＊

チャルフェン家では、会話はよどみなく流れた。ここでは誰も、神に祈ったり、感情を道具箱のなかに押し隠したり、色あせた写真を黙って撫でては、そうなっていたかもしれないことに思いをはせたりしないみたいだ、とアイリーは思った。会話は生活の要素だった。

「やあ、アイリー！　さあ入って入って。ジョシュアは台所でジョイスといるよ。元気そうだね。ミラトはいっしょじゃないのかい？」

「あとで来ます。デートがあるんだって」

「ははあ。いやあ、もし会話術のテストなんてものがあったら、彼は抜群の出来だろうな。ジョイス！　アイリーが来たよ！　で、勉強はどうだい？　かれこれ――どのくらいになる？　もう四ヶ月？　チャルフェン家の才能が乗り移ってきたかい？」

「わりといい調子。理系はぜんぜん向いてないと思ってたんだけど……けっこうできそうなの。わかんないけど。ときどき、頭が痛くなっちゃって」

「それは、君の右脳が長い眠りから目覚めて、活動をはじめようとしているせいだよ。ぼくは本当に感心してるんだ。うじゃうじゃした文系の学生をあっというまに理系に変えるのは可能だって君に言っただろ――そうだ、フューチャーマウスの写真があるんだ。あとで言ってくれ、見たがっていただろ？　ジョイス、でかい茶色の女神のご到着だよ！」

「マーカスったら、やめてよ……こんにちは、ジョイス、ジョシュ。ハイ、ジャック。こんにちわー、オスカー、かわいい子ちゃん」

「いらっしゃい、アイリー！　こっちへ来て、キスしてちょうだい。ほらオスカー、アイリーがまた来てくれたわ！　あらまあ、あの子の顔を見てよ……ミラトはどこだろうと思ってるのね、そうでしょ、オスカー？」

「そんなこと、思ってない」

「あら、きっとそうよ……あのちっちゃな顔を見て……ミラトが来ないと、ひどくがっかりするの。アイリーに新しいおサルの名前を教えてあげて、オスカー、お父さんがくれたおサルよ」

「ジョージ」

「あら、ジョージじゃないでしょ——おサルのミラトにするって言ったじゃない、忘れた？　サルはいたずらで、ミラトと同じくらい悪いからって、ねえオスカー？」

「知らない。どうでもいい」

「オスカーはミラトが来ないと、ほんとにがっかりするの」

「しばらくしたら来るわ。デートしてるの」

「デートしてないことなんてないじゃない！　大きなオッパイの女の子とばっかり！　嫉妬しちゃうわよね、オスカー？　わたしたちといっしょにいるより、女の子とつきあってる時間のほうが長いんだから。でも冗談にしちゃいけないわねえ。あなたにはけっこう辛いでしょうから」

「いや、気にしてないもの、ジョイス、ほんとよ。もう慣れっこ」

「だけど、ミラトはみんなに好かれるのよね、ねえオスカー！　好きにならずにはいられない、でしょ、オスカー？　わたしたちも彼が大好きよね、オスカー？」

「ぼく、大嫌い」

「まあオスカーったら、ばかなこと言わないの」

「みんなもうミラトの話はやめてくれないか、頼むから」

「はいはい、ジョシュア。この子ったらやきもち焼いてる、わかる？　ミラトには少しばかり特別な気配りが必要なんだって言ってやらなくちゃ。あの子はかなり難しい家庭環境なんだもの。ちょうどね、わたしがアスターより牡丹（ボタン）に時間をかけるようなものよ、アスターはどこでも育つもの……あなたってひどく利己的になることがあるわよ、ジョシ」

「わかったよ、母さん、わかったってば。晩ご飯はどうなるの——勉強の前、それともあと？」

「前だ、ね、ジョイス、いいだろ？　ぼくは夜通しフューチャーマウスの仕事をしなきゃいけないんだから」

「フューチャーマウス！」

「しーっ、オスカー、お父さんのお話を聞いてるんだから」

「明日論文を届けるんだ、だから晩ご飯は早いほうがいいな。君もそれでかまわないならね、アイリー、君は食べることが大好きだからね」

「あたしもそれでいいわ」

「そんなこと言っちゃだめでしょ、マーカス、彼女、体重をとっても気にしてるんだから」

「いや、あたしべつに――」

「気にしてる？　体重を？　だって、誰でもでかい女の子が好きだぜ、そうだろ？　ぼくはぜったい好きだね」

「こんばんは。ドアが開いてたよ。勝手に入らせてもらった。そのうち、誰かがぶらっと入ってきて、あんたたちを皆殺しにするよ」

「ミラト！　オスカー、ほら、ミラトよ！　オスカー、ミラトが来てくれて嬉しいでしょ、ねえ？」

オスカーは鼻に皺を寄せておえーっと吐く真似をし、木のハンマーをミラトの向こうずねに投げつけた。

「オスカーはあなたを見るととってもはしゃぐの。ねえ、あなた、ちょうど晩ご飯に間にあったわよ。チキンとカリフラワーのチーズソース。さあすわって。ジョシュ、ミラトのコートをどこかへ片づけて。で、調子はどう？」

ミラトは乱暴な動作でテーブルについた。目が、泣いたあとのようだ。ミラトはタバコとマリファナの小さな袋をとりだした。

「ひでえもんさ」

「どうひどいんだい？」マーカスがほとんど上の空でたずねる。大きなスティルトンチーズの塊から一切れ切り取ろうとしているところだ。「女の子のパンティーの下につっこめなかったのか？　女の子が君のパンツの中身と仲良くしようとしてくれなかった？　その子パンティーはいてたか？　ちょっと聞きたいんだが、どんなパンティーだった、その子――」

「父さん！　やめてくれよ」ジョシュアがうめく。

「ふん。もしおまえが実際に誰かのパンティーの下に突っこんだ経験があればだなあ、ジョシュ」マーカスはあからさまにアイリーに目を向けた。「おまえで楽しませてもらえるんだけどな、だがいまのところは――」

「二人とも、黙っててよ」ジョイスがさえぎる。「ミラトの話を聞いてるんだから」

四ヶ月前、ミラトのようなかっこいい友だちを持つのは途方もない幸運のようにジョシュには思えた。毎週火曜日にミラトが家に来ることになって、グレナード・オークにおけるジョシュの株は本人が思いもよらないほどあがった。だから、アイリーの勧めもあって、ミラトが自発的に、友人として訪問するようになったとなれば、ジョシュア・チャルフェン、もと丸ぽちゃチャルフェンは、これはしめたと思って当然のはずだった。ところがジヨシュアは、そうは思わなかった。苛立っていた。ジョシュアはもうミラトの魅力に頼る気などなかったのだ。ミラトの磁石のような資質になど。ジョシュアの見たところ、アイリーはまだすっかりミラトにのぼせあがったままで、ペーパークリップのようにくっつきたがっている。おまけに、自分の母親までもが、ミラトだけに関心を注いでいるように思えることがある。園芸や子供たちや夫に注ぐはずのエネルギーがすべて、鉄粉のように流線を描いてこの対象一個だけに吸い寄せられるのだ。ジョシュアはこれに苛立った。

「いま話しちゃいけないっていうの？　自分の家でものも言えないってわけ？」

「ジョシ、ばかなこと言わないで。ミラトがまいってるの、わかるでしょ……いまはこっちをなんとかしようとしてるだけじゃないの」

「かわいそうなジョシ」ミラトがゆっくりした底意地の悪い口調で、子供相手のように話しかける。「ママにあんまりかまってもらえないのかい？　ママにお尻をふいてもらいたいの？」

「黙れ(ファック・ユー)、ミラト」とジョシュ。

「おおおおおおお……」

「ジョイス、マーカス」ジョシュアは外部の良識に訴える。「こいつに言ってやってよ」

マーカスは大きなくさび形のチーズを口に放りこみ、肩をすくめてもごもご答えた。

「ミヤトはおかあはんのかんかつら」

「まずこっちから片づけたいのよ、ジョシ」とジョイス。「そしてあとで……」ジョイスの言葉の続きは長男がたたきつけた台所のドアの音に押しつぶされた。

「ぼくが行こうか……？」ベンジャミンがたずねる。

ジョイスは首を振ってベンジャミンの頬にキスした。「いいのよ、ベンジー。ほっとくほうがいいわ」

ジョイスはミラトに向き直り、その顔に触れ、指で乾いた涙のあとをなぞった。

「で、いったいどうしたの？」

ミラトはゆっくりとマリファナを巻きはじめた。ミラトは待たせておくのが好きだった。待たせれば、チャルフェンからいっそう多くのものを引き出すことができる。

「まあ、ミラト。そんなもの吸うの、やめなさいよ。この頃は、顔をあわせるたびに吸ってるじゃないの。オスカーがとっても気にするの。この子ももう赤ちゃんじゃないんだし、あなたが思うよりはわかってるのよ。マリファナのこともわかってるの」

「マリワナってなあに？」オスカーがたずねる。

「知ってるでしょ、オスカー。ミラトをめちゃくちゃにしちゃうものよ、今日話したみたいにね。ミラトの脳の小さな細胞を殺してしまうの」

「いい加減ほっといてくれよ、ジョイス」

「わたしはただ……」ジョイスはメロドラマ風にため息をつき、自分の髪を指で梳いた。

「ミラト、どうしたっていうのよ？　お金でもいるの？」

「ああ、必要だね、あいにくながら」

「どういうわけで？　どうしたの？　ミラト。話してちょうだい。また家族のこと？」

ミラトはオレンジの厚紙で吸い口を作って、マリファナを唇にくわえた。「父さんに追い出されたんだよ」

「まあなんてこと」たちまち目に涙をにじませながら、ジョイスは自分の椅子をミラトのほうに引き寄せて手を取った。「わたしがあなたの母親なら、きっと――もちろん、わたしは母親じゃないけど、わたしなら……でも、あなたのお母さまはあまりに無能すぎるわ……わたしとっても……だって、考えてもみてよ、子供の片方を夫がよそへやってしまうのを黙って見過ごして、もう片方にもとんでもない仕打ちをするのを許すなんて、わたし――」

「おふくろのこと、そんなふうに言わないでくれ。会ったこともないじゃないか。おふくろの話なんかしてないだろ」

「お母さま、わたしにはお会いにならないでしょ？　競争意識かなにかかしら」

「そんな言いかたするなったら、ジョイス」

「そうね、こんなこと言ってもしょうがないわね。こんなこと言うと……あなたを傷つけるし……ちゃんとわかってるのよ、こういう話はあまりにも……マーカス、お茶を入れてきてよ、彼にはお茶が必要よ」

「やめてくれ！　お茶なんか、ほしくないよ。あんたのやることったら、お茶を飲むだけだ！　お茶のションベンがでるじゃないか」

「ミラト、わたしはただ――」

「なんでもいいから、やめてくれ」

　小さな大麻の種が一粒、ミラトのマリファナからこぼれて唇にくっついた。ミラトはそれをつまむと口に入れた。「でも、ブランデーならいいなあ、もしあったら」

　ジョイスはアイリーに、仕方ないでしょという顔をしてみせ、三十年物のナポレオンを少しだけと、親指と人差し指の幅で指示した。アイリーはバケツを逆さにした上に乗って棚の上からブランデーをおろした。

「さあ、ちょっと落ち着きましょうよ、いいわね？　いいわ。で、こんどはどうしたの？」

「オヤジのことを卑劣（カント）なヤツって言ってやったんだ。あいつは卑劣（カント）なヤツだ」ミラトは、おもちゃになりそうな物を求めて自分のマッチのほうにそろそろとはいよってきたオスカーの指を、叩いた。「しばらくどこか寝泊まりするところがいるんだけど」

「そんなの、問題ないじゃない。もちろん、うちにいたらいいわ」

　アイリーはジョイスとミラトのあいだに割って入って、テーブルの上に底の広がったブランデーグラスを置いた。

「ねえアイリー、いまはミラトをちょっとゆったりさせてあげなくちゃ」

「あたしはただ――」

「あのね、アイリー――こんなときに押しのけたりしちゃだめよ――」

「オヤジは偽善者だ」ミラトが怒った声で口をはさむ。目はちょっと向こうを見据え、誰かに、というよりは温室に向かって話しているようだ。「一日に五回お祈りするくせに酒は飲む。それにムスリムの友だちもいない、なのに、白人の女の子とヤッてるっておれに説教するんだ。おまけにマジドのことでいらいらしてる。で、おれに八つ当たりだ。それに、KEVINとかかわるのをやめろって言うんだぜ。オヤジなんかより、おれのほうがよっぽどちゃんとしたムスリムだ。くそったれオヤジめ！」

「こうやって、みんないるところで話してもいいの？」ジョイスは、ほらねというように部屋を見回した。「それとも二人だけで話す？」

「なあジョイス」ミラトはブランデーを一息で飲み干した。「べつに、知ったこっちゃねえよ」

ジョイスはこれを「二人だけ」という意味に受け取り、皆に部屋から出ていくよう目配せした。

アイリーは喜んでその場を去った。ミラトとチャルフェン家へ通い、「科学1」に苦労して取り組み、この家の煮こみ料理を食べてきたこの四ヶ月のあいだ、奇妙なパターンが展開してきた。アイリーが進歩すればするほど――勉強においてであれ、礼儀正しい会話を身につけることやチャルフェニズムの模倣においてであれ――ジョイスはアイリーに関心を示さなくなる。それなのに、ミラトが無軌道にふるまえばふるまうほど――呼ばれてもいないのに日曜の夜に現れる、酔っぱらう、女の子を連れてくる、家中どこでもマリファナを吸う、とっておきのドンペリニョン一九六四年物をこっそり飲んでしまう、バラの花壇に放尿する、居間でKEVINのミーティングをやる、バングラデシュに電話して電話代の請求額を三百ポンドにしてしまう、マーカスをホモ呼ばわりする、ジョシュアを去勢してやると脅す、オスカーに向かって甘やかされたクソッタレのチビだと言う、ジョイス自身のことも頭がイカレていると決めつける――ジョイスはミラトに夢中になった。この四ヶ月で、ミラトはすでに三百ポンド以上の金と新しい布団、それに自転車をジョイスからせしめていた。

「上に来るかい？」二人を残して台所のドアを閉めながらマーカスはたずね、アシのようにあちらこちらに体を曲げて、子供たちが通り抜けていくのをやり過ごした。「君が見たがってた写真があるよ」

アイリーはマーカスに感謝の笑顔を向けた。マーカスはどうやらアイリーのために気を配ってくれているようなのだ。この四ヶ月、どろどろしていた脳がすっきりと固まっていき、次第にチャルフェン流のものの考え方に親しんでいくアイリーを助けてくれたのは、マーカスだった。こんな忙しい人が大変な犠牲を払ってくれて、とアイリーは思っていたのだが、最近になって、楽しくてやっている部分もあるのかもしれないと思うようになった。はじめての物の輪郭を探る盲人を観察するような面白さがあるのかもしれないと。あるいは、実験室のネズミが迷路を理解するところを。どちらにしろ、配慮のお返しとして、アイリーは、最初は努めて、いまは心からマーカスのフューチャーマウスに興味を持つようになった。その結果、この家のいちばん上にあるマーカスの書斎、アイリーの大のお気に入りである部屋への誘いは、ますます頻繁になった。

「さあ、そこでバカみたいににやにやしながら突っ立ってないで、上へおいで」

マーカスの部屋はアイリーがいままでに見たことがないようなものだった。ほかの家族も使えるような類の有用性は一切ない。マーカスの部屋であるという以外の目的はまったく兼ね備えていなかった。玩具も装飾品も修理する物もスペアのアイロン台もない。ここでは誰もものを食べないし、眠らないし、性行為もしない。クララの屋根裏部屋とは違う、あのガラクタのクブラカーンの宮殿とは、この国からもう一つの国に逃げ出す必要ができたときのためにすべてきちんと箱に収められ、ラベルが貼ってあるあの部屋とは（この部屋は移民の予備室――所有物のすべてが垂木まで、どれだけ傷があろうと壊れていようと、山のようにガラクタが積み上げてある部屋――とは違う、以前はなにも持っていなかった場所でいまは物を所有しているという事実を証明する部屋とは）。マーカスの部屋は純粋にマーカスとマーカスの仕事の用に供されていた。書斎。オースティンとか『階上と階下』（ロンドンの大邸宅の家族と使用人の生活を描いた人気連続ドラマ）とかシャーロック・ホームズに出てくるやつだ。ただし、アイリーが本物を見たのはこの書斎がはじめてだった。

部屋自体は小さく、変則的な形で床に傾斜があり、梁が斜めに勾配をなしているせいで、まともに立てるところと立てないところがある。天窓と呼ぶほうがふさわしい窓からは光が分散して入ってきて、宙に舞う埃を浮かびあがらせる。四つのファイリングキャビネット、口を開けた四つの獣が書類を吐き出している。書類は、床に、棚に、椅子の周りに山を作っていた。濃厚な甘いドイツタバコの匂いがちょうど頭の上の高さに雲をなし、高いところにある本を黄色く染めている。サイドテーブルには凝ったパイプのセットが置いてある――予備の吸口、スタンダードなU字からもっと変わった形までさまざまなパイプ、嗅ぎタバコ入れ、パイプスクリーンが一揃い――いずれもベルベットを貼った革のケースに、医者の道具のように並べてある。壁じゅうにばらまかれ、暖炉にも並べてあるのは、チャルフェン一族の写真だ。ジョイスの美しいポートレートもある、突き出た胸の若いヒッピー、二つの鞘のような髪の隙間から上を向いた鼻が覗いている。そして、中央には二、三、大きめの額。チャルフェン家の家系図。ひとりにやけているように見えるメンデルの顔写真。アメリカの偶像となった頃のアインシュタインの大きなポスター――風変わりな学者へアーに「びっくりした」ような顔と大きなパイプ――引用がつけられている〈神はサイコロを振らない〉。そして、マーカスの大きなオーク材の肘掛け椅子が、クリックとワトソンのポートレートと背中あわせになっている。写真家のレンズにおさまりきらないところまで伸びている自分たちの作ったデオキシリボ核酸の構造模型、ケンブリッジの実験室の床に置かれた金属製の螺旋階段のような模型の前で、疲れた顔ながら得意そうにしている写真だ。

「だけど、ウィルキンズはどこなんだ？」天井が低くなっているところで屈(かが)みこんで写真を鉛筆で叩きながら、マーカスが疑問を呈する。「一九六二年、ウィルキンズはクリックやワトソンとともにノーベル生理学・医学賞を受賞した。なのに、この写真にはウィルキンズの影も形もない。クリックとワトソンだけだ。ワトソンとクリック。歴史というのは孤独な天才かあるいは二人組を好む。だが三人組は無視だ」マーカスは考えなおす。「コメディアンかジャズミュージシャンは別だけど」

「じゃ、マーカスはきっと孤独な天才だね」アイリーは陽気に言うと、写真から向き直って、スウェーデン製の背もたれのない椅子に腰をおろした。

「ああ、だけど、ぼくには良き師がいるからね」マーカスはべつの壁に貼ってあるポスターサイズの白黒の写真を指した。「師というのはまたべつなんだ」

それは、ひどく年取った男の極端なクローズアップの写真だった。皺と影が、地形図のけばのようにくっきりと顔の輪郭を形作っている。

「フランス人の長老だ。立派な紳士で、学者。ぼくが知ってることはぜんぶこの人に教わった。七十いくつかで、鞭(むち)のように鋭い。でもね、師の場合には、功績をいちいち師に帰する必要はない。それが師のいいところだ。それにしても、あの写真はいったいどこに……」

マーカスがファイリングキャビネットをかきまわしているあいだ、アイリーはチャルフェン家の家系図の一部を眺めた。精密に描かれたカシの木が一六〇〇年代から現在まで伸びている。チャルフェン家とジョーンズ／ボーデン家の違いはすぐにわかる。まず第一に、チャルフェン家では、誰もが普通の数の子供を持っているようだ。さらに言えば、誰が誰の子かわかっている。男は女より長生きだ。結婚は一度で、長くつづく。誕生と死亡の日付ははっきりしている。そしてチャルフェン一族は、一六七五年において自分たちが何者であったかちゃんとわかっている。アーチー・ジョーンズが自分の一族について提示できる記録は、彼の父親がたまたまこの惑星に出現した時点まで。ブロムリーのパブの奥の部屋に、おそらく一八九五年か一八九六年か、ひょっとしたら一八九七年かもしれない。九十代になる元女性バーテンダーの誰に話を聞くかで違ってくる。クララ・ボーデンは祖母について多少は知っているし、名だたる子だくさんの大伯父(アンクル)Pには三十四人子供がいたという話を半分信じてはいるが、確信を持って言えるのは、自分の母親が一九〇七年一月十四日午後二時四十五分、キングストン地震の最中にカトリック教会で生まれたということだけだ。あとは噂や民話や神話である。

「おたくの一族って、すごく昔までさかのぼれるのね」何を熱心に見ているのか確かめようと背後に近づいてきたマーカスに、アイリーは言った。「すごいよね。こんなの、想像できない」

「そんな言い方はバカげてるよ。みんなそれぞれ、ずっと昔までさかのぼれるんだ。チャルフェン家は記録を残してきたというだけだよ」マーカスは新しいタバコをパイプに詰めながら、思いやりのある答えを返した。「自分のことを残したいんなら、記録は役に立つ」

「うちの一族は、もっぱら口伝えでやってきたみたい」アイリーは肩をすくめる。「でもさ、ミラトに彼の一族のことを聞いてみたらいいわ。彼はね、子孫なの、その――」

「『偉大なる革命家』のね。そう聞いてる。ぼくはそんなこと、まともに受け取らないけど。あの家族は、真実が一で作り話が三みたいだから。君のほうには誰か歴史上の重要人物はいるかい？」マーカスはたずねたものの、すぐに自分の質問に興味を失い、二番目のファイリングキャビネットの捜索にもどった。

「いえ……だれも……重要な人はいないな。でも、あたしのおばあちゃんが生まれたのはね、一九〇七年の一月、キングストンの――」

「あったぞ！」

マーカスは勝ち誇ったようにスチールの引き出しから身を起こした。紙が数枚入った薄

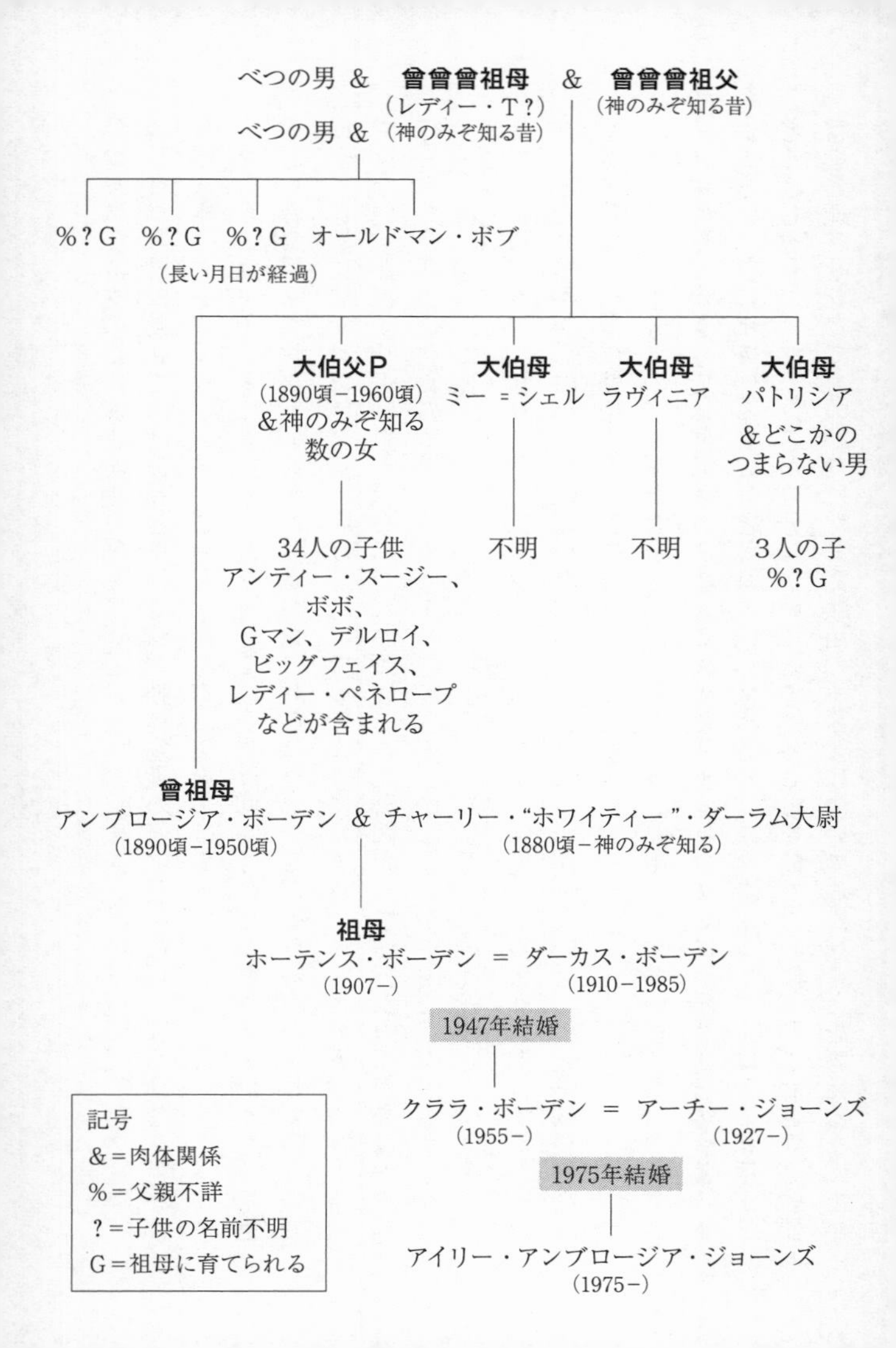
べつの男 &
曾曾曾祖母
&
曾曾曾祖父
（レディー・T？）
（神のみぞ知る昔）
べつの男 &
（神のみぞ知る昔）
%？G
%？G
%？G
オールドマン・ボブ
（長い月日が経過）
大伯父P
（1890頃－1960頃）
&神のみぞ知る
数の女
大伯母
ミー＝シェル
大伯母
ラヴィニア
大伯母
パトリシア
&どこかの
つまらない男
34人の子供
アンティー・スージー、
ボボ、
Gマン、デルロイ、
ビッグフェイス、
レディー・ペネロープ
などが含まれる
不明
不明
3人の子
%？G
曾祖母
アンブロージア・ボーデン
&
チャーリー・“ホワイティー”・ダーラム大尉
（1890頃－1950頃）
（1880頃－神のみぞ知る）
祖母
ホーテンス・ボーデン
＝
ダーカス・ボーデン
（1907－）
（1910－1985）
1947年結婚
クララ・ボーデン
＝
アーチー・ジョーンズ
（1955－）
（1927－）
1975年結婚
アイリー・アンブロージア・ジョーンズ
（1975－）
記号
&＝肉体関係
%＝父親不詳
？＝子供の名前不明
G＝祖母に育てられる

いプラスチックのホルダーを振り回している。

「写真だ。君に見せてあげようと思ってね。動物愛護の連中が見たら、ぼくは命を狙われるだろう。さあ、一枚ずつ見てごらん。持ち方に気をつけて」

マーカスはアイリーに最初の一枚を渡した。それは仰向けになったネズミだった。茶色くふくらんだマッシュルーム状の腫瘍が腹に散らばっている。平らに寝かされているので、口が不自然に広がって、苦悶の叫びをあげているように見える。といっても、本物の苦悶ではない、とアイリーは思う。なんだかお芝居じみた苦悶だ。まるでショーかなにかやってるみたい。演技過剰のネズミ。ネズミの俳優。そこにはなにか皮肉なものが感じられた。

「胚細胞は実にすばらしい。癌を引き起こす可能性のある遺伝的要因を解明する助けになる。だがね、本当に知りたいのは、生きた組織のなかで腫瘍がどのように進行するかということだ。培養組織のなかではだめだ、本当のところはわからない。で、化学的発癌物質を対象となる臓器に使用することになる、ところが……」

アイリーは半分上の空で聞きながら、渡された写真に夢中になっていた。つぎのも、アイリーの見たかぎりでは同じネズミで、こんどは正面を向いていて、その部分の腫瘍の方が大きい。首に出ているものなど、耳と同じ大きさだった。だが、ネズミはその状態がひどく嬉しそうだ。マーカスが自分についてしゃべることを聞くために、わざわざ新しい器官を発達させたとでもいいたげだ。実験用のネズミについてこんなことを考えるなんてバカげているのはわかっている。だが、そうはいっても、ネズミの顔には事態に対するネズミらしい知恵が見られる。ネズミの目にはネズミ的皮肉も見られる。ネズミの口にはネズミっぽい作り笑いが浮かんでいる。死にいたる病だって？（ネズミはアイリーに語りかける）死にいたる病がどうした？

「……遅いし、正確ではない。しかし、実際にゲノムに手を加えれば、ネズミの発達段階において、あらかじめ設定された時期に特定の組織に特定の癌が発生するように仕組んでおけば、もう偶然性にまかせておく必要はない。突然変異誘発要因の活動の偶然性を除去できるんだ。ネズミの遺伝子プログラムのことを言ってるんだよ、細胞のなかの腫瘍形成遺伝子を活性化させる力だ。ほら見てごらん、このネズミは若いオスだが……」

　今度は、フューチャーマウスⓒは、二本の前足をピンクの巨大な指につかまれ、マンガのネズミみたいに直立させられ、頭を上げていた。ネズミは小さなピンクの舌を、本来はカメラマンにだが、いまはアイリーに向かってつきだしているように見える。汚れた雨の大きな滴のような腫瘍がいくつも顎に出ている。

「……で、こいつは皮膚細胞に H-ras 腫瘍形成遺伝子を発現する、そして複数の良性乳頭腫ができるんだ。ところで、面白いのは、もちろん、若いメスには腫瘍ができないってことだ、ということは……」

　片目は閉じ、片目は開いている。ウィンクみたいだ。悪賢いネズミのウィンク。

「……だがなぜだろう？　オスのあいだの競争のせいだ——けんかをすると皮膚がすりむける。生物学的な必然性ではなく社会性からくるものだ。遺伝学的な結果は同じだ。ね？　こういった違いがわかるのは、実験的にゲノムに手を加えた形質転換（トランスジェニック）マウスだけだよ。そして、この君が見ているネズミは、ほかに類を見ないネズミなんだ、アイリー。ぼくが癌を植え付けたら、癌はぼくが思ったとおりの時点で現れる。生まれて十五週目だ。この遺伝子コードは新しいものだ。新しい種なんだ。もちろん、特許については言うまでもない。あるいは少なくとも、何らかの使用料の取り決めはね。神が八〇パーセントでぼくが二〇パーセントだ。もっと違う割合かも。ぼくの弁護士の腕次第だが。あのハーヴァードのバカどもはまだこの問題について侃々諤々（かんかんがくがく）やっているがね。もっとも、ぼく個人としては特許なんて関心ない。ぼくの関心は科学さ」

「すごい」アイリーは名残惜しそうに写真を返しながら言った。「すごく難しいのね。半分はわかったけど、半分はぜんぜんわかんなかった。でもすごい」

「まあね」マーカスは謙虚ぶった顔で答えた。「理解するには時間がかかるよ」

「偶然性を除去できる……」

「偶然性を除去すれば、世界を支配することができる」マーカスがあっさりと言う。「腫瘍形成遺伝子にしがみついてる必要はない。生物の発達のどの段階でもプログラムできるんだ。生殖、食習慣、寿命」——機械的な声で、ゾンビのように両腕をつきだし、目玉を回す――「せかい・し・は・い」

「タブロイド新聞の見出しが目に浮かんじゃう」とアイリー。

「だけどまじめな話」マーカスは写真をまたホルダーに入れ、しまいこもうとキャビネットのほうへ行った。「このほかに類を見ない形質転換動物の研究は、偶然性の解明に決定的な光明を投げかけるんだ。言ってること、わかるかい？　五十三億の人類のために犠牲になる一匹のネズミ。ネズミの地獄だなんてとんでもない。けっして許されないことではないよ」

「もちろん、そうよね」

「くそっ！　こいつはどうしてこんなに動かないんだ！」

マーカスはキャビネットの一番下の引き出しを三度閉めようとしたあげく、怒りを爆発させ、スチールの側面を蹴飛ばした。「こんちくしょう！」

アイリーは近づいて、開いている引き出しをのぞきこむ。「もっと仕切をつけなきゃだめよ」アイリーはきっぱりと言う。「それに使ってる紙も、A3だったりA2だったり、ばらばら。紙を折るにもやり方があるんだから、もうちょっとポリシーを持たなきゃ。これじゃあ、ただ突っこんでるだけじゃない」

マーカスは頭を反らせて笑った。「紙を折るポリシーか！　確かに、君ならちゃんと心得てるはずだ。この父にしてこの娘ありってやつだな」

マーカスは引き出しの横にしゃがみこんでまた数回押してみた。

「真面目に言ってるの。こんなでどうやって仕事してるのよ。あたしの勉強道具のほうがずっときちんとしてる。べつに世界を支配する仕事をしてるわけじゃないけどね」

マーカスはひざまずいたままアイリーを見上げた。この角度からだとまるで山のようだ。アンデスを柔らかくしたような。

「そうだ、こうしたらどうかな。週に二度ここへ来て、このめちゃめちゃの書類をなんとかしてくれたら、毎週十五ポンド払うよ。君ももっと勉強できるし、ぼくも必要なことをしてもらえる。ね？　どうだい？」

どうだろう。ジョイスはすでにミラトに、ぜんぶで週に三十五ポンド払っている、オスカーの子守や洗車、草むしり、窓拭き、紙の分別など、さまざまな用事をさせて。もちろん、ジョイスが本当に金を払っているのは、ミラトをここに来させることに対してだ。あのエネルギーを自分の周りに引きつけておくために。そして頼ってもらいたいがために。

アイリーは自分がどんな取引をしようとしているのか心得ていた。ミラトのように、酔っぱらった勢いで、あるいはマリファナでぼうっとなって、またはやけくそになったりうろたえたりしたあげくするのではない。さらに、アイリーはこの取引を望んでいた。チャルフェン家に溶けこんで、一体になりたかった。自分の家族の混沌として偶然性に満ちた体を離れ、形質転換（トランスジェニック）でべつの体と融合することを望んでいた。ほかに類を見ない動物になることを。新しい種に。

マーカスは眉をひそめた。「なんでそんなに考えなくちゃならないんだ？　よかったらこの千年期（ミレニアム）中に返事がほしいんだけどな。いい考えだろ、ちがうかい？」

アイリーはうなずいて、にっこりした。「確かに。いつからはじめようか？」

＊

アルサナとクララは喜ぶどころではなかった。だが、二人が意見を交わし、お互いの不快感を重ねあわせるまでには、少し時間がかかった。クララは週に三回夜学に通っているし（選択科目：一七六五年から現在にいたるイギリス帝国主義について、中世ウェールズ文学、ブラック・フェミニズム）、アルサナは家庭内戦争が荒れ狂うなか、神が与えたもう日中の時間はすべてミシンに向かっている。二人は電話で話すのもたまにだし、会うのはもっと少ない。しかし二人とも、チャルフェン一家に対しては、いろいろ耳にすることが多くなるにつれ、それぞれに懸念を抱いていた。アルサナは二、三ヶ月こっそり監視したあげく、ミラトがいつも自分の家にいないのはチャルフェン家に行っているからだと確信するにいたった。クララのほうは幸運にも、ある平日の夜にアイリーをつかまえて問いただし、とっくにネットボールは嘘だとわかっていた。もう数ヶ月も、聞かされるのはチャルフェン家のあれこればかり。ジョイスがこんなすてきなことを言った。マーカスはものすごく頭がいい。だが、クララは騒ぎたてたりしなかった。クララは心底アイリーのためにいちばんいいことを望んでいたのだ。それに、つねに、親業の十分の九は自己犠牲だと思ってもいた。クララはチャルフェン一家と会おうかとさえ提案したが、クララ自身、会うのは不安だったし、アイリーも強く反対した。アーチボルドの助けを当てにするのは無駄だった。だいたい、アイリーとはちらっとしか顔を合わさない――アイリーが帰宅してシャワーを浴びたり着替えたり食事したりするときにちらっとだけ――おまけに、アイリーがチャルフェン家の子供たちのことを際限なくまくし立てようと（「なかなか立派な子供たちみたいだなあ」）、ジョイスのしたことを話そうと（「へえ、そうか。それはなるほど頭がいいなあ」）、マーカスの言ったことをしゃべりまくろうと（「まさにアインシュタインみたいだなあ。いや、それはよかった。急がなきゃ。八時にオコンネルズでサミーと会うんだ」）、アーチーにはぜんぜん気にならないようだった。アーチーはアリゲーターの皮膚並に鈍感なのだ。アーチーの考えでは、父親であるということは非常に確固たる遺伝的立場なので（アーチーの人生ではもっとも確固たる事実だ）、自分の王座を脅かす者がいるかもしれないなどとは思いもよらなかった。結局クララはただ一人、愛娘を失うことになりませんようにと祈りながら唇を噛みしめ、血をのみこむことになった。

しかし、アルサナはついに、これは全面的な戦争であり、自分には同盟を組む味方が必要だと心を決めた。九一年一月の後半、クリスマスもラマダーンも無事に過ぎた頃、アルサナは受話器を取り上げた。

「で、あのチャッフィンチ家のこと、知ってる？」

「チャルフェンでしょ。チャルフェンって名前だったと思うけど。そうねえ、確か、アイリーの友だちの両親よね」クララは曖昧な言い方をした。アルサナが何を知っているのか先に探ろうと思ったのだ。「ジョシュア・チャルフェンって子。いい家庭みたいだけど」

　アルサナは鼻を鳴らした。「わたしはチャッフィンチって呼んでやる――いい種をぜんぶついばんでしまうちっぽけなごみ漁（あさ）り屋のイギリスの鳥よ！　あいつらがうちの息子にしてることも、あの鳥どもがうちの月桂樹にすることも、同じ。でも、あいつらのほうがもっと悪い。歯がある鳥みたいなもんだわ、とがったちっちゃな犬歯のある――あいつらは盗むだけじゃない、引き裂くんだもの！　あなた、あいつらのことでどんなこと知ってる？」

「そうねえ……ほとんどなにも。あの人たち、アイリーとミラトに理科を教えてくれてる、アイリーはそう言ったけど。べつに害はないんじゃない、アルシ。それに、アイリーは学校の成績もずいぶんよくなったし。確かに、いつも家にはいないけど、でも、あたしには反対する理由はないわ」

　アルサナが怒りにまかせてイクバル家の階段の手すりを叩く音がクララの耳に聞こえた。

「あいつらに会ったことある？　わたしはないんだけど、あいつらったら、好き勝手にうちの息子にお金を与えたり、泊めたりしてるのよ、まるであの子にはお金も家もないみたいに——そしてわたしの悪口言ってるのよ、きっと。あの子がわたしのこと、あいつらになんて言ってるんだか、神のみぞ知るだわ！　いったいあいつら何者？　わたしはまるっきり知らないんだから！　ミラトは、空いてる時間はいつもあいつらのところだけど、べつに成績も良くならないし、相変わらずマリファナを吸っちゃあ女の子と寝てるわ。サマードに話そうとするんだけど、あの人は自分の世界だし。聞こうとしないの。ミラトには怒鳴るだけで、わたしとは話そうとしない。わたしたち、マジドを連れもどしていい学校へ入れるためのお金を工面しようと頑張ってるの。わたしが家族を一つにしておこうと努力してるのに、あのチャッフィンチのやつらはそれを引き裂こうとしてるのよ！」

クララは唇を噛み、受話器に向かって黙ったままうなずいた。

「聞いてるの？」

「聞いてるわよ」とクララ。「聞いてる。あのね、アイリーはね、なんていうか……あの人たちを崇拝してるみたいなの。あたしも最初はショックだった。でもね、そんなふうに思うのはバカげてると思い直したの。アーチーはあたしがバカだって言うの」

「あなたが月には引力がないって言っても、あのマヌケはあなたのことをバカだって思うでしょうね。わたしたち、十五年間も彼の意見なしでやってきたのよ、こんどだってなしでやれるわ。ねえクララ」アルサナの重い息づかいが受話器にあたる。疲れた声だった。

「わたしたち、いつも助けあってきたじゃない……あなたの助けがいるの」

「そうね……考えてるんだけど……」

「お願い。考えたりしないで。映画の切符を買ってあるの。昔のフランス映画。あなたが好きそうなやつ——今日の二時半。トライシクル劇場の前で会いましょう。『恥っさらしの姪』も来るわ。お茶を飲んで、話しましょう」

　映画は『勝手にしやがれ』。十六ミリの白黒。古いフォードと大通り。折り返しのあるズボンにハンカチ。キスとタバコ。クララは楽しんだ（すてきなベルモンド！　すてきなセバーグ！　すてきなパリ！）。ニーナはフランスくさすぎると思い、アルサナにはいったいなにが言いたいのかさっぱりわからなかった。「二人の若者がフランスを走り回りながら、バカなことしゃべったり、警官を殺したり、車を盗んだり、おまけにブラはしない。これがヨーロッパ映画だっていうんなら、わたしは毎日『バリウッド』（インド映画のメッカ、ボンベイをハリウッドにかけた呼び名）映画がいいわ。さあ、本論に入りましょう」

　ニーナがお茶を運んできて、小さなテーブルにがちゃんと置いた。

「で、そのチャッフィンチ家の陰謀ってなによ？　ヒッチコックみたいじゃない」

　アルサナは手短に状況を説明した。

　ニーナはバッグからコンシュレートを取りだし、火をつけるとミントの煙を吸いこんだ。

「ねえおばさん、その人たちはなんの問題もない立派な中産階級の家族で、ミラトの勉強を手伝ってくれてるだけみたいじゃない。そんなことであたしを仕事から引っぱり出したの？　それじゃあ、ジョーンズタウン（ガイアナ北部の村。「人民寺院」信者の集団自殺事件があった）とはほど遠いじゃない、でしょ？」

「そんなんじゃないわよ」クララが用心深く口を切る。「もちろん、そんなことないんだけど――でも、あなたのおばさんが言ってるのはね、ミラトとアイリーがあの家に入り浸りだってことなの。だからね、あたしたちはいったいあの人たちがどんな家族なのか、もうちょっと知りたいと思ってる、そういうことなの。当然でしょ、ちがう？」

アルサナが異議を申し立てる。「わたしが言ったのはそれだけじゃないわよ。あいつらがわたしから息子を取り上げようとしてるって言ったの！　歯のある鳥がね！　あいつらはあの子を完全にイギリス化しようとしてる！　意図的にあの子を自分の文化や家族や宗教から引き離そうとしてる――」

「いつからあの子の宗教のことなんか、気にするようになったのよ！」

「この『恥っさらしの姪』が。わたしがあの子のことをどれだけ心配してるか、あんたなんかにはわからないわよ、あんたなんか知りもしないくせに――」

「あのねえ、あたしが何事についてもなんにも知らないっていうんなら、いったいなんでここへ連れ出したのよ？　あたしにはほかにやることがあるんだからね」ニーナはバッグをひっつかむと立ちあがった。「悪いわね、クララ。なんでいつもこうなっちゃうのかな。

またね……」

「すわりなさいったら」アルサナが姪の腕をつかんで怒鳴る。「すわってったら。いいわ。わかったわよ、お利口なレズビアンさん。あのね、わたしたちにはあなたが必要なの、いい？　すわってよ。ごめん、ごめん。ね？　それでいいわ」

「わかったわよ」ニーナは荒々しくタバコをナプキンでもみ消す。「でも、あたしだって自分が思うことを言いたいんだから、そのあいだ、一度くらい口を閉じててくれない？　いい？　いいわね。アイリーは学校ですごく成績が伸びてるって言ったよね、だけどミラトはいまいちだっていうんなら、それは不思議でもなんでもない――あの子がぜんぜん勉強してないからよ。少なくとも、あの子を手助けしようとしてる人がいるんじゃない。でもって、あの子がその人たちと過ごす時間が長すぎるにしても、それはあの子の望んでいることで、向こうのせいじゃないよ。最近のおたくの家は、『幸福の地』ってわけにはいかないんでしょ？　あの子は自分自身から逃げようとしてるのよ。そしてできるだけイクバル一家から離れたものを求めてるの」

「へええ！　だけど、あの家は道二つ隔ててるだけよ！」アルサナは勝ち誇ったように叫ぶ。

「違うよ、おばさん。概念的に離れたって意味よ。イクバルでいるってのは、ちょっと息が詰まっちゃうことがあるからね。わかる？　あの子はその一家を避難所代わりにしてるのよ。きっといい影響かなにか、与えてくれてんじゃないの」

「かなにか、ね」アルサナは不吉な予言のように繰り返す。

「なにを心配してるのよ、アルシ？　あの子は二世よ——自分でもいつも言ってるじゃない——あの子たちの道を進ませてやらなきゃ。そうだ、あたしがどうなったか見てごらんよ、ほらほら——あんたにとっては『恥っさらしの姪』かもしれないけどね、アルシ、あたしは靴の仕事で立派に生計を立ててるんだから」アルサナはニーナがデザインした膝丈の黒のブーツに胡散臭そうな視線を投げた。自分で作ったのを履いているのだ。「それに、あたしはとってもいい人生を送ってる——だって、自分の主義を通して生きてるからね。言っとくけど。あの子はもうすでにサマードおじさんと戦争状態なんだから、あんたとまでそうなる必要はないんじゃないの」

アルサナはブラックベリーティーを啜りながら、なにやらブツブツ呟いた。

「なにか心配したいっていうんなら、おばさん、あの子がつきあってるKEVINの連中のことを心配したら。あの連中はまともじゃないよ。しかも仲間がいっぱいいるんだから。思いもよらないような人まで。モウは知ってるでしょ、肉屋の——知ってるよね——フセイン゠イスマイルの店——アルデーシルのほうの親戚だよね。それがね、彼もなの。それにあのシヴァも、レストランの——宗旨変えしちゃったのよ！」

「なによりじゃない」アルサナは辛辣な口調で返す。

「だけど、あれは本来のイスラムとはなんの関係もないのよ、アルシ。政治的な集団なんだから。政治活動のための。あのろくでなしどもの一人が、あたしとマクシンに向かって言ったわよ、おまえらは地獄の穴蔵であぶり焼きにされるって。あたしたちは最低の生き物なんだ、ナメクジ以下のね。あたし、そいつのタマを三六〇度ひねってやったよ。あんたが心配しなきゃならないのは、こういう連中のほうだよ」

アルサナは頭を振り、ニーナの言い分を退けるように手で追いやる仕草をした。「わからないの？　わたしは息子を取られることを心配してるの。一人はもう失ってしまった。六年間もマジドの顔を見てないのよ。六年間も。で、こんどはあの連中がでてきた、チャッフィンチ一家が――あいつらはわたしよりミラトと長い時間を過ごしてる。ねえ、これ、わかってもらえる？」

ニーナはため息をつき、上着のボタンをいじくり、そしておばの目に涙が盛りあがるのを見ると、黙ったままうなずいてその言い分を認めた。

「ミラトとアイリーは、しょっちゅうあの家へ晩ご飯を食べに行くの」クララが静かに話しはじめた。「で、アルサナと、あなたのおばさんとあたしは考えたんだけど……あなたに一度いっしょに行ってもらえないだろうかって――あなたは若く見えるし、雰囲気も若いし、行って、そして――」

「見て帰って報告するってわけね」ニーナはやれやれという顔をする。「敵の中に潜入か。

その一家もかわいそうに——誰を相手にしてるのかわかってないんだろうね。監視下に置かれているのに、それに気づきもしてないんだ。まるでヒッチコック映画の『三十九夜』みたい」

「ねえ『恥っさらしの姪』、イエスなのノーなの？」

ニーナは唸った。「イエスよ、おばさん。やらなきゃいけないっていうんならね」

「どうもありがとう」アルサナはお茶を飲み干した。

＊

さて、ジョイスはべつにホモ嫌いではなかった。ゲイの男は好きだった。ゲイからも好かれた。大学時代にはひょんなことからゲイによるちょっとしたファンクラブができてしまったこともある。ジョイスのことをバーブラ・ストライサンド、ベティー・デイヴィス、ジョーン・バエズの混成物だと見なす男たちが、月に一度集まってはディナーを作ってジョイスをもてなし、ジョイスの服装のセンスを褒め称えていたのである。だから、ジョイスがホモ嫌いであるはずはなかった。だが、同性愛の女性となると……女性の同性愛者には、なにかジョイスを困惑させるものがあった。べつに彼女らが嫌いだというのではない。ただ、理解できないのだ。男が男を愛することは理解できた。ジョイス自身、男を愛することに人生を捧げてきたから、気持ちがわかるのだ。だが、女が女を愛するとなると、ジョイスの世界観とはあまりにかけ離れていて、対処することができなかった。どうもわからなかったのだ。もちろん、努力はした。七〇年代には従順に『孤独の泉』や『わたしたちの体、わたしたち自身』（関連した短い章がある）を読み、最近では、『オレンジだけが果物じゃない』は本も読んだしドラマも見た。だが、どれもジョイスには役に立たなかった。いやな気持ちになるわけではない。ただ、理解できなかったのだ。というわけで、ニーナがマクシンと腕を組んで食事に現れたとき、ジョイスはただすわったまま、二人を前菜（ライ麦パンに豆を載せたもの）の皿越しに眺めるだけだった、じっと目を据えて。最初の二十分、ジョイスは慌てふためいて口がきけず、残りの家族がお決まりのチャルフェン家の演目をジョイス定番の活気あふれる役柄なしで演じるのを、黙ってみていた。まるで催眠術にかかったか、濃い雲のなかにでもすわっているような気分で、霧を通して、自分抜きでつづくテーブルでの会話が切れ切れに耳に飛びこんでくるのだった。

「で、チャルフェン家お決まりの最初の質問なんだが、仕事はなにを？」

「靴。靴をつくってんの」

「ほほう。あまり刺激的な会話の素材にはなりそうもないなあ。そちらの美しいご婦人は？」

「あたしは遊んでる美しいご婦人なの。彼女が作った靴をはくの」

「なるほど。じゃ、大学生じゃないわけ？」

「ううん。大学なんて行ったことないよ。悪い？」

ニーナも同様に身構えた口調で、「聞かれる前に言っとくけど、あたしも行ってないよ」

「いや、べつに君たちにばつの悪い思いをさせるつもりでは――」

「ばつの悪い思いなんかしてないけど」

「ま、しかし、驚きはしないよ……君たちが世界一アカデミックな一族ってわけじゃないのは知ってるからね」

話が悪い方向へ向かっているのはわかるのだが、座を和ませるようなことを言うことができない。喉の奥に危ない意味を持つ無数の両義語が待ちかまえていて、口をほんのわずかでも（！）開けようものなら、そのうちの一つが転がり出るんじゃないかと恐かったのだ。いつも人の感情を害することに鈍感なマーカスは、楽しげに話をつづけた。「君たち二人は、たまらなく男心をそそる存在だよ」

「そうかしら」

「レズの女ってのはそうなんだ。男にはまるっきりチャンスがないってわけでもないんだろう――でも、君たちはたぶん、知性よりは美を重んじるんだろうね、となると、ぼくにはあんまりチャンスがないかな」

「自分の知性にすごく自信を持ってるみたいね、ミスター・チャルフェン」

「いけないかい？　ぼくは恐ろしく頭がいいからね」

ジョイスは二人を見つめつづけながら考えた。――どっちがどっちに頼ってるんだろう？　どっちがどっちを教育するんだろう？　どっちがどっちを向上させてるんだろう？　どっちが受粉を行い、どっちが育てるんだろう？

「しかし、イクバル家の人をまた一人テーブルに迎えるのは嬉しいねえ、そうだろ、ジョシュ？」

「あたしはベーガム、イクバルじゃないよ」とニーナ。

「つい考えてしまうんだが」マーカスは気にせずにつづける。「チャルフェンの男とイクバルの女をいっしょにしたらすごいだろうなあ。フレッド・アステアとジンジャー・ロジャースの組合せみたいなもんだ。君たちはセックスを与え、ぼくたちは感受性とかなにかを与える。どう？　君が相手なら、チャルフェンの男は刺激されっぱなしだろうなあ――君はイクバルと同じく熱い。インド人の情熱ってやつだ。君たちの一族は面白いね。一世はみんなイカレてるが、二世になると、肩の上にちゃんとまっすぐ頭がのっかってる」

「あのさ、誰もうちの一族をイカレてるだなんて言わないよ、いい？　たとえほんとにイカレててもね。あたしはあの人たちをイカレてるって言うけどさ」

「君、言葉は正しく使いたまえ。『誰もうちの一族をイカレてると言わない』という言い方は可能だよ、でもこの場合は正しくない。だって、実際にイカレてると言われているし、これからも言われるだろうからね。『わたしは誰にもそう言ってほしくない』とか言わなくちゃいけないよ。細かいことだが、間違った言葉遣いを避ければ、お互いにもっと理解しあえる」

メインの料理（チキン・シチュー）を取りだそうとマーカスがオーブンに手をのばしたとき、ジョイスの口が開き、なぜかわからないがこんな言葉が飛び出した。「あなたたち、お互いの胸をまくら代わりにしてるの？」

口へ向かおうとしていたニーナのフォークが鼻先で止まった。ミラトはキュウリのかけらを喉に詰まらせた。アイリーは下顎をなんとかまた上顎にくっつけようと苦労した。マクシンはくすくす笑いだした。

だが、ジョイスは赤くならなかった。ジョイスは、荷物運びの原地人が荷物を放り出して帰ってしまっても、白人の男たちが銃に寄りかかって首を振っても、それでもアフリカの沼地を進みつづけた冷徹な女たちの血を引いていた。聖書とショットガンとメッシュ地のカーテンだけを武器に、冷静に茶色い男たちを殺しながら、地平線の彼方へ平野目指して進んでいった開拓民の女たちと同じ布地から切り抜かれていた。ジョイスは後退という言葉の意味など知らない。断固自分の地歩を守ろうとした。

「ただその、インドの詩でよくあるでしょう、胸をまくらにするっていうのがね、柔らかい胸とか、まくらのような胸とか。だからただ――ただ――ただ思っただけ、白いほうが茶色いほうの上で眠るのかな、それとも、ひょっとしたら、茶色いほうが白いほうの上？

想像が進んじゃってね、その――その――その――まくらのメタファーから、それでただ思っただけなの、どっちが……」

沈黙は長く幅広く、空々しかった。ニーナは嫌悪感を露(あら)わにして首を振ると、ナイフとフォークを皿の上にがちゃんと置いた。マクシンはテーブルクロスを指で叩いて、神経質に「ウィリアム・テル」を奏でた。ジョシュは泣き出しそうな顔だった。

とうとう、マーカスが頭を反らして手をたたくと、大きな声でチャルフェン流高笑いを放った。

「今夜はずっと、それを尋ねたかったんだ。いいぞ、マザー・チャルフェン！」

＊

というわけで、生まれてはじめて、おばはまったく正しかったとニーナは認めざるを得なかった。「報告してほしかったんでしょ。だからね、これがその報告ぜんぶ。クレージー、どうかしてる(ナッツォ)、レーズンの足りないフルーツケーキ(いかれぽんち)、監禁の必要な危険人物(ラバー・ウォールズ)、ギャアギャアわめく頭のおかしい無能力者(スクリーミング・マッド・バスケットケース)。あいつら全員そうだよ」

アルサナはすっかり感心してうなずき、すでに二度聞いているデザートのときの出来事をもう一度話してくれとニーナに頼んだ。ジョイスがトライフルを出しながら、ムスリムの女性はケーキを焼いたりしにくいんじゃないかとたずねたというのだ。あんな長い黒いシーツを着てるんですものね——袖のところにケーキ種がべちゃっとついたりしない？
ガスの火が燃え移るなんて危険はないの？

「頭がヘンだよ」ニーナは結論を下す。

だが、こういう状況ではえてしてそうしたものだが、確証が得られても、その情報に基づいて何をしたらいいか、誰にもわからなかった。アイリーとミラトは十六歳で、自分たちは法的にさまざまな行動を許された年齢であり、好きなときになんでもできるんだと、それぞれの母親に飽くことなく主張していた。ドアに鍵をかけ、窓に桟（さん）をつけて閉じこめるわけにもいかず、クララとアルサナには打つ手がなかった。事態はむしろ悪化していた。アイリーはいままでよりもチャルフェニズムにのめりこんで過ごすようになった。クララは気がついた、娘が父親の会話に辟易（へきえき）し、母親がベッドで読みふけるあまり高級ではないタブロイド紙に眉をひそめていることに。ミラトは数週間ものあいだ自宅に姿を見せなかったと思うと、もどってきたときには、自分の物ではない金を持ち、チャルフェンの洗練されたしゃべり方とＫＥＶＩＮの仲間言葉がごちゃ混ぜになった口調を身につけていた。サマードはミラトのことがやたら腹立たしかった、とくに理由もなく。いや、それは違う。理由はあった。ミラトが一つのものでもべつのものでもなく、これでもあれでもなく、ムスリムでもクリスチャンでもなく、イギリス人でもベンガル人でもないからだ。ミラトは狭間で生きていた。自分のミドル・ネームにかなった生き方をしていたのだ。ズルフィカー、二本の刀が打ちあうこと、という。

「いったい何回」と、息子がマルコムXの自伝を買うところを見ていたサマードは怒る。「たった一度の売買行為に『ありがとう』と言わなきゃならんのだ？　おまえが本を渡すときに『ありがとう』、彼女が受け取るときに『ありがとうございます』、彼女がおまえに値段を言うときに『ありがとうございます』、おまえが小切手にサインするときに『ありがとう』、彼女がそれを受け取るときに『ありがとうございます』！　あいつらはそれをイギリス流の礼儀だと言うが、その実ただの傲慢さにすぎん。こういった感謝に値する存在はただ一人、アッラーのみだ！」

　そしてアルサナはまたしても二人の間に挟まれ、なんとか妥協点を探ろうとする羽目になる。「マジドがここにいてくれたらねえ、きっとあなたたち二人を上手くさばいてくれるでしょうに。法律家的な考え方でね、あの子なら物事をきちんと判断してくれるでしょうに」だがマジドはここにはいない。向こうにいるのだ。その状況を変えられるほどの金はまだ貯まっていなかった。

　やがて夏が来て、試験が行われた。アイリーは丸ぽちゃチャルフェンに次ぐ成績だった。そしてミラトは、本人も含めて誰が予想したよりも遥かにいい成績だった。これはチャルフェンの影響あってのことだ。クララとしては、ちょっと自分が恥ずかしかった。アルサナは「イクバル家の頭脳よ。結局は、それがちゃんと出てくるの」と言っただけで、お祝いにイクバル、ジョーンズ合同でイクバル家の芝生でバーベキューをすることにした。ニーナ、マクシン、アルデーシル、シヴァ、ジョシュア、おばたち、いとこたち、アイリーの友だち、ミラトの友だち、KEVINの仲間、それに校長も、皆がやってきて安物のスペイン製シャンパンの入った紙コップを手に、楽しくすごした（KEVINを除いては。彼らは片隅で輪になっていた）。

　和やかにいっていたのだが、やがてサマードが、組んだ腕とグリーンのボウタイの輪に気づいた。

「あいつら、ここで何をしてるんだ？　誰が不信心者どもを入れたんだ？」

「あら、あなただってここにいるじゃない、でしょ？」アルサナは辛辣な口調で答えると、サマードがホットドッグの汁を顎にしたたらせながら飲み干した三つのギネスの空缶に目をやった。「誰がバーベキューに最初の石を投げるのかしらね？」

　サマードはにらみつけ、立て直した小屋の、二人でした手作業を誉めあおうと、アーチーといっしょに立ち去った。クララはチャンスを捕らえてアルサナを脇へ引っ張っていくと、聞いてみた。

　アルサナは大事なコリアンダーの上で地団駄踏んだ。「いやよ！　とんでもない。なんでわたしがあの人にお礼を言わなきゃならないのよ？　ミラトの成績が良かったのは、本人の頭のおかげよ。イクバルの頭のね。あの長い嘴（くちばし）のチャッフィンチったらお高くとまっちゃって、わたしにただの一度も、一度だって電話してきたことないのよ。どうしてもわたしに行けっていうんなら、殺してから引っ張っていくんだわね」

「でもねえ……ちょっとお礼を言いにいったほうがいいと思うんだけど、あれだけ子供たちの面倒を見てくれてるんだから……ひょっとしたらあたしたち、あの奥さんのこと、誤解してるのかも――」

「いいわよ、行きなさいよ、レディー・ジョーンズ、行きたいんだったら」アルサナは冷笑するように言う。「でも、わたしはね、死んでも、死んでも行きませんからね」

＊

「で、それがソロモン・チャルフェン博士、マーカスのお祖父さまよ。彼はね、ウィーンの誰もがフロイトのことを性的異常者だと思っていたときに、フロイトの言葉に耳を傾けようとした数少ない人間の一人なの。すばらしい顔立ちでしょう？　学識の深さが現れてるわ。その写真をはじめてマーカスに見せられたとき、自分は彼と結婚したいんだって自覚したの。思ったのよ、もしマーカスも八十であんな顔になるんなら、わたしはとっても幸せ者だわってね！」

　クララは微笑み、銀板写真をほめた。不機嫌な顔をしたアイリーを従えて、クララはすでにマントルピースに沿った八つの写真をほめていたが、まだあと、少なくともこれと同じ数くらいの写真が残っていた。

「とても古い一族なのよ。おこがましい言い方かもしれないけれど、クララ——クララ、とお呼びしてもかまわないかしら？」

「ええどうぞ、ミセス・チャルフェン」

アイリーは、ジョイスがクララに、自分のこともジョイスと呼んでくれと言うのを期待した。

「あの、つまり、とても古い一族なんですけどね、おこがましい言い方かもしれないけれど、わたしはアイリーをこの一族に連なる存在と考えたいの、ある意味でね。アイリーはい、い、まったくすばらしいわ。わたしたち、アイリーが来てくれてと、と、とっても楽しいんです」

「娘も楽しいみたいです。それに、本当にお世話になって。家族みんなでありがたく思ってます」

「とんでもない。わたしは知識人には義務があると思ってますから……それに、楽しいし。本当よ。これからもアイリーに来てもらいたいわ。試験は終わりましたけどね。ほかのことはともかく、まだAレベル（一般教育修了共通試験のひとつ、英国の大学進学に必要）もあるし！」

「あの子は相変わらずおじゃまするると思います。いつもおたくのことばかり話してるんです。チャルフェン家の人たちがこうしただ、ああしただって……」

ジョイスはクララの両手を握りしめた。「ああクララ、とっても嬉しいの。それに、こうしてお会いできたのも嬉しいの。あら、そういえばまだ続きがあったわ。どこまでだったかしら――そうそう、ほら、これがチャールズとアナ――大伯父さんと大伯母さん――もうずっと前に亡くなったの、悲しいことに。彼は精神科医だったのよ――そう、この人もね――そして彼女は植物学者――わたしの敬愛する女性よ」

ジョイスは、美術評論家がギャラリーでするようにちょっと後ろへ下がり、両手を腰にあてた。「こんなふうに見ていると、遺伝だろうって思わない？　この人たちの頭脳。だってね、育ちだけじゃ説明がつかないでしょ。違う？」

「ええ、そうですね」クララは同意した。「つかないと思います」

「あのね、ちょっと聞きたいんだけど――その、ちょっと興味があるもんで――アイリーの頭はどちら側からきたものだとお思いになる、ジャマイカ、それともイギリス？」

クララは故人となった白人男性たちの列をしげしげ眺めた。糊のきいた襟。片眼鏡をつけている者。制服の者。家族に囲まれてすわっている者。カメラのシャッターが下りるまで時間がかかるので、その間動かないよう、それぞれが体を固定されている。彼らはみな、クララに少しばかりある人のことを思い出させた。クララの祖父、威勢のいいチャーリー・ダーラム大尉、現存する一枚の写真に残る彼の姿だ。やつれて青ざめた顔で、傲然とカメラを見すえている。写真を撮ってもらうというよりは、アセテートの上に自分の像を無理に押しつけているようだ。ひところ言われた筋肉的キリスト教徒（強健な肉体と快活さを尊ぶ）というやつだ。ボーデン一族は彼をホワイティーと呼んだ。あのバァタレったらァ、手ェ触れたモンはじェえんぶ自分のもんだと思うんだからァ。

「あたしの方かしら」クララはおずおずと言った。「あたしの方に混じってるイギリス人の血です。祖父がイギリス人だったんです。なんだか上品ぶった人だったって聞いてますけど。その人の子供、あたしの母は、一九〇七年、キングストン地震の最中に生まれました。昔はね、振動でボーデンの脳細胞が叩き直されたんじゃないかって思ってたんです、だって、それ以来、頭が良くなったんですから！」

　クララが笑いを期待しているのを見て取って、ジョイスは素早く笑ってみせた。

「でも、まじめな話、チャーリー・ダーラム大尉のおかげだと思います。彼が祖母にいろんなことを教えたんです。イギリスのいい教育を仕込んだんです。それ以外には考えられません」

「まあ、ステキだわ！　まさにわたしがいつもマーカスに言っているとおり――遺伝子なのよ、彼がなんと言おうとね。彼はね、わたしの考えは単純だって言うけど、あの人はちょっと理論にこだわりすぎるの。結局正しいのはわたしなんだから、かい、かならず！」

　玄関のドアが背後で閉まると、クララはまたも唇を噛んだ。こんどは挫折感と怒りのせいだった。なぜチャーリー・ダーラム大尉のおかげだなどと言ってしまったのだろう？

そんなの、真っ赤な嘘だ。クララの白い歯と同じく偽りだ。クララはチャーリー・ダーラム大尉より頭がいい。ホーテンスもチャーリー・ダーラム大尉より頭がいい。おそらく、アンブロージアおばあちゃんだって、チャーリー・ダーラム大尉より頭が良かっただろう。チャーリー・ダーラム大尉は頭などよくなかった。自分ではいいと思っていたが、実際には違った。真に理解することのなかった一人の女を救わんがために、彼は、千人の人間を犠牲にしたのだ。チャーリー・ダーラム大尉は、役立たずのバァタレだった。

## 13　ホーテンス・ボーデンの歯根管

生半可にイギリスの教育を受けることは危険を伴う。これに関するアルサナお気に入りの例が、エレンバラ卿（十九世紀のイギリスの政治家、インド総督）の昔話である。インドからシンド地方を取り上げた卿は、一語のみの電報をデリーに打った。peccavi――ラテン語の動詞の活用形で、英語では「I have sinned. わたしは罪を犯した（I have Sindh.シンドを手に入れた、の語呂合わせ）」という意味だ。「イギリス人だけだわ」アルサナは嫌悪感を露わにして言う。「ものを教えたがると同時に盗もうとするのは」アルサナがチャルフェン家を信用できない理由は、結局はそれに尽きた。

クララも同意見だったが、より切実な、家族の記憶に根ざした理由があった。ボーデン家に流れる悪い血の、忘れ去られてはいない痕跡に。クララの母親は、そのまた母の胎内で（この話をするには、ロシアの人形のように、皆をそれぞれのなかにもどさなくてはならない。アイリーをクララの胎内に、クララをホーテンスの胎内に、ホーテンスをアンブロージアの胎内に）、イギリス人が突然教育を施そうなどと思いたったらどういうことになるか、黙って見つめていたのだ。ジャマイカに配属されたばかりのチャーリー・ダーラム大尉には、一九〇六年五月のある夜、酔っぱらって、宿の女主人の思春期を迎えた娘を一家の食品置き場で孕ませるだけでは充分でなかったのである。彼は娘の処女を奪うだけでは満足しなかった。教育も施さないではいられなかったのだ。

「あたしにィ？　あの人、あたしにものを教えたいってェ？」アンブロージア・ボーデンはホーテンスが入っている小さな膨らみを片手で隠しながら、できるだけ無邪気な顔をしようとした。「なァんであたしに、ものを教えたいんだろ？」

「週に三回」母親が答える。「あたしに、なんでなんて聞かないどくれ。でも、きっと、ちっとばかりシンポするのは、おまえにはいいこったろうよ。アリガタイと思うんだね。ミスター・ダーラムのようなハンサムでリッパなイギリスの紳士がシンセツにしようとしてくれてんだ、なんでだ、なんてこたァ、聞く必要ない」

十四年の人生で教室なんてものを見たことのない、気まぐれで足の長いほっそりした村娘のアンブロージア・ボーデンでさえ、この助言は間違っていると知っていた。イギリス人が親切にするときはまず、なんで、と聞かねばならない。かならず理由があるのだから。

「この子ったらァ、まだいるのかい？　あの人が待ってんだ。床にツバァ吐いて、それが乾くまでに上へ行けとでも言わなきゃァ、わかんないのかい！」

そこで、アンブロージア・ボーデンはホーテンスを胎内に抱えて大尉の部屋へ駆けあがって行き、それからは週に三回、教育のために通うようになった。文字、数字、聖書、イギリスの歴史、三角法――そして、それが終わり、アンブロージアの母親が無事外へ行ってくれると、解剖学がはじまる。これはほかのものより時間が長く、くすくす笑いながら仰向けに横たわった生徒の上で行われる。ダーラム大尉は、赤ん坊のことは心配しなくていい、赤ん坊には障らないようにするから、と言った。二人の秘密の赤ん坊はジャマイカでいちばん賢い「ニグロ」の少年になるだろう、と大尉は言った。

数ヶ月が過ぎ去り、アンブロージアはすばらしいことをたくさん、ハンサムな大尉から教わった。ヨブの試練をどう読むか、黙示録の警告をどう考えるか教わり、クリケットのバットの振り方、「エルサレム」（ウィリアム・ブレイクの詩。『予言書』の一篇）を吟じることも習った。数字の列の足し方。ラテン語の名詞の格変化。どうやって男の耳にキスして子供のように泣かせるか。だが、大尉が主として教えこんだのは、アンブロージアはもはやメイドではない、教育のおかげで向上したのだ、毎日の仕事は変わらないけれど、心のなかはレディーなのだ、ということだった。「ここだ、ここ」胸骨の下あたり、じつは、ちょうどいつもアンブロージアが箒にもたれるときに柄をあてがう部分を指して、大尉はそう言うのが好きだった。「もうメイド（ア・メイド・ノー・モア）じゃないよ、アンブロージア、もうメイド（ア・メイド・ノー・モア）じゃない」語呂あわせを楽しみながらそう言うのが好きだった。

ところがある午後のこと。ホーテンスが胎内で五ヶ月になった頃、アンブロージアは罪を隠してくれるとてもゆったりしたギンガムの服を着て階段を駆けあがり、片手でドアをたたいた。背後に隠したもう片方の手には、イングリッシュ・マリーゴールドの束を握っていた。故国を思い起こさせる花で恋人を驚かそうと思ったのだ。アンブロージアはドアを何度も何度も叩き、大尉の名前を呼んだ。だが、彼は消えていた。

「あたしに、なんでなんて聞かないどくれ」アンブロージアの母親は娘の腹に疑わしげな視線を向けながら言った。「あたしが起きたらいっちまってたんだ。急にねェ。でも、言づてで、おまえにはちゃァんと教育をつづけてほしいってさ。とっととミスター・グレナードんところへ会いに行けってさァ。リッパなクリスチャンの紳士だよ。ちっとばかりシンポするのは、おまえにはいいこったろうよ。この子ったらァ、まァだそこにいるのかい？　床にツバァ吐いて……」

だが、アンブロージアは、この言葉を聞く前に外へ出てしまっていた。

どうやらダーラムは、キングストンの印刷会社の騒動を処理しに行ったようだった。ガーヴィーという若い男が、賃金引き上げを訴えて職工たちのストライキに打って出たのだ。ダーラムは、そのあともさらに三ヶ月、国王陛下のトリニダード人兵士の訓練をし、何がどうだということを教えるつもりだった。責任の一つを放棄し、べつのものを引き受けるのは、イギリス人の十八番だ。だが、彼らはまた、自分を良心的な人間であると考えたがる。だからダーラムは当座のあいだ、アンブロージア・ボーデンの教育の続きを良き友であるサー・エドマンド・フレッカー・グレナードに委ねることにした。彼もまたダーラム同様、原地人には教育やキリスト教の信仰、モラルの指導が必要だという意見だった。グレナードはアンブロージアを家に置くことを喜んだ――喜ばない者がどこにいる?――可愛い従順な娘、意欲的で能力もある娘を家に置くのを。しかし、二週間も過ぎると、妊娠が隠せなくなった。皆が噂しはじめた。これでは無理だった。

「あたしに、なんでなんて聞かないどくれ」アンブロージアの母親は、残念だというグレナードの手紙を泣いている娘からひったくると、言った。「なァるほど、おまえはシンポしたってわけだねェ!　あの人は、家が罪で汚れるのがいやなんだろうよ。おまえはここへもどされたんだ!　もうどうしようもないんだよォ!」だが、手紙を読むと、ありがたい提案がなされているのがわかった。「ここに書いてあるけど、ミセス・ブレントンっていうクリスチャンのレディーんとこへ行けってさァ。そこに置いてもらえるってェ」

さて、ダーラムはアンブロージアを英国国教会に入れるよう指示しており、グレナードはジャマイカン・メソジスト教会を提案していた。だが、ミセス・ブレントンというのは気性の激しいスコットランド人の老嬢で、迷える魂の専門家であり、独自の考えを持っていた。「わたしたちは真理のところに行くのです」日曜日になると、彼女はきっぱりと言った。「教会」という言葉など、意に介していなかったのだ。「あなたとわたし、そしてこの汚れを知らないおチビさんはね」彼女はアンブロージアのお腹の、ホーテンスの頭から数インチのあたりをたたいた。「エホバの言葉を聞きに行くのです」

（ミセス・ブレントンこそ、ボーデン一家を導いた張本人だった、エホバの証人に、ラッセライトに、ものみの塔に、バイブル・トラクト協会に――当時は多くの名前で呼ばれていたのである。ミセス・ブレントンは世紀が変わるとき、ピッツバーグでチャールズ・テイズ・ラッセルその人に会っている。彼の知識と献身、すばらしいあごひげに感銘を受けたのだ。ミセス・ブレントンがプロテスタントから改宗したのは彼の影響だった。そして改宗者がえてしてそうであるように、ミセス・ブレントンも他人を改宗させることに非常な喜びを見出していた。彼女の見るところ、アンブロージアとお腹の赤ん坊は、簡単に、そして進んで歩み寄ってくれそうな相手だった。なんといっても、二人はどの宗教からも改宗する必要がなかったのだから）

一九〇六年の冬、ボーデン家に導入された真理は、アンブロージアからホーテンスまで、一族の血筋を伝って流れてきた。母親がエホバを知った瞬間、まだ子宮のなかにいるうちに、自分もまたエホバを知ったのだとホーテンスは信じていた。後年、目の前にどんな聖書を差し出されようと、ホーテンスはその上に手を置いて誓うことができた、いまだ母親の胎内にいてさえ、ミスター・ラッセルの『千年期黎明』の一語一語が、毎夜アンブロージアに読み聞かされるにつれて、ホーテンスの心にしみこむように伝わったのだと。だからこそ、後年、ホーテンスが大人になってからこの六巻本を読んだときに「覚えている」ように感じたのだ。手でページを隠しても、文章を空で言うことができたのだ。読むのははじめてだったのに。だからこそ、ホーテンスのどの歯根管を語るにも、まずそもそものはじまりに向かわねばならない。彼女はそこにいたのだから。彼女は覚えているのだから。一九〇七年一月十四日の出来事、恐ろしいジャマイカ地震の日のことを、ホーテンスは知らないどころか、くっきりと明瞭に覚えているのである。

「わたしは早くもあなたを求め……我が魂はあなたに渇く、我が肉体はあなたを慕う、水なき乾いた地において……」

産み月の近づいたアンブロージアは、歌いながら大きな腹を抱えてキング・ストリートを歩いていた。彼女はキリストの帰還、あるいはチャーリー・ダーラムの帰還を祈っていた――自分を救ってくれる二人の男だ――彼女の心のなかで二人は似たようなものだったので、いっしょくたに考える癖があった。歌が第三節の半ばまできたとき、とホーテンスは言うのだが、かの飲んだくれの乱暴者、サー・エドマンド・フレッカー・グレナードが、ジャマイカ・クラブでいささか飲み過ぎて赤くなった顔で二人の前方に現れた。「ダーラム大尉のメイドじゃないか！」ホーテンスは彼がこう言ったのを覚えている。この挨拶にアンブロージアはなにも答えず、にらみつけただけだった。「いい日和じゃないかね？」アンブロージアは横へ寄ってやり過ごそうとしたが、相手はなおも彼女の前に立ちはだかった。

「で、この頃はいい子にしてるかね？　聞くところによると、ミセス・ブレントンは自分の教会にあんたを引っぱりこんだらしいなあ。面白い連中だよ、あのエホバの証人っていうのは。で、彼らはこの新しい混血児のメンバーをちゃんと信徒に加えてくれるのかね?」

ホーテンスはあの太った手が母親の体に触れた熱い感触をはっきり覚えている。あらんかぎりの力でその手を蹴とばしたことも。

「大丈夫だよ。大尉からあんたの秘密は聞いている。だがね、当然のことながら、秘密には代償がつきものだ、アンブロージア。ヤムイモやピーマンや私のタバコにそれなりの金がいるのと同じだ。なあ、あの古いスペインの教会、聖アントニアを見たことあるかい?なかに入ったことは? すぐそこにあるんだ。なかはすばらしいよ、宗教的というより芸術的観点からいってね。歩いてすぐだ。いささかなりとも教育を受ける機会は逃すべきではないよ」

すべては二度起こることになる、内側と外側とで。そして、その二つは異なった歴史なのである。アンブロージアの外側にあるのは、おびただしい白い石材。人影はない。金が剝げた祭壇。光はほとんどささず、ロウソクが煙る。床にはスペインの名前が刻まれ、大きな大理石の聖母が頭を垂れて高い台座の上にそびえ立っている。この異常な静けさのなか、グレナードはアンブロージアの体をまさぐりはじめた。だが、内側では、心臓の鼓動が高まり、無数の筋肉が収縮して、なんとかグレナードの教育の試みを撃退したいと願っていた。いまやアンブロージアの胸に置かれ、薄い木綿のあいだに潜りこんで、すでにたっぷり乳を含んだ乳首をもみしだく指を払いのけたいと。こんな野卑な口で受けられるための乳ではないのに。内側では、アンブロージアはすでにキング・ストリートを走って逃げていた。だが、外側では、凍りついていた。その場に根が生えて。聖母像と同じく石造りの女になったかのように。

すると、世界が揺れはじめた。アンブロージアの内側では、破水が起こった。外側では、床が割れた。向こうの壁が崩れ、ステンドグラスが砕け散り、聖母像が卒倒した天使のように高所から倒れてきた。アンブロージアはなんとかこの場を逃れようとしたが、やっと告解室まで来たところでふたたび大地が裂け――恐ろしい亀裂！――倒れながら、グレナードの姿を目にした。歯を床にばらまき、ズボンを足首にずり下げて、天使の下敷きになって押しつぶされた姿を。大地は揺れつづけた。またも大地が裂けた。そしてもう一度。柱が倒れ、屋根も半分なくなった。ジャマイカのほかの日の午後ならば、アンブロージアの叫び、ホーテンスが出ようとするのにあわせて、子宮が収縮するたびにあげた叫びは、誰かの耳に届き、助けが来ただろう。だが、その午後、キングストンは世界の終わりを迎えていた。誰もが叫んでいたのだ。

もしこれがおとぎ話なら、ここでダーラム大尉がヒーローを演じることになるだろう。彼に必要な資格が欠けていたとは思えない。べつに彼がハンサムではないとか、背が高くないとか強くないとか、あるいは彼女を助ける気がなかったとか、彼女を愛していなかった（いや、彼は彼女を愛していた、イギリス人がインドやアフリカやアイルランドを愛したのと同じように。問題なのはこの愛なのだ。人は恋人につらくあたる）というのではない――これはみんな本当だ。だが、おそらく、結局は舞台が悪いのだろう。盗まれた土地で起こることには、ハッピーエンドは期待できないのかもしれない。

ダーラムが当初の揺れのあともどってくると、島は破壊され、すでに二千人が死亡し、丘陵には火の手があがり、キングストンは一部海のなかに没している。飢えや恐怖がはびこり、通りはすべて地面にのみこまれている――だが何よりも彼を不安に陥れるのは、アンブロージアに二度と会えないかもしれないという恐れだ。いまや彼は、愛とはどういうものか悟ったのだ。ダーラムはたった一人、心を乱しながら練兵場にたたずむ。周りは見知らぬおびただしい黒い顔。ほかに白人といえば、ヴィクトリア女王の像だけだ。五回の余震で、民に背を向けるところまで回転している。これは真実からさほど離れていない姿である。本腰をいれた援助を約束し、食料を満載した三隻の戦艦をキューバから沿岸沿いに派遣してよこすだけの甲斐性があるのは、アメリカであって、イギリスではない。イギリス政府はアメリカの評判が高まるのを快く思わず、仲間のイギリス人同様、ダーラムもプライドが傷つけられた思いを拭いきれない。彼はなおも、この島は自分のものだ、助けるにしろ傷つけるにしろ自分のものだと思っている。この島にはこの島の心があると、島自らが証明して見せたいまになっても。彼はなおもイギリス人としての教育を忘れていなかったので、二人のアメリカ人兵士が許可なく（上陸はすべてダーラムかその上官に申請されねばならない）船をつけ、領事館の外に立って大きな態度でタバコを噛んでいるのを見ると、バカにされたように感じる。妙な気分だ、この無力感。イギリス人よりも手際よく、この小さな島を救うことのできる国がほかにあるなんて。妙な気分だ、黒檀の肌の群を眺めながら、愛する人を見つけることができないのは。自分のものだと思っている女を。ダーラムは、ここに立って、幾人かの召使い、執事、メイドの名前を、火事が収まるまでイギリス人たちといっしょにキューバに連れていかれる選ばれた者たちの名を読み上げるように言われている。彼女の姓を知ってさえいたら、ぜったいに読み上げるだろうに。だが、あれだけいろいろ教えたのに、彼は彼女の姓を教えてもらおうとはしなかった。たずねたこともなかったのだ。

しかし、偉大な教育者であるダーラム大尉がボーデン一族の年代記で「バァタレ」とされているのは、この手落ちのためではない。彼はすぐに彼女の居所を突き止めた。群衆のなかに小さないとこのマーリーンを見つけ、彼女が最近、エホバの証人とともに最後の審判の日への感謝を捧げつつ歌っているアンブロージアを見たという教会へ、手紙を持ってやらせたのだ。マーリーンがなまっちろい足でできるだけ急いで駆けていくあいだ、ダーラムは、これでいよいよ終幕だと思いながら、冷静な足取りでキングズ・ハウスへ、ジャマイカの総督であるサー・ジェームズ・スウェトナムの住居へ向かった。そこで彼は総督に向かって、アンブロージアのために例外を認めてくれるよう頼んだ。自分が結婚したいと思っている「教育を受けた黒人女」のために。彼女はほかの黒人たちとは違う。つぎに出る船に、自分とともに乗せねばならない。

だが、自分のものではない土地を支配しようと思ったら、例外を無視することに慣れねばならない。スウェトナムは、自分の船に黒人の娼婦や家畜を乗せる場所はないと率直に答えた。傷つき、恨めしく思ったダーラムは、スウェトナムにはなんの力もない、アメリカの船がやってきたのが何よりの証拠だと断じ、二人のアメリカ人兵士が許可なくイギリスの領土に入るのを見た、横柄な顔で自分たちのものでもない土地にずかずか入りこんだんだぞ、と捨てぜりふを吐いた。「風呂の水といっしょに赤ん坊まで流してしまうってわけか」ポストのように真っ赤な顔をして、生まれつきの権利である所有権という信条を振りかざして、ダーラムは問いただした。「ここはまだ私たちの国じゃないのか？　我が国の威信は地面が何度か揺れたくらいで簡単に覆るようなものなのか？」

このあとは、かのおぞましい代物、歴史である。スウェトナムがアメリカの船にキューバへ引き返すよう命じた頃、マーリーンがアンブロージアの返事をもって駆けもどってきた。ヨブ記から破り取られた一文。「わたしは遠くからわたしの知識を得る」（ホーテンスはこの部分が破かれた聖書を保存していて、この日以後、ボーデン家の女たちは神以外の誰の教えも受けないのだとうそぶくのを好んだ）マーリーンはそれをダーラムに渡すと、いそいそと、練兵場へ両親を捜しに走っていった。怪我をした両親は、弱り果てながらも、ほかの数千人の人々同様船を待っていた。マーリーンは両親にいいニュースを伝えたかったのだ。アンブロージアから聞いたことだ。「すぐに来る、すぐに来る」船が？　マーリーンがたずねると、アンブロージアはうなずいた。でも、夢中で祈って恍惚となっていて、質問など聞こえていなかった。「すぐに来る、すぐに来る」アンブロージアは言った。黙示録から学んだことを繰り返したのだ。ダーラムから、そしてグレナードから、そしてミセス・ブレントンから、それぞれ違うやり方で教えられたことを。火や地割れや雷鳴が証明したことを。「すぐに来る」と彼女はマーリーンに告げ、マーリーンはこの言葉を福音と取った。生半可にイギリスの教育を受けることは危険を伴う。

# 14　イギリス人よりイギリス的

イギリス式教育の偉大なる伝統にのっとって、マーカスとマジドは文通をはじめた。二人がどうやって文通をはじめるにいたったのかということについては、激しいやりとりが交わされた（アルサナはミラトを責め、ミラトはアイリーがマーカスに住所を洩らしたと主張し、アイリーはジョイスに住所録を盗み見されたのだと言った――ジョイス犯人説が正しかった）。しかし、どちらにしろ二人は文通するようになり、九一年の三月以後、バングラデシュの郵便事情の悪さにのみじゃまされつつ、二人のあいだを頻繁に手紙が行き来した。二人が書いたものをあわせると、信じられない量になった。二ヶ月で少なくともキーツの著作くらいの厚みになり、四ヶ月たつ頃には早くも、長さも量も、聖パウロやクラリッサ（リチャードソンの書簡体小説の主人公）、怒れるタンブリッジウェルズの町民（保守良識派が投書名として使う）といった真の手紙マニアに近づいた。マーカスは自分の書いた手紙をすべてコピーしていたので、アイリーは書類の整理方法を変更して、引き出し一つを丸ごと二人の文通用にあてねばならなかった。アイリーは単に日付だけで整理するのではなく、整理方法を二段階にし、まず書き手で分けて、それから日付順に並べていた。なんといっても、これは人間に関わることなのだから。大陸を隔て、海を隔てて絆を作り上げた人たちに。アイリーは資料の束を分けるのに、二枚のステッカーを作った。最初のものには「マーカスからマジドへ」、つぎのものには「マジドからマーカスへ」と書いた。

嫉妬と憎しみの入り混じった何とも言えない気持ちに駆り立てられて、アイリーは秘書の役割を悪用した。なくなったと気づかれない程度に手紙を抜き出し、家に持ち帰って中身を取り出し、文芸批評家のF・R・リーヴィスですら顔負けなほど綿密に読んだあと、また注意深く元のファイルにもどしたのだ。麗々しくスタンプの押された航空便の封筒のなかに発見したものは、アイリーになんの喜びももたらさなかった。アイリーの師は新たな愛弟子(まなでし)を得たのだ。マーカスとマジド。マジドとマーカス。響きだって、その方がいい。ワトソンとクリックのほうが、ワトソン、クリックそしてウィルキンズというより響きがいいのと同じだ。

ジョン・ダンは、「キスよりも手紙のほうが心を一つにする」と言ったが、二人はまさにそれだった。遠く離れているにもかかわらず、二人の人間がインクと紙によってかくも心を通わせ、かくもうまく融和しあっているのを知って、アイリーは警戒心を抱いた。どんなラブレターだって、これほど熱くはないだろう。これほどの情熱をお互いに注ぎあうことはないだろう、まさにそのはじまりの時点から。最初の数通はお互いを認めあうことのかぎりない喜びに満ちていた。ダッカの郵便室の盗み読みする少年たちには退屈きわまりなく、アイリーはうろたえたが、書き手の二人は夢中になっていた。

まるでいままでずっと知りあいだったような気がします。ぼくがヒンドゥー教徒なら、前世に会ったことがあるのではないかと思うところでしょう。――マジド

君はぼくと同じ考え方をするね。君は正確だ。ぼくはそれが好きだ。――マーカス

あなたの書き方はとても巧みで、ぼくよりずっと上手くぼくの考えを説明してくれています。法律を勉強したいというぼくの望み、この惨めな祖国――この国は、毎度神のふとした気まぐれの犠牲になっているのです、ハリケーンや洪水の――を良くしたいというぼくの熱望、こういった目的において、その根本にあるのはどのような本能なのでしょう？　何が基盤となっているのか、これらの大望を一つに結ぶ夢は何なのか？　世界を道理にかなうものにすることです。偶然性を除去することなのです。――マジド

それから、お互いに対する称賛。これは数ヶ月間もつづいた。

あなたの現在の研究は、マーカス——あの驚くべきネズミは——まさに革命的です。遺伝的特性の神秘を探求なさるうちに、かならずやあなたは人間存在の精髄に、どの詩人にも負けないほど劇的かつ根元的に迫られることでありましょう。しかも、あなたには詩人が持たない重要な武器があります。真実という。ぼくは理想を掲げた考え方にも、またそういう考え方をする人たちにも畏敬の念を覚えます。ぼくはマーカス・チャルフェンのような人物に、畏敬の念を覚えるのです。このような人を友と呼べるのは名誉なことです。ぼくの家族のことで、言い尽くせないほどすばらしいお心遣いをいただき、心底から感謝しています。——マジド

クローニングのような考えについて世間があれほど騒ぐのが、ぼくには信じられません。クローニングというのは、実行されるとしても（しかも、これはそう遠くないことなのです）、単に双子の発生過程を引き延ばしたものに過ぎません。そして、ぼくがいままで会った双子のうちで、ミラトと君ほど遺伝子決定説の明白な反証となる一組はいません。ミラトに不足している部分のすべてにおいて君は優れている——これを反対にして、逆もまた真なりと言えるといいのですが、残念なことに、ミラトが優れているのは、ぼくの妻をたらしこんでパンティーのゴム紐を抜いてしまうことだけなのです。——マーカス

そして、未来の計画が語られる。オンライン・チャットでセクシーな人のような気がしたからというだけで、ミネソタ出身の二百六十六ポンドもあるモルモン教徒と結婚したバカなイギリス人のような、見境のない、首ったけの勢いで作られた計画だ。

君はできるだけ早くイギリスに来てくれたまえ。遅くとも九三年の初めにはね。必要だというのなら、費用はぼくがいくらか出します。君をまず地域の学校に入れ、試験を済ませたのち、君の気持ちをくすぐるどの夢の尖塔へでも、すみやかに送りこんであげよう（もっとも、現実に選択すべきところは明らかに一つですが）。そして大学に入ったら、迅速に歳を重ね、法曹資格を取り、ぼくが法廷で戦う際に弁護士として助けてくれたまえ。ぼくのフューチャーマウスⓒにはしっかり守ってくれる者が必要なんだ。ねえ君、急いでくれよ。千年待つわけにはいかないんだから。――マーカス

最後の手紙には、二人が書いた最後というのではなくアイリーに持ちだす度胸があった最後という意味だが、マーカスの書いたこういう一節があった。

まあ相変わらずの状況のなかで、変化といえば、アイリーのおかげでぼくの書類がきちんと整頓されたということくらいです。君もきっと彼女が気に入るよ。聡明な娘で、見事な胸だ……ただし、残念だが「ハードサイエンス」の分野、もっと具体的に言えばぼくのやっている生物工学の分野では、さほどの向上は望めそうもない。彼女はこの分野をやりたいと思っているらしいがね……多少鋭いところはあるが、彼女が得意とするのはつまらない仕事、コツコツやるような仕事だ——実験室の助手になれるだろうが、なにか考え出す頭はない、まったくね。医学をやるんならいいかもしれないが、それでもやはり彼女では大胆さが足りないだろう……まあ、われらがアイリーには歯学くらいが適当かもしれない（少なくとも自分の歯を治すことができるしね）。むろん、まっとうな職業ではあるが、君にはやめておいてもらいたいね……

アイリーはべつに傷つきはしなかった。ちょっと涙は出たが、すぐに止まった。アイリーは母の同類だった、父の同類だった——自分自身を作りなおすのが巧み、あるもので間にあわせるのが上手かった。従軍記者になれない？　じゃあサイクリストだ。サイクリストもだめ？　じゃあ紙を折ればいい。十四万四千人のなかに混じってイエスの隣にすわることができない？　じゃあ大群衆といっしょになればいい。大群衆はいやだ？　じゃあアーチーと結婚すればいい。アイリーはさほどがっくりこなかった。こう考えただけだった。

なるほど、歯学ね。じゃあ、あたしは歯科医になろう。歯学。いいじゃない。

＊

そうこうするあいだも、ジョイスは甲板の下で、ミラトの白人女たちとのいざこざの始末に追われていた。おびただしい数だった。あらゆる肌の色の女という女が、夜の闇のように黒い肌からアルビノまで、すべてがミラトのものだった。ミラトにこっそり電話番号を渡す、公共の場でフェラチオの奉仕をする、混みあったバーを突っ切ってミラトのために飲み物を買ってくる、タクシーに引っ張りこむ、家までついてくる。原因が何であれ――ローマ鼻なのか、暗い海のような瞳なのか、チョコレートのような肌なのか、黒いシルクが垂れ下がったような髪なのか、もしかしたら単に体臭なのかもしれないが――恐ろしく効き目があるのは確かだった。だが、妬まないように。妬んでも仕方がない。いつの世にも、セックスがにじみ出ているというほかない人間（彼らはそれを呼吸し、それを発散させる）がいるものなのだ。たとえば、若い頃のブランド、マドンナ、クレオパトラ、パム・グリーア（米国の映画女優）、ヴァレンティノ、ロンドン・ヒポドロウム（ショーで有名なレストラン）の向かいの町中に住むタマラという少女、イムラン・カーン（パキスタンのクリケット選手）、ミケランジェロのダビデ。相手を選ばないこういった種類の驚くべき力と戦うことはできない。力の源はかならずしもそれ自体の均整美や美しさではないのだから（タマラの鼻はちょっと曲がっている）。そしてそんな力を手に入れる方法もない。アメリカでもっとも古い警句がここでは適切だろう。これは経済、政治、ロマンス、すべてに通じる。持っているか持っていないかだ。そしてミラトは持っていたのだ。ものすごく。ミラトは世界中から選択することができた。サイズ八から二十八にいたるあらゆる官能的な女たち、タイやトンガ、ザンジバルからチューリッヒまで、ミラトの手にはいる、抱かれたがっている女たち（プッシー）は目の届くかぎりあらゆる方向に広がっていた。さまざまな女たちを大皿に山盛りにして、好き勝手に食べ散らすことができるほどの生まれながらの魅力を持っている男なら、幅広い探求を行うと思われても当然かもしれない。だが、ミラト・イクバルが主に抱きしめるのは、ほとんどがサイズ十の白人プロテスタント女性、歳は十五から二十八で、住んでいるのはウェスト・ハムステッド近辺、と決まっていた。

最初、ミラトはこれを気にもしなければ、変だと思うこともなかった。学校にはこのすべてに当てはまる女の子がたくさんいたのだ。世の常に従い——ミラトはグレナード・オークで唯一の寝る価値のある男だった——ミラトは結局その大半と寝ることになった。そして、現在の恋人、カリーナ・ケインに関しては、すべてがきわめてうまくいっていた。ミラトはほかに三人の女としか浮気せず（アレクサンドラ・アンドルーシア、ポリー・ホートン、ロージー・デュウ）、これは記録的だった。しかも、カリーナ・ケインは別格だった。セックスだけの仲ではなかったのだ。ミラトは彼女が好きで、彼女もミラトが好きだった。彼女はユーモアのセンスが抜群で、それは驚くべきことに思え、ミラトが落ちこんだときには慰めてくれて、ミラトも彼女を自分なりのやり方で気遣い、花やなにかを送ったりした。ミラトがいつもより幸せになれたのは、世の常と幸運という二つの偶然によるものであった。とまあ、そういうわけだった。

しかし、ＫＥＶＩＮは、そうは思わなかった。ある夜、カリーナに彼女の母親のルノーでＫＥＶＩＮの会合に送ってもらうと、ブラザー・ヒファンとブラザー・タイローンが、ムハンマドの足下に身を投げ出そうと決意した二つの山のごとく、キルバーンのタウンホールを横切ってやってきた。二人はのしかかるように近づいた。

「やあ、ヒファン、兄弟、やあタイローン、なに冴えない顔してんだ？」

だが、ブラザーたちはなぜ冴えない顔をしているのか、わけを話そうとはしなかった。代わりに二人はパンフレットをよこした。『真に自由なのはどちらだ？　ＫＥＶＩＮのシスターたちか、ソーホーの女たちか？』というタイトルだった。ミラトは心をこめて礼を言い、カバンの底にしまった。

「どうだった？」つぎの週、二人はたずねた。「読んで役に立ったかい、ブラザー・ミラト？」実を言うと、ブラザー・ミラトには読む機会がなかったのだ（正直言って、ミラトは『アメリカの巨大な悪魔――アメリカのマフィアはいかに世界を支配するか』とか、『科学対創造主――競うことは不可能だ』とかいうほうが好きだった）。だが、どうやらブラザー・ヒファンとブラザー・タイローンには重要なことらしいと察し、読んだと答えた。二人は嬉しそうな顔をし、またもう一部よこした。こんどは『ライクラ（下着などの素材となるスパンデックスの商標）の自由？　レイプと西洋社会』というタイトルだ。

「君の闇に光明が差しこんできたかい、ブラザー・ミラト？」つぎの水曜の会合で、ブラザー・タイローンが熱心に問いかけた。「いろんなことがはっきりしてきたか？」

「はっきり」という言葉は、ミラトにはいまいちぴったりこなかった。その週の初め、ミラトは時間を作ってパンフレットを両方とも読んだのだが、以来ずっと変な気分なのだ。たった三日のあいだで、カリーナ・ケインに、愛しい少女、ミラトを苛立たせたことのなかった（それどころか、とても幸せな気分にしてくれる！　元気にしてくれる！）本当に気だてのいい女の子に、二人がこういう関係になって以来の一年分をぜんぶ合わせた以上の苛立ちを感じたのだ。しかも普通の苛立ちではない。深い、心を乱す、どうしようもない苛立ち、失った手足のかゆみのような。おまけに、理由ははっきりしなかった。

「ああ、タイローン」ミラトはうなずいてにこっと笑顔を作った。「カンペキだよ、兄弟、カンペキ」

ブラザー・タイローンはうなずき返した。ミラトは相手が喜んだのを見て嬉しかった。まるでマフィアかボンド映画といった雰囲気だ。二人とも黒と白のスーツ姿で、うなずきあう。お互いに了解したってわけだな。

「シスター・アイーシャだよ」ブラザー・タイローンはミラトのグリーンのボウタイを直してやってから、小柄で美しく、アーモンド形の目をした頰骨の高い黒人の少女のほうに押しやった。「アフリカの女神だ」

「へえ？」ミラトは感銘を受けた。「どっからきたの？」

「クラパム・ノース」シスター・アイーシャは内気な笑顔を浮かべた。

ミラトは両手を打ち合わせ、足を踏みならした。「ならきっと、レッドバック・カフェを知ってるね？」

アフリカの女神、シスター・アイーシャはぱっと顔を輝かした。「ええ、以前は、いつも行ってたわ！　あなたも行くの？」

「しょっちゅうね！　すげえ店だよな。いつか入り口で落ちあってもいいかもな。会えてよかったよ、シスター。ブラザー・タイローン、もう行かなきゃ、カノジョが待ってるんだ」

ブラザー・タイローンはがっかりした顔になった。ミラトが出ていく前に、彼はまたべつのパンフレットを手に押しつけ、そのまま握りしめたので、二つの手の平に挟まれた紙はじっとりと湿った。

「君は偉大なリーダーになれる男だ、ミラト」ブラザー・タイローンは言って（なんで誰も彼もがこう言うのだ？）、まずミラトに目をやってから、つぎに、車のドア越しに胸の曲線を覗かせて通りでクラクションを鳴らしているカリーナ・ケインを見やった。「しかし、いまの段階では、君は半分でしかない。ぼくたちは完全な男が欲しいんだ」

「ああ、そいつはすごいや、ありがとう、君もだよ、ブラザー」ミラトはちらとパンフレットを眺めるとドアを押した。「またな」

「それ、なに?」助手席のドアを開けようと手をのばし、ミラトの手に湿気を帯びた紙が握られているのを見て、カリーナ・ケインがたずねた。

ミラトは本能的にパンフレットをポケットに入れた。これはおかしなことだった。カリーナには普通なんでも見せるのに。ところがいまは、たずねられただけでなぜか不愉快だった。それに、カリーナの服装はなんだ? いつものへそが見えるトップ。ちょっと短すぎるんじゃないか? 乳首がはっきり見えすぎなんじゃないか? ちょっと露骨すぎるんじゃ?

ミラトは答えた。「なんでもないよ」と不機嫌に。だが、なんでもないことはなかった。それはKEVINの西洋の女シリーズ最後のパンフレットだった。『露出の権利――西洋社会の性に関する裸の真実』

ところで、裸といえば、カリーナ・ケインは小粒ながらすばらしい体だった。滑らかでぽっちゃりした体に、すんなりした手足。週末には体を見せつけるような服を着るのが好きだった。はじめて彼女に目を留めたのは近所のパーティーでだったが、ミラトの目を射たのは、銀色のパンツ、銀色のベアトップ、そしてその間からはみ出ている、ややつきだした裸の腹で、へそのなかにも銀色が輝いていた。カリーナ・ケインの小さな腹には、どこか人を喜んで受け入れるようなところがあった。彼女はそれをきらっていたが、ミラトは好きだった。ミラトはカリーナが腹の見えるような恰好をしているのが好きだった。だが、いまやパンフレットのおかげで物事がはっきりしてきた。ミラトはカリーナが着ているものを意識しはじめた。ほかの男がそれにどんな視線を注いでいるかも。ミラトがそれを口にすると、彼女は言った。「そう、あたし、ほんとにいやなの。あのいやらしい男たちったら」だが、ミラトには、彼女はむしろ煽り立てているように、進んで男たちの視線を集めたがっているように思えた。『露出の権利』に書いてあるように、「男の視線に身を売っている」ように思えた。とくに白人男性の。だって、西洋の男と西洋の女のあいだではそうするんじゃないか？　あいつらはなんでも公然とやるのが好きなのだ。考えれば考えるほど、ミラトは腹が立ってきた。なぜ彼女は体を隠せないんだ？　いったい誰の気を引きたいというんだ？　クラパム・ノースのアフリカの女神たちは自分を大事にしているのに、なぜカリーナ・ケインにはそれができない？「おれはおまえを尊敬できない」ミラトは読んだとおりの言葉を注意深くなぞりながら言ってきかせた。「おまえが自分を大事にするようになるまでは」あたしはちゃんと自分を大事にしている、とカリーナ・ケインは言ったが、ミラトには信じられなかった。これはおかしなことだった。それまでカリーナ・ケインが嘘をつくのは聞いたことがなかったのに。彼女はそういうタイプではなかった。

二人がさあ出かけようということになると、ミラトは言った。「おまえはおれのためにおしゃれしてるんじゃない、みんなに見せたくておしゃれしてるんだ！」自分はミラトのためにおしゃれしているのでも、誰のためにしているのでもない、自分のためにしてるんだ、とカリーナは言った。パブのカラオケでカリーナが「セクシュアル・ヒーリング」を歌うと、ミラトは言った。「セックスはプライベートなものだ、おまえとおれのあいだだけの。みんなに聞かせるものじゃない！」自分は歌っているだけで、「ラット・アンド・キャロット」の常連客の前でセックスしているわけではない、とカリーナは言った。二人がセックスすると、ミラトは言った。「そんなことするなよ……娼婦みたいな真似をするな。自然に反した行為について知らないのか？　それになあ、おれは自分がやりたくなったときにやりたいんだ――だいたい、なんでもっと上品にできないんだよ、あんなに大声張り上げるな！」カリーナ・ケインはミラトをひっぱたき、さんざん泣いた。ミラトに何が起こっているのかわからない、と彼女は言った。問題は、と蝶番が外れるほどの勢いでドアを閉めながらミラトは考えた、おれにもわからないってことだ。その諍いのあとしばらく、二人は口をきかなかった。

二週間ほどのち、ちょっと金を稼ごうとパレスでバイトしていたミラトは、新たにＫＥ

VINに転向して組織でめきめき頭角を現しているシヴァに、この問題を話した。「おれに白人の女の話はしないでくれ」いったい何世代のイクバルに同じ忠告を繰り返さなきゃならんのだろうと思いながら、シヴァはうんざりした口調で言った。「それはつまり、西洋じゃあ、女は男だってことだ！　いいか、西洋の女は男と同じ欲望や衝動を持っている——いつだってアレをやりたがってるんだ。そして、アレをやりたがってることをみんなにわかってもらいたいんだと言わんばかりの服装をする。そうだろ？　な？」

だが、議論が進まないうちに、両開きの扉からサマードがマンゴーチャツネを探しに入ってきたので、ミラトは刻み仕事にもどった。

その夜、仕事が終わったあと、ミラトは丸顔で生真面目そうなインド人女性をピカデリー・カフェの窓越しに見かけた。その横顔は、ミラトの母親の若い頃に似ていなくもなかった。彼女は黒のとっくりに黒の長ズボンという服装で、目は長い黒髪で半ば隠れ、唯一の装飾は手のひらに赤いメヘンディで描いた模様だけだった。彼女は一人ですわっていた。おつむの弱いかわい子ちゃんやディスコにたむろする女の子に声をかけるときと同じ軽はずみな度胸で、知らない人間に話しかけるのになんの不安も感じない男の図々しさで、ミラトはなかに入り、『露出の権利』に書いてあったことを、彼女に向かって逐一同じ言葉でしゃべりはじめた。彼女ならわかってくれるのではないかと思ったのだ。異性との心の通いあいについて、自分を大事にすることについて、自分を愛してくれる男にしか「目の楽しみ」をもたらそうとしない女たちについて。ミラトは説いた。「これはベールによる解放なのです、そうでしょう？　ほら、たとえば、ここに書いてある。『男性の視線に縛られなくなり、美の基準からも自由になり、女性は内側で自由に自己を確立することができ、セックスシンボルにされたり、棚に並んだ肉のように吟味されて欲望の対象となることはなくなるのです』ぼくたちはこう考えているんです」自分は本当にこう考えているんだろうかと思いながら、ミラトは言った。「これがぼくたちの意見です」本当にこれが自分の意見なのだろうかとミラトは思う。「じつは、ぼくはあるグループのメンバーで――」

相手は顔をしかめ、人差し指を優雅にミラトの唇にあてた。「ねえあなた」彼女はミラトの美しさに見惚れながら悲しげに囁いた。「お金をあげたら、あっちへ行ってもらえるのかしら？」

すると、彼女のボーイフレンドが現れた。驚くほど背の高い、革のジャケットを着た中国人だった。

ミラトはすっかり落ちこんで、家まで八マイル歩いて帰ることにし、ソーホーから歩きはじめた。足の長い娼婦や、股に穴の開いたパンティーや羽毛のストールをにらみつけながら。マーブルアーチにさしかかる頃には怒りが次第につのり、乳房と尻が貼りつけられた（淫売め、淫売め、淫売め）電話ボックスからカリーナ・ケインに電話して、いきなり別れを告げてしまった。寝ていたほかの女の子たち（アレクサンドラ・アンドルーシア、ポリー・ホートン、ロージー・デュウ）のことは気にならなかった。おしゃれで男好きの尻軽娘たちに過ぎなかったからだ。だが、カリーナ・ケインのことは気になった。彼女は自分の恋人であり、自分の恋人は自分だけのもので、ほかの誰かのものになってはならなかった。『グッドフェローズ』のリオッタの妻や『スカーフェイス』のパチーノの妹のように保護されるべきなのだ。プリンセスのように扱われ、プリンセスのようにふるまうべきなのだ。塔のなかで。隠されて。

家に会いたい人がいるわけでもないので、歩みをのろくし、足を引きずりながら歩いていると、エッジウェア通りで呼び止められた。太った年輩の男たちが声をかけてきて（おい、あれはミラトだぞ。女ったらしのミラトだ！　オマンコつつきの王子さま（プッシーポーカー）、ミラトだ！　大物になっちまって、もうおれたちといっしょにタバコは吸えないってか？）、そして、悲しげな笑顔を浮かべて口を閉じる。水ギセル、ハラールのフライド・チキン。外に置かれたがたがたのテーブルで供される密輸のアブサン。パルダーですっぽりと体を覆った女性たちが忙しげに行き交う。通りを黒い亡霊がせわしなくさまようように、夜更けの買い物をしたり、遊んでいる亭主を捜したりしているのだ。ミラトは彼女たちを眺めるのが好きだった。活気のある会話、見交わす目のさまざまなすばらしい色合い、見えない唇からこぼれる笑い。以前、まだお互いに話をしていた頃に父親が言ったことが脳裏に甦った。なあミラト、エロチックの意味なんてわかってない、欲望の意味なんてわかってるもんか、次男坊よ、エッジウェア通りで水ギセルを持って腰をおろし、想像力のありったけを傾けて、ハジブからのぞく四インチほどの皮膚の続きがどうなっているか、あの黒いシーツの下に何があるか、思い描くまではな。

およそ六時間後、ミラトはチャルフェン家の台所のテーブルにたどり着いた。ひどく酔っぱらって涙もろく、暴力的になっていた。オスカーのレゴでできた消防署を壊し、コーヒーメーカーを部屋の向こうに放り投げた。それからミラトは、ジョイスがこの十二ヶ月間待ち望んでいたことをした。アドヴァイスを求めたのだ。

以来、台所のテーブルでは数ヶ月が費やされたかのように思われた。ジョイスはみんなを部屋から追いだし、本をひもとき、両手をよじった。とめどなく注がれるストロベリー・ティーの湯気とマリファナのにおいが入り混じった。ジョイスは本当にミラトを愛し、助けになりたいと願っていたのだが、彼女のアドヴァイスは長く、複雑だった。彼女はこの問題を研究した。そして、ミラトが深い自己嫌悪と自分の同族に対する憎しみを抱いていることがわかってきた。おそらく奴隷と似通った心的状況にあるか、あるいは母親に対する肌色コンプレックス（ミラトは母親よりずっと色が黒い）があるのかもしれないし、白人の遺伝子の海のなかで希釈されることによって自己を消滅させたいという願いがあるのか、あるいは、二つの相反する文化を調和させることができないでいるのかもしれない……そして、アジア系の男性の六〇パーセントがこのような行動をとることが明らかになっており……またムスリムの九〇パーセントはそのように感じていて……アジア人の家族に多いということは周知の事実で……ホルモンの影響から男子の方がいっそう……そして、ジョイスがミラトのために見つけたセラピストは実にいい人で、週に三日、お金は心配しなくていいから……それにジョシュアのことは気にしないで、すねてるだけだから……そして、そして、そして。

　当時、マリファナと会話の混迷のなかで、ミラトはカリーナなんとかという少女のことを思い出した。彼は彼女が好きだった。彼女も彼が好きだった。彼女はユーモアのセンスが抜群で、それは驚くべきことに思え、ミラトが落ちこんだときには慰めてくれて、ミラトも彼女を自分なりのやり方で気遣い、花やなにかを送ったりした。彼女はいまでは遠く思えた。コンカーファイト（紐に通したトチの実を振って相手の実を割る子供の遊び）や子供時代のように。とまあ、そういうわけだった。

＊

　ジョーンズ家ではもめごとがあった。アイリーは大学に入るはじめてのボーデンあるいはジョーンズに（たぶん、おそらく、すべて順調ならば、神の恵みにより、幸運を祈りつつ）なろうとしていた。アイリーのＡレベルは化学と生物と宗教学だった。アイリーは歯学を志望しており（ホワイトカラー！　年収二万ポンド以上！）、これにはみんな大変喜んでいた。ところがアイリーは「一年の休み」をとって亜大陸とアフリカへ行きたいと思っており（マラリア！　貧困！　サナダムシ！）、これがクララとの三ヶ月に及ぶ交戦状態へとつながったのである。一方の側は財政援助と許可を望み、もう一方の側はどちらも認めようとしなかった。衝突は長引き、苛烈なものとなり、調停者はみな、為す術もなくもどってくるか（「あの子は心を決めている。女を説き伏せるのは無理だ」――サマード）、あるいは、言葉の戦争に巻きこまれた（「本人が行きたがっているのに、どうしてバングラデシュに行っちゃいけないの？　わたしの国があなたの娘にはふさわしくないって言いたいわけ？」――アルサナ）

膠着状態が宣言され、領土が分割して割り当てられた。アイリーは自分の部屋と屋根裏部屋を要求し、良心的兵役拒否者であるアーチーは、予備室とテレビ、衛星放送用パラボラアンテナだけを求め、クララは他をぜんぶとり、浴室は共有の領土となった。ドアがバタンと閉じられた。話しあいの時期は終わった。

一九九一年十月二十五日、午前一時、アイリーは深夜の急襲に赴いた。経験から、母親はベッドのなかにいるときがいちばん脆いと知っていたのだ。夜更けになると、母親は子供のようにかわいらしい口調になる、一日の疲れで舌がもつれ気味になるのだ。なんであろうと、ほしいものが手に入る可能性がもっとも高いのがこのときだ。小遣い、新しい自転車、門限を遅くしてもらう。あまりに何度も使い古した手だったので、アイリーはいままで、母親とのこのもっとも激しく長い諍いに使えるとは思っていなかったのだ。だが、ほかにましな考えはなかった。

「アイリー？　なぁに――？　こんなまよなかに……ベッドにもろりなひゃい……」

アイリーはドアをさらに大きく開け、廊下の明かりが部屋に差しこむようにした。

アーチーは頭をまくらに埋めた。「まったくもう、夜中の一時だぞ！　明日仕事がある人間だっているんだからな」

「お母さんに話があるの」アイリーは断固として言い放つと、ベッドの端に近づいた。

「昼間は口をきいてくれないから、こんな時間になっちゃったのよ」

「アイリー、おねがい……つかれてるの……ひゅこひはねむりたいんらから」

「あたしは一年の休みを、ただ取りたいと思ってるんじゃない、必要なの。絶対に必要なのよ――あたしはまだ若いんだから、いろんな経験をしたいの。生まれてからずっと、この面白くもない郊外の住宅地で暮らしてんのよ。ここじゃあ、みんな同じだもん。世界中のいろんな人を見てきたいの……ジョシュアもそうするのよ、でもあそこの両親は応援してる！」

「だけどなあ、うちは無理だよ」羽布団から顔を覗かせたアーチーが呟いた。「うちは上等な科学のお仕事をしてるわけじゃないからな、そうだろ？」

「お金はいいの――なんとか、なんかの仕事を見つけるから。あたしが欲しいのは許可だよ！　お父さんとお母さん、二人のね。半年も家から離れて、そのあいだずっと毎日、両親が怒ってるだろうなんて思うのはいやなの」

「だけど、それはお父さんの決めることじゃないだろ？　お母さんの決めることだ、お父さんはただ……」

「そうね、お父さん。わかりきったことを教えてくれてありがとう」

「ふん、そうか」アーチーはぷいと壁のほうを向いた。「じゃあ、もうなんにも言わないよ」

「やだ、お父さん、あたしそんなつもりじゃあ……お母さん？　頼むからちゃんとすわってまともにしゃべってくれない？　あたしはお母さんと話をしようとしてるのに？　これじゃあ、ここでひとり言言ってるみたいじゃない？」アイリーはおかしな尻あがりの抑揚で言った。この年は、オーストラリア製のホームドラマのおかげで、イギリスの子供たちはなんでも疑問文でしゃべるよう仕込まれていたのである。「ねえ、お母さんに許可してもらいたいの、ね？」

暗闇のなかでさえ、アイリーにはクララが顔をしかめるのがわかった。「なんの許可よ？　貧しい黒人のとこへれかけていって、いっひょにくらひてじろじろ見てきていいって？　リヴィングスホン博士でいらっひゃいまひゅか？　あのシャルフェンに教えてもらったのは、ほんなこと？　そえがあんたのひたいことなら、ここでできるでひょ。たらすわって、半年のあいら、あたしをみてたらいいんらから！」

「そんなんじゃないでしょ！　あたしはただ、ほかの人たちの暮らしが見たいの！」

「そして、ついれに死んれしまうようなことになるんら！　おとなりに行けばいいでひょ、ほかのひとたちがいるんらから。ろんな暮らひをしてゆか、見てきなひゃいよ！」

怒りにかられて、アイリーはベッドの柱頭をつかみ、ぐるっと回ってクラの側に来た。

「なんでちゃんとすわってまともに話ができないのよ、そんな変な子供みたいなしゃべり方しな――」

暗闇のなかで、アイリーはコップに躓（つまず）き、爪先の間からカーペットにしみこむ冷たい水の感触にはっと息をのんだ。そして、水がすっかりしみこんでしまったとき、アイリーはなにかに嚙まれたような奇妙な感じにぎょっとした。

「わあっ！」

「まったくもう」アーチーがスタンドに手をのばしてスイッチを入れた。「こんどはなんだ？」

アイリーは痛みを感じた場所を見おろした。いくら戦争だからって、これはあまりに汚いやり方だ。前歯だけの義歯が、口にくっついていない歯が、アイリーの右足に襲いかかっていた。

「やだ！　いったいなによ、これ？」

だが、質問の必要はなかった。質問を口にしながら、アイリーはすでに答えを推察していた。夜中のしゃべり方。日中の完璧な歯並びと白さ。

クララは慌てて床に手をのばし、アイリーの足から歯を取りもどし、いまさらごまかしても仕方がないので、ベッドのサイドテーブルにそのまま乗せた。

「ごまんじょく？」クララは投げやりにたずねた。（クララはわざと娘に隠していたわけではない。話す機会がなかったのだ）

だが、アイリーは十六歳で、この年頃にはすべてがわざとのように思えるものだ。アイリーにとっては、これもまた親の偽善や偽りの長いリストの一つに加えられるべきものであり、ジョーンズ／ボーデンの贈り物の一つであった、その秘密の歴史への。語られることのない話、けっして完全に明らかにされることはない歴史、解明できない噂。日々の生活に手がかりや暗示が点在していなければ、それでもいいだろう。アーチーの足の銃弾の破片……奇妙な白人の曾祖父ダーラムの写真……「オフィーリア」という名前と、「精神病院」という言葉……サイクリングのヘルメットと古いフェンダー……オコンネルズの炒め物のにおい……深夜のドライブのぼんやりした記憶、飛行機の少年に手を振ったっけ……スウェーデンのスタンプを押した手紙、ホルスト・イーベルガウフツ、受取人不明の場合は差出人におもどしください……。

何ともつれたクモの巣をわれわれは作っているのだろう。ミラトは正しい。この親たちは損なわれた人々なのだ。手を失い、歯を失い。この親たちは、知りたいけれど恐くて聞けないようなことをたくさん知っている。だが、アイリーはもはや知りたいとは思わなかった。もううんざりしたのだ。けっしてすべての真実を知ることはできないということに。アイリーは差出人にもどることにした。

「そんなにショックを受けたみたいな顔をするなよ」アーチーが機嫌をとるように言った。「たかが歯じゃないか。これでおまえにもわかっちまったってわけだ。べつに世界の終わりじゃないさ」

だが、それは世界の終わりだった、ある意味では。アイリーはもうたくさんだった。自分の部屋へ引き返すと、学校のものと最低限必要な衣類を大きなリュックに詰め、寝間着の上から厚手のコートを羽織った。ほんの一瞬チャルフェン家が頭に浮かんだが、すでにそこに答えがないことはわかっていた。あそこは単なる逃げ場でしかない。それに、予備の部屋が一つしかなくて、それはミラトが使っている。どこへ行くべきか、アイリーにはわかっていた。この都市のずっと奥の方、夜のこんな時間ならば、N17のバスで行くしかない。二階の、嘔吐物で汚れた座席にすわって揺られながらバス停を四十七個通り過ぎ、やっと目的地に着く。だが、アイリーはちゃんとたどり着いた。

「なんとまあ」ホーテンスは、金属のカーラーをきっちり頭に巻いた姿で、かすむ目を戸口の踏み段に向けた。「アイリー・アンブロージア・ジョーンズ、あんたなのかい？」

# 15　チャルフェニズム対ボーデニズム

確かにアイリー・ジョーンズだった。最後に会ってから六歳成長している。背が高くなり、横幅も増し、胸が出て、髪はなく、長いダッフルコートの下からスリッパが覗いている。そしてホーテンス・ボーデン。六歳年を取り、背は縮み、横幅はいっそう増し、胸は腹まで垂れ下がり、髪はなく（代わりにカツラをカーラーで巻くというおかしなことをしている）、長い、明るいピンクのキルティングの部屋着（ハウスコート）の下からスリッパが覗いている。だが、はっきりと違うのは、ホーテンスが八十四だということだった。といってもけして小柄な老女ではない。ホーテンスはみっしり堅太りで、肉づきのいい体にピンと張りつめた表皮は、しわがよるのも難しそうだった。とはいえ、八十四は七十七でもなければ、六十三でもない。八十四にもなると、先に待っているのは死しかなく、絶えずちらつく死に嫌気がさしてくる。ホーテンスの顔には、アイリーがそれまで見たことのないものが浮かんでいた。待ち望む気持ちと、恐れと、解放される安心感が。

さまざまな違いはあるものの、階段を下りてホーテンスの地下の部屋へ入ると、アイリーは昔のままであることにショックを受けた。ずっと以前、アイリーはかなり頻繁に祖母の元を訪れていた。母親が大学へ行っているあいだにアーチーとこっそり訪ねていたのだ。そして帰るときはいつも変わったお土産をもらった。魚の頭の酢漬け、チリ・ダンプリング、妙に頭に残る賛美歌の歌詞。だが、一九八五年、祖父のダーカスの葬式で、十歳だったアイリーはこの訪問のことをうっかり口にして、クララに一切止めさせられてしまった。二人はそれでもときどき電話で話をした。そして、アイリーはいままでに、レポート用紙に書いた短い手紙に『ものみの塔』を挟んだものを何度か受け取っていた。アイリーは母親の顔に祖母の顔を見ることがあった。あの威厳のある頬骨。あのネコのような目。だが、この六年間、お互いに顔をあわせることはなかった。

家に関するかぎり、六秒ほどしか経過していないように思われた。相変わらず暗く、相変わらずじめじめして、相変わらず地下である。相変わらずたくさんの非宗教的な人形が飾ってある（舞踏会に出かけるシンデレラ、野外パーティーへの道を小さなリスに教えるミセス・ティドリタム）。どれも一つ一つ小さな敷物の上に置かれていて、みんなで愉快に笑っている。自分たちのような安物の陶器やガラスに、十五回の分割払いで百五十ポンドも出す人間がいるのを面白がっているみたいだ。制作中だったのをアイリーが見たことのある三部に分かれた大きなタペストリーが、いまは暖炉の上の壁に掛けられている。最初の部分に描かれているのは、天の王国でイエスとともに最後の審判の場に座す油そそがれた者たちだ。油そそがれた者たちはみなブロンドで目は青く、ホーテンスの安物のウールに可能なかぎり清明な雰囲気を漂わせ、大群衆――こちらも幸せそうだが、油そそがれた者たちほどではない――が地上の永遠の楽園で浮かれ騒ぐのを見おろしている。大群衆のほうは、死を迎え、オイル・サーディンのように折り重なって倒れる異教徒たち（この集団は飛び抜けて人数が多い）を哀れげに見ている。

たった一つ足りないのは、ダーカスだった（アイリーには臭いと布地、ナフタリンとじっとりしたウールの入り混じったおぼろげな記憶しかないが）。空っぽになった大きな椅子はそのままで、まだ悪臭を放っており、テレビもそのままで、相変わらずつけっぱなしだった。

「自分の格好を見てごらん、アイリー！　なんとまあ、あんたったらァ、セーターも着てないじゃないか――こごえっちまうよォ！　メキシコ豆みたいに震えてさァ。ちょっとおでこを見せてごらん。熱がある！　あんた、あたしの家へ熱を持ちこもうってェのかい？」

大事なことだ。ホーテンスのいるところでは、病気は許されない。治療は、ジャマイカのほとんどの家庭でそうであるように、つねに病気の症状より苦痛に満ちたものだった。

「あたしは大丈夫。どこも悪いとこなんか――」

「ほんとォかい？」ホーテンスはアイリーの手を取って、自分の額に当てさせた。「こりゃあまさに熱だよォ。熱いだろ？」

確かに熱い。恐ろしく熱かった。

「こっちィおいで」ホーテンスはダーカスの椅子から膝掛けを取ってアイリーの肩をくるんだ。「さあ、突っ立ってないで、台所へお入り。こんなふうに夜中に歩き回るなんてェ、そォんなバカみたいに薄着でさァ！　熱いセレイス（ジャマイカの薬草）を飲んで、生まれてはじめてってェ勢いでサッサとベッドへもぐるんだよ」

アイリーは臭い膝掛けをおとなしく肩に掛け、ホーテンスのあとについて狭い台所に入り、いっしょに腰をおろした。

「顔を見せてごらん」

ホーテンスはオーブンにもたれかかり、両手を腰にあてた。「あんたァ、死に神みたいに見えるよ。死に神が新しい恋人だ。どやってここまで来たんだい？」

さあこれはまた、返答に気をつけなければならない。ホーテンスはロンドンの交通機関をけなすのを老後の楽しみにしているのだ。たとえば電車という言葉一つからメロディーを引き出すことができる（ノーザン線）。それはアリアに発展し（地下鉄）、主題が花開き（地上の路線）、そして急速にオペレッタへと成長する（イギリスの鉄道のたちの悪さ、不公正さ）。

「あの……バスで。N17の。二階は寒かったから。ひょっとしたら風邪ひいちゃったのかも」

「ひょっとしたらどころじゃないよ、おジョーさん。それにまた、なんだってバスになんか乗ったのかねェ。ここまでくるのに三時間もかかるし、寒いなかで待たなきゃなんないし、おまけに、どっちみち乗ったって窓が開けっ放しだから、凍え死にしそうになるってェのに」

ホーテンスは小さなプラスチック容器から無色の液体を手に注いだ。「おいで」

「どうして？」アイリーはとたんに疑わしげな顔つきになった。「それなに？」

「なァんでもないよォ。おいで。眼鏡をはずすんだ」

ホーテンスは手のひらに液体をたたえたまま近づいてきた。

「目はいやよ！　目なんか悪くないよ！」

「ギャアギャア言うんじゃない。目に入れたりしないよォ」

「頼むから、それがなんだか教えてよ」液体がどの部分に注がれようとしているのか警戒しながらアイリーは懇願し、顔に伸びてきた手が額から顎まで問題の液体を塗りたくると、悲鳴をあげた。

「うわぁ！　ひりひりする！」

「ベーラム（ピメンタの葉から作られた医薬品）だよォ」ホーテンスはそっけなく教える。「このヒリヒリで、熱をやいちまうんだ。だめだよォ、拭いちゃあ。効いてくるのを待つんだ」

アイリーが歯を噛みしめて耐えるうちに、千本の針でつつかれるような痛みは五百本に減り、やがて二十五本に、最後には平手打ちをくらったあとの火照り程度におさまった。

「なるほどねェ！」いまや完全に目も覚めたホーテンスは、どこか勝ち誇った様子で言った。「あんたァ、とうとうあの罰当たりな女のとこから逃げ出してきたんだねェ。そのために風邪をひいちまったんだ！　あんたのことを責めたりしない人間だっているんだ、責めたりするもんかねェ……あたしゃァあの女のことなら、だれよりもよく知ってんだ。家になんかいたことがない。ナントカ主義だかなんだかを大学で勉強するとかってェ、夫と子供を家にほったらかして、ひもじい思いをさせてさァ。まったく、あんたが逃げ出すのも当然だよォ！　やれやれ……」ホーテンスはため息をつき、銅のやかんを火にかけた。

「ちゃァんと書いてあるよ。『そしてあなた方は必ずわたしの山あいの谷に逃げるであろう。山あいの谷はアツエルにまで達するからである。こうしてあなた方は、ユダの王ウジヤの日に地震のために逃げたときと同じようにして逃げることになる。そして、わたしの神エホバは必ず来る。すべての聖なる者たちはそれに伴っている』ゼカリヤ書、十四の五。良き者は最後には悪しき者から逃れるんだ。ああ、アイリー・アンブロージア……そのうちきっとあんたが来るって、わかってたよォ。神の子供たちは最後にはみィんな帰ってくるんだ」

「おばあちゃん、あたしは神を見つけようと思って来たんじゃないよ。ここで静かに考えて、頭をすっきりさせたかったの。二、三ヶ月おいてもらいたいんだけど——少なくとも新年までは。なんか……ちょっと……気分悪い。オレンジもらえる？」

「そう、みィんな結局はエホバの元に帰るんだ」ホーテンスはセレイスの苦い根っこをやかんに入れながら独り言のようにつづけた。「あんなのは本物のオレンジじゃないよォ。果物はみィんな作り物だ。花もだァ。神さまがすぐダメんなるようなもんに、あたしのわずかな家計費を使わせようとなさるはずがない。ナツメヤシをお食べ」

アイリーは目の前に置かれたしなびた果実に顔をしかめた。

「じゃあ、アーチボルドはあの女のところに置き去りかァ……かァわいそうにィ。あたしゃァいつだって、あの人は好きだねェ」ホーテンスは悲しげに言いながら、ティーカップの茶渋を二本の指でこすり落とした。「あの人自身が問題じゃァないんだ。あの人はいつも落ち着いた人間だ。平和の守り手というのは、ありがたァい存在だよ。あの人はいつも平和の守り手に見える。だけど、これはむしろ基本原則の問題なんだ、わかるかねェ？黒人と白人が混ざると、ロクなこたァない。だからバベルの塔を築いた人たちの子孫のことで、あたしたちを混ぜるおつもりはなかったんだよ。だからバベルの塔を築いた人たちの子孫のことで、あんなに大騒ぎをなさったんだァ。みんながちゃァんと、物事を分けておくことをお望みなんだよォ。『エホバはそこで全地の言葉を乱され、彼らをそこから地の全面に散らされた』創世記十一の九。混じりあうと、ロクなことにはならない。そういうふうにはできてないんだ。あんたは例外だけどねェ」ホーテンスはつけ足した。「あんたはたぶん、たった一つのいい例だよ、混じりあいの結果のねェ……まったく、ときどき鏡を見てるみたいな気がすることがあるよォ」ホーテンスはしわのよった指でアイリーの顎を持ち上げた。「あんたはあたしに似てる。大きいしねェ！　腰も、モモもおシリもオッパイも。あたしの母親もそうだった。あんたは名前も受け継いでんだ」

「アイリーっていう名前？」アイリーは一生懸命聞いていようとしながらも、熱のもわっとした霞に引きずりこまれそうになっていた。

「いいや、アンブロージアだよォ。永遠に生きられるようになる食べ物だ。さァてと」ホーテンスは両手を打ちあわせて、アイリーのつぎの質問を押さえた。「あんたは居間で寝るんだよ。毛布とまくらを持ってきてあげるから、話は朝にしよう。あたしゃァ六時には起きる。エホバの証人の仕事をしなきゃならないから、八時すぎまで寝ててもらっちゃ困るよ、わかったねェ？」

「うん。でも、もとのお母さんの部屋は？　あの部屋で寝ちゃだめ？」

ホーテンスはアイリーに肩を貸して支えながら居間に連れていった。「いや、それは無理だね。ちょォっと事情があってねェ」ホーテンスは謎めいた言い方をした。「わけはお日様が昇ってからだ。『だから彼らを恐れるな。覆われているもので、覆いを外されないものはなく』」ホーテンスは小声で抑揚をつけて暗誦しながら体の向きを変えた。「『知られないで終わる秘密はない』マタイ伝、十の二十六だよ」

＊

冬の朝だけは、この地下の部屋で過ごす価値がある。午前五時から六時の間。太陽はまだ低く、光が正面の窓越しに射しこみ、居間を黄金色に染め、細長い家庭菜園（七フィート×三十フィート）をまだらに照らしてトマトをいい色に見せる。午前六時には、どこか欧州大陸の浜辺の小屋にいるような、少なくともトーキー（英国デヴォン州南部の海岸の保養地）で地面と同じ高さにいるような、そんなふうに思えてくる。ランベスの、地面より低いところにいるのではなくて。光はおそろしくまばゆく、緑をさえぎる電車の引き込み線も、居間の窓の横を、鉄格子越しにガラスに泥をとばしながら通り過ぎる忙しげな足も、見えない。朝の六時には、白い光とくっきりした影があるだけなのだ。台所のテーブルで紅茶のカップを抱え、目を細めてガラスのほうを見ると、アイリーの目にはブドウ園が映った。ランベスの不揃いなごちゃごちゃした屋根ではなく、フィレンツェの景色が見えた。たくましいイタリア人の影が実ったブドウをちぎり、踏みつぶすのを見た。やがて陽光だのみの幻は消え、景色は貪欲な雲にすっかりのみこまれる。残ったのは朽ちかけたエドワード様式の家。不注意だった子供の名前が付けられた引き込み線。ほとんどなにも育たない細長い家庭菜園。そして、がに股で赤毛の色褪せた感じの男が、不格好な体に長靴を履いて凍てついた腐葉土の上で足踏みし、かかとからつぶれたトマトの残骸を跳ね飛ばそうとしている姿だけだった。

「あれはミスター・トップスだよ」忙しげに台所を横切りながらホーテンスが言った。黒っぽいエビ茶のドレスを着ているが、ボタンやホックはまだ留めていず、ひん曲がったプラスチックの花がついた帽子を手に持っている。「ダーカスが死んでから、ずいぶんと助けてもらってんだ。あたしのいらいらを鎮めて、落ち着かせてくれるんだよ」

ホーテンスが男に手を振ると、男は背筋を伸ばして手を振り返した。アイリーが見ていると、男はトマトを入れた二つのビニール袋を持ち上げ、ハトのようなおかしな足取りで庭から台所のドアのほうへやってきた。

「そしてねェ、ここでものを一つでも育てられるのは、あの人だけなんだ。あァんなにたくさんトマトが取れるなんてェ、見たことがないだろう！　アイリー・アンブロージア、眺めてばかりいないで、この服を留めておくれ。ぎょろ目がおっこちないうちに、さっさとねェ」

「あの人、ここに住んでるの？」ホーテンスのみっしり肉のついた横腹をおしこんでドレスの脇をとめようと苦労しながら、アイリーは驚きを露わにして囁いた。「つまり、いっしょにってこと？」

「あんたが思ってるのとは違うけどねェ」ホーテンスはふんといった調子で答える。「このトシになったわたしを助けてくれてるだけさァ。この六年、いっしょに暮らしてるんだ。

神よ、彼に祝福を与え、彼の魂をお守りください。さあ、そのピンを貸しておくれ」

アイリーはバター皿の上に置いてあった長い帽子ピンを祖母に渡した。ホーテンスはプラスチックのカーネーションをまっすぐに直してからフェルトにピンをずぶっと突き刺し、ドイツのスパイクつき鉄兜（てつかぶと）のように帽子から二インチ覗くように差しこんだ。

「そォんなビックリした顔するこたァないだろ。本当に助かってるんだから。家のなかには男が必要なんだよォ、でなきゃ、つぎからつぎへと厄介なことが起こる。ミスター・トップスとあたしはねェ、あたしたちはみィんな、主の闘いを遂行する戦士なんだ。ずっと前に、あの人はエホバの証人に改宗したんだけど、それからの進歩は早くて確かだった。あたしゃァ、王国会館のために掃除以外になにかできないか、この五十年間ずゥっと待ってんだけどね」ホーテンスは悲しそうな顔をする。「女が本当の教会の仕事に手ェ出すのは、いやがられるんだよ。だけどォ、ミスター・トップスはいろんな仕事をやってて、ときどきあたしにも手伝わせてくれる。とォってもいい人だよ。だけど、あの人の家族はひどくてねェ」ホーテンスは内緒話のように声をひそめる。「父親ってェのがひどい男で、ポン引きのギャンブラーさァ……で、あるときね、ここへ来ていっしょに暮らさないかって言ってみたんだ。部屋は空いてるし、ダーカスもいなくなったしねェ。あの人は本当にちゃァんとした人だよ。結婚はしたことないけどねェ。教会と結婚したってわけだ！　あの人は六年間、あたしをきちんとミセス・ボーデンと呼んで、ほかの呼び方はしたことない」ホーテンスはごくかすかなため息をついた。「間違ったことなんか、これっぽっちも頭にない人だよォ。あの人が人生で望む唯一のことは、油そそがれた者になることだ。あたしゃァあの人には本当にカンシンしてんだァ。どんどん進歩してるんだよ。いまじゃあ、とっても品のいい話し方をするしねェ！　それに配管の仕事も得意だし。あんたの熱はどうだい？」

「いまいち。最後のホックだよ……これでおしまい」

ホーテンスはアイリーから身をもぎ離すと、ライアンに裏口を開けてやろうと廊下のほうへ行った。

「でもおばあちゃん、どうしてあの人がここに――」

「今朝はしっかり食べなきゃいけないよォ――熱には大食、風邪には小食ってねェ。このトマトを料理用バナナ（プランテーン）といっしょに炒めて、それにきのうの魚があるし。炒めてから、魚を電子レンジであったためたげるよ」

「それって、熱には小食じゃあ――」

「おはよォ、ミスター・トップス」

「おはよう、ミセス・ボーデン」ドアを後ろ手に閉めながらミスター・トップスは答えた。アノラックを脱ぎ捨てると、なかは安物の紺のスーツ姿で、首から小さな金の十字架を下げている。「もうお出かけの支度ができていると思いましたが？　七時きっかりに会館に行かなければなりませんからね」

ライアンはまだアイリーに気づいていなかった。長靴の泥を落とそうと腰をかがめていたのだ。しかも恐ろしく動作がゆっくりしている。話し方も同じで、半透明の瞼が昏睡状態さながらにぴくぴく震える。アイリーの立っているところからは、彼の姿は半分しか見えなかった。赤毛、曲がったひざ、シャツのカフスの片方だけ。

だが、声が鮮やかにイメージを呼び覚ました。ロンドン訛(コックニー)だが、話し方はきちんとしている。いろんな操作の加えられた声だ――主となる子音が抜け、思いがけないところにべつの子音が付け加えられ、声が発せられるのは鼻からで、口の助けはごくわずかだ。

「気持ちのいい朝です、ミセス・B、ほんとうに気持ちのいい。主に感謝しなくては」

ホーテンスは、いまにもライアンが頭を上げてレンジのそばに立っている女の子を見つけるのではないかとひどく気を揉んでいるようだった。アイリーにこっちへ来るよう手招きしたかと思うと、あっちへ行けと追い払う仕草をする。二人を会わせていいものかどうかわからないのだ。

「本当に、ミスター・トップス、いい朝だねェ。あたしゃァいつでも出られますよ。帽子がちょっとねェ、やっかいなんだけど、ピンで留めれば――」

「ですが、主は肉体の虚飾に関心は持たれません、ちがいますか、ミセス・B?」ライアンは一語一語ゆっくりと苦労して発音しながら、不格好にしゃがみこんで左の長靴を脱いだ。「エホバが必要としているのはあなたの魂です」

「そりゃァもちろん、聖なる真理だよ」ホーテンスはそわそわと造花のカーネーションをいじくりまわした。「でもだからってェ、エホバの証人の女性が主の家で、そのォ、浮浪者みたいに見えるのは、いやだからねェ」

ライアンは眉をしかめた。「言っておきたいのは、聖書を勝手に解釈してはならないということです、ミセス・ボーデン。そのうち、私や私の同僚とこの問題について話しあってみてください。私たちに聞いてください。良い服装は主の関心事であるか？　そうしたら、油そそがれた者である私や私の同僚が、シツヨウな章や節を調べ……」

ライアンの言葉は、曖昧なェヘムムムという、しじゅう発せられる音のなかに消えてしまった。その音は湾曲した鼻で生まれ、細くひょろ長い不格好な四肢を、吊された男の最後の痙攣のようにつき抜けるのである。

「なぜだかわかんないんだけどねェ、ミスター・トップス」ホーテンスは頭を振りながら言った。「ときどきねェ、自分にも教えられるんじゃないかって思うことがあるんだ。女だけどねェ……主が特別な方法であたしに話しかけて下さっているような気がしてさァ……悪い癖かもしんないけどォ……でも、この頃教会はどんどん変わっちまって、やァれ規則だなんだって、ついてけなくなることがあってねェ」

ライアンは二重ガラスの向こうに目をやった。むっとした顔だ。「神の言葉はなにも変わっていませんよ、ミセス・B。人間が勘違いするだけです。絶対的真理のためにあなたができる一番のことは、祈ることです、ブルックリン王国会館が最終的な日付(シズケ)をすみやかに伝えてくれるようにね。ェへムムム」

「そだねェ、ミスター・トップス。昼も夜も祈りますよ」

　ライアンは両手をぱんと打ち鳴らし、うっそりと喜びを表明した。「ところで、朝食にプランテーンを料理するとおっしゃったように聞こえましたが、ミセス・B?」

「そうですよォ、ミスター・トップス、そのトマトもねェ。それをシェフにくださいな」

　ホーテンスの思惑どおり、トマトを渡すとアイリーが目にはいることになった。

「これは孫娘なんですよ、アイリー・アンブロージア・ジョーンズ。こちらはミスター・ライアン・トップス。ご挨拶なさい、アイリー」

　アイリーは挨拶し、おずおずと前に進んで握手しようと手を差し出した。だが、ライアン・トップスからはなんの反応もなく、アイリーが誰か察しのついたらしい表情が突然ライアンの顔に浮かぶと、なおさらちぐはぐな感じが深まった。アイリーの上を這うライアンの視線にはよく知っているという意識がはっきり感じられるのに、アイリーのほうはなにもわからない、どんなタイプの人間かさえ、どんな顔のジャンルに該当するのかさえ。ライアンの奇怪さは群を抜いていた。どんな赤毛よりも赤く、どんな雀斑よりにぎやかで、どんなロブスターより青筋が立っている。

「この子は――この子は――クララの娘なんだよ」ホーテンスはためらいがちに言った。「ミスター・トップスはあんたのお母さんを知ってるんだ、ずゥっと昔に。でも大丈夫、ミスター・トップス。この子はあ、い、い、あたしたちと暮らすことになったんだ」

「ちょっとの間だけね」アイリーは慌てて訂正した。「二、三ヶ月です、たぶん。冬の、勉強する間だけ。六月にテストがあるの」

ミスター・トップスは動かなかった。体のどこも動かなかった。中国のテラコッタの軍隊のように、戦闘の姿勢をとらされたまま動かないでいるように見えた。

「クララの娘なんだよォ」ホーテンスは涙ぐんだ声で繰り返した。「あんたの、い、い、娘だ、っ、たかもしれない」

このふと洩らされた最後の言葉も、べつにアイリーを驚かしはしなかった。ただそれをリストに付け加えただけだ。アンブロージア・ボーデンは地震の最中にお産をした……チャーリー・ダーラム大尉は役立たずのバァタレだった……コップのなかの義歯……あ、ん、た、の娘だったかもしれない……。

半ば投げやりに、答えなど期待せず、アイリーはたずねた。「どういうこと？」

「ああ、なんでもないよォ、アイリー。なんでもない、なんでもない。料理をはじめようねェ。お腹が鳴るのが聞こえるよォ。クララを覚えてるだろ、ミスター・トップス？　あんたとあの子はほんとにいい……友だちだった。ねえミスター・トップス？」

すでに二分間、ライアンはアイリーをじっと凝視したままだった。体をまっすぐに立て、口をわずかに開いている。質問されて気を取り直したらしく、ライアンは口を閉じると、まだ何も並んでいないテーブルについた。

「クララの娘だって？　ェヘムムム……」ライアンは胸ポケットから警官の持っている小さな手帳のようなものを取り出し、こうすれば記憶が甦るとでもいうように、ペンを構えた。

「あのですね、私の昔の人生に関係した出来事や人間の多くは、まあ言ってみれば、全能の剣によって私自身から切り離されているのです、主エホバが私に真理をお示しになろうとしたときに、私を過去から切り離してくれた剣によってね。そして、神は私に新しい役割をお与えになったのですから、パウロがコリント人への手紙で思慮深く勧めているように、幼な子らしいことは捨て去らねばならないのです。若い頃の自分は大いなる霧に包みこまれるままにして」ライアン・トップスはほんのちょっと言葉をとめて、ホーテンスからナイフとフォークを受け取った。「その霧のなかに、あなたのお母さんのことやお母さんについて私が持っていたかもしれない記憶はすべて消えてしまったようなのですよ。ェヘムムム」

「お母さんからも、あなたのことはなにも聞いたことないです」とアイリー。

「どォっちにしろ、みィんな、もうずゥっと前のことだよォ」ホーテンスが無理に明るく言う。「でも、あの子のことでは、あんたは最善を尽くしたよねェ、ミスター・トップス。あの子はあたしの奇跡の子だった、クララはねェ。あたしは四十八だったんだよ！　あんたは神の子だよォってあの子に教えたんだ。それなのに、クララは悪のほうに向いちまったァ……神を敬わなくなって、結局はどうしようもなかったのさァ」

「神はかならず天罰を下されますよ、ミセス・B」それまでになく楽しげな表情で、ライアンは言った。「神は、そうされて当然の者たちには、恐ろしい苦しみをお与えになります。よろしければ、私にはプランテーンを三つお願いします」

ホーテンスは皿を三枚並べ、前日の朝からなにも食べていないことに気づいたアイリーは、自分の皿にプランテーンを山のようによそった。

「わあ！　熱い！」

「生ぬるいよりは熱いほうがいいんだよ」ホーテンスは厳しい顔で言い、意味ありげに身を震わせる。「ずっとね。ハーメン」

「アーメン」ライアンも和し、熱々のプランテーンに果敢に挑む。「アーメン。ところで、あなたはなにを勉強しているのですか？」ライアンはアイリーの背後をしっかと見据えて質問したので、自分が話しかけられているとアイリーが気づくのには少し時間がかかった。

「化学と生物と宗教学です」アイリーは熱いプランテーンをふうふう吹いた。「歯科医になりたいの」

ライアンは背筋を伸ばした。「宗教学？　で、唯一の真の教会のことは教わりましたか？」

アイリーは椅子の上でもぞもぞした。「いえ……どちらかというと三大宗教のほうで。ユダヤ教、キリスト教、イスラム教。カトリックの勉強を一ヶ月しました」

ライアンは顔をしかめた。「で、ほかにはどんなことに、関心があるんですか？」

アイリーはちょっと考えた。「音楽です。音楽は好きです。コンサートとか、クラブとか、そんなの」

「ほほう、ェヘムムム。私も昔は行きましたよ。『福音』が私の元に届くまではね。若者が大勢集まる、あの類のよくあるポピュラー・コンサートというのは、だいたいにおいて悪魔崇拝の温床です。あなたのような体……つきの娘さんは、好色な男のみだらな腕のなかに誘いこまれるかもしれませんし」ライアンはテーブルから立ちあがると腕時計を見た。「こうして思い出してみると、光の下で見るあなたはお母さんによく似ていますね。そっくりだ……頬骨のあたりが」

ライアンは額に浮き出した汗の粒を拭った。ホーテンスは黙ったまま、身動きもせずに立ちつくし、不安げにふきんを握りしめている。アイリーはミスター・トップスの凝視から身を避けるために、わざわざ部屋を横切ってコップに水をくみに行かなければならなかった。

「さてと。もうあと二十分しかありませんミセス・B。身支度をしてきてかまいませんか？」

「はいどうぞ、ミスター・トップス」ホーテンスは微笑んだ。だが、ライアンが部屋を出ていったとたん、微笑みは怒りに変わった。

「なんだってあんたはあァんなこと言うんだい、ええ？　あの人に、悪魔のような不信心娘だと思われてもいいのかい？　なァんで切手集めとか、そんなふうに言えないんだよォ？　さあ、あたしはこの皿を洗ってしまわなきゃァ――食べちまっとくれ」

アイリーは自分の皿に残った食べ物の山を見てから、申し訳なさそうにお腹を叩いて見せた。

「ちっ！　思ったとおりだァ。あんたの目ときたら、自分のお腹に入る分量がわかんないんだねェ！　こっちへよこしな」

ホーテンスは流しにもたれてプランテーンを自分の口におしこみはじめた。「それから、ここにいるあいだ、ミスター・トップスにムダバナシをしかけるんじゃないよォ。あんたも勉強があるんだし、あの人も研究することがあるんだからねェ」ホーテンスは声をおとした。「あの人はいま、ブルックリンの人たちと審議中なんだ……終わりの日を決定するためにねェ。こんどは間違いないように。いま世界で何が起こってるか見たら、約束の日が遠くないのは一目瞭然さァ」

「あたし、迷惑になるようなことはしないから」アイリーは手伝う意思を示そうと流しのほうに行きながら言った。「あの人ってちょっと……変わってるね」

「主に選ばれた人ってェのは、不信心者にはヘンに見えるもんだよ。ミスター・トップスの真価は見えにくいんだ。あの人はあたしには大事な人だ。あの人が来るまで、あたしには誰もいなかったんだ。あんたの母親はこんな話聞かせたかないだろうけど、いまやお高くとまっちゃってっからねェ、でも、ボーデン家の者はずゥっと辛い人生を送ってきたんだ。あたしゃァ地震の最中に生まれた。生まれる前に死ぬところだった。そして、大人になってからは、実の娘に家出された。たった一人の孫娘にさえ会わせてもらえなかった。何年も、あたしには神しかいなかった。ミスター・トップスは、あたしのことをかわいそうに思って面倒見てくれた最初の男なんだ。あんたの母親はバカだよォ、あんな人を逃がしちまうなんてェ、あァんな本当の紳士を！」

アイリーはもう一度だけ聞いてみることにした。「なんなの？　どういう意味なの？」

「ああ、べつになんでもない、なァんでもないよ……なんだか、今朝はあたし、へんなことばっかしゃべってるねェ……おやミスター・トップス、来たんだね。まだ遅れちゃいないよねェ？」

もどってきたミスター・トップスは、頭から足先までレザーで身を固めていた。頭には大きなバイク用のヘルメット、左の足首には小さな赤いライトがつけられ、右には白いライトがとめられている。ライアンはバイザーを上へあげた。

「大丈夫、遅れませんよ、神のご加護により。あなたのヘルメットは、ミセス・B?」

「ああ、オーブンのなかに入れることにしたんだよ。寒い朝には暖かいからねェ。アイリー・アンブロージア、持ってきてくれないかい?」

確かに、予熱2の目盛りで温められた中段にホーテンスのヘルメットが鎮座していた。アイリーはそれを取り出すと、祖母の造花のカーネーションの上にそっとかぶせた。

「バイクに乗るんですね」アイリーはなにか言わなくてはと思っただけだった。

ところが、ミスター・トップスは弁解をはじめた。「GSヴェスパです。べつに大したもんじゃない。確かに処分してしまおうと考えたこともありました。というのはつまり、私が忘れてしまいたい人生の象徴のようなものなのでね。バイクというのは性的な磁力を持っています、神よ、お許しあれ、私はバイクをそういう誤った使い方で使っていたのです。ほとんど処分しかけていたのですよ。ところがミセス・Bに、あちこちで人前に出て話をするときに、迅速に移動できる手段が必要だと止められたのです。それに、ミセス・Bにしても、このお年で、バスや電車でもたもた移動するのはおいやでしょうし、そうでしょうミセス・B?」

「もちろんですよォ。この人、あたしのために、小さなバギーを手に入れてくれたんだよォ――」

「サイドカー」ライアンがいらいらと訂正する。「サイドカーって言うんです。ミネット・モーターサイクル・コンビネーション、一九七三年モデル」

「そうそう、サイドカーねェ。ベッドと同じくらい快適だよォ。これでどこへでも行くんだァ、ミスター・トップスとあたし、二人でねェ」

ホーテンスはドアのフックからオーバーを取り、ポケットを探ってマジックテープの光るバンドを取り出すと、両腕に巻いた。

「いいかい、アイリー、あたしゃァ今日はやることがいっぱいあるから、食べるものは自分で作るんだよ。あたしたちは何時に帰るかわからないからねェ。でも、心配することたァない。そのうち帰るから」

「問題ないよ」

ホーテンスはチュッと歯を吸う音をたてた。「問題ない。くにの言葉じゃ、この子の名前の意味はこれなんだ。アイリー、問題ない。だけど、なんだってこんな名前……？」

ミスター・トップスは答えなかった。すでに舗道に出て、ヴェスパのエンジンをふかしていたのだ。

＊

「まず、あのチャルフェンからあの子を遠ざけなきゃならないと思ったら」クララは電話越しにガミガミまくしたてた。怒りと不安のトレモロが響く。「こんどはまた、お母さんたちだなんて」

もう一方では、クララの母親が洗濯物を洗濯機から取り出しながら、いからせた肩と首のあいだに挟んだコードレスに黙って耳を傾け、時機をうかがっている。

「ホーテンス、あの子の頭にくだらないことを詰めこんだりしないでね。聞いてるの？お母さんのお母さんは愚かにもそうしてしまった。お母さんも愚かにもそうした。でも、こんなバカなことはあたしで止める。これ以上はだめよ。アイリーが家に帰ってきたとき、もしあんなバカみたいなことをぺらぺらしゃべるようになってたら、再臨なんて忘れることね、再臨のときが来る前に、お母さんは死ぬことになるわよ」

なかなかの大言だ。それにしても、クララの無神論のなんと頼りないこと！　ホーテンスが居間の飾り棚に置いている小さなガラスのハトみたいだ——一息吹きかけたら倒れそう。息といえば、クララはいまでも、肉屋の前を急いで通り過ぎる菜食主義の若者がやるように、教会の前を通り過ぎるときは息を止める。クララは土曜日にはキルバーンを避ける。逆さにしたリンゴ箱の上に立つ、道路脇の伝道者たちが恐いのだ。ホーテンスはクララの不安を察知した。落ち着き払って白い物をもう一山つっこむと、倹約な女の目で液体洗剤を計りながら、ぶっきらぼうに断言する。「アイリー・アンブロージアのこたァ心配しなくていい。こうして、いい場所にいるんだからねェ。あの子が自分で話すだろうよ」まるでアイリーは、神のようなホストに高いところへ導かれたと言わんばかりだ、ランベス自治区の地面より下に、ライアン・トップスとともに葬られたのではなく。

　クララの耳に、娘がべつの電話に出るのが聞こえた。最初に雑音、それから教会の鐘の音のようにはっきりした声が。「あのねえ、あたしは家に帰るつもりはないからね、ほっといて。あたしが帰ろうと思ったときに帰るから。とにかく、心配しないで」もちろん、心配することはなにもあるはずがないし、実際、なにもない。ただ、外の通りが寒い上にも寒くて、犬の糞まで凍っているということくらいだろうか。早くもフロントガラスにうっすらと氷がはるようになっている。クララはあの家で冬を過ごしたことがあるのだ。それがどんなものか、よくわかっている。たしかに、午前六時はまばゆいばかりだ。そう、一時間のあいだはすばらしく明るい。だが、日が短く、夜が長くなるにつれて、家は暗くなり、だんだん、だんだん、だんだんと、影を壁に書かれた文字と思いこむようになり、上の地面を歩く足音を遠い雷鳴と思いこむようになり、新年を告げる真夜中の鐘の音を、世界の終わりを告げる鐘と思いこむようになる。

＊

だが、実のところ、クララは恐れる必要などなかったのである。アイリーの無神論は確固たるものだった。チャルフェニストとしての自信を持っていたのだ。そしてアイリーはボーテンスと暮らすことを、なんの先入観もなく楽しもうとしていた。アイリーはボーデン家に興味をそそられた。ここはエンドゲームとその後の、終止符やフィナーレの場所だった。ここでは、明日が来ることを当てにするのは甘い考えであり、牛乳配達から電気まですべてのサーヴィスに対して、代金はきちんとその日毎に支払われた。万が一、神がつぎの日に聖なる罰のありったけを下されたら無駄になってしまう電気や商品に、金を払わないようにするためであった。ボーデニズムは、「その日暮らし」という言葉にまったく新しい意味を与えた。これは常に変わらず瞬間を生きるということなのだ、絶滅の崖っぷちで絶え間なくゆらゆら揺れながら。世のなかには、単に、八十四歳になるホーテンス・ボーデン流日々の生き方に匹敵するものを味わいたいというだけで、多量のドラッグを摂取する人間がいる。小人たちが自分の腹を切り開いてなかを見せてくれた、テレビに変身してなんの前触れもなく消されてしまった、個人の自我を離れて魂の無限宇宙を漂いながら全世界を一つのクリシュナ意識として体験したって？　それはまた結構なことで。キリストから黙示録の二十二の章を示された聖ヨハネのトリップと並べたら、そんなのはみんな戯言にすぎない。使徒にとってはとてつもないショックだったに違いない（あの巧みな宣伝（スピン・ジョブ）、新約聖書の、心地よい言葉や崇高なる概念のあとで）、結局角を曲がったところに旧約聖書の復讐が潜んでいることを発見するのは。「愛するのと同じだけ、わたしは叱責し、懲らす」これは目を見張る新事実だったに違いない。

頭のおかしい人間はみな黙示録にたどり着く。クレージー急行の終着駅なのである。そして、エホバの証人プラス黙示録にその他いろいろからなるボーデニズムは、飛び抜けて主流からかけ離れたところにあった。たとえば、ホーテンス・ボーデンは、黙示録三の十五──「わたしはあなたの行いを知っている。あなたは冷たくも熱くもない。わたしは、あなたが冷たいか熱いかのどちらかであってくれればと思う。このように、あなたがなまぬるく、熱くも冷たくもないので、わたしはあなたを口から吐き出そうとしている」──を文字通りの命令と解釈している。ホーテンスは「なまぬるい」ということはそれ自体本質的に悪いことであると思っているのだ。つねに電子レンジを手元に置き（ホーテンス唯一の現代テクノロジーに対する譲歩である──主の御心に沿いたくはあるけれど、高周波電磁波によるアメリカの精神波（マインド・レイ）コントロールに身を晒す（さら）のはどうも、と長いあいだ迷ったのだ）、毎食とてつもない温度になるまで温める。氷も大量に用意して、水を飲むときは「冷たい上にも冷たく」冷やす。それから、万が一交通事故にあうのを心配する人のように、つねにパンティーを二枚履いている。アイリーがわけを聞くと、主の最初の合図（雷鳴の接近、轟くような声、ワグナーの「指輪」三部作）を聞いたらすぐに下のを脱ぎ捨て外側のに履き替え、においもなくさわやかに、直ちに天の王国へ行ける状態でイエスの目にとまりたいのだと、恥ずかしそうに打ち明けた。玄関には黒いペンキを一缶つねに用意している。時が来たら、隣人たちのドアにキリストの敵の印をつけ、悪い者を取り除いてヤギからヒツジをより分ける主の手間を省こうというのだ。そしてこの家では、「最後」とか「終わった」とか「やってしまった」といった言葉を含んだ文は口にできない。こういった言葉は、ホーテンスとライアン双方に例の悪鬼のような喜びをかきたてる誘因であるらしいのだ。

**アイリー**　食器洗いが終わったよ。

**ライアン・トップス**　（まことにそうだとしかつめらしく頭を振りながら）いつの日か、私たちはみな終わりを迎えるのだからね、アイリー。だからこそ、信仰に励み、悔い改めねばならないのです。

あるいは、

**アイリー**　とってもいい映画でね。最後がすてきだった！

**ホーテンス・ボーデン**（涙ぐみながら）だけどねェ、この世界にそんな最後を期待しても、きっと当てが外れることになるよォ。神は恐怖をまき散らしながら現れ、そして、おお、一九一四年の出来事を目撃した世代は、こんどは燃えあがる木の第三部を目撃することになるんだ、血に変わる海の第三部も、そして……。

また、ホーテンスは天気予報におぞけをふるっている。誰がやっていようと、どんなに感じが良く、甘い声で、申し分のない服装をしていようと、予報士が画面に現れる五分のあいだ、さんざん罵る。そして、あまのじゃくとしか言いようがないのだが、予報の注意とは逆のことをするのだ（雨が降るといえば薄いジャケットで傘はなし、晴れだといえばアノラックとレインハット）。何週間かたってはじめてアイリーにはわかったのだが、天気予報官というのは、ホーテンスの一生の仕事、本質的にいって、聖書の解釈という全能の天気予報で神を予測しようとする一種超宇宙的な試みに対する、世俗的なアンチテーゼなのである。天気予報官など、ただの生意気な出しゃばりにすぎない。「……そして明日は、まず東から、焦熱地獄のような熱気が立ちのぼり、一帯を、光を放たず闇を広げる炎で包みこむでしょう……一方北部では、厚く張りつめる氷に備えて厚着が必要と思われます。また沿岸はかなりの確率で絶え間ない嵐に襲われるでしょう。旋風と凄まじい雹を伴い、雹は溶けることなくそのまま積もるでしょう……」マイケル・フィッシュと仲間の連中は当て推量しているだけだ。気象庁などというデタラメなものをあてにして、きちんとした科学、ホーテンスが五十年以上かけて研究してきた終末論の、インチキな真似事をしているだけなのだ。

「なにかニュースはァ、ミスター・トップス？」（この質問はほぼ毎日朝食の席でなされる。少女のように固唾（かたず）を呑んで、サンタのことをたずねる子供みたいに）

「いいえ、ミセス・B。私たちはまだ研究中です。私や同僚に充分考える時間をくださらなくてはいけませんよ。この世には、教える者と教わる者がいます。八百万人のエホバの証人が私たちの決定を待っているのです。終わりの日を。だが、そういうことは神と直接のつながりを持っている人たちに任せておかなければなりませんよ、ミセス・B。直接のつながりを」

＊

二、三週間ごろごろしたあと、一月の末にアイリーは学校へもどった。だが、学校は自分の気持ちから遠く感じられた。南から北へ毎朝通うのでさえ、まるで極地への旅のように思え、しかも悪いことに、ゴールまでたどり着かないで気の抜けた場所へ行き着いてしまう旅のように思えるのだ、沸々とわき返るようなボーデン家と比べると、まるで期待外れの。「このように、熱くも冷たくもなく、なまぬるいので、あなたを口から吐き出そう」

あまりにも極端に慣れてしまうと、突然、ほかのものではだめになる。

　ミラトとはいつも顔をあわせていたが、短い会話を交わすだけだった。ミラトはいまではグリーンのタイに縛られて、他のことをやる暇はなかった。アイリーは相変わらず週に二回、マーカスの書類整理をしていたが、ほかの家族とは顔をあわせるのを避けていた。ジョシュはちらと見かけることがあった。ジョシュもまたアイリーと同じくらい、努めて自分の家族を避けているようだった。両親とは週末に会った。お互いに名前で呼びあう冷ややかな雰囲気で（「アイリー、アーチーに塩を渡してくれる？　クララ、アーチーがハサミはどこだって言ってるよ」）。そしてパーティーはどれも味気なかった。アイリーは自分がNW2地区で噂されているのに気づいた。誰かが宗教に、あのいやな病気にかぶれたのではないかということになると、ノース・ロンドンの人間はひそひそ噂する。だからアイリーは、ランベスのリンデイカー通り二十八番地に足早にもどると、その暗がりのなかでほっとするのだった。まるで冬眠しているか繭のなかにでもいるような心地だったし、これからどんなアイリーが出現するのか、本人も周囲に劣らず興味を覚えていたのだ。ここはけっして牢獄ではなかった。この家はわくわくするような場所だった。戸棚や使われていない引き出し、汚い額のなかにあるのは、本当に長いあいだ死蔵されてきた秘密だった、秘密など流行遅れになっているといわんばかりに。アイリーは曾祖母アンブロージアの写真を見つけた。骨張った美人で、大きなアーモンド形の目をしている。チャーリー・

〝ホワイティー〟・ダーラムがセピア色の海を背景にがれきのなかに立っている写真も一枚あった。一文が破り取られた聖書も発見した。学校の制服を着たクララのスピード写真もあった。ばかみたいにニヤついて、ひどいありさまの歯がすっかりむき出しになっている。アイリーはジェラルド・M・キャセイの『歯科解剖学』と『福音聖書』を交互に読み、ホーテンスの数は少ないながら多様な蔵書を貪欲に漁った。ジャマイカの校舎の赤い土埃をカバーから吹き払い、まだ読まれたことのないページを切るためにしばしばペンナイフを使いながら。二月のリストはつぎのようなものである。

『西インド諸島のサナトリウムの記録』ジョージ・J・H・サットン・モクスリー著、ロンドン、サンプスン・ロウ・マーストン社刊、一八八六年（著者の名前の長さと著作の内容の貧弱さは反比例している）

『トム・クリングルの日誌』マイケル・スコット著、エジンバラ、一八七五年

『サトウキビの大地』エデン・フィルポッツ著、ロンドン、マクルーア社刊、一八九三年

『ドミニカ――入植希望者のための心得と注意』H・ヘスケス・ベルCMG（聖ミカエル聖ジョージ勲位）閣下著、ロンドン、A&C・ブラック刊、一九〇六年

いろいろ読めば読むほど、魅力的なダーラム大尉の姿がアイリーの持ち前の好奇心をかきたてた。物思いに沈んだハンサムな顔で、半分崩れた教会のがれきを見渡している。若いのに世故（せこ）に長（た）けた雰囲気で、隅から隅までイギリス人的。いかにも、誰かになにかを多少なりとも教えてやるぞという様子だ。ひょっとしたら、この自分に教えてくれるのかもしれない。念のために、アイリーは彼の写真をまくらの下に入れておくことにした。そして朝、外にあるのはもはやイタリア風のブドウ園ではなく、サトウキビ、サトウキビ、サトウキビ、隣にあるのはタバコで、アイリーはおこがましくもプランテーンのにおいが自分をある場所へ連れもどしてくれるんだと想像した。まったくの虚構の場所へ。なにしろアイリーはまだそこへ行ったことがないのだから。コロンブスがサンチャゴと呼んだ場所だが、アラワク族が頑固にザイマカと名を付け直し、その名は部族よりもあとまで続いている。木も水も豊か。自分たちの気だてのよさの犠牲となった、小柄で性質の良い太鼓腹の人たちのことをアイリーが知っていたわけではない。あれは、歴史の注意の届く範囲に入れなかったべつのジャマイカ人だ。アイリーは熱心に過去を求めた——自分なりの過去を——まるで宛先を誤った手紙を取りもどそうとするかのように。そうだ、これが自分の故郷なのだ。これはすべて自分のものなのだ。自分が生まれながらに権利を持っているものなのだ、パールのイヤリングや郵政公社債のように。Xは目印である。アイリーは見つけたすべてにXを記し、さまざまな物（出生証明書、地図、軍隊の報告書、新聞記事）をかき集めては、ソファの下にしまいこんだ。眠っている間にじわじわとそれらの滋養が布地越しに伝わって、自分にしみこむのだとでもいうように。

＊

一月には木の芽が顔を覗かせ、世捨て人の例に漏れず、アイリーにもまた訪れがあった。最初は声によって。ホーテンスの一昔前のラジオから雑音混じりで聞こえてきたのは、「園芸家の質問の時間」のジョイス・チャルフェンの声であった。

**園芸指導員**　聴取者の方からもう一つ、質問が来ているようです。ボーンマスのミセス・サリー・ホイッティカーが、回答者に質問があるようですね。ミセス・ホイッティカー？

**ミセス・ホイッティカー**　ありがとうございます、ブライアン。あの、わたしは園芸をはじめたばかりで、霜を経験するのはこれがはじめてなんです。たった二ヶ月の間に、色があふれかえっていたわたしの庭が、なんだかとても殺風景になってしまって……友達は群生する花がいいって勧めてくれたんですけど、それだと小さなアツバサクラソウとかダブルデイジーになってしまって、庭がかなり広いもんですから間が抜けて見えるんです。じつは、もっと目立つようなものを植えたいんです、デルフィニュームくらいの丈のね。でも、そうすると風にやられて、塀越しに見るご近所の人たちに、「なんとまあ」って思われてしまうでしょう（スタジオの聴衆から同感の笑い）。そこで回答者の先生に質問したいんですけど、寒さの厳しい真冬には、どうやって庭の美しさを保っていらっしゃるのですか？

**園芸指導員**　ありがとうございます、ミセス・ホイッティカー。確かに、よくある問題ですね……しかも、慣れた園芸家にとっても、かならずしも簡単な問題ではありません。私などでは、なかなかです。では、この問題を回答者にたずねてみましょう。ジョイス・チャルフェン、寒さの厳しい真冬について、なにか解決法や提案はありますか？

**ジョイス・チャルフェン**　そうですねえ。まず最初に言わせてもらいますが、あなたのご近所の方々はかなりおせっかい焼きのようですね。わたしなら、ほっといてくれって言ってやりますよ（聴衆の笑い）。でも、まじめな話、この休みなく花を咲かせるという風潮は、実のところ庭にとっても園芸家にとっても、そして土にとってはとくに、非常に不健康なことだと思うんです。本当ですよ……冬は休息の時期にしておくべきではないでしょうか、色彩も抑えてね――でも、やがて春の終わりになれば、近所の人たちはびっくりするでしょうよ！　ばばーん！　すばらしい成長がはじけますからね。真冬は本当のところ、土に栄養を与える時期だとわたしは思います、土を返して休ませて、おせっかいな近所の人たちをかえってびっくりさせるような庭の今後を考えるんです。わたしはいつも、庭の土は女性の体みたいだって思ってるんです——サイクルで動くでしょう、繁殖する時期もあれば、そうじゃないときもある、それが自然なんです。でも、もしどうしてもとおっしゃるなら、ハルザキクリスマスローズ——ヘレボラス・コルシカス——なら、冷たい石灰質の土壌に驚くほどあいます、たとえまったく——

アイリーはジョイスを消した。ジョイスを消すのは、セラピー的な効果があった。べつにジョイスそのものがどうこういうのではない。突然うんざりしてどうでもいいように思えてきただけだ、厄介なイギリスの土からなにかを引きだそうとする努力が。いまやほかの場所ができたのに（アイリーにとって、ジャマイカは新たに作られたように思えるのだ。コロンブスと同様、自分が発見することによってそれがこの世に生みだされたかのように）なんでわざわざ？　この木も水も豊富な土地。管理されることもなく土からおびただしくいろいろなものが生え、若い白人の大尉がややこしいこと抜きで若い黒人の少女と出会うことができる場所、二人とも生き生きとして汚れを知らず、過去もなく、未来が指示されてもいない——すべてがただ単にそこにあるだけの場所。作り話も神話も嘘ももつれあったクモの巣もない——これがアイリーの思い描いた「故郷」だった。「故郷」という言葉は、いまや「ユニコーン」とか「魂」とか「無限」とかいった魔法の言葉の一つとして加わったのである。「故郷」という言葉の特別な魔法、アイリーにおよぼす特別な魔力は、それがはじまりという響きを帯びているということだった。すべてのはじまりのなかのいちばんのはじまりだ。エデンの最初の朝のような、そしてこの世の終わりの翌日のような。真っ白のページ。

　ところが、アイリーが過去の完璧な空白に近づいたかと思うといつも、現在のなにかがボーデン家のドアのベルを鳴らしてじゃますのである。四旬節の第四日曜日(マザリング・サンデー)には思いがけないジョシュアの訪問があった。ドアのところに怒った顔で突っ立っていたのだ。少なくとも二十一ポンドは軽くなり、いつもよりずっと汚らしい。アイリーが、どうしたの、とか、驚いた、とか言うより早く、ジョシュアは居間に飛びこみ、バタンとドアを閉めた。

「もうがまんできない！　もううんざりだ！」

　ドアの衝撃で置いてあった窓台から落ちたダーラム大尉を、アイリーは注意深く置き直した。

「来てくれて嬉しい。すわって、ちょっと落ち着きなさいよ。なにがうんざりなの？」

「あいつらだよ。あいつらには嫌になる。自由だの権利だの言っておいて、毎週何羽もチキンを食べるんだ！　偽善者だ！」

　アイリーには何がどう関係しているのかとっさにはわからなかった。話が長くなるのに備えて、タバコを取り出した。驚いたことに、ジョシュアも一本取り出し、二人は窓下の腰掛けに膝をついて、鉄格子越しに煙を外の通りに吐き出した。

「ニワトリがケージのなかでどんな生活をしてるか、知ってる？」

アイリーは知らなかった。ジョシュアは話して聞かせた。哀れなニワトリ人生の大部分を、まったくのニワトリ闇のなかに閉じこめられ、自分たちのニワトリ糞とともにニワトリ詰めにされ、粗悪なニワトリ飼料を与えられているのだ。

そしてこれは、ジョシュアによると、ブタやウシやヒツジの暮らしのひどさとくらべると、明らかにまだずっとましなのだ。「これは犯罪だよ。でも、マーカスにこんなことを言ってみろよ。日曜日のブタみたいな大食いを止めさせようとしてみろよ。あいつはなにも知らないんだ。気がついてた？　あいつは、特定のことにはものすごい知識を持ってるけど、べつの世界のこととなると……ああそうだ、忘れないうちに——ビラを渡しとかなきゃ」

ジョシュア・チャルフェンからビラをもらう日が来ようとは、アイリーは考えたこともなかった。だが、確かにこうして手渡されている。「肉は殺人だ——事実と嘘」と題されたそれは、ＦＡＴＥという組織が発行していた。

動物の虐待や搾取と戦う集団（Fighting Animal Torture and Exploitation）の略なんだ。グリーンピースとかの過激派みたいなもんだよ。それを読んでみてよ——ただのヘンなヒッピーなんかじゃない、みんなちゃんと学歴もあるし、科学の知識もあって、アナーキズム的観点で行動してるんだ。なんだかね、自分の本当の場所を見つけたって気がするんだよ、わかる？　実にすばらしいグループなんだ。直接行動に身を捧げている。代表は元有名大学の学生だったんだ」

「へええ。ミラトはどうしてる？」

ジョシュアはまともに答えようとはしなかった。「知らない。頭がおかしいよ。どんどんおかしくなってる。ジョイスは相変わらずあいつの気まぐれを甘やかし放題だ。ぼくに聞かないでくれよ。あいつら全員に、もううんざりなんだから。なにもかも変わってしまった」ジョシュは神経質に髪を指で梳いた。髪はちょうど肩に届くくらいに伸び、ウィルズデンの人間が親愛をこめてジューフロ・マレットと呼ぶ髪型になっている。「どれほど変わってしまったか、とても説明できないよ。ぼくはいま本当に……悟りの時期を迎えてるんだ」

アイリーはうなずいた。悟りの時期には共感を覚えた。アイリーの十七歳も悟りでいっぱいになりつつある。それに、ジョシュアの変身にも驚かなかった。十七歳の人生における四ヶ月というのは、ブランコや回転木馬のようなものなのだ。ストーンズのファンがビートルズのファンになり、保守党員が自由党員になり、また元にもどる。レコードマニアがCDファンになる。人生において、ここまで完全に人格をオーバーホールできることは二度とないだろう。

「君ならわかってくれると思ってたよ。もっと前に君に話したかったんだけど、この頃はあの家にいるのが耐えられないし、君と顔をあわせるといつもミラトにじゃまされるみたいだし。本当に、会えてよかったよ」

「あたしもよ。あんた、なんだか変わったね」

ジョシュはそっけなく自分の服を指し示した。確かに前ほどダサくない。

「お父さんのお古のコーデュロイをいつまでも着てはいられないってわけだ」

「そんなところ」

ジョシュアは両手を打ちあわせた。「じつはね、グラストンベリー行きの切符を予約したんだ。もどって来ないかもしれない。ぼくが会ったＦＡＴＥのメンバーといっしょに行く」

「まだ三月よ。夏まではだめでしょ」

「ジョリーとクリスピンがね――ぼくが知りあったのはこの人たちなんだけど――早めに行くかもしれないって言うんだ。しばらくあっちで暮らすかもって」

「学校は？」

「君がサボっていいんなら、ぼくだってサボっていいだろ……べつにぼくは落ちこぼれたりしないよ。相変わらず肩の上にはチャルフェンの頭がのっかってるからね。試験にだけちょっと帰ってきて、また向こうにもどる。アイリー、君も彼らに会うべきだよ。二人とも……すごいんだ。彼はダダイストで、彼女はアナーキスト。本物のね。マーカスみたいなんじゃない。彼女にマーカスの例のおぞましいフューチャーマウスの話をしたんだ。そしたら、マーカスは危険人物だってさ。おそらく精神病質者(サイコパス)だろうって」

アイリーはこの意見を考えてみた。「そうねえ。それはちょっとどうかな」

もみ消さないまま、ジョシュアはタバコを上の舗道へ放り投げた。「それから、ぼくは一切肉を食べないことにした。いまはペスカタリアン（魚は食べる菜食主義者）だけど、これはとりあえずそうしてるだけ。そのうち完全な菜食主義者になるつもりだ」

アイリーは肩をすくめた。どう答えていいかわからなかったのだ。

「昔の格言にはいいのがいっぱいあるだろ？」

「昔の格言？」

「『火の戦いには火で応ずる』マーカスのような人間にわからせようと思ったら、思いっきり過激な行動に頼るしかない。自分がどれだけひどいことをやっているか気がついてさえいないんだから。道理を説こうとしたって無駄だ、道理は自分のほうにあると思ってるからね。あんな人間とよくつきあえるね。ああ、それから、ぼくは革もやめた――身につけるのをね――それにほかの動物を使った製品もぜんぶ。ゼラチンとかなんか」

足が通り過ぎるのを――革、スニーカー、ハイヒール――しばらく眺めてから、アイリーは言った。「それはすごいね」

　エイプリルフールの日、サマードが現れた。レストランに出勤途中の白一色の服装で、皺だらけでくちゃくちゃ、沈みこんだ聖者のようだった。顔はいまにも泣き出しそうだ。アイリーはなかに招じ入れた。

「こんにちは、ミス・ジョーンズ」サマードはほんのちょっと会釈した。「で、お父さんは元気かね？」

　アイリーはわかったという表情でにっこりした。「あたしより、おじさんのほうがしょっちゅう会ってるじゃない」

「けっこうこの上ないよ、ありがとう。神さまのご機嫌は？」

　アイリーがつぎのセリフを言う前に、サマードはアイリーの前で泣き崩れ、居間に連れこまれてダーカスの椅子にすわらされ、お茶を一杯もらってようやく話ができるようになった。

「ミスター・イクバル、なにか問題でも？」

「問題のないことなんてなにかあるかい？」

「お父さんになにか起こったっていうんじゃないよね？」

「いやいや……アーチボルドは元気だよ。洗濯機のコマーシャルみたいだ。相変わらずバリバリ仕事してるよ」

「じゃあ、なんなの？」

「ミラトだ。もう三週間も姿を見せないんだ」

「あらやだ。チャルフェン一家には当たってみた？」

「あそこにはいないんだ。どこにいるのかはわかってる。小難を逃れて大難に陥るってやつだ。あの頭のおかしいグリーンタイの連中とアジトみたいなところにいるんだ。チェスターのスポーツセンターだよ」

「困っちゃうねえ」

アイリーはすわって足を組むとタバコを取り出した。「学校でも見かけなかったけど、どのくらいになるのか気がつかなかった。でも、居場所がわかってるんなら……」

「あの子を見つけようと思ってここへ来たんじゃない、君の意見を聞きたくて来たんだよ、アイリー。おれはどうしたらいい？　君はあの子のことがわかってる――こういうときはどうすればいい？」

アイリーは唇を嚙んだ。母親の昔からの癖だ。「そうねえ、わかんないけど……あたしたち、もう昔ほど親しくないし……でも、ずっと思ってたんだけど、たぶんマジドのことだと思うの……マジドがいないのが寂しくて……ミラトはぜったい認めようとしないけど……でも、マジドは双子の兄弟なんだし、もしマジドに会えば――」

「いや違う。違う違う。おれもそれが解決になればと思ってた。どれだけマジドにすべての望みを託していたか、アッラーがご存じだよ。で、マジドはイギリスの法律を勉強しに帰ってくるって言ってるんだ——あのチャルフェン夫婦に金を出してもらって。神の法よりは人の法を行いたいと思ってるんだ。あいつはムハンマドの教えをなにも学んでいない——彼に平安あれ！　もちろん、あれの母親は大喜びだ。だがなあ、おれとしては、あの子にはまったくがっかりだ。イギリス人以上にイギリス的なんだよ。自信を持って言えるが、マジドはミラトのためにはならないし、ミラトもマジドのためにはならんよ。二人とも自分の道を見失ってる。おれが二人に送らせたかった人生とはかけ離れたところへ迷いこんでしまった。きっと二人ともシーラなんて名前の白人娘と結婚しておれの命を縮めるんだろう。おれが望んでいたのは二人の良きムスリムの息子だったのに。ああ、アイリー……」サマードはアイリーの空いているほうの手を取ると、悲しげな愛情をこめて叩いた。「どこで間違ったのか、わからんのだよ。諭したって聞きゃあしない。パブリック・エネミーを目一杯のボリュームでかけてるんだからな。道を示してやっても、なんと法学院のほうへ行っちまう。導いてやってるのに、こちらの手を振り払ってチェスターのスポーツセンターへ行ってしまう。すべてきちんと計画しようとしてるのに、何一つ思ったとおりにはならない……」

でも、もしもう一度はじめることができたら、とアイリーは思う、二人を川の源に連れもどすことができたら、物語の初めに、故郷に……だが、アイリーは口には出さなかった。サマードも自分と同じことを思っているのだし、それに、二人ともそんなことは自分の影を追いかけるようなものだとわかっているからだ。代わりに、アイリーはサマードの手の下から自分の手を引き抜いて、こんどは自分が相手の手を撫でさすった。「ああ、ミスター・イクバル。なんて言ったらいいか……」

「なんとも言いようがないよ。故郷に送り返したほうは、まるっきりのイギリス人になってしまった。白いスーツにバカみたいなカツラをかぶった弁護士だ。こちらに置いておいたほうは、グリーンのボウタイをつけた正真正銘の原理主義のテロリストになった。ときどき、なんでおれはこんなことしてるんだろうと思うことがあるよ」サマードは、この国で二十年暮らして身につけた生まれながらのイギリス人のような英語を無意識のうちに披露しながら、苦々しげに言った。「ほんとにそう思うよ。この頃思うんだ、この国に足を踏み入れるときに悪魔と契約しちまうんじゃないかってな。入国のときにパスポートを渡す、スタンプを押してもらう、ちょっと金を作りたいと思ってる、なにかはじめたいと……だが、ちゃんと帰るつもりなんだ！　誰がずっといたいもんか。寒くて、湿っぽくて、ひどいところだ。ひどい食い物、不愉快な新聞――誰がいたいもんか。けっして歓迎してはくれない国だぞ、ただおれたちを我慢しているだけだ。我慢してるだけ。最後にはしつけられておとなしくなる動物みたいに思ってるんだ。誰がそんなところにいたいもんか。

ところが、悪魔と契約しちまっている……その契約に引きずられて、突然もう帰れなくなっている。子供たちはわけのわからないものになってしまう。自分の属するところがないんだ」

「そんなことないよ、ぜったい」

「そして、どこかに属するという考え自体をあきらめてしまうようになる。突然、このことが、この属するということが、まるで長い間の下劣な嘘だったような気がしてきて……生まれ故郷なんてものは偶然だ、すべて物事は偶然なんだって思うようになる。でも、そんなふうに思ってしまったら、その先はどうなる？　なにをする？　なにか意味のあることなんてあるか？」

サマードが恐怖の表情を浮かべてこの暗黒郷（デストピア）を語っているあいだ、アイリーはその偶然の国が自分には天国のように聞こえることを申し訳なく思っていた。恐ろしく自由な気がする。

「わかってくれるかな？　君なら、わかるよなあ」

そしてサマードが本当に言いたかったのはこういうことだった。おれたちは同じ言葉をしゃべってるんだよな？　おれたちは同じ背景を持ってるんだよな？　おれたちは同じだよな？

アイリーはサマードの手を握りしめ、大きくうなずいて、サマードの涙を吹き飛ばそうとした。この人が聞きたがっている言葉以外に、いったいなにが言える？

「わかるよ」アイリーは答えた。「わかる、わかる、わかるよ」

　その夜、深夜の祈禱会からもどったホーテンスとライアンは、二人ともひどく興奮していた。今夜がその夜だったのだ。『ものみの塔』にのせる最新の記事の活字の組み方やレイアウトをホーテンスにあたふたと指示したあと、ライアンは知らせを聞こうと廊下に出てブルックリンに電話した。

「だって、あの人もいっしょに協議してるんだと思ってたけど」

「それはそうなんだけど……でも最終的に承認するのはねェ、ブルックリンのミスター・チャールズ・ウィントリーその人でなくちゃァいけないんだ」ホーテンスは息をはずませている。「今日は、なんてェ日だろう！　なんてェ日だろう！　ちょっとこのタイプライターを持ってくれないかい……テーブルの上に乗せたいんだ」

　アイリーは言われたとおりに、巨大な古いレミントンを台所へ運びこんでホーテンスの前に置いた。ホーテンスはアイリーにライアンの細かい手書きの文字で埋まった白い紙の束を渡した。

「さあ、それを読んどくれ、アイリー・アンブロージア、ゆっくりとね……そしたらあたしがタイプするから」

アイリーは三十分かそこら読み上げた。ライアンの恐ろしくくねくねした文体にたじろぎ、言われれば修正液をわたし、筆者の度重なる干渉に歯がみしながら。ライアンは十分おきにもどってきては構文を直したりパラグラフを書き換えたりするのだ。

「ミスター・トップス、連絡はとれた？」

「まだです、ミセス・B、まだなんです。お忙しくてね、ミスター・チャールズ・ウィントリーは。もう一度かけてみます」

一つの言葉が、サマードの言葉が、アイリーの疲れた頭をかすめた。「ときどき、なんでおれはこんなことしてるんだろうと思うことがあるよ」ちょうどライアンは向こうへ行っていたので、たずねるチャンスだとアイリーは思ったが、言い方には気をつけた。

ホーテンスは椅子の背にもたれると両手を膝に置いた。「あたしゃァずゥっと長い間こうしてきたんだよ、アイリー・アンブロージア。長靴下をはいた子供の頃からずっと待ってるんだ」

「でも、そんなの理由に――」

「あんたが理由について何を知ってるっていうんだい？　なァんにも知らないじゃないか。あたしの根っこはエホバの証人の教会にあるんだよ。あたしによくしてくれたのは教会だけだ。これはあたしが母親からもらった宝だしねェ、おまけにこうして終わりが近づいているというのに、手放すつもりはないさァ」

「でもおばあちゃん、それは……おばあちゃんはぜったいに……」

「いっとくけどねェ。あたしゃァエホバの証人でも、ただ死ぬのを恐れているような連中たァわけが違うんだ。ただ恐れているようなね。あの連中は、自分たち以外はみィんな死んでしまえばいいと思ってる。そんなのは、イエス・キリストに生涯を捧げる理由にはならない。あたしにはぜんぜんべつの目的があるんだ。あたしゃァまだ、油そそがれた者になる希望を捨てていない、たとえ女であっても。いままでずゥっとそう望んできたんだ。あたしは法を作ったり決定を下される主のおそばにいたいんだ」ホーテンスはチューッと大きな音をたてて歯を吸った。「いつもいつも教会に、おまえは女だとか、充分なキョーイクがないとか言われるのはうんざりだよ。いつもみんながキョーイクしようとする、こういうことをキョーイクしなきゃ、ああいうことをキョーイクしなきゃって……いつだって、それがうちの一族の女たちにとっての問題だった。いつも誰かがなにかをキョーイクしようとするんだ。学ぶことがすべてだみたいな顔してねェ、本当は意志の戦いこそすべてなのに。でも、もしあたしが十四万四千人の一人だとしたら、誰もあたしをキョーイクしようとはしないよ。キョーイクするのはあたしの仕事になるんだ！　あたしゃァ自分の法律を作って、誰の意見も聞くもんか。あたしの母親は胸の奥に強い意志を持っていた。あたしも同じ。あんたの母親も同じだったってことは、神さまがご存じだ。あんたも同じだよォ」

っただよねェ」

「アンブロージアのことを話して」ホーテンスの防壁になんとか侵入できそうな裂け目を見つけて、アイリーはせがんだ。「お願い」

だがホーテンスは軟化しなかった。「あんたはもう充分知ってるよ。過去は終わってるんだ。過去からは、誰もなにも学べない。五ページの最初から頼むよ——確かそこからだったよねェ」

そのとき、ライアンが部屋にもどってきた。顔をいままでにないほど紅潮させている。

「どうしたんだい、ミスター・トップス？　あれかい？　わかったのかい？」

「異教徒たちは気の毒に。ミセス・B。その日は本当にすぐなのです！　主が黙示録にはっきりと記されたとおりなのですよ。主は三番目の千年期（ミレニアム）を到来させるおつもりはないのです。まずその記事をタイプしてもらって、それからもう一つこの場で口述しますから——ランベスの信者全員に電話してもらわなきゃなりません、それにビラも——」

「はい、ミスター・トップス——でも、ちょォっと確かめておきたいんだけど……あの日以外だなんてことはありえないよねェ、ミスター・トップス？　言ったよねェ、あたしには直感でわかるんだって」

「あなたの直感がどれだけ関係してたかは知りませんけどね、ミセス・B。もちろんこれは聖書を徹底的に研究することによって得られた功績です、私や私の同僚の——」

「それから神のね、たぶん」アイリーはライアンをにらみつけ、ホーテンスに近寄って抱きしめた。ホーテンスは体を震わせてすすり泣いていた。ホーテンスはアイリーの両頬にキスし、アイリーはその熱い湿り気ににっこりした。

「ああ、アイリー・アンブロージア。あんたとここでいっしょにこの知らせを聞けて、ほんとォに嬉しいよ。あたしゃァこの世紀を生きてきた——この世紀のちょうどはじまりに、地震のなかで生まれてきたあたしが、邪悪な罪深い汚れた者たちが凄まじい地震のなかで消えていくのをまた見ることになるんだ。ありがたや！　やっぱり神さまが約束なさったとおりだ。ちゃァんとこの目で見られるって、わかってたよォ。あと七年待てばいいんだ。九十二！」ホーテンスは傲慢な顔つきで舌を鳴らした。「ふん！　あたしのばあちゃんは百三歳まで生きて、倒れて冷たくなるその日まで縄跳びができたんだ。あたしだって生きられるさァ。ここまで生きたんだからねェ。あたしの母親は、あたしをこの世に産み落とすのに辛い思いをした——でも、母さんは真実の教会のことを知っていて、あたしが栄光の日をこの目で見ることができるように、あの大変な状態のなかであたしを産み落としたんだ」

「アーメン！」

「ああ、ハーメン、ミスター・トップス。神の防具で身を固めるんだ！　ねえ、アイリー・アンブロージア、見ておくれ、あたしはきっとその日まで生きるよォ。そォして、その日はジャマイカで迎えるさァ。われらが主の年には故郷に帰るんだ。あたしの言うことを聞いて学べば、あんただって来ることができるんだよ。二千年を迎えに、ジャマイカへ来るかい？」

アイリーは小さな叫び声をあげて、もう一度祖母を抱きしめた。

ホーテンスはエプロンで涙を拭いた。「主イエスよ、あたしはこの世紀を生きてきました！　この、いやなことや腹の立つことばかりのひどい世紀を、本当にちゃんと生き抜いてきました。そして、主よ、あなたのおかげで、そのはじまりでも終わりでも鳴動を体験することができるのです」

# マジド、ミラト、マーカス

## 1992, 1999

**fundamental** / a. & n. LME. adj. 1　基本の、基本的な、基礎の；土台をなす。2　基部、土台となる；本質的な、欠くことのできない。原初的な、根元の。（そこから何かが派生する）基本、原型。3　建物の土台の、建物の土台をなす。4　（地層の）もっとも下部の底をなす。

**fundamentalism** / n. E20［f. prec. + -ISM.］伝統的、正統的な信仰、教義を厳格に奉じること。とくに、聖書の記述をそのまま信じること。

——ニュー・ショーター・オックスフォード・イングリッシュ・ディクショナリー

これだけは覚えておいて、キスはキスでしかない
ため息がため息でしかないように。
基本的（ファンダメンタル）なことはいつもそんなもの
時が過ぎてしまえば

——ハーマン・ハプフェルド「時の過ぎゆくままに」（1931、歌）

# 16　帰ってきたマジド・メヘフーズ・ムルシェド・ムブタシム・イクバル

「失礼ですが、それを吸うつもりでは、ないでしょうね？」

マーカスは目を閉じた。この構文は嫌いだ。いつだって、同じく文法的にねじれた文章で返事したくなる。はい、吸うつもりではありません。いいえ、吸うつもりです。

「失礼ですが、こうお聞きしたんですけど、それを——」

「ええ、ちゃんと聞こえてます」マーカスはもの柔らかに言って、肘掛けを分けあっている相手を見ようと右を向いた。プラスチックで成型された椅子の長い列には、それぞれのあいだに一つずつしか肘掛けがない。「吸ってはいけない理由でもあるんですか？」

相手を見たとたん、苛立ち（いらだ）は消えた。ほっそりしたアジア系のきれいな娘。前歯の間にかわいらしく隙間があいている。アーミーパンツに、高々と結わえたポニーテール。ひざの上には（よりにもよって！）去年の春マーカスが（作家のサリー・T・バンクスとの）共同執筆で上梓した一般向けの科学書『時限爆弾と体内時計——遺伝子の未来における冒険』がのっかっている。

「理由はちゃんとあるわよ、バカねえ。ヒースローではタバコは吸えないの。このエリアではね。もちろんパイプもだめ。しかもこの椅子はくっついていて、その上わたしは喘息なのよ。これで理由は充分じゃない？」

マーカスは愛想よく肩をすくめた。「確かに充分すぎるくらいです。その本、面白いですか？」

これはマーカスにとって新しい経験だった。自分の読者に会う。空港の待合室で自分の読者に会う。これまでずっと、マーカスは学術的なものばかり書いてきた。限られた少数の、個人的な知り合いが大半を占める読者に向けたものだ。パーティーのクラッカーみたいに、テープがどこに着地するかわからないまま、ポンと世間へ送り出した経験はなかった。

「ええ？」

「ご心配なく、あなたがおいやなら吸いませんよ。ただその、ちょっとお聞きしたくてね。その本は面白いですか？」

娘は顔をしかめた。その顔は、マーカスが最初に思ったほどきれいではなかった。顎の線がちょっときつすぎる。娘は本を閉じ（半分ほど読んでいた）、なんの本か忘れてしまったとでもいうようにカバーを眺めた。

「ああ、まあまあじゃないかしら。ちょっと気持ち悪いけど。なんか頭がおかしいってかんじで」

マーカスは眉をひそめた。この本はエージェントのアイディアだった。レベルの高い部分と低い部分を組み合せたカルチャー本で、マーカスは遺伝学における特定分野の発達に関する「ハードサイエンス」を書き、こんどは作家がそれを、「もしこれがこうなったら」的な視点で、未来に向けたフィクションとして探求するものを書く、こんな具合にそれぞれが八章ずつ書いたのである。息子たちの大学進学に加えてマジドに法律を学ばせる学費も考えねばならないマーカスは、金銭的な理由でこの企画に同意したのだった。だが結果は、期待したほど、また当てにしていたほど本は売れず、この本については、マーカスとしては失敗だったと思っていた。それにしても、気持ち悪いとは？　頭がおかしい？

「ほほう。どんなところが気持ち悪いの？」

娘は急に警戒する顔になった。「いったいなによ？　尋問かなにか？」

マーカスはちょっと身を引いた。チャルフェニストとしての自信は、外へ出るといつも弱まる。家族だけの場から離れてしまうと。マーカスは率直な人間で、質問も率直なのが当然と思っていたが、最近、自分の小さな世界の外では、この率直さがつねに他人から率直な答えを引き出すとは限らないということに気がつくようになった。外の世界では、大学や家庭以外の場所では、しゃべるときはいろいろつけ足さなくてはならない。マーカスが自覚しているように、外見がいくぶん変わっている場合にはなおさらだ。いささか年をくっていて、いっぷう変わったカーリーヘアーに、下のフレームが取れてしまったままの眼鏡をかけている場合には。会話の潤滑油になるようなことをつけ足さなくてはならない。上品な言い回しとか、さりげない言葉とか、どうぞ、とか、ありがとう、とか。

「いや、尋問なんてとんでもない。ちょうどわたしもその本を読んでみようかと思っていたもんで。非常に良い本だと聞いたんですよ。で、どうしてあなたは気持ち悪いと思ったのかな、と気になって」

とりあえず、マーカスのことを大量殺人犯でもなければ婦女暴行犯でもなさそうだと思ったらしく、娘は体の緊張をゆるめ、ゆったりと椅子にもたれた。「そうねえ、どう言ったらいいのかな。気持ち悪いと言うより、恐いって感じかしら」

「どんなふうに恐いんです？」

「だって、恐いじゃない、ああいう遺伝子工学って」

「そうですか？」

「だってね、体をむちゃくちゃにするのよ。あの人たちはね、知能とか性に関する遺伝子があると考えていて――ほとんどすべてのものに関してね。ＤＮＡ組み替え技術っていって」娘はマーカスにどのくらいの知識があるのか探りを入れるように、専門用語を注意深く口にした。相手の顔にわかっているような表情が浮かばないのを見て、娘は自信を強めて話をつづけた。「特定の、その、ＤＮＡの制限酵素がわかったら、なんでもスイッチを入れたり切ったりできるの、ステレオみたいにね。そんなことをかわいそうなネズミにやってるのよ。ほんとに恐い。あの、病原性なんとかっていう、病気を作り出す組織体、あの人たちがペトリ皿に入れてあちこちに置いてるヤツなんかも、もちろん恐いけど。わたしは政治学を勉強してるんだけど、なんていうのかな、あの人たちはなにを作り出してるのか、誰を消し去りたがってるのか、ってことを言いたいわね。西側がこのとんでもないものを、東側で、アラブに対して使うんじゃないかと考えないとしたら、相当甘いな。イスラム原理主義の連中を始末するには手っ取り早いもの――いや、これ本当よ」マーカスの眉があがるのに応えて、娘は言った。「なんだかどんどん恐くなる。このとんでもない本を読むと、サイエンスがどれだけサイエンス・フィクションに近いか、わかるから」

マーカスの目に映るかぎり、サイエンスとサイエンス・フィクションは、夜霧のなかですれ違う船のようなものだった。たとえば、サイエンス・フィクションのロボットは――息子のオスカーのロボットに対する期待でさえ――ロボット工学や人工知能がいつか達成できるどんなものよりも千年は進んでいる。オスカーが心に描くロボットは、歌ったり踊ったり、オスカーの喜びや不安に共感を示したりするが、マサチューセッツ工科大学では、どこかのかわいそうなヤツが、時間をかけて苦労しいしい、人間の親指一本の動きを機械に再現させようとしているのだ。その一方で、たとえば動物の細胞の構造というような単純この上ない生物学上の事実が、十四歳児及びマーカスのような科学者以外のすべての者にとっては神秘なのである。十四歳児は学校で細胞の図を描かされるし、マーカスは細胞に異質のＤＮＡを注入する。両者のあいだには、マーカスが思うに、バカや、陰謀家や、宗教を振りかざすいかれたヤツや、生意気な小説家や、動物愛護運動家や、政治学を学ぶ学生や、マーカスの一生をかけた仕事にわけのわからない異議を差し挟むその他もろもろの原理主義者たちがひしめいているのだ。この何ヶ月かのあいだ、フューチャーマウスがいくらか一般の注意をひいたため、マーカスはこういった人々が存在することを、多数存在することを、信じざるを得なくなっていたが、これはマーカスにとって、庭の奥へ連れていかれてここには妖精が住んでいるんだよと聞かされるのと同じくらい信じがたいことであった。

「あの連中は進歩だなんて言ってるけど」幾分興奮してきた娘は、語気鋭く言った。「医学の分野でのすばらしい進歩がどうたらこうたらって言ってるけどね、結局のところ、もし人間の好ましからざる資質を除去する方法がわかっているとしたら、どっかの政府がそれを利用しないと思う？　つまり、何が好ましくないかってことよ。どうもなんだかファシズムくさいっていうか……いい本だとは思うわよ。でも、じゃあどういうことになるんだろう、って思っちゃうところがあるのよね。ブロンドに青い目が何百万人も現れたりとか？　赤ん坊の通信販売？　もしあなたがわたしみたいにインド人だったら、きっと、なんだか心配になるわよ、ね？　それに、あの連中はかわいそうな動物に癌を植え付けてるの。ネズミの体をメチャメチャにするなんて、自分を何様だと思ってるのよねえ？　実際、死なせるための動物を作ってるのよ――まるで神になったみたいじゃない！　わたしはヒンドゥーなの。べつにぜんぜん信心深くはないけどね、生命の尊厳ってものは信じてる。わかる？　あの連中は、ネズミをプログラミングしてるの、すべての動きを計画してるのよ。いつ子供を産むか、いつ死ぬか。こんなの、自然じゃないわよ」

マーカスはうなずき、疲労感を隠そうとした。娘の話を聞いているだけで、ひどく疲れた。この本のどこをとっても、人間の改良などということにはマーカスは触れもしていない――自分の分野ではないし、とくに興味も持っていない。それなのに、彼女は、この本が遺伝子組み替えのそれほど面白くない部分――遺伝子療法とか凝血を分解する蛋白とかインシュリンのクローニングとか――にもっぱら関係しているというふうに読んで、そこからよくあるネオファシストのどぎつい幻想をいろいろ浮かびあがらせている――恐るべきクローン人間、性的・人種的特徴の遺伝子管理、突然変異病原体、等々。ネズミの章に限っては、そのようなヒステリックな反応を引き起こす可能性があるかもしれない。本のタイトルは、このネズミのことを指していて（これまたエージェントのアイディアである）、メディアが関心を向けたのもこのネズミだった。以前はそうじゃないかと疑っていただけだったことを、マーカスはいまでははっきり確信しているのだが、ネズミの部分がなかったら、この本はほとんど一般の関心を集めなかっただろう。いままでマーカスがかかわった仕事のなかで、このネズミほど、一般大衆の想像力をかきたてるものはないように思われた。ネズミの将来を決定するということが人々を刺激するのだ。人々はまさにそのように捉えていた。癌の将来を決定するのでも、生殖のサイクルを決定するのでも、老いを決定するのでもない。ネズミの将来を決定するのだ。このネズミに対する関心に、マーカスは決まって驚かされた。みんな、動物を場として、遺伝や病気や死亡率の実験のための生物学的な場として考えることができないらしい。ネズミのネズミらしさというのが、いかんともしがたいようなのだ。マーカスの実験室にいる形質転換（トランスジェニック）マウスの一匹の写真が、特許を求める努力についての記事とともに『タイムズ』に出た。マーカスの元にも新聞社にも、保守婦人連合、生体解剖に反対する団体、イスラム民族団体、バークシャー聖アグネス教会の牧師、極左紙『シュニューズ』の編集部など、さまざまなところから抗議の手紙が殺到した。ニーナ・ベーガムは電話をかけてきて、マーカスはゴキブリに生まれ変わるであろうと教えてくれた。つねにメディアの形勢の変化に目ざといグレナード・オークは、全国科学週間にマーカスを学校へ招待するのを取りやめた。実の息子のジョシュアは、相変わらず父親と口をきこうとしない。こういったことすべての愚かしさに、マーカスは心底衝撃を受けた。自分が意識せずに引き起こした恐怖に。なにしろ一般大衆は、オスカーのロボットのようにマーカスより三歩先を進んでいるので、すでに行きつくところまで行ってしまい、マーカスの研究がどういう結果をもたらすのか結論を下していた――マーカスが想像もしなかったような！――クローン人間、ゾンビ、遺伝子操作ベビー、ゲイの遺伝子。もちろん、自分のやっている仕事に、倫理的にどちらへ転ぶかわからない部分があるのはわかっている。だが、科学に携わっている者ならだれでもそんなものだ。どうしても闇のなかでの仕事という部分が出てくる。将来どういう結果になるかわからずに、この先自分の名前がどんな黒い影を背負うことになるか、なんの死体が玄関に置かれるようになるかわからないまま、仕事をしているのだ。新しい分野で仕事をしている者、これまでまったくなかったような仕事をしている者は誰でも、自分の手を血で汚さずに今世紀あるいは来世紀を過ごせるという確信など持てはしない。じゃあ、仕事をやめるか？　アインシュタインに猿ぐつわをかませる？　ハイゼンベルクの両手を縛る？　そんなことで、なにかを成し遂げることが望めるだろうか？

「でもきっと」マーカスは口を開いた。思ったよりうわずった声になった。「きっと、それがむしろ大事なところなんじゃないかな。動物はすべて、ある意味では死ぬようにプログラムされてるんだから。これはごく自然なことだ。偶然に見えるとしても、それはわれわれがはっきり理解していないからに過ぎない、そうでしょう。なぜ一部の人が癌にかかりやすく思えるのか、われわれにはちゃんとわかっていない。なぜ六十三歳で死ぬ人もいれば九十七歳で死ぬ人もいるのか、わかっていない。こういうことをもうちょっとよく知るのは、きっと面白いでしょう。腫瘍マウスのようなものの重要性は、生や死を段階を追って見る機会が与えられるということなんじゃないですか、顕微鏡の下――」

「そうね」娘は本をバッグに入れた。「どうでもいいけど。わたし、52番ゲートに行かなきゃならないの。お話しできて楽しかったわ。でも、そうね、ぜったい一度読んでみたほうがいいわ。わたし、サリー・T・バンクスの大ファンなの……すごく変わったものを書いてるのよ」

マーカスは、娘がポニーテールを揺らしながら通路を遠ざかり、ほかの黒い髪の娘たちと区別がつかなくなるまで見送った。とたんに、ほっとした気分になり、32番ゲートでマジド・イクバルと会うことになっている約束を、喜ばしい気持ちで思い出した。彼はあの娘とはまったくべつのタイプだ、さらに黒いタイプといってもいいかな、ま、言い方はどうであれ。あと十五分になったので、やけどしそうだったのがあっという間に生ぬるくなってしまったコーヒーをそのままにして、マーカスはゲート番号50番台の若いほうに向かって歩きはじめた。「心が通いあう」という言葉が頭をかすめた。十七歳の少年を相手にこんな言葉を思い浮かべるのはバカげているとわかってはいたが、それでもそう思ってしまう、そう感じる。一種幸せな気分。十七歳のマーカス・チャルフェンがはじめて大学の恩師の狭苦しいオフィスに足を踏み入れたとき、師が経験した感情も、おそらくこれと同じものだったのだろう。ある種の満足感。師から弟子へ、弟子から師へと流れるお互いにとって都合のいい独りよがりは、マーカスにはお馴染みのものだった（ああ、いやなんと、かくも才気に満ちた先生がぼくに時間を割いてくださるのですね！　ああ、いやなんと、かくも才気に満ちたこの私を、君はほかの教師のなかから選んだのだね！）。マーカスはなおも楽しい思いに耽った。マジドに、最初に一人で会えるというのも嬉しかった。自分が仕組んだわけではないと思おうとしながらも。どちらかといえば、幸運な偶然が重なったのだ。イクバル家の車が故障したのだが、マーカスのハッチバックはそれほど大きくない。マーカスは、二人がいっしょに来るとマジドの荷物をのせるゆとりがなくなるからと、サマードとアルサナを説得した。ミラトはＫＥＶＩＮの仲間とチェスターにいて、こう言ったらしい（マフィア物のビデオを見ていた頃の名残をとどめた言い方で）、「おれに兄弟はいない」。アイリーは午前中に試験がある。ジョシュアはマーカスが乗っている車にはぜったい乗ろうとしない。じつのところ、ジョシュアは最近、通常は車を避け、環境問題の倫理にかなった自転車を選択している。ジョシュの選択に関してマーカスは、人間のこの種の選択全般について感じることを改めて感じていた。考え方として、賛成したり反対したりするということができないのだ。人間のやることはほとんどがわけもへったくれもない。現在のジョシュアとの関係のもつれのなかで、マーカスはいままで以上に無力を感じていた。自分の息子でさえ自分が望んだようなチャルフェニストになってくれないというのは、辛かった。そしてこの数ヶ月というもの、マーカスはマジドに非常な期待を寄せていたのだ（これで、なぜマーカスの足取りが早まったかわかるだろう、28番ゲート、29番ゲート、30番ゲート）。ひょっとしたらマーカスは希望を持ちはじめたのかもしれない、信じはじめたのかもしれない、マジドが正しい思想であるチャルフェニズムの標識になってくれるのではないかと。この荒れ野で、その思想がそっぽを向かれているこのときに。二人はお互いを救えるだろう。「これはまさか、信仰なんてもんじゃないよなあ、マーカス？」急ぎ足で歩きながら、マーカスはこの点を自分に率直に問いかけた。ゲート一つ半のあいだ、この質問はマーカスを苛立たせた。だが苛立ちは消え、元気の出る解答が浮かんだ。信仰じゃない、違うぞ、マーカス、まともにものが見えない類のものじゃない。もっと強い、もっとしっかりしたもの。知的信念だ。

さあ、32番ゲートだ。二人だけで会うのだ。とうとう会える。大陸の隔たりを克服して。師と教えを求める生徒と。そして最初の歴史的な握手だ。マーカスは一瞬たりとも、うまくいかないこともあり得るとか、うまくいかないんじゃないかなどとは思わなかった。彼は歴史を学んだことはなく（そして科学は彼に、過去においては物事はガラス越しに曖昧に行われていたが、未来はつねにもっと明るく、そこでは物事も正しく、少なくともより正しく行われるのだと教えてくれた）、肌の黒い人間と白い人間が、ともに大きな期待を抱き、しかし一方のみが力を持っている、という情況で出会うことについて、不安を覚えるような話はなんら持ちあわせていなかった。マーカスは白い厚紙も持ってきていなかった。周囲でいっしょに待っている人たちが持っているような、上に大きく名前を書いたやつだ。32番ゲートを見回したマーカスは、それが気になった。お互いに見分けがつくだろうか？　だが、自分が双子の片方を知っていることを思いだし、大声で笑ってしまった。自分がすでに知っている少年とまったく同じ遺伝子コードを持って、しかも考えられるすべての点で異なった少年があのトンネルをくぐって出てくるのだと思うと、マーカスですら、非常な感慨を覚えた。相手を見分けられても、見分けていることにはならないのだ。相手を認識しても、その認識は間違っているのだ。これが何を意味するのか、なにか意味しているのか考える暇もなく、英国航空261便の乗客がこちらに向かってきた。喧しくしゃべりながらも疲れた様子の茶色の群衆が川のようにマーカスのほうに迫ってきて、あわやのところで向きを変える、まるでマーカスが滝の落下点だとでもいうように。「ノモスカール……サーラーム・アー・レクン……カモン・アーチョー？」お互い同士やバリアの向こう側の友だちにこんなふうに話しかける。体をすっぽりとパルダーで覆っている女性もいれば、サリー姿の女性もいる。さまざまな素材が奇妙に混じりあった服装の男たち。革、ツイード、ウール、ナイロン、そしてマーカスがネルーを連想した小さな舟形の帽子。台湾製のジャンパーを着て鮮やかな赤や黄のリュックを背負った子供たち。32番ゲートのコンコースに通じるドアからつぎつぎ出てくる。おばさんに出迎えられる人、運転手に出迎えられる人、子供たちに、役人に、日に焼けた白い歯の航空会社の係員に出迎えられる人……。

「ミスター・チャルフェンですね」

心が通う。マーカスは頭を上げて目の前の背の高い若者を見つめた。ミラトの顔だ、確かに、だがもっと輪郭がはっきりしていて、やや年が若く見える。目はあれほどバイオレットではない、少なくともあれほど激しいバイオレットではない。髪はイギリスのパブリックスクール風にしょたっと前に撫でつけられている。体はがっしりして健康そうだ。マーカスは服についてはなにもわからないが、少なくとも白一色であることは確かで、全体に上等な素材らしく、しなやかで仕立ても良かった。そして彼はハンサムだった。マーカスでさえわかった。弟のようなバイロンばりのカリスマ性はないかわりに、威厳のある顎で顎先がもっとしっかりしていて、気高さが感じられる。だがこれらはすべて干し草のなかの針でしかない、あまりにも似ているからかえって違いに気がつくというにすぎない。つぶれた鼻から不格好で大きな足にいたるまで、二人はまさに双子だった。このことに、マーカスはかすかな失望を感じた。だが、表面的な外観はさておき、これは疑いない、とマーカスは思う、この少年マジドが本当は誰に似ているかということは。マジドはマーカスを大勢の群衆のなかから見分けたのではなかったか？　たったいま、こうしてお互いにうんと深い根本的なレベルで認めあったのではないか？　姉妹都市だの、いい加減に半分に割った卵の片割れ同士のような関係ではなく、イコールの両端のような対の関係だ。論理的で、本質的で、必然的な。合理主義者とはそうしたものだが、マーカスはこのまったくの驚異に直面した瞬間、合理主義を捨てた。32番ゲートでこうして直感に導かれて出会った（マジドはフロアを横切り、まっすぐマーカスのところへやってきたのだ）、大勢の人、少なくとも五百人はいそうななかで、こんなふうにちゃんと相手を見つけた。確率はどのくらいだろう？　卵子に向かって先の見えない通路を攻略する精子の偉業と同じくらい可能性の低いことのように思えた。卵子が二つに分裂するのと同じ奇跡だ。マジドとマーカス。マーカスとマジド。

「そうだよ！　マジド！　とうとう会えたね！　もう君とは会っているような気がするが――いや、会ってるんだけどね、ところが会っていない――ま、とにかく、どうしてぼくだとわかったんだい？」

マジドは顔を輝かせ、天使のように魅力的な、ちょっと不均衡な笑顔を浮かべた。「だって、マーカス、あなたはこの32番ゲートで唯一の白人ですから」

＊

マジド・メヘフーズ・ムルシェド・ムブタシム・イクバルの帰還は、イクバル家を揺り動かし、ジョーンズ家とチャルフェン家をかなり揺すぶった。「あの子とは思えないの」息子が帰って数日してから、アルサナはクララにこっそりうち明けた。「あの子、なんだか変わったところがあるのよね。ミラトはチェスターにいるって話しても、なにも言わないの。ぜんぜん動じないの。八年も弟と会ってないのよ。なのに、うんでもなければすんでもない。サマードはね、あれはクローンだって言うの、イクバル家の人間じゃないって。触るのも遠慮しちゃうような感じ。あの歯、あの子ったら、一日に六回磨くのよ。下着はね、自分でアイロンを掛けるの。まるで俳優のデイヴィッド・ニーヴンといっしょに朝ごはん食べてるみたいな気分よ」

ジョイスとアイリーも、この新たに現れた若者に同様の疑わしげな視線を向けた。二人とも兄弟の一方を何年ものあいだ深く愛してきたのだが、そこへ急にべつの兄弟が現れたのだ。顔は馴染みのある顔だ。お気に入りのドラマにチャンネルをあわせたら、好きな役柄を陰険にも同じ髪型のべつの俳優がやっていたようなものだ。最初の数週間、二人はマジドをどう扱えばいいかわからなかった。サマードはといえば、好きにできるものなら、息子を永遠にどこかへ隠してしまったことだろう。階段の下に閉じこめるとか、グリーンランドに送ってしまうとか。当然予期される親戚一同の訪問（サマードが自慢話を聞かせてきた連中、祭壇の額に入った写真を拝んできた手合い）をサマードは恐れた。この若きイクバルを見られるのを、そのボウタイやアダム・スミスや胸くその悪いE・M・フォースターや無神論を！　ただ一ついいことは、アルサナの変化だった。「辞典？　ええ、サマード・ミアー、それなら右側の引き出しのいちばん上にあるわ、はいそうよ、そこにあるわよ、そう」はじめて妻がこんなふうに言ったとき、サマードは飛びあがりそうになった。呪いは消えたのだ。「ひょっとしたらね、サマード・ミアー」はもうない。「たぶんね、サマード・ミアー」はもうない。はい、はい、はい。いいえ、いいえ、いいえ。いちばんの基本だ。これはありがたかった。だが、それでは充分でなかった。息子たちに絶望してしまったのだ。苦しみは深かった。レストランでは目を床に落とし、のろのろと歩いた。おじやおばが電話してくると、質問をそらすか、あるいは嘘をついた。ミラト？　あの子はバーミンガムの、モスクにいます、そう、信仰を新たにしてるんです。マジド？　はい、あの子はすぐに結婚させます、そうです、なかなか立派な若者になってね、可愛いベンガルの娘を探してるんです、そうです、ちゃんと伝統に忠実なんです、はい。

というわけで、まずやってきたのは、演奏会でみられるような棲み分けだった。みんなが一つところから右か左へ分かれていく、あれだ。ミラトは十月の初めにもどってきた。いちだんと痩せて、髭だらけになり、政治的にも宗教的にも個人的にも双子の兄弟とは係わりを持つまいと、固く静かに心を決めていた。「マジドがここにいるなら」とミラトは言った（今回はデ・ニーロで）、「おれは出ていく」。ミラトが痩せこけて疲れ、目に苦悩を漂わせていたので、サマードはミラトに家にいるようにいい、となるとほかにどうしようもないので、マジドは状況が変わるまでチャルフェン家に転がりこむことになった（アルサナはひどく口惜しがったが）。またもやべつのイクバルに親の愛情を奪われた怒りで、ジョシュアはジョーンズ家に行ってしまい、一方アイリーは、一応は家族の元に帰っていたが（「一年の休み」にたいする譲歩を引き出した上で）、ほとんどをチャルフェン家で過ごし、マーカスの研究の整理をして二つの銀行口座（アマゾン・ジャングル・サマー93とジャマイカ2000）のための金を稼いでいたが、夜遅くまで仕事して、そのままカウチで寝ることも多かった。

「子供たちは親から離れてしまった。異国にいるんだ」サマードは電話でアーチーにそう言った。あまりにメランコリックな言い方だったので、詩でも引用しているのかとアーチーは思った。「あの子たちは異国の異人だ」

「あの子たちは逃げ出しちまったんだろうな、おそらく」アーチーはにがにがしく答える。

「聞いてくれよ、この数ヶ月でおれがアイリーの顔を見るたびに一ペニーもらったとしたらだなあ……」

たまっているのは十ペンスくらいのものだろう。アイリーは家にいたためしがない。アイリーは辛い板挟みの立場に立っている、アイルランドとか、イスラエルとか、インドのような。どうしようもない状況だ。家にいるとジョシュアからマーカスのネズミにかかわっていることを非難される。アイリーには答えが出せないし、出す気にもなれない議論だ。「生き物を特許の対象にしていいものだろうか？　動物に病原体を植え付けるのは正しいことだろうか？」アイリーにはわからない、だから父親の本能に倣（なら）って口を閉じ、距離をおく。だが、チャルフェン家で、フルタイムの夏の仕事になった作業をせっせとこなしていると、マジドと顔をつきあわせなければならない。これは耐え難い状況だった。このマーカスのための仕事は、九ヶ月前にちょっとした書類整理としてはじまったのだが、いまや七倍にふくれあがっている。最近はマーカスの仕事が注目を集めているために、アイリーは報道機関からの電話や郵便物の山を処理したり、取材の申しこみをさばいたりしなければならない。給料も秘書並みのものになった。だが、それが問題なのだ。アイリーは秘書だ、ところがマジドは親友であり、助手であり、弟子であり、マーカスの外出にも同行し、実験室でも見守っている。黄金の子供（ゴールデン・チャイルド）。選ばれた者なのだ。頭が優れているだけではなく、マジドは魅力的だった。魅力的なだけでなく、優しかった。マーカスにとって、マジドは祈りに対する答えだった。倫理問題についての見事な擁護を、年齢に似つかわしくない専門家の視点で紡ぎあげることのできる若者がここにいる。マーカス一人では、根気が続かなくてとてもできなかったような議論の構築を手伝ってくれる若者が。実験室から出ろと励まし、人々が待ち受けるまぶしい陽光に満ちた世界へ手を取って連れ出してくれたのは、マジドだった。世間はマーカスとそのネズミを見たがっていた。そしてマジドは、世間にどう提示したらいいか心得ていた。『ニューステーツマン』が特許の問題について二千語で書いてほしいと言えば、マジドはマーカスに口述させて、その言葉をエレガントな英語に直して書き取り、倫理問題には関心のない科学者の大胆な発言を哲学者の洗練された議論に変えた。チャンネル４ニュースがインタビューを申しこんできたら、マジドはすわりかたや手の動かしかた、頭の傾げかたを教えた。こういったことすべてを、人生の大部分をチッタゴン丘陵で、テレビも新聞もなしで暮らしてきた若者がやってのけるのだ。マーカスは――この言葉をいままでずっと嫌ってきたし、三歳のときにその言葉を使って父親に耳をはたかれて以来使ったことがないのに――これを奇跡と呼びたい誘惑にかられた。あるいは、せめても、きわめて予期しがたいことであると。この若者はマーカスの人生を変えつつあり、これもきわめて予期しがたいことであった。生まれてはじめて、マーカスは自分の誤りを認めようという気持ちになっていた――小さな誤りだが、もちろん――だがそれでも……誤りではある。ひょっとしたら、ひょっとして、自分はあまりに孤立しすぎていたのかもしれない。ひょっとしたら、ひょっとして、自分の仕事に寄せられる世間の関心への対応は、攻撃的だったかもしれない。変えてもいい、とマーカスは思った。そしてマジドのすごいところは、手腕のすばらしさは、どのようなことにおいても、マーカスに一瞬たりともチャルフェニズムが妥協を強いられたとは思わせない、という点であった。マジドはチャルフェニズムに対する尽きることのない愛着と称賛を日々口にしていた。自分が望むことはただ一つ、と彼はマーカスに語った、チャルフェニズムを世に広めることなのだ。そして、大衆の望むものは大衆に理解できる形で与えねばならないと。マジドの言葉にはどこか崇高で心の和む真摯なものが感じられ、マーカスは六ヶ月前ならそんな主張にはつばを吐いていたかもしれないのに、なんの抗議もせずに受け入れた。

「今世紀にはもう一章分余裕があります」マジドはマーカスに言う（この男はお世辞の天才だ）、「フロイト、アインシュタイン、クリックとワトソン……まだ空席が一つあります、マーカス。バスはまだ満席じゃないんです。カーン！　カーン！　もう一人分空きが……」

すばらしい提案だ。こんな提案に抗うことはできない。マーカスとマジド。マジドとマーカス。ほかのことは問題じゃない。二人は自分たちがアイリーの気持ちをかき乱していることにも気づかず、広い範囲で配置転換が起こっていることにも、自分たちの友情がほかのみんなの心に地震性の揺れを広げていることにも気づいていなかった。マーカスは撤退した。マウントバッテンがインドから撤退したように、あるいは、飽きっぽい十代の少年がついさっきまでの友情から撤退するように。マーカスはすべての物事、すべての人間に対する責任を捨て去った——チャルフェン、イクバル、ジョーンズに対する——マジドと自分のネズミ以外のすべての物事と人間に対する責任を。自分たち以外はみなどうかしているのだ。アイリーはじっと我慢した。マジドは善良で、マジドは親切で、マジドは白い服を着て家のなかを歩いているのだから。だが、すべて再臨の顕現というものがそうであるように、聖者や救世主やグルがそうであるように、マジド・イクバルもまた、ニーナのうまい表現を借りるなら、第一級の、一〇〇パーセント完全な、正真正銘、まったくのいらつくヤツだった。よくある会話。

「アイリー、わからないんだけど」

「いまはだめよ、マジド、電話してるんだから」

「君の貴重な時間をじゃましたくはないんだけど、ちょっと急ぐんだ。わからないことがあって」

「マジド、頼むからちょっと――」

「あのさ、ジョイスがぼくにこのジーンズを買ってくれたんだ。リーヴァイスっていうのを」

「すみません、あとでかけ直してもかまいませんか？　はい……わかりました……では。いいなんなの、マジド？　大事な電話だったのに。どうしたっていうのよ？」

「だからね、このきれいなアメリカのリーヴァイ・ジーンズを、ホワイト・ジーンズをもらったんだ。ジョイスのお姉さんがシカゴに遊びに行って買ってきたんだよ。シカゴは風の街っていわれてるけど、あそこの天候に特異性があるとは、ぼくには思えないけどなあ、カナダに近いことを考えるとね。シカゴのジーンズだって。本当に気の利いたプレゼントだよね！　こんな物をもらって感激だ。でも、わからないのはね、この内側についているラベルなんだけど、このジーンズは『縮んでぴったり』って書いてあるんだ。ぼくは自問してしまったよ。どういう意味だろう。『縮んでぴったり』って？」

「ちょうどになるくらいまで縮むってことよ、マジド。あたしはそう思うけど」

「でも、ジョイスはちゃんとしてるから、ぴったり正確なサイズで買っている、ね？　A32、34だ」

「いいよ、マジド、そんなの見せてくれなくても。あなたの言うとおりだと思う。だったら、縮まないようにしたら」

「ぼくも最初はそう思った。でも、縮まないようにする方法はないんだ。ジーンズを洗ったら、どうしたって縮んでしまう」

「それはすごい」

「そして、ジーンズはときには洗う必要があるだろう？」

「なにが言いたいのよ、マジド」

「つまり、このジーンズはあらかじめ想定された割合で縮むんだろうか、もしそうなら、どのくらいの割合なんだろう？　もしその割合が正しくなければ、メーカーは非常に多くの訴訟を起こされることになると思うんだけど、ちがう？　だって、縮んでぴったりになるとしても、縮んでぼくにぴったりにならないかぎり、意味ないからね。もう一つの可能性は、ジャックが言ったんだけど、体の輪郭に沿って縮むということだ。それにしたって、どうやったらそんなことが可能なんだろう？」

「じゃあねえ、いっそ、そのクソいまいましいジーンズをはいたままで湯船に浸かって、どうなるかやってみたら？」

だが、マジドを言葉で怒らせることはできない。彼はもう一方の頰を差し出すのだ。ときには一日に何百回も、恍惚として首を左右に振りつづける緑のおばさん（ロリポップ・レディー）のように。彼はあの笑顔を向ける、傷つきも怒りもせずに。そして頭を下げて（彼の父親がエビのカレー煮の注文を取るときとまったく同じ角度で）全き許しを示す。誰に対しても心底共感を示すことができるのだ、マジドは。そして、これは恐ろしくこちらをいらいらさせるのである。

「あの、べつにそんなつもりじゃ……やだ。ごめんなさい。ね……なんて言ったらいいか……あなたってちょっと……ミラトからなにか連絡はあった？」

「弟はぼくを避けてるんだ」マジドのかぎりない沈着と許しの表情は変わらない。「彼はぼくにカインのような刻印を押している、信仰をもっていないからってね。少なくとも彼の神や、そのほかの名前のついた神に対しては。このために、彼はぼくに会うことも、電話で話をすることさえ拒んでるんだ」

「あら、そのうちたぶん、機嫌をなおすよ。いつだって手に負えない頑固者なんだもの」

「そう、そうだね、君は彼のことが好きなんだった」アイリーに抗議する隙を与えず、マジドはつづけた。「じゃあきっと彼の性格がわかってるだろう、彼のやり方を。彼がぼくの改宗をどれほど激しい怒りで受け止めているか、わかるはずだ。ぼくは『生命』に改宗したんだ。ぼくは彼の神を円周率（パイ）の百万番目の位置で見ているんだけど、パイドロス

（紀元前五世紀のギリシャの哲学者）の議論においてね、まったくのパラドックスとして。だけど、それではミラトには充分じゃないんだ」

　アイリーはマジドを真っ向から見つめた。そこにはこの四ヶ月のあいだ、アイリーが見のがしていたなにかがあった。マジドの若さ、容貌、さっぱりした服装、容姿の清潔さによって隠されていたのだ。いま、それは、はっきりとアイリーの目に映った。マジドにもあれの影が見られる——マッド・メアリーと同じだ、あの白い顔に青い唇のインド人と。カツラを糸でぶら下げていた男と同じだ。ウィルズデンの通りを、ブラックラベルのビールを買おうとか、ステレオを盗もうとか、失業手当を貰いにいこうとか、路地で小便しようとかいう意図を持たずに歩くあの人たちと同じだ。まったくべつの目的を持つ人たち。預言だ。マジドの顔にはそれが現れていた。マジドは人に告げて、告げて、告げたがっているのだ。

「ミラトは完全な屈服を要求している」

「いかにも、彼らしいね」

「ぼくにも加われっていうんだ、勝利に輝く永遠なる——」

「ああ、ＫＥＶＩＮね、知ってる。じゃあ、彼と話したのね」

「彼の考えていることを知るのに話す必要はない。彼はぼくの双子の兄弟だからね。べつに会いたくはないし。会う必要はないんだ。双子の本質が、君にわかるかな？

固く結合する(クリーヴ)って言葉の意味がわかる？　というより、両義的なんだけど――」

「マジド、悪いんだけど、あたしはやらなきゃいけない仕事があるの」

マジドはちょっと頭を下げた。「もちろんそうだろうね。ぼくもちょっと失礼して、シカゴ・ジーンズで君が提案してくれた実験をやってみなくちゃ」

アイリーは歯がみしながら電話を取り、先刻中途で切ったところの番号をまたダイヤルした。先方はジャーナリストで（この頃はいつもジャーナリストだ）、相手に読んで聞かせるものがあったのだ。アイリーは試験が終わって以来メディア関係論の短期集中コースにどっぷり浸かってきたが、メディアを相手にして学んだのは、一つ一つ別々に対処しようとしても意味がないということだ。『ファイナンシャルタイムズ』にとあるユニークな考え方を披露し、それから『ミラー』に、そして『デイリーメール』に、というのは不可能だ。視点を定め、巨大なメディアというバイブルのそれぞれべつの巻を書くのは、こっちではなく、彼らメディアの仕事なのである。それぞれが自分たちのために。記者たちは徒党を組み、熱しやすく、異常なまでに自分の地盤を守ろうとし、来る日も来る日も同じ問題を提起する。これまでもずっとそうだった。世紀のスクープ、主の死に対して、ルカとヨハネがあれほど異なった見解を取ると誰が思っただろう？　それを考えても、あの連中は信頼できないということがわかる。というわけで、アイリーの仕事は情報をそのまま伝えることだった。毎回、マーカスとマジドが書いて壁にとめてあるものをそのまま。

「いいよ」とジャーナリスト。「テープは回ってるから」

さて、ここにおいて、アイリーはPRの最初のハードルでつまずいていた。自分が売るものを信じるという。アイリーが信義に欠けていたわけではない。それよりはずっと根元的なことだった。アイリーはそれを物理的な事実として信じることができなかったのだ。それが存在するとは信じられなかった。フューチャーマウス©は、いまや途方もない、見せ物的かつ漫画的なイメージになってしまい（どの新聞のコラムでも、記者たちは悩んでいる――これが特許を得ていいものか？　称賛する者もいる――今世紀最大の偉業では？）問題のネズミが立ちあがってしゃべりだすのではないかと疑いたくなるのだ。アイリーは深く息を吸いこんだ。何度も繰り返した言葉なのに、相変わらず突拍子もなくバカげているように思える――ファンタジーの翼にのったフィクションのように――むしろ、サリー・T・バンクスの筆致だ。

プレスリリース：一九九二年十月十五日

件名：フューチャーマウス©計画の開始

著述家であり、著名な科学者であり、聖ユダ・カレッジ研究専門遺伝学者グループの指導的立場にあるマーカス・チャルフェン教授は、最新の「遺伝子設計」を公開の場で「開始」しようと考えている。これは遺伝形質転換（トランスジェニックス）にたいする理解を広げ、関心を高め、この研究へのさらなる投資を募るためである。この遺伝子設計においては、遺伝子操作の複雑な作業が実演され、多くの誹謗を浴びてきたこの生物学研究の一分野が、世に明らかにされることになる。実験会場には、講演用のホール、マルチメディア・エリア、子供のためのインタラクティヴ・ゲームなどが用意される予定である。政府のミレニアム科学委員会から資金援助を受けるほか、経済産業界からも資金提供を受ける。

一九九二年十二月三十一日、生後二週間のフューチャーマウスⓒがロンドンのペレ・インスティテュートで公開される。ネズミは一九九九年十二月三十一日まで、そのまま一般公開される。このネズミは、遺伝子的にはまったく正常であるが、選択された新しい遺伝子群がゲノムに加えられている。これらの遺伝子のＤＮＡクローンはネズミの受精卵に注入され、接合体の染色体ＤＮＡと結びつき、やがて生じる胚の細胞に受け継がれるのである。生殖細胞系列に注入される前に、これらの遺伝子は、ネズミの特定の組織でのみ、あらかじめ定められた時間表に従って「発現」するよう独自の設計がなされている。このネズミは、細胞の老化、細胞における癌の進行、その他いくつかの驚くべき事柄についての実験場となるのである！

ジャーナリストは笑った。「なんとまあ。いったいこれはどういう意味だい？」

「さあ」とアイリー。「驚くべきことなんじゃないですか、たぶん」

アイリーはつづけた。


ネズミは展示されたまま七年間生きる。通常のネズミの平均寿命のざっと倍である。ネズミの発達は遅らされ、二年で一年分となっている。最初の年の終わりには、インシュリンを作り出す膵臓の細胞が抱えていたSV40ラージT腫瘍形成遺伝子が膵臓癌として現れ、ネズミが生きているあいだ、遅らされたペースで成長をつづける。二年目の終わりには、皮膚細胞のなかの H-ras 腫瘍形成遺伝子が多発性良性乳頭腫として現れ、三ヶ月後には肉眼ではっきり観察できるようになる。実験開始から四年目に入ると、チロシナーゼ酵素が漸次なくなるようプログラムされているため、ネズミはメラニン色素を作る能力を失いはじめる。かくして、ネズミは色素をすべて失い、アルビノ、すなわち白いネズミになる。外部からの、あるいは予期しない妨げがなければ、ネズミは一九九九年十二月三十一日まで生き、その後一ヶ月以内で死ぬ。フューチャーマウス©の実験は、生と死を「クローズアップ」で目にするまたとない機会を広く一般に提供するものである。将来、病気の進行を遅らせたり、老化の過程をコントロールしたり、遺伝子の欠陥をなくすことを可能にするかもしれない技術を、目の

当たりにする絶好の機会なのである。フューチャーマウスⓒは、人類の歴史における
じつに魅惑的な新局面への見通しを提供してくれる。そこでは、われわれは偶然性の
犠牲ではなく、自分自身の運命の支配者であり、審判者なのである。

「なんともはや」とジャーナリスト。「恐ろしくなるなあ」

「ええ、そうですねえ」アイリーは気の抜けた返事をする（今朝はあと十ヶ所に電話しなければならないのだ）。「写真の資料もいくつかおつけしましょうか？」

「ああ、そうしてくれ。資料室に行かなくてすむ。助かるよ」

アイリーが電話を置くと、ジョイスがヒッピーの彗星のように飛びこんできた。房飾りのついた黒いベルベットの巨大な流れだ。カフタン調ドレスに何枚も重ねたシルクのスカーフ。

「電話を使わないで！　前に言ったでしょ。電話はあけておかなきゃ。ミラトがかけてくるかもしれないから」

四日前に、ミラトはジョイスが手配しておいた精神科医との約束をすっぽかしたのだ。以来顔を見せない。みんな、ミラトはKEVINといっしょだと知っていたし、ミラトはジョイスに電話するつもりなどないと知っていた。ジョイス以外はみんな。

「彼が電話してきたら、ぜったいにわたしが話さなくちゃならないの。もう少しで打開で

きそうなの。マージョリーの考えでは、きっと注意欠陥・多動性障害だろうって」

「でも、どうしてあなたがそんなこと知ってるの？　マージョリーは医者だったと思うけど。医者は患者の秘密を明かさないって倫理はどうなっちゃったわけ？」

「あら、アイリー、ばかなこと言わないでよ。彼女はわたしの友だちでもあるのよ。事情を知らせてくれてるだけだわ」

「中産階級マフィアってとこね」

「あらやだ。そんなにヒステリックにならないでよ。なんだか、日増しにヒステリックになってるわよ。いいわね、電話は使わないでね」

「わかったわよ、もう」

「だって、もしマージョリーが正しければ、もし注意欠陥障害なら、彼は本当に医者にかかって、メチルフェニデートも飲む必要があるのよ。どんどん弱っていくんだから」

「ジョイス、彼は病気じゃない。ただムスリムってだけ。ムスリムは十億もいるのよ。全員が注意欠陥障害なわけないでしょう」

　ジョイスはちょっと息をのんだ。「そんな言い方、ひどいんじゃないの。そんなこと言ったところで、何の役にも立たないじゃない」

　ジョイスはまな板のところへ行くと涙ぐみながらチーズを大きく切り取った。「あのね。いちばん大事なのは、あの二人を引き合わせなきゃいけないってことなの。その時期なのよ」

アイリーは疑わしそうな顔をした。「なぜ時期なの？」

ジョイスはチーズを口に入れた。「二人がお互いを必要としているからよ」

「でも、あの二人が会いたくないって言ってんだから、会いたくないんじゃないの」

「人間ってね、自分が望んでることがわからないこともあるのよ。二人は自分たちが何を必要としてるかわかってないの。あの二人はお互いに求めあっているのよ、まるで……」

ジョイスはちょっと考えた。比喩は苦手なのだ。庭では、なにかが予定されているところにべつのものを植えたりしない。「二人はローレルとハーディー（やせたローレルと太ったハーディーの、米国の喜劇俳優コンビ）みたいにお互いを必要としてるの、クリックがワトソンを必要としたように――」

「東パキスタンが西パキスタンを必要としたようにね」

「それはあんまりおかしくないけど、アイリー」

「べつに笑うつもりはないけど、ジョイス」

ジョイスはまたチーズを切り取り、パンの塊を二つむしり取るとチーズを挟んだ。

「実際、二人とも感情面でかなりの問題を抱えていて、ミラトがマジドに会うのを拒んでいてはだめなのよ。彼はひどく動揺しているわ。二人は宗教や文化によって引き裂かれてきたの。このトラウマ、想像できる？」

アイリーはこの瞬間、マジドに、告げて、告げて、告げてもらっていればよかったと思った。そうすれば少なくとも情報を得られたはずだ。ジョイスに対して使えるような情報を。預言者の言うことに耳を傾ければ、彼らは議論の武器になる情報を与えてくれるものなのだ。双子の本質。円周率の百万番目の位置（無限の数にはじまりはあるのだろうか？）。そしてなによりも、固く結合する／裂く（クリーヴ）という言葉の両義的な意味。彼はどちらがより事態を悪くするか、どちらがよりトラウマを大きくするかわかっているのだろうか、いっしょにされるのと、引き裂かれるのと？

「ねえジョイス、たまには自分の家族のことを心配してみたら？　気分が変わるよ。ジョシュは？　最後にジョシュの顔を見たのはいつ？」

　ジョイスの上唇が強張（こわば）った。「ジョシュはグラストンベリーにいるわ」

「そうよね。もう二ヶ月以上になるんじゃないの」

「ちょっとした旅行をしてるのよ。たぶんそうするって言ってたもの」

「で、どんな人たちといっしょなの？　あの連中のこと、なにも知らないんでしょう。なんでしばらくそっちを心配して、ほかの人間のことはほっとけないのよ？」

　ジョイスはこう言われてもびくともしなかった。ティーンエイジャーに虐（いじ）められることにジョイスがどれほど慣れっこになっているか、説明するのは難しい。このところ、ジョイスは自分の子供たちや他人の子供たちからあまりに頻繁にひどい言葉を投げつけられているので、悪態や容赦ない物言いに無感覚になってしまったのだ。マリファナを吸って、みんな忘れてしまう。

「わたしがジョシュを心配しないのは、あなたもよく知っているように」ジョイスは微笑みを浮かべながら、チャルフェン流親業心得、の口調で言った。「あの子はただちょっと注意をひきたがっているだけだからよ。どっちかっていうと、あなたがいまそうであるようにね。いい教育を受けた中産階級の子供があの年齢でおかしな行動をとるのは、まったく自然なことなの」（今日の多くの人々とは異なり、ジョイスは「中産階級」という言葉を用いるのになんの恥じらいも感じなかった。チャルフェンの語彙では、中産階級は啓蒙思想の後継者であり、福祉国家の創設者であり、知的エリートであり、すべての文化の源であった。彼らがどこでこんな考えを拾ってきたかについては、なんともいえない）「でも、またすぐ家族の元にもどってくるわ。わたしはジョシュアに関しては完全に自信を持ってるの。いまはちょっと父親に反抗してあんなことやってるけど、そのうちおさまるわ。でも、マジドは本物の問題を抱えてる。わたしはいろいろ調べたのよ、アイリー。本当にたくさんの徴候があるの。わたしにはそれが読めるのよ」

「じゃ、読み違えてるんだ」アイリーは言い返した。闘いがはじまろうとしている、アイリーにはそれがわかった。「マジドは問題ない。いまも話をしたところよ。彼は禅の達人なの。あたしがこれまでに会ったなかでいちばん、腹が立つくらい晴れやかな人間だね。マーカスと仕事するっていう自分のやりたいことをやっていて、満足してる。一度、みんなもうお互いに干渉しないことにしてみたらどう？　無干渉主義(レッセフェール)ってことに？　マジドは問題ないよ」

「ねえアイリー」アイリーを椅子からどかせ、自分が電話の横に腰を据えながら、ジョイスは言った。「あなたがわかっていないのはね、人間は極端に走るものだってことよ。誰もがあなたのお父さまみたいだったら、すばらしいでしょうねえ。天井が頭の上に落っこちてきても普通にしてられる。でも、そんなふうにできない人も多いのよ。マジドとミラトは極端な行動を示しているわ。無干渉主義(レッセフェール)とかなんとか賢しらに言うのは結構だけど、大事なのは、ミラトがあの原理主義の連中と恐ろしく厄介なことになりかけてるってことよ。恐ろしく厄介なことに。わたし、彼のことが心配で眠れないの。ああいったグループのことが新聞によく出ているじゃない……そしてそれはマジドにもひどい精神的な緊張を与えているわ。それなのに、わたしに、ただすわってあの二人が自分をむちゃくちゃにするのを見てろっていうの、二人の両親が――いえ言わせてもらうわよ、本当のことだもの――二人の両親が気に留めていないからっていうだけの理由で？　わたしが考えているのは、あの二人の幸せだけなの、あなたならわかるはずよ。あの二人には手助けが必要なの。さっき浴室の前を通りかかったら、マジドったら、ジーンズをはいたままで湯船に浸かってるのよ。そうなの。わかる？　ほらね」ジョイスは牛のように落ち着き払って言った。

「わたしは、見ただけで、トラウマを抱えている子供がわかるのよ」

## 17　緊急会談と崖っぷちの駆け引き

「ミセス・イクバル？　ジョイス・チャルフェンです。ミセス・イクバル？　お姿ははっきり見えてるんですよ。ジョイスです。どうしてもお話したいの。お願いですから……あのう……ドアを開けていただけませんか？」

開けることはできる。理論的には。開けることはできる。だが、この極端な状況下では、息子たちが交戦状態でさまざまに分裂した状態では、アルサナには独自の戦法が必要だった。彼女は口をきかないことに決め、言葉のストライキと大食いストライキ（ハンガーストライキの逆。敵を威嚇するためにいっそう食べる）をやり、そしていまはすわりこみの抗議運動をやっているのだ。

「ミセス・イクバル……五分でいいんです。すべてが、マジドには本当にこたえているんです。彼はミラトのことを心配してます。わたしもです。五分だけ、お願いです、ミセス・イクバル」

アルサナは椅子から立ちあがらなかった。ひたすら縁（へム）をぬいつづけ、歯車の歯から歯へと往復運動を繰り返してはポリ塩化ビニールに潜りこんでいく黒い糸に目を据えて、シンガーミシンのペダルを猛然と踏む。日没へ駆っていこうと馬の脇腹を蹴るようにして。

「入れてやったほうがいいんじゃないか」居間から出てきたサマードがうんざりしたように言う。「アンティーク・ロードショー」（あの偉大なるモラルの裁定者、エドワード・ウッドワードが出る「イクォライザー」（元諜報部員が弱きを助けて悪を裁くドラマ）は別として、これはサマードお気に入りの番組だった。十五年のあいだテレビの前にすわって、ロンドンっ子の主婦がハンドバッグからマンガル・パンデーにまつわる小物を取り出さないか待っている。「おお、ミセス・ウィンターボトム、これはまたすばらしい。ここにあるのはマスケット銃の銃身ですねえ、元の持ち主は……」サマードは電話を右手の下に置いてすわっている。そのような成り行きになった場合、ＢＢＣに電話してそのウィンターボトムなる人物の住所を教えてもらい、値段を聞こうというのだ。いまのところは、セポイの乱の勲章とハヴロックの懐中時計が出てきただけだ。だが、サマードはなおも見つづけている）を見ていたのに、ジョイスのしつこい呼びかけにじゃまされたのだ。

サマードは廊下の向こうのガラス越しにジョイスの影を透かし見て、悲しげに睾丸を掻いた。サマードはすっかりテレビモードになっていた。湯たんぽのように腹が突き出ているのがよくわかる派手なＶネックに虫の食った長いドレッシングガウンをはおり、ペイズリーのボクサーショーツからは棒のような二本の足が、若かりし日の遺産が突き出ている。テレビモードのときは、動くのがおっくうになる。部屋の隅の箱が（この種の物ではアンティークだとサマードは思っている、木製の箱に四本足がついたヴィクトリア調のロボットみたいなやつ）サマードを吸い寄せ、エネルギーを搾り取ってしまうのだ。

「なんで、なんとかしないのよ、ミスター・イクバル？　追い払ってよ。ぶらぶらしたものやちっちゃなおちんちん丸出しで突っ立ってないでさ」

サマードはうなり、自分の悩み事の元、二つの大きな毛むくじゃらのタマとくじけてぐんにゃりしたペニスを、ショーツのなかにたくしこんだ。

「あの人はぜったい帰らんよ」サマードはぶつぶつ言った。「それにもし帰ったとしても、もっと強硬になってもどってくるだけだ」

「だけど、なんだっていうのよ？　あの人はもう充分問題を起こしてるじゃない？」アルサナは大声で言い返す、ジョイスに聞こえるくらいの大声で。「あの人には自分の家族があるんでしょ、ちがう？　なんでたまには自分の家族をめちゃめちゃにしないのよ？　息子がいるんでしょう、四人だっけ？　いったい何人息子がほしいの？　何人いたら気がすむの？」

サマードは肩をすくめ、台所の引き出しをかきまわしてイヤホンを取り出した。これをテレビに差しこんだら、外の世界を遮断できる。サマードは、マーカスと同様、戦線から離脱していた。好きにやらせとけ、というのが彼の気持ちだった。好きなように戦わせておけ。

「あら、ありがとう」ヒュー・スカリー（「アンティーク・ロードショー」の司会者）や壺やら銃やらのほうにもどっていく夫に、アルサナは辛辣な口調で言った。「感謝するわ、サマード・ミアー、あなたの、おお、かくも貴重なる貢献に。これが男のやることなのよ。男は混乱をつくりだす。世紀は終わりを迎え、後始末は女まかせ。どうもありがとう、旦那さま！」

アルサナは縫い物のスピードを上げた。縫い目をひた走り、内股へと進む。その間も郵便受けのスフィンクスは答えることのできない質問を発しつづける。

「ミセス・イクバル……お願い、お話できない？　なにか話しちゃいけない理由でもあるんですか？　わたしたち、こんな子供みたいな真似をしなくちゃいけないのかしら？」

アルサナは歌いはじめた。

「ミセス・イクバル？　お願い。こんなことをしてなんになるの？」

アルサナの歌声は大きくなる。

「お話しなくちゃならないの」一段と耳障りな大声だ、木のパネル三枚と二重ガラスを通しても。「物好きでここに来てるんじゃありません。あなたがわたしを関係させたかろうがさせたくなかろうが、わたしは関係してしまっているんです。いいですか？　関係してしまってるんです」

関係する。少なくとも、これは適切な言葉だ、とアルサナは思いながら、ペダルから足を離し、輪が数回空回りしてきしんで止まるのを待った。ここイギリスではときどき、とくにバス停や昼メロで、人がこんな言葉を口にするのを聞く、「わたしたち、お互いに深い関係になったというわけですね」まるでこれがものすごくすばらしい状態でもあるかのように、自分がその状態を選び、楽しんでいるかのように。アルサナはそんなふうに考えたことはない。関係というのは長い時間をかけて生じるものなのだ、人を流砂のように引きこみながら。関係というのは、丸顔のアルサナ・ベーガムとハンサムなサマード・ミアーがデリーの居間にいっしょに押しこめられ、二人は結婚するのだと知らされた一週間後に起こったことだ。関係というのは、クララ・ボーデンがとある階段の下でアーチー・ジョーンズと出会ったときに起こったことだ。関係は、アンブロージアという名の少女とチャーリーという名の少年（そう、クララはあの哀れな話をアルサナに聞かせたのだ）を、二人がゲストハウスの食品置き場でキスしたとたんに飲みこんだ。関係は、いいことでも悪いことでもない。これは単に生きることとの結果なのだ。仕事だの移民だのの結果、帝国だの拡大だのの、いっしょに暮らすことの……人は関係する、そして、関係してしまうと、関係していない状態にもどるのはなかなか難しい。そうだ、あの女の言うとおり、物好きでやることではない。この世紀末、物好きでなされることなどなにもないのだ。アルサナは「現代の状況」ということになると、けっして無知ではなかった。ちゃんとトークショーを見ている。アルサナは一日中、トークショーを見ていた――「妻が兄と寝てる」「母がわたしのボーイフレンドの生活に口出ししたがる」――そしてマイクを持っている人間は、「日焼けした白い歯の男」だろうと「おっかない夫婦者」であろうと、かならず同じばかみたいな質問をする。「だけど、なぜそんなことしたいんでしょう……？」そうじゃない！　アルサナは画面越しに説明してやらねばならない。あんた、バカじゃないの。あの人たちはそんなことをしたいわけじゃない。好きでやってるわけじゃない――ただ関係してしまっただけ、わかる？　入って〔IN〕きたら、二つのVの回転ドアに挟まれて抜けだせなくなったのだ。Involved. 関係する。幾年かが過ぎ、ゴタゴタが積み重なり、そしてこうなった。あなたの兄はわたしの元妻の姪の二番目のいとこと寝ている。関係。うんざりする、避けられない事実だ。ジョイスが関係すると言った言い方のなにかが――疲れはてた、微かにとげのある――この言葉は自分にも同じことを意味していると、アルサナに思いいたらせた。自分で紡いで自分がつかまってしまう巨大なクモの巣だ。

「わかった、わかったわよ。五分だけだからね。今朝は、なにがなんでもこのジャンプスーツを三着仕上げなきゃならないんだから」

アルサナはドアを開け、ジョイスが玄関に入ってきた。一瞬、二人は互いを検分しあい、計りに乗る前の神経質になっているプロボクサーのように、互いの体重を推し量った。二人はまったく良く釣り合っていた。ジョイスは胸で不足している分、尻で補っている。優雅な顔立ちという点でアルサナには問題があるが――ほっそりしたきれいな鼻、薄い眉――まるまるした腕でそれを補っていた、母性の力を示すくぼみで。結局のところ、ここではアルサナが母親なのだから。問題の少年たちの母親なのだ。カードを持っているのはアルサナだ、もしゲームをしなければいけないのなら。

「はいはい、じゃあどうぞ」アルサナは台所の狭い入り口に体をねじこみ、ジョイスを手招きした。

「紅茶にします、コーヒーにします？」

「紅茶を」ジョイスはきっぱりと言う。「できたらフルーツ系を」

「フルーツ系はないわ。アールグレイもない。紅茶の国からこのおぞましい国に来てみたら、まともな紅茶も飲めないの。ＰＧチップスの紅茶ならあるけど、ほかはだめ」

ジョイスはひるんだ。「じゃあ、ＰＧチップスをお願い」

「いいわ」

数分後、ジョイスの前にドスンと置かれたマグカップには黒っぽい膜ができ、無数の微生物が浮き沈みしていたが、それらはもう少し微小であってくれたらと思いたくなる大きさだった。アルサナはジョイスにしばし考察の間を与えた。

「しばらく放っておくといいわよ」アルサナは楽しそうに説明した。「うちの主人がタマネギを掘り返していたら、水道管にあたっちゃったんですよ。それ以来、水がヘンなの。それ、飲んだら下痢するかもしれないけど。でも、一分もおいたら透き通るから。ね？」

アルサナはあまり自信がなさそうに紅茶をかき混ぜ、さらに大きな正体不明の塊を表面に浮かびあがらせた。「ほらね？　シャーハ・ジャハーン（タジマハールを建てたムガル帝国の皇帝）にだって出せるわ！」

ジョイスはおそるおそるひと啜りすると、横へ押しやった。

「ミセス・イクバル、いままでお互いにあまりいい関係でなかったのはわかっています、ですが――」

「ミセス・チャルフェン」アルサナは長い人差し指を立ててジョイスの言葉を遮った。「誰でも知っている二つのルールがあるの、首相から人力車の車夫までね。一つ目は、自分の国をけっして交易場にさせてはいけないということ。とても大切なことです。もしわたしの先祖たちがこの助言に従っていたなら、わたしの現在の情況はかなり違ったものになっていたでしょう、でも、それが人生ってものですから。二つ目は、よその家庭のことに干渉するなということです。ミルクは？」

「いえいえ、けっこうです。お砂糖がちょっとあったら……」

アルサナは山盛りにした匙をジョイスのカップに突っこんだ。

「わたしが干渉してると思ってらっしゃるの？」

「干渉してきたと思ってますけど」

「でも、わたしはただ、双子たちを会わせたいだけなんです」

「二人が離れている原因はあなたですよ」

「でも、ミラトがここでマジドといっしょに暮らそうとはしないから、マジドはわたしたちのところに来てるだけでしょう。それに、マジドの話だと、おたくのご主人はマジドの顔を見るのも嫌がっているみたいだとか」

小型圧力鍋であるアルサナは、爆発した。「なぜだと思う？　あなたのせいよ、あなたとあなたのご主人のせいよ。あなたたちがマジドを、わたしたちの文化や信念とは正反対のものに関係させてしまったおかげで、あの子はわたしたちの息子じゃないみたいになってしまった！　あなたたちがそうしたんじゃないの！　あの子は自分の兄弟と仲違いしてる。どうしようもない争いよ！　あのグリーンのボウタイの連中。ミラトはいまではあの連中の上のほうにいるらしいわ。どっぷり関係してるの。あの子は言わないけど、耳にはいるのよ。あの連中は自分たちのことをイスラム教の信奉者だって言ってるけど、あんなの、キルバーンをうろつくただの暴力集団、ほかの頭のおかしいのといっしょよ。こんどはあの連中、作ってるの――なんて言ったかしら――紙を折りたたんだ、トラブルのもと」

「パンフレット？」

「そう、パ、ン、フ、レ、ッ、ト。あなたのご主人と神に楯突くネズミについてのパンフレット。厄介なことが起こりかけてる、そうよ。わたし、見つけたの、あの子のベッドの下で、何百も」アルサナは立ちあがるとエプロンのポケットから鍵を取りだし、台所の戸棚を開けた。

なかにぎっしり積まれていたグリーンのパンフレットが、床に滝のように落ちてきた。
「あの子はまた消えてしまったの。もう三日になる。あの子になくなったと気づかれないうちに、また元にもどしておかなきゃ。ちょっと持ってったらいいわ、さあどうぞ。ほら、持っていって、マジドに読んでやって。あなたが何をしたか、マジドに見せてやって。二人の兄弟がそれぞれ世界の両端に連れていかれてしまった。あなたがうちの息子たちのあいだに争いを起こしたの。あなたがあの子たちを引き裂いてるのよ！」

　それより一分前に、ミラトが玄関のドアの鍵をそっとそっとまわしていた。それから彼は廊下に立って、会話に聞き耳をたてながらタバコを吸った。こいつはすごい！　まるで敵対する集団の大柄なイタリア人女首領二人が決死の闘いをしているのを聞いてるみたいだ。ミラトは集団が大好きだった。ＫＥＶＩＮに入ったのは、集団が好きだからだ（それに服装も、ボウタイも）、そして、ミラトは戦う集団が好きだった。精神分析家のマージョリーは、集団の一員でありたいというこの欲求は、実は双子の片割れであることからきているのではないか、と言った。精神分析家のマージョリーは、ミラトの宗教への傾倒は、全能の創造主の存在を論理的に信じるにいたったからというよりは、集団内部で皆と同じになりたいという欲求から生まれたというほうがあたっているのではないか、と言った。そうかもしれない。なんでもいい。いつまでも勝手に分析していればいいが、それにしても、真っ黒な服に身を固め、タバコを吸いながら、二人のママが自分のことで派手派手しくやりあっているのを聞いているのは最高だった。

「うちの息子たちを助けたいって言うけど、あなたがやったことといったら、二人の仲を悪くしただけじゃない。こうなったらもう遅いわ。わたしは家族を失ったのよ。ご自分の家族のところへもどって、わたしたちのことはほっといてもらえない？」

「わたしの家がパラダイスだとでも思ってるの？　わたしの家族だって、こんどのことで引き裂かれちゃったのよ。ジョシュアはマーカスと口をきかないわ。知ってた？　あの二人はとっても仲がよかったのに……」ジョイスはちょっと涙ぐんでいるようだった。アルサナは仕方なくキッチンペーパーを差し出した。「わたしはね、みんなを助けようとしてるの。そうするいちばんの方法は、まず、マジドとミラトに話をさせることよ、いままでよりエスカレートしてしまわないうちにね。あなたもわたしも、それについては意見は同じなんじゃないかしら。どこか中立の場所を見つけられたら、双方がなんのプレッシャーも外部からの影響も感じないでいられる場所が……」

「でも、もう中立の場所なんてないわ！　二人が会うべきだってことは認めるわよ。でも、どこで、どうやって？　あなたとあなたのご主人がすべてを不可能にしたのよ」

「ミセス・イクバル、お言葉を返すようですがね、おたくのご家庭の問題は、うちの主人やわたしが関係するよりずっと前にはじまってるんじゃないかしら」

「そうかもしれません、確かにね、ミセス・チャルフェン。だけど、事態を悪化させる傷口の塩になったのはあなたよ、でしょ？　あなたはホットソースに入った余分な唐辛子なのよ」

ミラトの耳にはジョイスが大きく息を吸いこむのが聞こえた。

「こちらもお言葉を返させていただきますけどね、わたしにはそうは思えません。これはずっと前からのことなんじゃないですか。ミラトから聞きましたけど、何年か前に、あなたは彼の持ち物をぜんぶ燃やしちゃったんですってね。つまりね、それは一つの例だけど、そういったことが彼に負わせてきたトラウマを、あなたはわかっていないんじゃないかしら。彼はすごく傷ついているのよ」

「へえ、打たれたら打ち返すってやつね。じゃあ、こっちも打ち返させてもらいましょうか。べつにあなたに知っていただく必要はないことですけどね、わたしが燃やしたのは、あの子に教えるためだったの——ほかの人の生き方を尊重するってことをね！」

「ずいぶんヘンな教え方ねえ。あら、こんな言い方、悪かったかしら」

「悪いわよ！　あなたに何がわかるっていうのよ？」

「自分が知ってることだけだけど。でもわたしは、ミラトがたくさんの心の傷を負ってるって知ってるわ。ご存じじゃないかもしれないけど、わたしはずっとお金を払ってミラトをわたしの精神分析家にかからせているの。だから、言わせていただきますけどね、ミラトの精神生活は——彼のカルマは、ベンガル語ではそう言うんでしょう——彼の潜在意識下における全世界が深刻な病の症状を呈しているんです」

　実のところ、ミラトの潜在意識の問題は（そして、ミラトはこのことをマージョリーに言ってもらう必要はなかった）、それが基本的にくい違っているということにあった。一方では、ヒファンやその仲間たちが言うように生きようと真剣に努めている。これには四つの主な判断基準にまともに取り組むことが必要だった。

1　禁欲的になること（酒、マリファナ、女を節制する）
2　ムハンマドの栄光（彼に平安あれ！）と創造主の力をつねに心に留めること
3　ＫＥＶＩＮとコーランを知性で充分に理解すること
4　西洋の害毒を自分のなかから一掃すること

　ミラトは自分がＫＥＶＩＮにとってなかなかの実験的ケースであることを承知していて、ベストを尽くしたいと思っていた。最初の三つに関しては、ミラトは問題なくこなしていた。タバコはときどき吸ったし、ギネスもたまには飲んだ（まあいいじゃないか）、だが、邪悪な草と肉の誘惑の双方に関しては非常にうまくいっていた。アレクサンドラ・アンドルーシアともポリー・ホートンともロージー・デュウとももう会わなかった（ターニャ・チャップマン＝ジョーンズという娘とは時折り会っていたが。とても小柄な赤毛の娘で、ミラトのジレンマの微妙なところをわかってくれて、自分の体に触れることを要求せずにすばらしいフェラチオをしてくれるのだ。これは双方に都合のいいやり方だった。彼女は裁判官の娘で、厳めしい父親にショックを与えることに喜びを感じており、ミラトは、自分は一切積極的な動きをせずに射精することを必要としていた）。宗教上の教えに関しては、ムハンマド（彼に平安あれ！）は正しい男で、偉大なやつだとミラトは思っていたし、創造主にはまさに文字どおり畏怖の念を抱いていた。強い恐怖感を、畏れを抱き、本当にびびっていた――そしてヒファンはそれでいいのだと言った、そうあるべきなのだと。自分の宗教は信仰に基づいたものではなく――キリスト教徒やユダヤ教徒などと違って――最高の頭脳によって知的に証明できるものだということを理解していた。そのことは理解していた。だが、悲しいことに、ミラトは最高の頭脳を所有しているとはとても言えず、ほどほどの頭脳を所有しているかどうかさえあやしいものだった。知的な証明をしたり反駁したりすることは、ミラトにはとてもできなかった。それでも、父親がやっているように信仰に寄りかかるのは卑しむべきことだとわかっていた。それに、彼が大義に一〇〇パーセント身を捧げていないと言える者は、誰もいなかった。ＫＥＶＩＮにはそれで充分だったのだ。彼らはミラトの真の強みにきわめて満足していた。それは話しぶりというやつだ。ものの言いかただ。たとえば、女性が一人、恐る恐るウィルズデン図書館のＫＥＶＩＮのコーナーに近づいてきて、信仰についてたずねる。すると、ミラトはデスクに身を乗り出し、彼女の手をとって握りしめ、言う。「信仰ではありません、シスター。われわれはここで信仰を扱っているのではないのです。ブラザー・ラケーシュの話を五分間聞いてごらんなさい、そうすれば、彼が創造主の存在を知的に証明してくれますよ。コーランは科学の書です。合理的思想の書です。五分でいいんです、シスター、この世の向こうの来世に関心があるのならね」そして仕上げに、ミラトはたいてい相手にテープをいくつか（「イデオロギーの戦争」とか「学者よ用心するがいい」とか）売りつける、一つが二ポンドだ。あるいは絶好調だと印刷物まで売りつける。KEVINの全員がいたく感心していた。ここまでは問題なし。KEVINの非正統的プログラムである直接行動の際には、ミラトはそのただなかにいた。ミラトはグループのもっとも役立つメンバーであり、最前列に、ジハードの際には真っ先に戦う位置にいた。危機に際しては恐ろしく冷静な、行動する男。ブランドのような、パチーノのような、リオッタのような。だが、自宅の玄関で誇らかにこう思いめぐらしながらも、ミラトの心は沈んだ。問題はこの部分にあるのだ。四番目。西洋を自分のなかから一掃する。

そう、ミラトにはわかっていた、ちゃんとわかっていた。「絶滅寸前の、退廃的な、堕落した、性的関心に満ちあふれた、暴力的な西洋資本主義文化の状況や個人の自由に対する強迫観念の論理的終着点」（パンフレット『西洋から逃れて』）の例が必要なら、ハリウッド映画以上のものはない。ミラトにはわかっていた（何度ヒファンとこれについて話しあったことだろう？）、「ギャング」映画、マフィアものは、そのもっとも悪い例であることを。にもかかわらず……これはもっとも断ち切りがたいものだった。母親に燃やされたビデオを取りもどすためなら、あるいは、ヒファンに没収された、後から買った数本のビデオのためでも、いままで吸ったマリファナすべて、いままで寝た女たちすべてを投げ出すだろう。ミラトは「ロッキー・ビデオ」の会員証を破き、イクバル家のビデオレコーダーを自分が直接の誘惑に晒されないような場所に片づけた。だが、チャンネル4がデ・ニーロ特集をやったとしたら、それはミラトの責任だろうか？　トニー・ベネットの「ラグズ・トゥー・リッチズ」が洋品店から流れてきて心に入りこむのを、止められるものだろうか？　これはミラトのもっとも恥ずかしい秘密なのだが、ドアを開けるといつも――車のドアでも、車のトランクでも、ＫＥＶＩＮの会合場所のドアでも、たったいましがたのように自分の家のドアでも――頭のなかに『グッドフェローズ』のオープニングが流れ、潜在意識だとミラトが思っている部分にこの言葉がうねるのだ。

**思い出せるかぎり昔から、おれはいつだってギャングになりたいと思ってた。**

実際、目に見えるのだ、前面に、映画のポスターのように。自分がこんなものを見ていることに気づくと、ミラトは必死になって見まいとする、なんとかしようとする。だが、ミラトの頭はうまく働かないので、たいていは、結局、頭を反らして肩をつきだしたリオッタ・スタイルでドアを押し開けることになってしまう、こう考えながら。

**思い出せるかぎり昔から、おれはいつだってムスリムになりたいと思ってた。**

ある意味ではこのほうがもっと悪いというのはわかっているのだが、どうしようもない。ミラトはいつも白いハンカチを胸ポケットに入れている。いつもダイスを持っている、サイコロ賭博というのが実際にどういうものか知りもしないのに。ミラトはキャメルの長いジャケットを好み、キラー・シーフード・リングイーネを作ることができる、ラム・カレーは問題外なのに。これらはすべて禁止行為（ハラーム）だ、それはわかっていた。いちばん困るのが、ミラトのうちに潜む怒りだった。神を信じる男の正義の怒りではなく、沸き立つようなギャングの暴力的な怒りだ。なにがなんでも自分は大したヤツだと証明したい、クランのボスになりたい、ほかのクランをうち負かしたいと思っている非行少年の。そしてもし目的が神なら、西洋と戦うことなら、西洋科学の僭越さと、兄やマーカス・チャルフェンと戦うことなら、自分はかならず勝ってみせる。ミラトはタバコを手すりでもみ消した。こういった思いが宗教的なものではないことに、ミラトは苛立っていた。だが、少なくとも、正しい場所にはいるぜ、なあ？　基本はおさえてるぜ、だろ？　汚れない生き方をし、祈り（かならず日に五回）、断食し、大義のために働き、メッセージを広めているよなあ？　それで充分じゃないか？　たぶん。なんでもいい。どっちにしろ、もう後もどりはできない。そうだ。マジドと会おう。あいつと会ってみよう……いい対決になる。この体験で、もっと強くなれるだろう。兄をちっぽけなゴキブリ野郎と呼び、自分の運命に従うのだという覚悟をいっそう強く固めて、会談の場をあとにするんだ。ミラトはグリーンのボウタイをまっすぐにし、リオッタのように（威嚇と魅力たっぷりに）音をたてずに前へ進み、台所のドアを開け（「思い出せるかぎり昔から……」）、二組の目が、スコセッシのキャメラのように自分の顔を向き、焦点をあわせるのを待った。

「ミラト！」

「やあアッマー」

「ミラト！」

「やあジョイス」

（「けっこう、上等じゃねえか、これで、オレたちはみんな顔見知りってわけだ」ミラトの心のなかで、ポール・ソルヴィーノの声が流れる。「じゃあ、肝心な話に入ろうぜ」）

＊

「おいおい。そんなに驚くことはないだろ。おれの息子だよ。マジド、ミッキーだ。ミッキー、マジドだ」

またも、オコンネルズ。アルサナは結局ジョイスの主張を認めたものの、自分の手は汚したくなかった。そこで、サマードがマジドを「どこか外に」連れ出し、一晩がかりでミラトに会うよう説得すべきだと要求したのである。だが、サマードの知っている「外」はオコンネルズしかなかったし、息子を連れていくというのはあまりぞっとしなかった。サマードは妻と問題解決のために庭で徹底的に争い、勝つ自信があったのに、つまずいたふりをしたアルサナに騙され、アームロックと股間膝蹴りを組みあわせたやつをくらわされたのだ。そういうわけで、こうしてオコンネルズに来ているのだったが、これは思っていたとおり、良くない選択だった。サマードとアーチーとマジドがなるべく目立たないように入っていくと、店のスタッフと常連双方に驚きが広がった。皆の記憶にあるかぎり、アーチーとサムが知らない人間を最後に連れてきたのは、サマードの会計士だった小さなネズミ顔の男で、その男はみんなに貯金の話をしかけ（まるでオコンネルズの人間に貯金があるとでもいわんばかりに！）、一度ならず二度までもブラッドソーセージを注文したのである、ブタはだめだとあらかじめ説明してあったのにもかかわらず。あれは一九八七年頃のことで、誰も愉快には思わなかった。なのにこれは、いったいなんだ？　たった五年しかたっていないのに、またべつのを連れてきた。こんどのは真っ白な服を着ている――金曜の晩にオコンネルズに来るというのに、バカにしているかのように清潔だ――おまけにりなんだ？
暗黙の年齢制限（三十六歳）を大幅に下回っている。いったいサマードはなにをやるつも
「オレたちになにをしかけようってんだ、サミー？」もとオレンジ党員で悲しげな顔つき
のジョニーが、バブルンドスクイーク（キャベツとジャガイモ、時に肉を入れた炒めもの）を受け取ろうとホットプレー
トに身を乗り出しながらたずねる。「ここを侵略でもするつもりかよ？」
「へえ、この子がァ？」デンゼルがたずねる。まだ死んでいないのだ。
「あんたんとこの、頭のヘンな息子かねェ？」クラレンスが聞く。こちらも、神のお恵み
により、まだここでがんばっているのだ。
「おいおい。そんなに驚くことはないだろ。おれの息子だよ。マジド、ミッキーだ。ミッ
キー、マジドだ」
　ミッキーはこう紹介されてあっけにとられた顔になり、ヘラから目玉焼きをぶらんとぶ
ら下げたまま、一瞬立ちすくんだ。
「マジド・メヘフーズ・ムルシェド・ムブタシム・イクバルです」マジドは晴れやかに挨
拶した。「お会いできてまことに光栄です、マイケル。お噂はかねがね伺っております」
　なんだこれは。サマードはマジドになにも言ってはいないのに。
　ミッキーはマジドの肩ごしに、サマードの顔を確かめるように見つめている。「なんだ
って？　つまり、その、故郷へ送り返したほうだってえのかい？　これがマジド？」

「そうだ、そうだ、これがマジドだよ」サマードは口早に答える、息子に集まる注目にいらいらしながら。「ええっと、アーチボルドとおれはいつものだ。そして――」

「マジド・イクバルか」ミッキーがゆっくりと繰り返す。「とてもわからんねえ。そのう、あんたがイクバルだとは、とても思えんよ。あんたはいかにも他人を信じてるっていうのかなあ、なんていうかその、思いやりのある顔をしてるもんなあ」

「それでも、ぼくはイクバルなんですよ、マイケル」マジドは、ミッキーやカウンターにいる人間のクズどもに心底暖かい関心を寄せているというあの表情を浮かべて言った。

「長い間、離れてはいましたけれど」

「そうだよなあ。まあしかし、思いがけないことだ。ここにはあんたの――ちょっと待ってくれよ、正確に言わねえとなあ……あんたのひいひいじいさんの絵がかかってるんだぜ、ほらな？」

「入ってきたとたんに気がつきました。そして、マイケル、ぼくの心は感謝でいっぱいになりましたよ」マジドは天使のように微笑んだ。「自分の家にいるような気分になれますし、それに、この店は父と父の友人アーチボルドのお気に入りの場所なんですから、きっとぼくにとっても大好きな場所になると思います。二人は、どうやら大事なことを話しあうためにぼくをここへ連れてきたらしいんですが、ぼくとしては、ここ以上の場所は考えられないと思います。あなたの皮膚の状態がかなりお悪いようだという問題はありますが」

ミッキーはまったく驚いてしまった。そしてマジドならびにオコンネルズにいる全員に話しかけながらも、喜びを隠せなかった。

「なんてきちんとしたしゃべり方だ、なあ？　まるでファッキン・オリヴィエだぜ。カンペキなクィーンズ・ファッキン・イングリッシュで、間違いが一つもない。立派なもんじゃねえか。あんたのような客なら、この店もありがてえんだけどなあ、マジド、ほんとだぜ。洗練されてるってやつだ。おれの皮膚のことは心配ないぜ。料理にはぜんぜん影響ないし、本人のおれも、それほど苦にはしてないんだ。だけどもよ、紳士だよなあ。この子のまわりじゃあ、口に気をつけなきゃって思っちまうぜ、ええ？」

「じゃ、おれとアーチボルドはいつものを頼むぞ、ミッキー」とサマード。「息子には好きなもんを選ばせる。むこうのピンボールのそばに行くからな」

「わかった、わかった」ミッキーはマジドの黒っぽい目に視線を据えたまま、そらすことができない。

「いいスーツ着てんなァ」デンゼルが呟きながら、白いリネンをうらやましそうに撫でる。

「故郷のジャマイカじゃ、イギリス人はこういうのを着てたなァ、おぼえてっかァ、クラレンス？」

クラレンスはゆっくりとうなずき、輝く姿に感動して、涎を垂らす。

「おらおら、どいてくれ、二人とも」ミッキーは二人を追い払う。「席まで運ぶよ、いいな？　おれはここでマジドと話したいんだ。成長期の若いもんは食べなくちゃな。で、なんにしようか、マジド？」ミッキーは関心をあらわにカウンターに身を乗り出した。まるで親切すぎる女店員だ。「卵？　マッシュルーム？　豆？　炒め物？」

「そうだなあ」マジドはゆっくりと壁の埃まみれの黒板に書かれたメニューを眺めてから、明るい顔でミッキーに向き直った。「ぼくはベーコン・サンドイッチがいいな。それにしよう。ジューシーだけどカリカリに焼けた、トマトケチャップとベーコンのサンドイッチ。ライ麦パンで」

ああ、そのときミッキーの顔に浮かんだ苦悶ときたら！　ああ、あのガーゴイル（人や動物の形をした怪物の彫刻）のようなゆがんだ顔！　それは、いままででいちばん洗練された客に対する好意とオコンネルズ・プールハウスのもっとも神聖なルールとの闘いだった。「ブタは出さない」という。

ミッキーの左目がぴくぴく動いた。

「おいしい炒り卵はどうだい？　おれの炒り卵はうまいんだぜ、そうじゃないか、ジョニー？」

「そうじゃないなんて言ったら、嘘つきになるよ」ジョニーがテーブルから忠実に答える。ミッキーの卵は薄黒くて固いので有名なのだが。「恐ろしい嘘つきになっちまう。おふくろの命にかけて、まちがいない」

マジドは鼻に皺を寄せ、首を振った。

「そうか――マッシュルームと豆はどうだ？　オムレツとフライドポテトは？　フィンチリー通りにはここよりうまいフライドポテトはないぞ。これにしとけよ」ミッキーは必死で説く。「あんたはムスリムだろ？　ベーコン・サンドイッチで、父親に心臓がうち砕かれるような思いはさせたくないはずだ」

「父の心臓はベーコン・サンドイッチでうち砕かれたりしませんよ。それよりは、十五年間この店で食事してきた結果である飽和脂肪の蓄積が原因となる可能性のほうがずっと高いでしょうね。もしかすると」マジドは落ち着き払って言う。「裁判沙汰になるかもしれません。訴訟を起こされるということです。食事の脂肪含有率を明確に表示しなかったり、健康に対する警告を怠った飲食産業の個人を相手取った訴訟を起こされる可能性がね。もしかすると」

この言葉は、きわめて優しく美しい口調で発せられ、脅しの片鱗も感じられなかった。哀れなミッキーはどう対処していいかわからなかった。

「そうだなあ、もちろん」ミッキーは落ち着かなげに答えた。「仮定としたら、面白い問題だなあ。ほんとに面白い」

「ぼくもそう思います」

ミッキーは黙りこみ、ちょっとの間、ホットプレートの表面を丁寧に拭きあげることに専念した。こんなことをせっせとやるのは、十年に一度くらいのものだ。

「ああ、確かに」

「ほら。顔が映るぜ。ええと。なんの話だったかなあ？」

「ベーコン・サンドイッチ」

「ベーコン」という言葉を聞いて、前の方のテーブルで、いくつかの耳がぴくぴくしはじめた。

「もうちょっと声を低くしてもらえないかなあ……」

「ベ、ベ、ベーコン・サンドイ、イ、イ、イッチ」マジドが囁く。

「ベーコンか。よし。隣へ行ってちょっともらってこなきゃ、いまここにはないからな……あんたはお父さんとすわっててくれ、席まで運ぶから。ちょっと値段が高くなるかもしれないぜ。よけいな手間がかかるからなあ。だけど、まかせてくれ、ちゃんと料理は出してやるから。それから、アーチーに、金を持ってなくても気にするなっていっといてくれ。昼食券でいいってな」

「ご親切にどうも、マイケル。これ、一枚さしあげますよ」マジドはポケットに手をつっこむと、畳んだ紙を一枚取り出した。

「おいおい、またビラかい？　最近は、ノース・ロンドンじゃあ、クソみたいに――下品な言葉ですつまんなあ──ビラばっかりだ。おれの兄弟のアブドゥル＝コリンなんか、いつも束にしてよこすんだ。ま、だけど、あんたがくれるってんなら……いいよ、もらっとこう」

「これはビラじゃありません」トレイからナイフとフォークを取りながらマジドは説明する。「開始式典への招待状です」

「なんだと？」ミッキーは弾んだ表情になった（ミッキーが毎日読んでいるタブロイドの語法では、開始式典というのは、たくさんのカメラや、高価な身なりのおっぱいの大きな女の子たちや、赤いカーペットを意味した）。「ほんとか？」

マジドは招待状を渡した。「すばらしいことを見たり聞いたりできますよ」

「なんだ」金のかかっていそうなカードを見たミッキーはがっかりした声になった。「この男とネズミのことは知ってるよ」これも同様にタブロイドで知ったのだった。それはおっぱいとおっぱいのあいだの一種の穴埋め記事で、こんな表題がついていた。「男とネズミ」

「おれには、なんかちょっとやばそうに思えるけどなあ。神をないがしろにするみたいで。それに、おれは科学には弱いんだ。ぜんぜんわかんねえよ」

「そんなことはありませんよ。あなたが個人的に関心のある方面から見てみればいいんです。たとえば、あなたの皮膚です」

「誰かがとっちまってくれないかと思うよ」ミッキーは愛想よく冗談を言う。「もううんざりだ」

マジドは笑わない。

「あなたのは重い内分泌障害です。つまり、皮膚の分泌過剰による単なる思春期のアクネではなく、ホルモンの異常からくるものです。おそらく家族のほかの方にも見られるんじゃないですか？」

「ああ……そうだ、確かに。おれの兄弟は全員。それに、息子のアブドゥル＝ジミーも。みんなあばた面だ」

「でも、息子さんのそのまた息子さんにまでそれが受け継がれるとしたら、いやでしょう」

「確かに、嫌だね。学校時代は大変だったよ。いまでもナイフを持ち歩いてるんだ、マジド。だけど、どうしたら防げるのかわかんねえよ、正直なところ。もう何十年も続いてることだぜ」

「ところがね」とマジド（個人的な関心という切りこみ方に、彼はなんと熟達していること か！）。「確実に防ぐことができるんです。本当に簡単なことで、大きな苦しみが救われるのです。こういったことが、開始式典では説明されるのです」

「そうか。そういうことなら、おれも数に入れといてくれ。おれはまた、気色の悪いミュータントマウスだかなんだか、そんなことかと思ってたぜ。でも、そういうことなら……」

「十二月三十一日です」通路を父親のほうへ歩いていく前に、マジドは言った。「当日お会いできたら嬉しいです」

「ずいぶんゆっくりしてたな」テーブルに近づいてきたマジドを見て、アーチーが言った。「ガンジスへでも寄って来たのか？」サマードはいらいらした口調でなじると、体をずらしてマジドのすわる場所を空けてやった。

「すいません。お父さんの友だちのマイケルと話していたんです。とてもいい人ですね。ああ、そうだ、忘れないうちに。アーチボルド、今夜の勘定は昼食券を使ってもらって結構だと彼が言ってましたよ」

　アーチーは危うく、くちゃくちゃ嚙んでいた楊枝(ようじ)を喉に詰まらせるところだった。「あいつがなんて言ったって？　ほんとか？」

「本当です。では、アッバー、そろそろはじめましょうか？」

「はじめることなんかなにもありゃしない」サマードは唸(うな)るように言う。ぜったいに息子と目をあわせようとはしない。「なんだか知らんが、運命がおれに用意した悪夢のような筋書きに、おれたちはもうどっぷり浸っちまってるんだ。承知しておいてもらいたいが、おれがここにいるのは自分の意志じゃなく、おまえの母親にこうしてくれと頼まれたからだ。おれはあのかわいそうな女に、おまえやおまえの弟よりはずっと敬意をはらっているからな」

マジドはちょっとからかうような、穏やかな微笑みを浮かべた。「お父さんは取っ組みあいでアッマーに殴られてここへ来たんだと思ってました」

サマードは顔をしかめた。「おおそうか、そうやっておれをバカにするといいさ。実の息子がなあ。おまえはコーランを読んだことがないのか？　父親に対する息子の義務を知らないのか？　おまえにはほとほと嫌になるよ、マジド・ムブタシム」

「おいおいサミー」アーチーがケチャップをいじくり回しながら、なんとか雰囲気を明るくしようと口をはさむ。「かっかするなって」

「いや、かっかしないでいられるか！　こいつはおれの苦労の種、足に刺さったトゲなんだ」

「それを言うなら、足じゃなくてわき腹じゃないか？」

「アーチボルド、口出ししないでくれ」

アーチーは胡椒と塩の入れ物のほうに関心をもどし、胡椒を塩のほうに注ぎこもうとしはじめた。

「わかったよ、サム」

「伝えることがある、これを伝えたらそれでおしまいだ。マジド、おまえの母さんはおまえにミラトと会ってもらいたいんだとさ。あのチャルフェンの女が段取りを整えてくれる。おまえたち二人は話しあわなくちゃいけない、というのがあの女二人の意見なんだ」

「それで、アッバーの意見はどうなんですか？」

「おまえはおれの意見なんか聞きたくないんだろう」

「とんでもない、アッバー、ぜひ聞きたいですよ」

「率直に言って、おれはまちがいだと思う。おまえたち二人はぜったいにお互いのためにはならない。それぞれ地球の両端に行くべきだ。おれはなあ、ミスター・カインとミスター・アベルよりも異常な関係の二人の息子に苦しめられてるんだと思ってる」

「ぼくはぜひ彼と会いたいですよ、アッバー。もし彼もぼくと会いたがっているなら」

「どうもあいつは会いたがっているらしい、そう聞いている。おれは知らんが。おまえと話さんのと同じように、あいつとも話してないからな。おれはいま、神と仲直りするのにかかりっきりなんだ」

「あのう……」空腹と気がかり、それにマジドに落ち着かない気分にさせられるのとでバリバリ楊枝を噛んでいたアーチーが、口をはさんだ。「料理ができたかどうか、見てこようかな？　うん、そうするよ。君には何をもってきたらいいんだい、マジド？」

「ベーコン・サンドイッチをお願いします、アーチボルド」

「ベーコ……？　ああ……わかった。わかったよ」

サマードの顔がミッキーのフライド・トマトのように爆発した。「おまえはおれをバカにするつもりか？　おれに面と向かって、自分が異教徒だってことを見せつけたいってわけか。やったらいいさ！　おれの目の前でブタをくちゃくちゃやってみろ！　おまえは本当に賢いよなあ、そうなんだろう？　ミスター・インテリ。大きな白い歯の泰然自若たるミスター・白ズボンのイギリス人。おまえは何でも知っている、だからきっと最後の審判を逃れることだってできるんだろうさ」

「ぼくはそれほど賢くありませんよ、アッバー」

「そうさ、賢いもんか。おまえは自分で思ってる半分も賢くない。なんでおまえにわざわざ警告してやったりするのか、自分でもわからんが、でも、しておいてやる。このままだと、おまえは弟と正面衝突しちまうぞ、マジド。おれは周囲の動向には気をつけてるんだ。シヴァがレストランで話してるのが耳にはいるしな。ほかにもいる。モウ・フセイン＝イスマイル、ミッキーの兄弟のアブドゥル＝コリン、それに息子のアブドゥル＝ジミー——これはほんの一部だ。ほかにももっとたくさんいるが、あいつらはおまえに立ち向かおうと結束している。ミラトもいっしょだ。おまえのマーカス・チャルフェンは凄まじい怒りをかきたてたから、なかには、あのグリーンのボウタイの連中みたいに、行動を起こしたくてうずうずしている連中がいるのさ。正しいと信じていることを実行に移しちまうほどクレージーなやつらが。戦争をおっぱじめるほどクレージーなやつらが。そういう人間は、多くはない。ほとんどは、いったん戦争がはじまったら追随するってだけだ。だが、なかには事を起こしたいと願う人間がいる。練兵場へ乗りこんで、最初の一発を放つ人間が。おまえの弟もそういう人間なんだ」

こう話すあいだ、サマードの顔は怒りから自暴自棄へ、ヒステリーに近いような表情へとゆがんだが、マジドはなんの反応も示さず、その顔はなにも書かれていないページのままだった。

「なにも言うことはないのか？　こんな話を聞いて、驚かないのか？」

「彼らを諭せばいいじゃないですか、アッバー」ちょっと間をおいて、マジドは答えた。「彼らの多くはお父さんを尊敬してます。お父さんはこの界隈では尊敬されてるんです。みんなを諭せばいいでしょう」

「だってなあ、おれだって、あいつらと同じくぜったい反対なんだ。あいつらの考え方は確かにクレージーだけどな。マーカス・チャルフェンにあんな権利はない。あんなことをやる権利はない。あれはあいつの仕事じゃない。神の仕事だ。生き物をいじくりまわすのは、生き物本来の性質をいじくりまわすのは、たとえそれがネズミであっても、神の領域に足を踏み入れることになる。創造という、な。神の創造という奇跡をさらに進めることが可能だということになるじゃないか。そんなことができるはずはない。マーカス・チャルフェンはつけあがってるんだ。あいつは崇拝されるのを期待しているんだろうが、この世で崇拝されていいのはアッラーだけだ。だから、おまえがあいつを手伝うのは間違っている。あいつの息子でさえ、親父と縁を切っちまった。だから」心の奥底にひそむ芝居っ気たっぷりの性癖を押さえることができず、サマードは言った。「おれもおまえと縁を切らなきゃならない」

「さあ、これはおまえのだ。フライドポテトと豆と卵とマッシュルーム、ほら、サミー」アーチボルドがテーブルにもどってきて皿を配った。「このオムレッとマッシュルームはおれので……」

「それと、ベーコン・サンドイッチが一つ」とミッキー。十五年の伝統を破り、この皿は自分が運ぶと言ってきかなかったのだ。「若先生に」

「おれのテーブルではそんな物、食わさんぞ」

「なあ、サム」アーチーが恐る恐る言う。「大目に見てやれよ」

「おれのテーブルではそんな物は食わさんと言ってるんだ！」

ミッキーは額を掻いた。「なんとまあ。おれたち古い世代にも、原理主義者がいるってわけか、ええ？」

「おれは――」

「おっしゃるとおりにしますよ、アッバー」マジドは例の人をいらいらさせる許しきった笑顔でそう言って、ミッキーから皿を受け取り、クラレンスとデンゼルのすわる隣のテーブルに腰をおろした。

デンゼルは笑顔で迎えた。「クラレンス、見ろよォ！　白服の王子さまだ。ドミノをやりに来たぞォ。目ェ見ただけで、ドミノをやるってわかったさァ。きっと相当な腕前だぞォ」

「おたずねしてもいいですか？」とマジド。

「かーまわんともォ。言ってみなァ」

「ぼくは弟と会うべきだとお思いになりますか？」

「ふゥむ。わしには、なァんとも言えんなァ」ファイブドミノのセットを置いてしばし考えてから、デンゼルは答えた。

「あんたァ、自分でちゃーんと決められる人間のように見えるがねェ」クラレンスが慎重に言う。

「そうですか？」

マジドはもといたテーブルの方を向いたが、父親は努めて息子を無視しようとし、アーチーはオムレツをつつきまわしている。

「アーチボルド！　ぼくは弟と会うべきなんでしょうか、会わないほうがいいんでしょうか？」

アーチーはサマードの様子をうかがい、また皿に視線をもどした。

「アーチボルド！　これはぼくにとって重要な問題なんです。どちらにすべきなんでしょう？」

「さあ」サマードが苦々しげに言う。「答えてやれよ。あいつが自分の父親の意見より、二人の老いぼれバカとろくに知りもしない男の意見を聞きたいというなら、聞かせてやったらいいさ。で？　どっちだ？」

アーチーはもじもじした。「そのう……おれにはなんとも……つまり、おれが言うことじゃあ……そうだなあ、もし彼がそうしたいなら……でも、おまえがそう思わないなら……」

サマードはアーチーのマッシュルームのなかに拳をたたきつけ、その勢いで、オムレツまでいっしょに皿から飛び出して床に落ちた。

「どっちか決めろ、アーチボルド。おまえのその情けない人生で、一回くらいどっちかに決めてみろ」

「うーん……表なら、会う」アーチーはうめくように言うと、ポケットから二十ペンス硬貨を取り出した。「裏なら、会わない。いいか？」

コインは回転しながら高くあがった。全き世界ならいつもそうなるように。きらりと光ったかと思うと影の部分を見せる、うっとりするほど何度も。そして、意気揚々と上昇していくうちに、コインは弧を描きはじめる。だが、その弧は違うほうへ伸びた。コインは自分のところにもどってこないで後ろへ落ちる、かなり後ろだ、とアーチボルドは気づいた。アーチーもほかの皆も振り向いて見つめるなか、コインはきれいな弧を描いてピンボール・マシーンの方に落下し、反転すると料金投入口に飛びこんだ。たちまち大きな年老いた獣に光が灯った。玉が打ち出され、やみくもに騒々しく迷宮を駆けめぐりはじめる。自在ドア、玉をはじくバット、トンネルをとおり、鐘を鳴らし、最後には誰の手も借りず、誰にも指図されずに、あきらめて穴に吸いこまれていく。

「なんてこった」アーチーは明らかにほっとしていた。「こんなことが起こる確率なんて、どのくらいのもんだろうなあ?」

＊

中立の場所。今日、こういう場所が見つかる確率は、おそらくアーチーのピンボールの芸当よりまだ小さいのではないか。一から新しくはじめようとするなら、相当量の汚物を清算せねばならない。人種。土地。所有権。信仰。盗み。血。そしてさらなる血。そしてもっと。おまけに、場所が中立であるだけでなく、そこへ当人を連れていく使者も、それからその使者を派遣する使者も中立でなければならない。ノース・ロンドンにはそんな場所も人物も残ってはいなかった。だが、ジョイスは自分の手に入るもので最善を尽くした。まず、彼女はクララを頼った。クララの現在の学びの場、赤煉瓦の大学、テムズのそばのサウス・ウェストには、金曜の午後にクララが勉強に使っている部屋があった。親切な教師が鍵を貸してくれたのである。三時から六時のあいだはいつも空いている。中身：黒板一つ、机と椅子がいくつか、自在灯（アングルポイズランプ）が二つ、オーバーヘッド・プロジェクター、書類棚、コンピューター。十二年以上たっている物は一つもないとクララには保証できる。大学自体、十二年しかたっていないのである。ただの荒れ地に建てられたものだ——インディアンの墓地もなければ、古代ローマ人の陸橋もない、エイリアンの宇宙船が埋まっているわけでもないし、遠い昔の教会の跡もない。ただの地面だ。どこと比べても普通の、中立の場所である。クララはジョイスに鍵を渡し、ジョイスはそれをアイリーに渡した。

「だけど、どうしてあたしなの？　あたしにはなんの関係もないよ」

「確かにね。でも、あたしは関係しすぎているけど、あなたなら完璧だわ。だって、あなたは、彼のことを知っていて、でも知らないから」ジョイスは謎めいた言い方をした。そしてアイリーに自分の長いオーバーと手袋、てっぺんにおどけたポンポンのついたマーカスの帽子を渡した。「それに、あなたは彼を愛してるし。彼はあなたを愛してないけど」

「ありがと、ジョイス。わざわざ思い出させてくれて」

「愛こそ立派な理由じゃないの、アイリー」

「違うよ、ジョイス、愛は理由になんかならない」アイリーはチャルフェン家の踏み段に立ち、凍てつくような夜気にはっきり浮かぶ自分の息を見つめた。「ＬＯＶＥなんて、生命保険やヘアーコンディショナーを売るのに使う四文字語だよ。外はほんとに寒い。これで一つ貸しだからね」

「みんなお互いに借りがあるものなのよ」ジョイスは言い、ドアを閉めた。

アイリーは生まれてからずっとお馴染みの通りに足を踏み入れ、百万回以上歩いた道筋をたどった。そのとき、記憶とはなにか、記憶のもっとも純粋な定義とはなにかと誰かに聞かれたとしたら、アイリーはこう答えただろう。枯れ葉の堆積の上を一歩一歩あゆんでいくときの道だと。アイリーがいま歩いているのがまさにそれだ。新たに踏みしだく枯れ葉の音がするたびに、前の音の記憶が甦る。お馴染みのにおいが体にしみこむ。湿った木屑と木の根元の砂利のにおい、じっとりした木の葉の下の新しい糞のにおい。アイリーはこういった感覚に魅せられた。歯学の人生を選びながらも、アイリーはまだ詩的な心をすべて失ってしまったわけではなかった。つまり、まだ奇妙なプルースト的時間を経験することが、時間の層の重なりを感知することができたのである。もっとも、これらを歯周学の用語で捉えることが多かったが。アイリーはうずきを覚える――神経がむき出しになった過敏な歯や、あるいは「幻歯」に生じるような――ガソリンスタンドを通りかかるとうずきを感じる。ここで、十三歳だった自分とミラトは、イクバル家の壺から盗んできた百五十ペニーをカウンター越しに渡したのだった、タバコを一箱なんとか手に入れようとして。アイリーは痛みを感じる（ひどい不正咬合で、一つの歯の圧力がべつの歯に加わるときのような)、子供の頃自転車に乗った公園を通ると。ここで二人ではじめてマリファナを吸い、ここでミラトは一度、嵐の最中にアイリーにキスしたのだ。こうした過去＝現在のフィクションに浸りきっていることができたらいいのに、とアイリーは思った。どっぷり浸かって、記憶をもっと甘くし、引き延ばせたらいいのに。とくにあのキスを。だが、アイリーの手のなかには冷たい鍵がある。そしてアイリーの人生を取りまくものは、フィクションより奇妙で、フィクションより滑稽で、フィクションより残酷で、フィクションならけっしてあり得ないような成り行きなのだ。アイリーはそういった人生の長い物語に関係したくはなかった。だが、関係してしまった。そしてどうやら、髪をつかまれて大詰めへと引きずって行かれるらしい、大通りを通って——マリのケバブの店、ミスター・チャンの店、ラージの店、マルコヴィッチ・ベーカリー——アイリーは目隠ししてもこういった名前をすらすら言える。それから、ハトの糞で汚れた橋の下をくぐって、緑の海原に注ぎこむようにグラッドストーン公園にいたる長く広い道を行く。こんなふうに記憶におぼれるのもいい。だが、アイリーは記憶を振り払って泳ぎ切ろうと努めた。アイリーはもう百万回以上もやっているように、イクバル家を囲む低い塀を飛び越え、玄関のベルを鳴らした。過去時制（パースト・テンス）／過去は不安。未来未完了（フューチャー・インパーフェクト）／未来は不完全。

二階では、ミラトが自分の部屋でここ十五分ばかり、ブラザー・ヒファンが書いた伏拝についての指示をなんとか理解しようと努めていた（パンフレット『正しい礼拝』）。

サジダ：伏拝。サジダに際しては、指は閉じておかねばならない。メッカの方角（キブラ）に向けて両耳と一直線に並ぶように置き、頭は両手のあいだに置くこと。額をなにかきれいなもの、石やある種の土、木、布などの上にのせるのはファルド（義務）である。また、鼻を下につけるのもワージブ（義務）であると言われている（碩学によると）。相応の理由もないのに鼻しか地面につけないのは許されない。額のみを地面につけるのはマクルーフ（禁止事項）である。サジダに際しては、少なくとも三回、スブハーナ・ラッビヤアル・アアラー（荘厳崇高な我が主の栄光をたたえ奉る）と唱えねばならない。シーア派ではカルバラ産の土で作られた煉瓦の上でサジダを行うほうがいいとされている。両足とも、あるいは少なくとも両足の指を一本ずつ地面につけることはファルドすなわちワージブである。また、それはスンナ（慣行）であるという碩学もいる。すなわち、両足が地面についていなければ、礼拝（ナマーズ）は受け入れられないか、あるいはマクルーフになる。サジダのあいだ、額、鼻、足が地面から少しの間持ちあがっていたとしても、それはなんら害をなさない。サジダに際しては、爪先を曲げてメッカの方角（キブラ）に向けるのはスンナである。ラッドールームフタール（書名『選ばれた返事』）に書かれていることであるが……。

ミラトが読んだのはここまでである。そしてあとまだ三ページもあるのだ。ミラトは冷や汗をかきながら、合法行為（ハラール）や禁止行為（ハラーム）、ファルドやスンナ、マクルーフ・タフリーミー（とくに強く禁止されている）やマクルーフ・タンズィーヒー（禁止されているがそれほど強くではない）などとされていることをすべて思い出そうとした。途方に暮れたミラトは、Tシャツを脱ぎ捨てると、見事な上半身にベルトを斜めに結び、鏡の前でべつの、もっと簡単な動作をはじめた。これなら細かいところまで知悉している。


おれを見てんだろ？　おれを見てんだろ？

ほかに誰を見てるってんだい。ええ？

ここにはほかに誰もいないぜ。

おれを見てんだろ？


（映画『タクシードライバー』で、デ・ニーロ扮する男が鏡の自分に語りかけるシーン。本来は「おれに話してんだろ？」）


ミラトがいい調子で、見えない銃やナイフをワードローブのドアに向かって見せつけていたときに、アイリーが入ってきた。

「そうよ」おどおどと立ちすくむミラトに、アイリーは言った。「あたしはあんたを見てるよ」

手早く物静かに、アイリーは中立の場所のこと、部屋のこと、日にち、時間を伝えた。

それから、アイリー個人として、歩み寄ってほしい、波風立てず慎重にやってほしい（みんなそうしているんだから）と頼み、ミラトに近寄るとその温かい手に冷たい鍵を握らせた。ほとんど無意識のうちに、アイリーはミラトの胸に触れた。ちょうど二本のベルトのあいだ、レザーで締めつけられた心臓が、ドキドキとアイリーの耳にまで聞こえるほどの鼓動を響かせている場所に。この分野での経験が不足しているアイリーが、血流が妨げられていることから来る動悸を内にくすぶる情熱と勘違いしたのは無理からぬことである。ミラトはといえば、もうずいぶん長いあいだ、誰かに触られたり触ったりしていなかった。そこへいままでの思いが加わる、十年に及ぶ報われない愛の思いが、長い、長い歴史の思いが――避けようのない結果となった。

　たちまち、二人の腕は関係し、足も関係し、唇も関係し、ともに床に転がると股間を関係させ（これ以上関係するのはむずかしいというくらい）、礼拝用マットの上で愛しあった。だが、はじまったときと同様唐突にあたふたとそれは終わり、二人はそれぞれべつの理由で、慌てふためいて体を離した。アイリーは裸のままドアの横に体を縮めた。ミラトがひどく後悔しているのを見て取って、狼狽（ろうばい）し、恥じ入っていた。ミラトは礼拝用マットをつかむとカーバ（メッカの聖モスクの中庭にあるもっとも聖なる神殿）の方角に向け、マットが床にぴったりつくように、本や靴などが下にあったりしないように置くと、指をぴったり閉じ、メッカ（キブラ）の方角へ向けて両耳と一直線に並べ、額と鼻が両方とも床に着くようにし、両足はきちんと下につけて爪先を曲げ、カーバの方角に向かって伏拝した。といっても、カーバに対してではなく、ひたすら至高なるアッラー(アッラーフ・タアーラー)に向かって。ミラトが細心の注意を払ってこうしたすべてを完璧に行っているあいだに、アイリーは泣きながら服を着て出ていった。ミラトが細心の注意を払ってこうしたことを行ったのは、天の偉大なるキャメラに見られていると信じていたからであった。細心の注意を払ってこうしたことを行ったのは、それらがファルドであり、そして「礼拝を変えようとする者は不信心者となる」（パンフレット『一筋の道』）からであった。

*

女の恨みは恐ろしいという。アイリーは顔を火照(ほて)らせて、イクバル家からまっすぐチャルフェン家へ、復讐を胸に抱いて向かっていた。といっても、ミラトに対してではない。むしろ、ミラトを守るためだった。アイリーはいつもミラトの擁護者、彼の黒い白騎士、救済者だったのだから。知ってのとおり、ミラトはアイリーを愛してはいない。そしてアイリーは、ミラトは愛することができないから自分を愛してくれないのだと考えた。あまりに傷つき、もはや誰をも愛することができないのだと。いったい誰がミラトをこんなに痛めつけたのか突き止めたかった。こんなにひどく。いったい誰がミラトにアイリーを愛せなくさせてしまったのか、突き止めたかった。

これが現代社会のおかしなところである。クラブのトイレで女の子たちがしゃべっているのを耳にする。「そう、彼ったらあたしを捨てていっちゃったの。あたしのことを愛してなかったんだ。愛ってものを上手く扱えない人だったのね。心に問題を抱えてて、あたしをどうやって愛したらいいか、わかんなかったのよ」いったいどうしてこんなことになったのか？　いったいこの愛不毛の世紀はどうしたわけなのだ、人間として、種としてのわれわれは、いろいろあるにもかかわらず愛すべき存在なのだと思わせておきながら？　いったいどうしてわれわれは、自分を愛してくれない人間は傷を負っている、欠陥がある、どこかがおかしいなどと考えるようになったのだろう？　とりわけ自分ではなく神やすすり泣く聖母やチャバタ（イタリアの平たいパン）に現れたキリストの顔などを選ぶ人間がいると――彼らをクレージーと呼ぶのだ。惑わされている、退行だと。われわれは自分の善なることを、自分の愛の善なることを確信しているので、自分たち以上に愛するに値するものがあるかもしれない、崇拝に値するものがあるかもしれないと思うことなど耐えられないのだ。グリーティングカードはいつもわれわれに、誰でも愛されて当然なのだと教える。間違いだ。誰でもきれいな水を得て当然、ならばいいが。つねに誰もが愛されて当然、などということはない。

ミラトはアイリーを愛してはいなかった。そしてアイリーは、これはきっと誰かが悪いに違いないと確信していた。アイリーの頭は回転しはじめた。そもそもの原因はなんだろう？　ミラトの感情に問題があるからだ。ミラトの感情に問題があることのそもそもの原因はなんだろう？　マジドだ。マジドのせいで、ミラトは二番目に生まれた。マジドのせいで、より劣った息子となった。

ジョイスがドアを開けると、アイリーはなかに入り、まっすぐ二階に向かった。一度だけでもマジドを二番目の息子にしてやろうと悪意ある決意を固めて。今回は二十五分差だ。アイリーはマジドをつかまえ、キスし、怒りをこめて激しく交わった。なにも話さず、愛情も持たずに。アイリーはマジドを転がし、髪を引っ張り、爪という爪を背中に突き立て、マジドが果てるとき、まるでなにかを奪われたかのような小さなため息をついたのを聞いて嬉しく思った。だが、アイリーがこれを勝利と思ったのは間違っていた。アイリーがどこへ行っていたのか、なぜここへ来たのか、マジドはすぐに察して、悲しんだのだ。長い間、二人は裸のまま黙っていっしょに寝転がっていた。刻一刻と秋の光が部屋から薄れていく。

「思うんだけど」月が太陽よりくっきりと浮かびあがった頃、とうとうマジドが口を開いた。「きみはまるで、島を見つけた遭難者がその島にXの印をつけるみたいにして、男を愛そうとするんだね。でも、なにもかも、もう遅すぎるみたいだ」

それから、マジドはアイリーの額にキスをした。それはなんだか洗礼のようで、アイリーは赤ん坊のように泣いた。

＊

一九九二年十一月五日、午後三時。二人の兄弟は八年の歳月を経て、空き部屋で会い（ついに）、そしてお互いの遺伝子、未来を予言するものが、それぞれ異なった結果に行き着いているのを知ったのである。ミラトは違いに驚いた。鼻、顎の線、目、髪。兄はまるで見知らぬ人間で、ミラトはそう口にした。

「きっと君がぼくにそうなってほしいと願ったからだよ」マジドははぐらかすように答える。

だが、ミラトは直截だ。謎かけになど興味はない。たずねたいことはずばっと聞いて、答えるのだ。「で、あれをやるつもりなんだな？」

マジドは肩をすくめる。「はじめたり止めたりするのはぼくじゃないけどね、ああ、できることは手伝うつもりだよ。すばらしいプロジェクトだ」

「あれは忌まわしい計画だ」（パンフレット『神聖なる創造』）

ミラトは机の下から椅子を引きだし、後ろ向きにすわる。まるで罠にかかったカニのように手足を両横につきだして。

「創造主の誤りを正すようなものだよ」

「創造主は誤りなどおかさない」

「で、君はつづけるつもりなのかい？」

「そうだ」

「ぼくもだよ」

「じゃ、これで決まりだな、だろ？　最初からわかっていたことだ。ＫＥＶＩＮはおまえやおまえの仲間を止めるために必要なことならなんでもやる。これで終いだな」

だが、ミラトが思ったのとは違って、これは映画ではなく、終わりはない。はじまりがないのと同様に。兄弟は口論をはじめる。口論はエスカレートし、二人は中立の場所という建前をコケにして、部屋を歴史で覆う――過去、現在、未来の歴史（そんなものも、あるのだ）で――空いている部分をすべて、過去というぷんぷん臭う糞で塗りたくる。興奮した糞まみれの子供のように。二人はこの中立の場所を自分たちでいっぱいにする。すべての不満、昔の記憶、主義についての議論、対立する信念。

ミラトは椅子を並べて、西洋科学より数世紀前に驚くほどはっきりとコーランに描かれた太陽系の図（パンフレット『コーランと宇宙』）を示す。マジドは一方の黒板にパンデーの練兵場の図を描き、考え得る銃弾の進路を詳細に再現して見せ、もう一つの黒板には、ヌクレオチドの連鎖をきれいに切ってゆく制限酵素を現す図を描く。ミラトはコンピューターをテレビに、黒板拭きをマジドとヤギの写真に見立て、一人で声色を使って、あの年、偶像崇拝という罰当たりなことをしに来た涎をたらすババアどもや大伯母やいとこの会計士をぜんぶ再現してみせる。マジドはオーバーヘッド・プロジェクターを使って自分の書いた記事を写しだし、弟に自分の論点の要所要所を一つずつ説明して、遺伝的な変更を加えた生物の特許を擁護する。ミラトは書類棚を自分が忌み嫌うべつの書類棚の代わりにし、ユダヤ人科学者と不信心なムスリムとのあいだに交わされた想像の手紙でいっぱいにする。マジドが椅子を三ついっしょにして二つの自在灯（アングルポイズ）を照らすと、車のなかの二人の兄弟が現れる。くっつきあって震えている二人は、数分後、永遠に引き裂かれ、紙飛行機が離陸する。

こんな調子でえんえんとつづく。

そしてこれは、もう何度も移民について言われていることを証明するだろう。すなわち、彼らは創意工夫に富んでいる。彼らはある物で間にあわせる。使えるときに使える物を使うのである。

＊

われわれは往々にして、移民というのはつねに移動している、身軽でいつでもコース変更ができる、どんな場合でもその伝説的な創意工夫性を発揮できると思いがちだ。われわれは、ミスター・シュムッタースの創意工夫、ミスター・バーナージーの身軽さを聞かされている、エリス島やドーヴァーやカレーへ船で着き、白紙の人間として異国に上陸する人々、なんの荷物も持たず、自分たちの違いを喜んで波止場に置き去りにして新しい場所でチャンスをつかみたがっている人々、この「緑したたる快適な自由主義の自由な民の国」の一体性に溶けこんで。

どのような道が前に現れようと、彼らはそこを行く。もし行き止まりになったら、ミスター・シュムッタースやミスター・バーナージーは陽気にべつの道を行く、「楽しい多文化の国」を縫うように進んでいくのだ。結構なことだ。だが、マジドとミラトはそうできなかった。二人は入ってきたときと同じ状態で中立の部屋を出た。ふさぎこみ、悩み、自分のコースから迷い出ることも、それぞれ別々の危険な軌道をなんとか変えることもできずに。なんの進展もないようだ。皮肉屋ならば言うかもしれない、二人はぜんぜん動いてすらいないじゃないかと――マジドとミラトは、頭のおかしくなりそうなゼノンの矢の具現だと、そしてもっと恐ろしいことには、マンガル・パンデーの具現、サマード・イクバルの具現なのだと。二人の兄弟は瞬間にはまりこんでいる。この物語の日付を定め、彼らの軌跡をたどり、時間や日数を提供しようとする試みをねじ曲げてしまった二人の兄弟。時間の幅などというものは、現在も、過去にも、これから先も、けっして存在しないのだから。実際、なにも動かないのだ。なにも変わらない。二人は足踏み状態で走っているのである。ゼノンのパラドックスだ。

だが、ここでのゼノンのもくろみとはなんだろう（誰でももくろみを持っている）、彼の企らみとは？　彼のパラドックスはより普遍的なスピリチュアル・プログラムの一部であるとする意見がある。

（a）まず多様性を確立する、多数を、幻影として、そして

（b）かくして、現実が、継ぎ目のないなだらかにつづく統一体であることを証明する。単一の、分けることのできないものであることを。

もし現実を、二人の兄弟があの日あの部屋でやったように根気よく分けることができたとしたら、結果はどうしようもないパラドックスとなる。いつも止まったまま、どこにも移動しない。なんの進展もない。

だが、多様性はけっして幻影ではない。ふつふつ煮えたぎるつぼ（メルティングポット）のなかの人々がそれに向かって駆けていくスピードもまた、幻影ではない。パラドックスを傍らに、彼らは走っている。ちょうどアキレスが走ったように。そして、彼らは、否定する人々を一周追い抜くだろう、アキレスがあのカメに自分の後塵を拝せしめたはずであったのと同じくらい確実に。そうだ、ゼノンには企らみがあった。彼は単一のものを望んだ、だが世界は多数なのだ。それでも、あのパラドックスは心を引きつける。アキレスがカメに追いつこうとすればするほど、カメは雄弁におのれの優位を表明するのだ。同様に、二人の兄弟も、未来

に向かって競走したところで、自分たちがますます雄弁におのれの過去を、ついいましがたまでいた場所のことを語っているとわかるだけなのだ。これもまた、移民（難民、移住者、旅行者）の一側面である。すなわち、彼らは影をなくすことができないのと同様、おのれの過去から逃れることはできないのである。

# 18　歴史の終わり対最後の男

「自分の周囲を見てみろ！　何が見える？　この、デモクラシーとかいうもの、自由とかいうもの、自由の権利とかいうものの結果はどうだ？　抑圧、迫害、虐殺。同志諸君、君たちはテレビで毎日、毎夕、毎晩こういったことを目にする！　混沌、無秩序、混乱。彼らは恥じてもいなければ、当惑もせず、気にしてもいない！　隠そうとも、秘密にしようとも、ごまかそうともしない！　われわれが知っているように彼らも知っているのだ。全世界が混乱の極みにあることを！　いたるところで、人は色欲に、乱交に、放蕩に、悪徳に、堕落に、放縦にふけっている。全世界がクフル――創造主の完全性を受け入れない状態――として知られる病気にかかっているのだ、創造主のかぎりない恵みを認めることを拒んで。そして今日この日、一九九二年十二月一日、唯一の創造主以外崇敬に値するものはない、彼に匹敵するものはないと、私は証言する。今日この日、誰であれ創造主に導かれた者は道をそれることはなく、まっすぐな道からそれた者は、創造主がその心に教えを授け、光のもとに導くまでは、まっすぐな道にもどされることはないと心しておかねばならない。これから、三番目の講義をはじめようと思う。私はこれに『イデオロギーの戦争』というタイトルをつけたが、これは――理解できていない者に説明しておくが――つまり戦いなのだが……こういったさまざまなイデオロギー、KEVINの同志たちに対する……イデオロギーというのは一種の洗脳で……つまりわれわれは思想を吹きこまれ、騙され、洗脳されているのだ、同志諸君！　だから、私は解明し、説明し、解釈してみたいと思う……」

　ホールにいる者たちは誰も認めようとはしないだろうが、ブラザー・イブラーヒームッディン・シュクラッラーは、まともに聞いてみると、あまり大したことは言っていなかった。一つで充分なところに単語を三つ並べ、しかも、上がったり下がったりのカリブ訛で三つ目の単語を強調する。その癖を大目に見たとしても、あるいは皆がそう努めているように無視したとしても、彼の見た目は、いまいちだった。まばらな髭を少しばかり生やし、背を丸め、緊張感をみなぎらせ、ちぐはぐな身振り。どこかシドニー・ポワチエを思わせるところはあるが、あの威厳を感じさせるほど似ているわけではない。おまけに彼は背が低かった。この点が、ミラトにはいちばんがっかりだった。ブラザー・ヒファンが大げさな紹介を行い、そして有名だが小男のブラザー・イブラーヒームッディン・シュクラッラーがホールを横切って演台にあがると、皆が失望を露わにした。べつに誰も、イスラムの導師はそびえるほど背が高くなくてはいけないなどと言うつもりはなかったし、創造主はブラザー・イブラーヒームッディン・シュクラッラーを、その聖なる全能の力でご自分が決定した背の高さどおりになさらなかったのではないか、などと言うつもりもけっしてなかった。しかしそれでも、どうしたって、ヒファンがぎこちなくマイクを下げ、ブラザー・イブラーヒームがぎこちなくマイクに向かって背伸びするのを見ていると、どうしたって、ブラザーの例の三語強調スタイルで言いたくなってしまうのだ。五フィート五。

ブラザー・イブラーヒームッディン・シュクラッラーのもう一つの問題は、おそらく最大の問題は、類語反復への偏愛だった。彼は説明、解明、解説を約束したけれど、自分のしっぽを追いかける犬のようなその頭にあるものは、言葉としては一つなのだ。「さて、戦争には多くの種類がある……いくつか上げてみよう。化学戦というのは、人間がお互いを戦闘で化学的に殺しあう戦争だ。これは恐ろしい戦争となる。肉弾戦！　これは人間がお互いを肉体的に殺しあう、体を武器とした戦争だ。それから、細菌戦があるが、これは、自分がＨＩＶウイルスに感染しているとわかっている男が相手国へ行ってその国の不品行な女たちに自分の菌をばらまき、細菌戦を引き起こすものだ。心理戦、これはもっとも邪悪なものの一つで、心理的に相手をうち負かそうとする戦争だ。これが心理戦と呼ばれる。ところが、このイデオロギー戦争！　これは五番目の戦争で、もっともたちの悪いものだ……」

しかしなお、ブラザー・イブラーヒームッディン・シュクラッラーはＫＥＶＩＮの創設者に他ならず、侮りがたい評判を持つ重要人物なのである。彼は一九六〇年、モンティー・クライド・ベンジャミンとしてバルバドスに生まれ落ちた。恐ろしく貧しい、裸足でアル中の長老教会派信徒夫婦の息子として生まれた彼は、十四歳のとき、「啓示」をきっかけにイスラムに改宗した。十八歳で緑したたる故郷を離れて、砂漠に囲まれたリヤドへ、アリマム・ムハンマド・イブナ・サウド・イスラミック大学の壁に並ぶ本のもとへと向かった。ここで五年間アラビア語を勉強し、イスラム聖職者組織の多くに幻滅し、まず最初に、彼が言うところの「宗教的世俗主義者」、政治と宗教を分離しようとする愚かな導師(ウラマー)たちに対する軽蔑を表明した。彼の信条によれば、現代のラディカルな政治運動の多くはイスラムと関係しており、さらに、詳細に吟味すれば、コーランにその源があるというのだ。この問題に関して彼はいくつかのパンフレットを書いたが、こういったラディカルな意見はリヤドでは歓迎されないとわかっただけだった。彼はトラブルメーカーと目され、「幾度も、たびたび、何回も」命を脅かされた。そこで一九八四年、自分の学問をつづけたくて、ブラザー・イブラーヒームはイギリスへやってきた。バーミンガムの伯母の家の車庫に閉じこもり、またそこで五年、コーラン及び分冊となった『永遠の至福(エンドレス・ブリス)』のみを友として過ごしたのである。食事はネコの出入り口(キャットフラップ)から受け取り、大小便はコロネーションビスケットの缶に排泄しては、食事と同じようにして外へ渡し、筋肉の萎縮を避けるために腕立て伏せと腹筋を徹底して行った。『セリーオーク・レポーター』はこの間、彼に関する署名記事を定期的にのせ、「ガレージのグル」というニックネームを奉り（バーミンガムにはムスリムの居住者が多いことを考えて、デスクが支持した「引きこもりの狂信者」よりこちらのほうが好ましいだろうということになった)、当惑顔の伯母、末日聖徒イエスキリスト教会の熱心な信者であるカーリーン・ベンジャミンに面白半分のインタビューを試みた。

これら悪意ある、人をバカにした、不快な記事は、ノーマン・ヘンシャルとかいう男によって書かれたもので、いまやこの種のものの古典として、彼らの運動がまだ胎児の段階だった頃から、かくのごとく報道機関の内に育まれていた悪意に満ちた反KEVIN的風潮の例として(例が必要だとしたら)イギリス全土のKEVINのメンバーに配布されている。留意すべし——とKEVINのメンバーは言われている——留意すべし、ヘンシャルの記事は八七年五月の半ばで終わっているが、まさにその月に、ブラザー・イブラーヒーム・ムッディン・シュクラッラーは伯母のカーリーンをネコの出入り口(キャットフラップ)ごしに改宗させることに成功しているのだ、最後の預言者ムハンマド(彼に平安あれ!)の語った純然たる真実の他はなにも用いずに。留意すべし、ヘンシャルは、ブラザー・イブラーヒームッディン・シュクラッラーと話しに来た人々の行列のことを書いていない、あまりに大勢で、ネコの出入り口(キャットフラップ)からビンゴホールまでセリーオークの中心部三ブロックにわたって列ができたということを! 留意すべし、このミスター・ヘンシャルなる人物が、ブラザーが五年を費やしてコーランから拾い集めた六百三十七に及ぶさまざまな規則や戒律(厳格さの順に並べ、それからその性質によってさらに細かく分類。たとえば、清潔について、さらに特定の生殖器や口腔の衛生に関して）については述べていないということを。これらすべてに留意せよ、同志諸兄姉よ、そして口から発せられる言葉の威力に驚嘆せよ。バーミンガムの若者の献身と傾倒ぶりに驚嘆せよ！

彼らの熱意や熱狂は驚くべきもので（並外れて、目覚ましく、空前の）、ブラザーが引きこもり状態から姿を現し、自ら宣言する以前に、ＫＥＶＩＮの思想が黒人とアジア人のコミュニティーに生まれていたのである。政治と宗教が一枚のコインの両面をなす新しいラディカルな運動が。ガーヴィイズム（アフリカに黒人自治国家を建設することを主張したジャマイカ出身の黒人運動指導者ガーヴィーの思想）、アメリカの公民権運動、エライジャ・ムハンマド（「アッラーの代弁者」として黒人自治国家の建設を提唱した米国の黒人民族主義指導者）の思想を自由に借用し、しかもなおコーランの教えの内にある集団。勝利に輝く永遠なるイスラム民族の守護者、ＫＥＶＩＮ。一九九二年には、人数は多くないものの広範囲に広がり、手足は遠くエジンバラからランズエンドまでのび、心臓部はセリーオークに、魂はキルバーン大通りにあった。ＫＥＶＩＮ。直接的な、しばしば暴力的な行動に身を捧げる過激派。ほかのイスラム・コミュニティーに眉をひそめられる分派集団で、十六歳から二十五歳までの層に人気があり、報道機関からは恐れられ、また嘲（あざけ）られる。そのＫＥＶＩＮが今夜、キルバーン・ホールに集まり、椅子の上に立ち、すし詰めになってグループの創設者のスピーチを聞いていたのである。

「三つの事柄がある」ブラザー・イブラーヒームはちらとメモを見て、つづける。「植民地主義権力が君たちにやりたがっていることだ、KEVINの同志たちよ。第一に、彼らは君たちを精神的に殺したいと思っている……そうだ、彼らにとって何より大切なのは、君たちに奴隷の心を持たせることだ。向きあって戦うには、君たちは数が多すぎる！　だが、君たちの心を掌握してしまえば――」

「おい」太った男がささやきかけた。「ブラザー・ミラト」

それは肉屋のモハメッド・フセイン゠イスマイルだった。恐ろしく汗をかきながら、長い人の列をかき分けて、どうやらミラトの隣にすわろうとしているらしい。二人は遠い親戚にあたり、この数ヶ月、モウは急速にKEVINの中枢メンバー（ヒファン、ミラト、タイローン、シヴァ、アブドゥル゠コリン、その他）に接近していた。資金の提供と、この集団のより「積極的な」面に興味があるという発言によって。個人的には、ミラトはまだ多少彼を胡散臭く思っていて、その大きなべっとりした顔や、小さな帽子からのぞくひさし状に大きく張り出した前髪や、トリ臭い息を嫌っていた。

「遅くなっちまった。店をしめなきゃならなかったからな。でも、しばらく後ろで立って聞いてたんだ。ブラザー・イブラーヒームは大した男だ、なあ？」

「ああ」

「じつに大したもんだ」モウは繰り返し、共犯者のような親しみをこめてミラトの膝をたたいた。「大したブラザーだぜ」モウ・フセインは、ブラザー・イブラーヒームがイギリスを回るための資金を一部提供していた。だから、ブラザーが大したものだとわかることは、モウの利益にかなったのである（あるいは少なくとも、二千ポンド寄付したことについていい気分にさせてくれた）。モウは最近、KEVINに宗旨変えしたのだが（それまで二十年間、まあまあ良いムスリムで通してきた）、グループに対する肩入れには二つの理由があった。まず、自分が金を無心されるほどムスリム実業家として充分に成功していると思われたのに気をよくした、非常に気をよくしてしまったということである。普通の状態ならば、彼らにドアを示し、血抜きの済んだばかりのトリをどこでケツの穴に詰っこんだらいいか、つまり、どこからとっとと退散したらいいか教えただろう。だが、実のところ、モウはあのとき、多少心が脆くなっていた。筋張った足のアイルランド人の妻、シーラが、彼を捨ててパブのオーナーのもとへ走ったところだったのだ。いささか去勢されたような気分だったモウは、KEVINがアルデーシルに寄付を頼んで五千ポンド手に入れ、ライバルのハラール肉屋のナーディルが三千ポンド寄付すると、がぜん男気を見せようという気になり、ぽんと寄付したのである。

モウの宗旨変えの二番目の理由は、さらに個人的なものであった。暴力だ。暴力と盗み。十八年間、モウはノース・ロンドンでもっとも有名なハラール肉屋を経営してきた。非常に有名になり、隣を買い取って店を広げ、菓子屋と肉屋を兼業するようにさえなったのである。そして、この二つの店を経営しはじめてから、年にかならず三回は、身体にひどい暴力を加えられたり強盗にあったりするようになった。この数字には、何度も頭にパンチをくらわされたり、かなてこで素早く殴られたり、股間その他、血のでないような部分をこっそり蹴られたり、といった被害は入っていない。モウは妻にも電話しなかったし、もちろん警察にも通報などしなかった。まったく、ひどい暴力だ。モウは通算五回ナイフで刺され（おお）、三本の指先をなくし（ひぃーっ）、両手も両足も折られ（わおう）、足に火をつけられ（ジジーッ）、歯を蹴り折られ（カツーン）、そして空気銃の弾が（ピューン）幸いなことに肉づきのいい臀部に食いこんだ。ドスッ。だが、モウは大男だ。押しの強い男だ。殴られたくらいで恐れ入ったりはしない。ものの言い方に気をつけたり、おどおど背を丸めて歩いたりはしない。彼はやられたのと同じくらいやり返した。だが、これは一人で軍隊相手に戦うようなものだ。助けてくれそうな者は誰もいない。一九七〇年一月、はじめて肋骨にハンマーの一撃をくらったとき、彼は無邪気にも事件を地元の警察に通報した。すると、それに応えて夜遅く五人の警官がやってきて、彼に徹底的に蹴りを入れた。それ以来、暴力と盗みはモウのいるところではお馴染みのものとなった。観客つきの悲しいスポーツに。チキンを買いにきたムスリムの老人や若いムスリムの母親が、じっと見つめてはそそくさと店を出ていく、つぎは自分の番ではないかと怯えて。暴力と盗み。犯人は、菓子屋のほうに菓子を買いにきた中等学校の生徒から（そこでモウは、グレナード・オークの生徒は一度に一人しか入れないことにしたのだが、もちろん、効果はなかった。一人ずつに交代でぶちのめされることになっただけだ）、老いぼれの酔っぱらい、十代の非行少年、十代の非行少年の親、普通のファシスト、特別なネオナチ、地元のビリヤードチーム、ダーツのチーム、サッカーチーム、そして白いスカートに恐ろしい武器となるヒールをはいたおしゃべりな秘書の群までいろいろだった。このさまざまな人々はさまざまな異議を彼に対して唱えた。彼はパキである（オフィス・スーパーワールドでレジをやっている酔っぱらった大柄な少年に、自分はバングラデシュ人だと言ってみるがいい）。彼は店の半分を気味の悪いパキ向けの肉を売るのに当てている。彼は前髪をひさしみたいにしている。彼はエルヴィスが好きだ（「へえ、おまえ、エルヴィスが好きなんか？　そうなんか？　ええ、パキよ？　そうなんか？」）。彼の店のタバコの値段。彼が故郷から離れていること（「なんで自分の国に帰らねえんだよ？」「でもそうしたら、どうやってあんたにタバコを売ればいいんだい？」ボコッ）。あるいは、単に彼の顔つきとか。だが、こういった連中には、一つ共通点があった。みんな白人だったのだ。この単純な事実は、モウに数年ごしで政治意識を植え付けるのに、世間で行われている政見放送や政治集会、請願運動などよりも大きな役割を果たした。これは、天使ジブリール（ムハンマドにコーランの言葉を伝えた）の訪れをもってしてもなし得ないほどしっかりと、彼を信仰の囲いのなかに導いた。ラクダの背中をへし折る最後の藁（わら）（我慢の限界を超える最後の付加）は、そう呼んでいいものならば、ＫＥＶＩＮに加わる一ヶ月前にやってきた。三人の白人の「若者」が彼を縛り上げ、地下室への階段から蹴り落とし、金をありったけ盗んで店に火をつけたのだ。異常によく曲がる手の関節（手首を何度も折られた結果である）、これが、モウがその事件から得たものだった。だが、モウは死にかけることにうんざりしてしまった。いまや戦争が行われているのだと説くビラをKEVINからもらったとき、モウは考えた。なんてこった。ついに自分と同じ言葉でしゃべるヤツが現れたじゃないか。モウはその戦争の最前線に十八年いたのだ。それに、KEVINはわかってくれているようだった。彼の子供たちがうまくやっている、いい学校へ行き、テニスのレッスンを受け、肌がうんと白くて生まれてから殴られたことがない、というだけでは充分でないということを。ありがたいことだ。だが充分ではない。彼はちょっとした見返りが欲しかったのだ。自分自身のために。ブラザー・イブラーヒームにあの演台に立って、キリスト教文化や西洋のモラルをずたずたに切り裂いて、両手のなかで粉々にしてほしかった。あの連中の堕落した性質を説明してほしかった。その歴史を、その政治を、その根本を知りたかった。彼らの芸術が、科学が、好きなもの嫌いなものがさらけ出されるのを見たかった。だが、言葉ではけっして充分ではない。モウはあまりにもたくさんの言葉を聞いてきたが（「報告書さえ提出していただけたら……襲撃者の風貌を正確に話していただけたら」）、どれも行動には及ばなかった。なぜあの連中は自分のことを叩きのめしつづけるのか知りたかった。それに、あの連中を何人か叩きのめしに行きたかった。

「大したもんだ、ミラト、なあ？　申し分なしだ」

「ああ」ミラトの口調は元気がない。「そうだな。でも、言葉より行動だな、おれに言わせたら。異教徒はいたるところにいる」

モウは勢いよくうなずいた。「そのとおりだ、ブラザー。そのことについちゃあ、おれたちは同じ藪(やぶ)の二羽の鳥だな。ほかにもそう思っているやつがいるらしいぞ」モウは声を低めて、汗の浮かんだぽっちゃりした口元をミラトの耳に近づけた。「行動したくてうずうずしてるやつがな。直接行動だ。ブラザー・ヒファンが話してくれた。十二月三十一日のことだよ。それにブラザー・シヴァも、ブラザー・タイローンも……」

「うん、うん。あいつらのことはわかってるさ。あいつらは、ＫＥＶＩＮの脈打つ心臓だ」

「で、おまえは例の男を知ってるって言うじゃないか――あの科学者を。うまい具合にな。あの男と友だちなんだってなあ」

「過去のことだ、過去の」

「ブラザー・ヒファンは、おまえが入場チケットを何枚か持ってるって、おまえが計画して――」

「しーっ」ミラトはいらだたしげにたしなめた。「誰でも知っていいことじゃないんだぞ。

中枢に近づきたければ、沈黙を守るんだな」

ミラトはモウの全身に視線を這わせた。クルター（ゆったりしたシャツ）にだぶだぶズボンの恰好は、七〇年代後半のエルヴィスの裾広がりのジャンプスーツ姿に似ていなくもない。大きな腹を友だちのように膝にのっけている。

ミラトはずばっとたずねた。「あんたは、ちょっと年寄り過ぎないか？」

「失敬なやつだな。おれは雄牛のように力があるぞ」

「いや、だけど、おれたちには力は必要じゃないんだ」ミラトはこめかみを叩いた。「上についてるものが少々必要なんだ。まず、会場に目立たないように入らなければならない、いいか？　最初の晩だ。そっと入るんだ」

モウは手鼻をかんだ。「おれは目立たないようにやれる」

「ああ、だけど、それはつまり沈黙を守るってことだぞ」

「そして、三番目は」ブラザー・イブラーヒームッディン・シュクラッラーが二人の会話を、不意に大きくなった雑音混じりのマイクの音でさえぎった。「彼らがしようとする三番目のことは、万能で、無限で、全能なのは人間の知性であって、アッラーではないと思わせようとすることだ。知性は創造主のいや増す栄光を表明するために使われるのではなく、自分を創造主と同じかそれ以上に押し上げるために使われねばならないと！　さて、これから、今夜のもっとも重要な問題について話そうと思う。異教徒のもっとも邪悪な者が、ここに、まさにこのブレント自治区にいるのだ。話しても、とても信じられないだろうが、同志諸君、アッラーの創造物に改良を加えることができると信じている男が、まさにこの地区にいるのだ。神意によって定められたことを、自分は変え、調整し、修正できると思いあがっている男が。彼は一つの動物を選び――アッラーがおつくりになった動物を――その創造物をおこがましくも変化させようとしている。名前を持たない、忌まわしいとしか言いようのない新しい動物を作り上げようと。その小さな動物、ネズミがすんだら、同志諸君、それがすんだら、彼はヒツジに移るだろう、ネコへ、イヌへと。そしてこの無法な社会において、将来彼が人間を作り出すのを、いったい誰が止められるだろう？女からではなく、人間の知性だけで生まれる人間を！　彼はそれを医学だと言うだろう……だが、KEVINは、医学に対しては、なんら文句を言うつもりはない。われわれはメンバーに多くの医者を数える文化度の高い団体なのだ、同志諸君よ。惑わされてはならない、欺かれてはならない、騙されてはならない。これは医学ではない。そして、わたしが君たちに聞きたいのはこういうことだ、KEVINの同志諸君。身を投げ出して、この男を止めるのは誰か？　創造主の名のもとにただ一人立ちあがって、創造主の法はなおも存在し、しかも永遠なのだとモダニストどもに示すのは誰か？　彼らは教えこもうとする、あのモダニストども、皮肉屋ども、オリエンタリストどもは。もはや信仰などなく、われわれの歴史も、文化も、世界も終わったのだと。この科学者もそう考えている。だからこそ、これほど不遜な自信を持っているのだ。だが、彼はすぐに、最後の日々というのが実際どういうものか、悟るようになるだろう。そこで、誰が彼にわからせてやることができるか――」

「そうだな、沈黙、そう、わかってるよ」モウはミラトに、スパイ映画でやるように顔はまっすぐ前に向けたまま言った。

　ミラトが部屋を見回すと、ヒファンが目配せした。そこでミラトはシヴァに目配せし、シヴァはアブドゥル＝ジミーとアブドゥル＝コリン、タイローン、そのほかの、部屋のあちこちの壁際に世話係として配置されていたキルバーンの仲間に目配せした。ヒファンはもう一度ミラトに視線を向け、それから奥の部屋へ目をやった。目立たない動きがはじまった。

「なにか起こるのか？」世話係のグリーンのたすきを掛けた男たちが群衆のなかを移動しはじめたのに気づいて、モウが囁いた。

「事務所へ来い」ミラトは答えた。

＊

「で、つまり、ここで重要なのは、二つの側面から問題にアプローチするということなんじゃないかな。これはまさに実験室における虐待の問題だから、そこを一般に向けてアピールできるけど、やっぱり、中心は特許反対におかなくちゃ。それこそ、われわれが使える点だから。そこを強調すれば、ほかのグループの応援も求めることができる――NCGAとかOHNOとか。彼らにはクリスピンがもう連絡をとってるの。われわれは、これまでこの分野をそれほど詳しく扱ったことはないから。でも、これは明らかに要となる問題よ――このあとすぐに、クリスピンがこの件に関してもっと深いところまで説明してくれると思うけど――いまのところは、われわれが得られる一般の支持について話しておきます。とくに最近の報道だけど、タブロイドの記事でさえ、予想以上にいい感じ……生き物を特許の対象にするということについては、悪感情を抱く人が多いのね……みんな当然不快感を感じると思うな、ああいった考えに対しては。そして、FATEはそれをうまく利用して幅広い運動をともに展開しなくてはならないの。だからもし……」

ああ、ジョリー、ジョリー、ジョリー、ジョリー。ちゃんと聞いていなくちゃいけないと、ジョシュアはわかっていた。だが、見ているのは本当に楽しい。ジョリーを見ているのはすてきだ。彼女のすわりかた（テーブルの上に、膝を胸元に引き寄せて）、メモから目を上げるときの仕草（子猫みたいだ！）、前歯の隙間から空気が漏れるところ、広がるブロンドの髪を片方の手でしょっちゅう耳の後ろに撫でつけ、もう一方の手で、履いているごついドクター・マーチンをリズミカルに叩く仕草。ブロンドの髪は別として、彼女はジョシュアの母親の若い頃によく似ていた。ぽってりしたイギリス風の唇、スキーのジャンプ台のような鼻、大きなハシバミ色の目。だが顔は、確かに見栄えはするものの、この世で最高級の体のてっぺんについた飾りに過ぎない。どこもかしこもすんなりと伸び、腿は引き締まり、腹は柔らかく、ブラをつけたことのない胸は見る者の喜びであり、尻は、イギリスのあらゆる尻というものにおけるまさに理想で、平たいが愛らしく、幅はあるが好ましい。それに彼女は知性にあふれている。それに彼女は大義に身を捧げている。それに彼女はジョシュアの父親を軽蔑している。それに彼女は十歳年上だ（これはジョシュアにとって、さまざまなセックスの技に長けているのではないかという期待を意味した。想像しただけで、この会合の最中に、たったいまこの場で、かちかちに勃起してしまうほどの技に）それに彼女はジョシュアがいままで会ったうちでもっともすばらしい女性だ。おお、ジョリー！

「わたしの見るところ、われわれが一般にアピールしなければならないのは、この、先例を作ってしまうという考えね。つまり『つぎはなんだ？』的な議論に持っていくということで――確かに、ケニーの観点、これでは単純に割り切りすぎだという意見はわかる――でも、やっぱりこれは必要だと思うの。このあと、この問題を票決にかけようと思うんだけど。いいわね、ケニー？　つづけていいかしら……いい？　いいわね。なんの話だったっけ……そう、先例。つまりね、実験に使われている動物は何らかの集団に所有されているんだということになると、それはたとえばネコではなく、実際上はネコの性質を持った創造物ということになる、すると、動物愛護グループの働きかけが巧妙に回避されるという危険が生じて、将来恐ろしいことになるんじゃないかというわけ。さてと……それではここでクリスピンに、この問題についてもう少し話してもらいます」

もちろん、いまいましいのは、ジョリーがクリスピンと結婚していることだ。さらにいまいましいのは、二人の結婚が真の愛情で結ばれていることだ。精神的に深く結合し、ともに政治運動に身を捧げている。まことに、スンバラシイ。さらにわるいことには、FATEのメンバーのあいだでは、ジョリーとクリスピンの結婚は一種の宇宙の起源として、人には何が可能で何をなすべきなのか、グループはどのようにはじまり、将来どのように発展すべきなのかということを簡潔に説く創世神話と捉えられていることだった。ジョリーとクリスピンにはリーダーシップだの偶像崇拝だのといった考えを助長するつもりはなかったのだが、なぜかそういう具合になってしまい、二人は崇拝されていた。そして二人は一つだった。最初グループに加わったとき、ジョシュアはこのカップルに関する細々した情報をかぎまわり、自分にチャンスがあるか知ろうとした。二人の仲は揺らいでいないか？　活動の厳しさが二人を隔ててはいないか？　見込み薄だ。ジョシュアは「スポティッド・ドッグ」でビールを飲みながら、二人の年季の入ったFATE活動家から、がっかりするような神話をたっぷり聞かされた。子供の頃、飼っていた子犬を父親が殺すところを目撃したという、精神状態に問題がある元郵便局員のケニーと、人形収集家でハト愛好家の、感受性の鋭いパディーだ。

「みんながジョリーとやりたがってる」ケニーは、気持ちはわかるという顔だ。「でも、君はそれを克服するんだ。君が彼女のためにできる最高の行為は、闘争に身を捧げることだ。それはわかるだろう。それに、これもわかっているだろうが、クリスピンはすごい男だ――」

「ああ、ああ、どんどんつづけてくれ」

ケニーはどんどんつづけた。

ジョリーとクリスピンは一九八二年の冬、リーズ大学で出会って恋に落ちたらしい。二人とも過激派学生で、壁にはチェ・ゲバラ、心には理想主義を抱き、地表を飛び、駆け、這い、くねるすべての生き物を熱愛していた。当時、二人はともにさまざまな極左グループの活動家だった。だが、政治的な内部抗争や陰にまわっての中傷、果てしない分派抗争が、たちまちホモエレクトスへの幻滅をまねくことになった。ある時点で、二人は自分たちの種のために戦うことに嫌気がさしたのである。なにかというとクーデターを起こし、陰で文句を言い、べつの代表を選んでは、それをみんなこちらのせいにする。二人は、代わりに物言わぬ動物の友に注意を向けるようになった。ジョリーとクリスピンは自分たちの菜食主義（ヴェジタリアニズム）を徹底した菜食主義（ヴィーガニズム）に高め、大学を中退し、結婚して、一九八五年、「動物の虐待や搾取と戦う集団（Fighting Animal Torture and Exploitation）」を結成したのである。クリスピンの人を惹きつける個性とジョリーの自然な魅力は政治運動の漂流者たちを引き寄せ、たちまち二十五人のコミューンができあがり（プラス、ネコが十匹、イヌが十四匹、庭いっぱいの野生のウサギ、ヒツジが一匹、ブタが二匹、それにキツネが一家族）、使われていない広大な市民農園に隣接したブリクストンの貸部屋で生活し、活動するようになった。彼らは多くの意味でパイオニアだった。流行りになる前にリサイクルをはじめ、蒸し暑い浴室で熱帯生物を育て、自然食品の生産に努めた。政治的な面でも、同様に抜かりはなかった。そもそもの最初から、彼らの過激派としての資格証明は完全無欠で、FATEと「英国動物愛護協会（RSPCA）」の関係は、スターリニズムとイギリスの自由民主党の関係と同じだった。三年のあいだ、FATEは動物を検査に使ったり虐待したり搾取したりする者に対してテロ活動を行い、化粧品会社の職員に命がないぞとおどす手紙を送りつけ、研究室に押し入り、技術者を誘拐し、自分たちの体を病院の門に鎖でつないだ。彼らはまた、キツネ狩りをめちゃめちゃにし、ケージに押しこめられたトリを撮影し、農場を焼き払い、食料品店を火炎瓶で襲い、サーカスのテントを打ち壊した。彼らの任務は非常に幅広く狂信的（程度の如何を問わず不快を被っているあらゆる動物が対象）だったので、みなつねに多忙をきわめ、FATEのメンバーの生活はきつく、危険で、投獄はしょっちゅうだった。こういった状況にもかかわらず、ジョリーとクリスピンの絆はますます強くなり、みなの模範とされた。嵐のなかの航路標識、活動家同士の愛の理想像（「うだうだ言ってないで、さっさと話しちまってくれ」）であると。そして一九八七年、クリスピンはウェールズの研究室を火炎瓶で攻撃し、四十匹のネコと三百五十匹のウサギと千匹のネズミを解放したかどで、三年間刑務所に送られた。ワームウッド・スクラブズ刑務所に送られる前、クリスピンは寛大にもジョリーに、自分がいないあいだ、性的な満足を得る必要を感じたときにはほかのFATEメンバーに頼ってもかまわないから、と告げたのである（「で、彼女はそうした?」とジョシュアはたずねた。「するわけないだろう」ケニーは悲しげに答えた）。

クリスピンが獄につながれているあいだ、FATEを結束の固い友人同士の小さな集団から地下の政治勢力の一つへと脱皮させることに、ジョリーは専念した。テロ戦術にあまり重点を置かないようにし、ギー・ドゥボール（五月革命に影響を与えたフランスの思想家）の本を読んでからは、政治戦略としての状況主義に興味を持つようになった。彼女はそれを、大きな横断幕や揃いの服、ビデオや身の毛のよだつような虐待の再現などをどんどん利用することだと解釈したのである。クリスピンが出所した頃には、FATEの勢力は四倍になり、クリスピンの伝説（恋人、戦士、反逆者、ヒーロー）もまた、その人生と活動に関するジョリーの情熱的な解釈と、注意深く選ばれた一九八〇年頃のニック・ドレイク（英国のロックシンガー）にちょっと似た写真とに煽られて、ともに大きくなっていた。そうやって、イメージがエアブラシで描かれていたにもかかわらず、クリスピンはその過激主義をいささかも失っていないようだった。自由の身となってまず最初にしたことは、数百匹のハタネズミの解放を指揮することだった。この事件は新聞で広く報道されたが、クリスピンは実行責任者としてケニーを身代わりに立て、ケニーは四ヶ月間、警備の厳しい刑務所に送られた（「ぼくの人生で最高の経験だ」）。そして、去年の夏、九一年のこと、ジョリーはクリスピンを説きつけていっしょにカリフォルニアに行き、形質転換動物（トランスジェニック・アニマル）の特許取得に抗議するほかのグループと行動をともにしたのである。法廷はクリスピンには向いていなかったが（「クリスピンは最前線の男だからな」）、彼はうまく審理の進行を妨害し、正式に評決不能としてしまった。夫婦は意気揚々と、しかしほとんど金を持たずにイギリスへもどり、ブリクストンの住処（すみか）を追い出されたことを知ったのである。そして——。

そう、ここからはジョシュアが代わって話すことができる。彼はその一週間後、ウィルズデン大通りをうろついて適当な空き家（スクワット）を探している二人に出会ったのだ。二人は道に迷っているように見えた。夏の雰囲気とジョリーの美しさに大胆になったジョシュアは、近づいて話しかけた。結局三人はいっしょに飲みに行くことになった。三人は飲んだ、ウィルズデンではみんなそうするように。場所は前述の「スポティッド・ドッグ」、ウィルズデンの名所で、一七九二年には「馴染みのパブリックハウス」とする記述があり（『ウィルズデンの過去』レン・スノウ著）、やがて、「郊外で」一日を過ごそうとするヴィクトリア朝中期のロンドン市民お気に入りの盛り場となり、その後、乗り合い馬車の合流場所になり、もっとのちには地元のアイルランド人建設労働者たちの社交場となった。一九九二年までにもう一度姿を変え、こんどはウィルズデンに多数暮らすオーストラリア移民、ここ五年ばかりのあいだに、故国のつややかな浜辺とエメラルドの海を離れては、どういうわけかＮＷ２地区にたどり着くようになったオーストラリア移民たちの活動拠点となった。ジョシュアがジョリー、クリスピンとともに足を踏み入れた午後、この界隈は非常な興奮状態にあった。大通りの「シスター・メアリーの手相占い」の上から漂うひどい悪臭に苦情が寄せられ、上の階が衛生官の立入検査を受け、そこに無断で住んでいた十六人のオーストラリア人（オージー）が、床にあけた大きな穴のなかで、ブタを一匹ローストしていたのが発覚したのである。どうやら、南の海で地面に穴を掘って窯にするのを再現したらしかった。通りに放り出された彼らは、目下、パブの主人である髭を生やしたスコットランド人の大男相手に自分たちの運命を嘆いているところだったが、主人はオーストラリア人常連客たちにほとんど同情を寄せていなかった（「シドニーには、ウィルズデンにおいで、という看板でも立ってるのかね？」）。話を小耳に挟んだジョシュアは、その部屋がいま空いているに違いないと思い、ジョリーとクリスピンを連れて見に行った。ジョシュアの胸はすでにどきどきしていた……彼女を近くに住まわせることができたら……。

　それは、美しい、朽ちかけたヴィクトリア朝の建物で、小さなバルコニーと屋上庭園があり、床には大きな穴が開いていた。ジョシュアは二人に、一ヶ月様子をうかがって、それから越してきたらいいと助言した。彼らはそうし、ジョシュアはますます頻繁に二人と会うようになった。一ヶ月後、ジョリーと数時間しゃべったあげくに（数時間、すり切れたTシャツに包まれた胸を見つめたあげくに）、ジョシュアは「精神的目覚め」を経験した。それはまるで、誰かがジョシュアの小さく閉ざされたチャルフェニスト頭を取り、両耳にマンガに出てくるようなダイナマイトの棒を突っこんで、意識にドカンととんでもない大穴を開けたような具合だった。目のくらむような閃光のなかでジョシュアがはっきり悟ったのは、自分がジョリーを愛しているということ、自分の両親は阿呆（アスホール）だということ、自分も阿呆（アスホール）だということ、地上でもっとも大きなコミュニティーである動物の王国が抑圧されているということ、日々、捕らわれ、殺され、しかも世界中のどの政府もそれを充分承知の上で支持しているということだった。最後の悟りがどのくらい最初の悟りに基づいたものであったのか、簡単には言えないが、ジョシュアはチャルフェニズムを捨て、どういう仕組みか調べるために物を分解したりすることには興味を示さなくなった。代わりに、肉食を一切やめ、家を出てグラストンベリーに行き、入れ墨をし、目をつむったままでも八分の一オンスが計れる男になり（ざまあみろ、ミラトめ）、だいたいにおいて楽しく過ごした……そのうち良心がうずきはじめるまでは。ジョシュアは、自分がマーカス・チャルフェンの息子であることを明かした。これはジョリーにはひどいショックだった（そして、とジョシュアはこう思いたがった、彼女をいささか刺激した——敵と寝るってやつだ）。ジョシュアをよそへやっておいて、ＦＡＴＥは二日間にわたるサミットのようなものを開いた。「だが、彼はまさにわれわれが……ああ、しかしわれわれは利用することも……」

投票だの付帯条項だの異議だの但し書きだのですったもんだしたあげく、結局最後にはなんの工夫もないやり方に落ち着いた。「あなたはどっちの側なの？」「あなたたちの側です」とジョシュアは答え、ジョリーは両腕を広げてジョシュアを迎え、彼の頭をその見事な胸に押しつけた。ジョシュアはミーティングの華になった。書記の役割を与えられ、彼らの王冠の宝石となったのだ。反対側からの転向者という。

以来六ヶ月間、ジョシュアは父親に対する軽蔑の念が募るにまかせ、愛する人としょっちゅう会い、有名なカップルのあいだに長期計画で徐々に入りこもうとしはじめた（どっちにしろ、どこか居場所が必要だった、ジョーンズ家の好意は次第に希薄になってきていたので）。ジョシュアはなるべくクリスピンの機嫌をとり、クリスピンの疑わしげな視線は無視するようにした。クリスピンのいちばんの仲間のように振る舞い、どんなつまらない仕事でもしてやり（コピー、ポスター貼り、ビラ配り）、彼の住まいの床で眠り、七回目の結婚記念日を祝福し、彼の誕生日には手作りのギターのピックをプレゼントした。だがそうしながらもずっと、彼を激しく憎み、どの人妻に寄せられたよりも激しい横恋慕を彼の妻に抱き、『オセロ』のイアーゴも顔を赤らめるほどの嫉妬心で彼の凋落を夢見ていたのである。

こういったことにかまけて、FATEが自分の父親の凋落をせっせと画策している事実にジョシュアは気を留めていなかった。原則的には、ジョシュアは賛成していた。マジドが帰国して、憤りは最高潮に達していたし、計画自体、まだ曖昧なもの――新しいメンバーに感銘を与えるために大きな話をしているという程度のものだったから。だが、三十一日が三週間後に迫っているというのに、ジョシュアはこれまでのところまだ、起ころうとしていることの結果について、筋の通ったチャルフェニスト流のやり方で自分に問いかけてはいなかった。何が起ころうとしているのかさえ、正確にわかってはいなかった――最終決定はまだ下されていなかったのだ。そしていま、それを論議すべく、FATEの中心メンバーが床の大きな穴の周りに足を組んですわっており、ジョシュアはこれら重要な決定を聞いていなければいけないのに、ジョリーのTシャツに視線を這わせて議論の筋道を見失っていた。視線を、彼女の胴体の運動選手のようなくびれやカーブへ、さらに下の絞り染めのパンツへ、その下の――。

「ジョシュ、二、三分前の議事録を読み上げてくれ、おい、わかったか？」

「ええ？」

クリスピンはため息をついて舌打ちした。ジョリーはテーブルの上から身をかがめると、クリスピンの耳にキスした。チクショウ。

「議事録だよ、ジョシュ。抗議の戦略についてジョリーが話したあとのところだ。ここは難しいところだからな。二、三分前にパディーが懲罰対解放について言っていたことを聞かせてほしいんだよ」

ジョシュアは自分のなにも書いていないクリップボードを見て、それをおさまりかけている勃起の上に乗せた。

「あのう……どうも書き落としたみたいだ」

「おい、あれは本当に重要な意見だったんだぞ、ジョシュ、ちゃんとやってくれなきゃだめじゃないか。あのなあ、なんでこういう話しあいをしているかというとだな――」

チクショウ、チクショウ、チクショウ。

「彼は一生懸命やってるわよ」ジョリーが取りなし、またもテーブルの上から身をかがめるが、こんどはジョシュアのユダヤアフロをくしゃくしゃ撫でる。「これはジョシにとってはけっこうきついことよ、そうでしょ？　だって、これは、彼にとっては自分に関係することなんだから」ジョリーはいつもこんなふうにジョシと呼ぶ。ジョシとジョリー。ジョリーとジョシ。

クリスピンは眉をひそめた。「だから、何回も言っておいたはずだぞ、もしジョシュアがこの件には個人的に関わりたくないというなら、個人的な同情からそうしたくないっていうんなら、抜けたいのなら――」

「ぼくは一緒にやる」ジョシュは喧嘩腰になりそうなのをなんとか抑えながら、ぴしゃりと言った。「逃げ出すつもりはない」

「だからこそ、ジョシはわれわれのヒーローなのよ」ジョリーは励ますような笑みを浮かべた。「よく覚えておいてね、いちばん最後まで戦うのはきっと彼よ」

ああ、ジョリー！

「わかったよ。じゃあ、先に進めよう。これからはちゃんと議事録をとっといてくれよ、わかったな？　よし。パディー、さっき言ったことをもう一度繰り返してもらえるかな、みんなに聞いてもらいたいんだ。君の言ったことは、これから下さなければならない重要な決定を完璧にまとめているように思うんでね」

パディーは頭を起こし、メモをくりはじめた。「そうだな、基本的に……基本的に、問題は……われわれの真の目的はなにかということだ。罪人を罰し、大衆を教育するためならば……それなら、やり方としては——直接攻撃になる、その、問題の人間に対する」パディーはチラとジョシュアに落ち着かなげな視線を向けた。「だけど、われわれにとって大事なのが動物そのものならば、ぼくはその考えだけど、ならばこれは反対運動ということになる。で、もしそれがうまくいかなければ、力ずくで動物を解放することになる」

「そうだな」クリスピンがためらいがちに言った。一匹のネズミを解放する行為が「栄光のクリスピン」にふさわしいかどうか確信がもてないのだ。「でも、今回のネズミはシンボルだからな。つまり、あの男は実験室にもっとたくさん飼ってるはずだ——となると、もっと大きな計画を立てる必要があるぞ。誰かがそこへ侵入して——」

「でも、基本的に……基本的に、いい、それはたとえばＯＨＮＯが犯しているような過ちだと思うんだけど。彼らは動物そのものは単なるシンボルだとしている……それはＦＡＴＥの目的とは正反対だとぼくは思う。もしこれが、人間が六年間小さなガラスの箱に閉じこめられるとしたら、その人間はシンボルであるわけがない、そうだろ？　みんなはどうか知らないけど、ぼくの意見では、ネズミと人間にはなんの違いもない」

その場に集まったＦＡＴＥのメンバーは、口々に賛同の言葉を呟いた。この種の言葉にはいつもこうして賛同が呟かれるのだ。

クリスピンはむっとした顔になった。「わかった。だが、べつにぼくはそういうつもりで言ったんじゃない、パディー。もっと大きな計画が考えられるんじゃないかと言っただけだ。一人の人間の命を選ぶか大勢の命か、といったようなことだ、わかったかい？」

「異議あり！」クリスピンをコケにできるチャンスだとばかり、ジョシュアが手を挙げた。

クリスピンが睨む。

「はい、ジョシ」ジョリーが優しく応える。「どうぞ」

「じつは、あれ以外にネズミはいないんだ。もちろん、ネズミはたくさんいるけど、あれとまったく同じやつはいない。これは処置にものすごく金がかかるんだ。たくさん作るのは無理だ。それに、フューチャーマウスがもし公開中に死んだらこっそりべつのと取りかえるんじゃないかって、マスコミがつついたもんだから、あいつは挑戦的になってる。世界の前で自分の予測が正しかったと証明したがってるんだ。あいつは一匹だけ作って、それにバーコードをつけるつもりだ。ほかにはいないよ」

ジョリーは微笑み、身をかがめてジョシュの肩を撫でた。

「わかった。確かに、それは当たってるだろう。じゃあパディー、君の意見はつまり——われわれの行動目的をマーカス・チャルフェンにしぼるか、例のネズミを世界中のマスコミの前で囚われの身から解放することにしぼるかってことだな」

「異議あり！」

「はい、ジョシュ、なんなの？」

「だけどクリスピン、これは君が逃がしたほかの動物とはわけが違うんだ。逃がしたところで、意味ないんだよ。もうダメージを受けてしまってるんだ。ネズミは自分の遺伝子のなかに責め苦を抱えてる。時限爆弾みたいにね。もし君が逃がしたとしても、どこかほかの場所で苦しんだあげく死ぬだけのことだよ」

「異議あり！」

「はい、パディー、どうぞ」

「そのう、基本的に……致命的な病気を抱えてるからって、政治犯を牢から逃がすのをやめるかな？」

ＦＡＴＥメンバーのいくつもの頭が大きくうなずく。

「そうだ、パディー、そのとおりだよ。この点に関しては、ジョシュアは間違っている。パディーはわれわれがなさねばならない選択を示してくれた。われわれはいままで何度もこういう選択に直面し、それぞれの状況でそれぞれの選択をしてきた。知ってのとおり、罪人を罰したこともある。リストを作り、罰を与えた。最近、確かにわれわれは過去の戦略の一部から遠ざかっているが、今回の件が、実際われわれのもっとも大きく、もっとも根元的なケースであることは、ジョリーも認めてくれると思う。われわれの相手は、てんで頭のおかしい人間たちなんだ。一方で、われわれは大がかりな平和的抗議運動を繰り広げ、この国に捕らえられた何千匹もの動物の解放を図ってきた。こんどの場合、二つの戦略を両方とも実行するには時間も機会もない。人の目が非常に集まる場所だし――ああ、この話はもうすませたな。パディーが言ったように、三十一日についての選択はごく単純なものだ。ネズミか、あの男か。票決をとることになにか異議のある者は？　ジョシュア？」

ジョシュアは両手を尻の下に敷いて体を持ち上げ、ジョリーに背中の上部を撫でてもらいやすくしながら答えた。「ぜんぜん問題なし」

＊

十二月二十日の零時きっかり、ジョーンズ家で電話が鳴った。アイリーは寝間着で階下へ下り、電話に出た。

「エヘムムム。あなたに電話したこの日付と時間を心して覚えておいてください」

「なに？　ええ……なんですか？　ライアン？　ねえライアン、悪いけど、いまは真夜中なのよ。用事があるなら――」

「アイリー？　あんたなの？　聞いてる？」

「あなたのおばあさまが内線電話をとっています。いっしょにあなたと話したいんだそうです」

「アイリー」ホーテンスの声は高ぶっている。「もっと大きな声で話してくれなきゃァ、なァんも聞こえんよォ」

「アイリー、もう一度言います。この電話の日付と時間をしっかり覚えましたか？」

「なによ？　そんなこと言ったって……あたし疲れてんの……できたらもっと……」

「二十日です、アイリー。零時です。二とゼロ……」

「聞いてるかい、あんたァ？　ミスター・トップスがねェ、とォっても大事な話をしてくれるよォ」

「おばあちゃん、いちどに二人でしゃべらないでよ……あたし、寝てるとこをたたき起こされたのよ……ほんとに、くたくたなの」

「二とゼロです、ミス・ジョーンズ。二〇〇〇年を意味します。そして、この電話をした月がおわかりですか？」

「ライアン、十二月でしょ。いったいこれは――」

「十二番目の月です、アイリー。イスラエルの子供たちの十二支族に符合します。そのそれぞれの一万二千が印を押されています。ユダ族の一万二千が印を押されています。ルベン族も一万二千が印を押されています。ガド族も――」

「ライアン、ライアン……もうわかったよ」

「主が私たちに行動することを望まれる日が何日かあります――警告の日です、指し示された日です――」

「その日に、あたしたちは迷える魂を救わなくちゃァならないんだ。前もってねェ、警告しとくんだよォ」

「私たちはあなたに警告しているのです、アイリー」

ホーテンスは静かに泣きはじめた。「あたしたちは、かァいいあんたに警告してるんだよォ」

「わかった。どうも。ちゃんと警告してもらったからね。おやすみ」

「警告はこれで終わりではありませんよ」ライアンが厳(おごそ)かに言う。「これは最初の警告にすぎません。これからもっと続きます」

「まさか――あと十一回あるなんて言わないでよね」

「ああ！」ホーテンスが叫んで受話器を取り落とした。声は遠くなったが、それでも聞こえた。「あの子は主に祝福されている！　聞かされる前に知ってたよォ！」

「ねえ、ライアン。なんとかあとの十一回の警告を一回にまとめてもらえないかな――それとも、せめて一番大事なのを一つだけ聞かせてもらえない？　でなきゃ、もうベッドにもどりたいんだけど」

　ちょっとの間、沈黙が続いた。そして、「エヘムムム。わかりました。あの男と関係を持たないようになさい」

「ああ、アイリー！　頼むからミスター・トップスの言うことを聞いとくれよォ！　頼むからちゃんと聞いとくれよォ！」

「どの男？」

「ああ、ミス・ジョーンズ。自分の大きな罪にまったく気づいていないようなふりをするのはおよしなさい。心を開くのです。どうぞ主を、どうぞわたしを、受け入れてください、そして洗い落とすのです――」

「ねえ、あたし、本当にくたくたなの。どの男？」

「科学者です、チャルフェンという。あなたが『友だち』と呼んでいる男です、実のところ、あの男は全人類の敵なのに」

「マーカス？　あたしは関係なんか持ってない。ただ、電話の応対をしたり書類の整理をしたりしてるだけで」

「そうやって、あなたは悪魔の秘書を務めているのです」ライアンがそういうと、ホーテンスの泣き声が大きくなった。「そうやって、あなたは我が身を滅ぼしているのです」

「ライアン、聞いて。こんなことで時間をつぶしたくないの。マーカス・チャルフェンはただ答えを見つけようとしているだけよ、困りものの――困りものの――癌やなんかの。わかる？　どっから情報を仕入れてきたのか知らないけど、彼が悪魔の化身じゃないってことは保証する」

「でも、悪魔の手先の一人だよォ！」ホーテンスが抗議する。「悪魔の最前線軍団の一人だァ！」

「落ち着きなさい、ミセス・B。どうも、あなたのお孫さんは、私たちからうんと離れてしまったようですね。私が思っていたように、ここを出てから暗黒の世界（ダーク・サイド）に加わってしまったようだ」

「ジョーダンやめて、ライアン、あたしはダース・ベーダー（映画『スター・ウォーズ』の悪の化身）じゃないよ。おばあちゃん……」

「なんも言わないどくれ、なんも言わないどくれ。あたしゃァほんとにがっかりしてるんだから」

「じゃあ、三十一日にはお目にかかることになりそうですね、ミス・ジョーンズ」

「そのミス・ジョーンズっていうの、やめてよ、ライアン。で……なんだって？」

「三十一日です。あのイベントはエホバの証人のメッセージを伝えるいい機会ですから。世界中のマスコミが集まります。だから私たちも行くのです。私たちは――」

「みィんなに警告するんだァ！」ホーテンスが割りこむ。「もうすっかり計画はできてんだからねェ。ミセス・ドブソンのアコーディオンで賛美歌を歌うんだ。あそこまでピアノを持ってくわけにはいかないからねェ。それに、ハンガーストライキもやる。あの邪悪な男が主の美しい創造物をいじくるのを止めるまで――」

「ハンガーストライキ？　おばあちゃん、おやつを抜いたって気分が悪くなるじゃない。生まれてから、三時間以上物を食べずにいたことはないんでしょ。それに、おばあちゃんはもう八十五だよ」

「あんたァ忘れているようだねェ」ホーテンスは冷ややかな素っ気ない口調で答えた。「あたしゃァ混乱の最中に生まれたんだ。生き残りだよ。少々食べないくらい、なァんともないさァ」

「で、あなたもおばあちゃんにやらせようっていうの、ライアン？　八十五なのよ、ライアン。八十五。ハンガーストライキなんて無理よ」

「いっとくけどねェ、アイリー」ホーテンスは送話口に向かって大きな声ではっきりと宣言する。「あたしゃァやりたいんだ。少々物を食べないくらいで、参ったりするもんかァ。主は右手で与え、左手で奪い給う」

アイリーの耳に、ライアンが受話器を置いてホーテンスのほうへ行き、そろそろと受話器を取り上げ、ベッドにはいるよう言い聞かせるのが聞こえた。祖母は廊下へ連れ出されながら歌っていた。誰に聞かせるでもなく、先ほどの文句を、わけのわからない節回しで繰り返し歌っている。「主は右手で与え、左手で奪い給う！」

でも、たいていの場合、とアイリーは思った、神は単なる夜更けの盗賊だ。ただ奪うだけ。ただ、奪うだけだもんね。

＊

マジドはすべての段階に立ち会ったことを誇りに思っていた。遺伝子を注文通りに設計するのに立ち会い、胚への注入に立ち会い、人工授精に立ち会い、誕生に立ち会った。マジド自身のそれとはまったく違っていた。ネズミは一匹だけ。産道を下りる際の争いも、最初も二番目も、救われたも救われなかったもない。出たとこ勝負はなし。偶然の要素もなし。父親のデカ鼻に母親のチーズ好きが似ちゃったんだね、もなし。なんのミステリーも待ちかまえてはいない。いつ死が訪れるかもはっきりしている。病気を免れることも苦痛を逃れることもできない。誰が糸を操っているのかもわかっている。胡散臭い全能の存在などない。変わりやすい運命などない。どこかよそへ行くことも、もっと青い芝生を求めることも、問題にならない。どこへ行こうと、このネズミの人生はまったく同じなのだ。時間を旅することもない（そして、時間とは厄介（ビッチ）なものだと、マジドはいまではちゃんと知っている。時間とは厄介（ビッチ）なものだ）、ネズミの未来は現在と同じで、現在は過去と同じなのだから。ネズミという入れ子の箱（チャイニーズボックス）だ。ほかの道もなければ、逃したチャンスもないし、並立する可能性もない。予測することもなければ、もしそうなったらもなければ、そうだったかもしれないもない。あるのは確実性だけ。混じりっけなしの確実性だ。そして、とマジドは思った――立ち会いが終わって、マスクや手袋をはずして、白衣をフックにかけてから――そういった確実性こそ、まさに神というものではないのか？

# 19　最終空間

一九九二年十二月三十一日　木曜日

新聞のトップには、この日付が躍っている。宵の口の通りで浮かれ騒ぐ群衆も、この日付をわめく。銀色の笛を吹き鳴らし、ユニオンジャックを振って、この日付の醸し出す雰囲気をかきたてようとする。夕闇を連れてきて（まだ五時だ）、イギリスの年に一度のパーティーをはじめようというのだ。メチャやって、吐いて、いちゃついて、まさぐって、貫く。電車の入り口に立ちはだかって友だちのためにドアを押さえてやり、急に値上げ作戦に出たソマリア人の小型タクシー運転手と口論し、水に飛びこみ、火をおもちゃにする。こんなことを、ほの暗い、不都合なものを隠してくれる街灯の光のもとで行うのである。この夜、イギリスは、どうぞありがとうおねがいしますごめんなさいよろしいでしょうか、などと言うのをやめる。そして、どうぞくそったれちくしょうゲス野郎（プリーズファックミーファックユーマザーファッカー）などと言いはじめる（でも、ぜんぜんまともに言えてない。アクセントが違うし、バカみたいに聞こえる）。この夜、イギリスは基本に立ち返る。大晦日（おおみそか）なのだ。だが、ジョシュアはとても信じられなかった。時間はどこに消えてしまったんだ？　ジョリーの足のあいだの裂け目にしみこんでしまった。彼女の耳の秘密の窪みに流れこみ、わきの下の暖かい毛のもじゃもじゃのなかに隠れてしまったのだ。そして、ジョシュアがこの人生最大の日にいまからやろうとしていることの成り行き、三ヶ月前であれば、チャルフェニストの熱意で詳細に吟味し、ばらばらにし、推し量り、分析していたであろう重大な状況は——これまた、ジョシュアの意識にはのぼらないままジョリーの割れ目のなかへ消えてしまったのである。この大晦日、彼は実際になにも決めていなかった、なんの決意も固めていなかった。もめごとを求めてパブから転がり出てくる若者と同様なにも考えず、父親に肩車してもらって家族パーティーに向かう子供みたいに浮き浮きした気持ちだった。だが、ジョシュアはそういった人たちといっしょに通りで浮かれているのではなかった——彼はここにいた。こうして、町のまんなかを疾走していた、赤外線追尾式ミサイルのようにまっすぐペレ・インスティテュートに向かって。彼はこうして、十人の興奮しきったFATEのメンバーとともに真っ赤なマイクロバスに詰めこまれ、ウィルズデンをすごい速度でトラファルガー広場に向かっていた、ケニーが、前で運転しているクリスピンのために、彼の父親の名前を大声で読み上げるのをいい加減に聞き流しながら。

「『今夜、フューチャーマウスを公開することで、チャルフェン博士は遺伝子の未来における新しい章をはじめるのだ』」

クリスピンは頭を反らすと大声で「けっ！」と言った。

「いや、まさに、まったく」ケニーは嘲るのと読むのとを同時にやろうとしてもたつきながら、先をつづけた。「なんていうか、客観的な報道をありがとうって感じだな。ええと、どこだっけ……よし。『さらに重要なことは、博士が、この従来秘密主義をとってきた、きわめて詳細にわたる複雑な学問分野を、まったく新しい観客に開け放つということだ。ペレ・インスティテュートは、七年のあいだ、二十四時間無休で開放されることとなる。チャルフェン博士は、一九五一年の英国祭や一九二四年の大英帝国博覧会とは決定的に違う、政治色のない国家的イベントになるだろうと言っている』」

「けっ！」クリスピンがまたも侮蔑の声をあげる。今回は右に体をひねったので、FATEのマイクロバスは（正式にはFATEのマイクロバスではなく、両側に十インチの黄色い文字で「ケンサルライズ・ファミリー・サービス隊」と書かれている。毛皮動物に同情を寄せるソーシャルワーカーからの借り物だ）、ごちゃごちゃ群れて道路を渡っていたハイヒールの女の子たちを、危うくはねるところだった。「政治色がないって？　おちょくってんのか？」

「ちゃんと前を見ててよ、ダーリン」ジョリーが投げキスを送る。「少なくとも無事な体で向こうに着くようにしたいもの。ええっと、ここを左……エッジウェア通りをいってちょうだい」

「くそったれめ」クリスピンはジョシュアをにらみ、また前を向く。「なんてヤツだ」

「『一九九九年までに』」一面から矢印に従って五面に移って、ケニーが読みつづける。「『DNA組み替え処置が一般に行われるようになっていると専門家が予測するその頃までに、ほぼ千五百万人の人々がフューチャーマウスの公開実験を見学し、世界中でさらに多くの人々が、国際報道を通じてフューチャーマウスの進展を見守ることになろう。その頃には、チャルフェン博士は国民を教育するという目的を達成し、倫理のボールを世の人々に預けることになる』」

「おれ・に・バケツ・を・くれ」クリスピンは言葉そのものがムカムカするというように言った。「ほかの新聞はどういってる？」

パディーが、ミドル・イングランドで広く読まれている新聞を、クリスピンがバックミラーで見えるように上へあげて見せた。ヘッドラインは「マウスマニア」だ。

「これには『フューチャーマウス』のステッカーがついてるんだ」パディーは肩をすくめると、ステッカーを自分のベレーに貼り付けた。「けっこう、かわいい」

「だけど、タブロイドが味方してくれたのにはびっくりよね」ミニーが言った。ミニーは新しく入った仲間である。十七歳のがさつな娘で、もつれあったブロンドのドレッドヘアー、両の乳首にピアスをしている。ジョシュアは少しのあいだ、自分は彼女に惹かれていくのではないかと思った。しばらくそうなろうと努めたのだが、結局だめだとわかった。

惨めに凝り固まった異常な「ジョリー命」の世界から抜け出して、新しい惑星での人生を探しに行くことは、どうしてもできなかったのだ。ミニーは、たちまちこれを見て取り、つんと突き出たピアスの乳首でクリスピンに近づいた。ミニーは冬の天候が許すかぎり薄着をし、すべての機会を捉えて運転席に身を乗り出して、問題の三流紙の一面を見せている。クリスピンは、マーブルアーチの環状交差路へはいるのとミニーの胸に肘があたらないよう避けるのとを同時にやろうとして失敗してから、新聞を見た。

「よく見えないよ。なんて書いてある？」

「チャルフェンの頭にネズミの耳がついてて、ヤギの胴体にのっかってるの。お尻はブタでさ。エサを食べてる飼い葉桶の一方の端には、『遺伝子工学』、もう一方には『公的な資金』って書いてある。ヘッドラインはね、『チャルフェンはむさぼり食う』って」

「いいじゃないか。どんなことでも役に立つんだ」

クリスピンはもう一度環状交差路に入り、こんどは望みどおりの方向へ行った。ミニーはクリスピンのほうに手をのばし、新聞をダッシュボードにつっこんだ。

「まったく、ヤツめ、いちだんとチャルフェニストになりやがったな！」

ジョシュアは、この家族の独特の表現法のことを、自分たちを動詞にしたり名詞にしたり形容詞にしたりして話す習慣のことをクリスピンに話すんじゃなかったと、苦々しく後悔した。そのときはいい話題だと思ったのだ。みんなを笑わせられるし、自分がどちらの側に立っているかいささかでも疑惑があるなら、それをはらすことにもなると。だが、ジョシュアは、父を裏切ったとは一度も思ったことがなかった——自分がしようとしていることの重みを本当に悟ってはいなかったのだ——クリスピンの口からチャルフェニズムを嘲る言葉を聞くまでは。

「その飼い葉桶でチャルフェニングしてる姿を見てみろ。すべての物、すべての人間を食い物にしてる、それがチャルフェンのやり方だ、そうだな、ジョシュ？」

ジョシュアはうなり、クリスピンに背を向けて、窓から霜の降りたハイドパークを眺めた。

「新聞がチャルフェンの頭に使ってる写真、それは由緒ある写真だよ。おれは覚えてる。ヤツがカリフォルニアの裁判で証言したときのものだ。あの偉ぶった表情。まさにチャルフェニスクだ！」

ジョシュアは舌を噛んだ。言い返すんじゃない。言い返さなければ、彼女の同情が得られる。

「やめなさいよ、クリスプ」ジョリーがぴしゃりと言って、ジョシュアの髪に触れる。

「これから何をしようとしているのか、考えてみて。彼、今夜はそんなこと言われる必要ないはずよ」

ビンゴ。

「いや、そのう……」

クリスピンはアクセルをふみこんだ。「ミニー、君とパディーとで、全員が必要な物を持っているかチェックしてくれないか？　バラクラヴァ帽とかなにかね」

「うん、すべて完了よ。バッチリ」

「よし」クリスピンはマリファナタバコを巻くのに必要な物が入った小さな銀の箱を取りだし、ジョリーの方へ投げた。箱はジョシュアの向こうずねにガツンと当たった。

「一本巻いてくれよ」

クソッ。

ジョリーは床から箱を拾い上げた。そして、ジョシュアのひざの上にリズラのタバコ用紙を置いて、かがみこんで作業にかかった。長い首が露わになり、胸が前に傾いでほとんどジョシュアの両手に入りそうだ。

「不安じゃない？」マリファナを巻きあげたジョリーは、頭をあげてたずねた。

「不安って、なにが？」

「今夜のこと。つまり、忠誠心の葛藤のことよ」

「葛藤？」ジョシュュはぼんやりと呟いた。外の楽しげな人々といっしょにいるんだったらなあ、と思いながら。なんの葛藤もない、新年を祝う人々と。

「ほんと、あなたをえらいと思うわ。あのね、FATEは過激な行動に熱をいれてるでしょ……でも、いまでも、わたしたちがやることのなかには、わたしにとっては……むずかしいことがあるの。でね、つまりなにが言いたいかって言うと、わたしの人生のいちばん確固たる理念のことなんだけど、ね？　クリスピンとFATE……これがわたしの人生のすべてなのよ」

**オオ、スゴイ**。とジョシュアは思った。**オオ、スバラシイ**。

「それでも、わたしは今夜のことが不安でたまらないの」

　ジョリーはマリファナに火をつけ、吸いこんだ。そして、そのままジョシュアに渡す。マイクロバスは国会議事堂のすぐそばを通り過ぎた。「まるであの言葉みたい。『友人と国家のどちらを裏切るか選ばねばならないとしたら、国家を裏切る勇気を持てたらいいと思う』義務と理念のどちらを選ぶか、ね？　わたしはね、そんなふうに引き裂かれていない。もしわたしがそういう立場だったら、これからやることをできるかどうかわからない。つまり、もしわたしの父親だったら。わたしがまず第一に考えなきゃいけないのは動物のことで、クリスピンも同じなの。だから、なんの葛藤もない。わたしたちは、なんて言うか、楽な立場よね。でも、あなたは、ジョシ、わたしたちのなかでいちばん過激な決断をしたのよ……それなのに平然としている。それってすごく、偉いことだわ……きっとクリスピンも本当に感心してるわよ。だって、ほら、彼はちょっと疑ってたでしょ、ひょっとして……」

ジョリーは話しつづけ、ジョシュは必要なところでうなずいてはいたが、吸っていたきついタイ製のマリファナの効き目が彼女の言葉の一つ——平然と——をつかまえ、そして質問の形で縛りつけてしまった。なぜそんなに平然としてるの、ジョシ？　これからとってもやばいことに足を突っこもうとしてるのに——なぜそんなに平然としてるの？

自分が外からは平然として、異常に平然として見えるだろうと思いつつ、ジョシュアのアドレナリンは、わきあがる新年の活気やＦＡＴＥ集団のピリピリした神経とは正反対の状態にあった。おまけにマリファナが効いている……水の下を歩いているような感じ、子供たちが頭上で遊んでいて、その下の深いところを歩いている、そんな感じだ。だがそれは、平然というよりはむしろ、無気力だった。ジョシュアにはわからなかった、ホワイトホールを進むマイクロバスに揺られながら、これが正しい態度なのかどうか——世のなかの動きを気にもせず、物事を成り行きまかせにしていることが——自分はもっとあの人たちのようになったほうがいいのかも、あの外の人たち、踊り、騒ぎ、けんかをし、バカな真似をしている……そのほうがいいのだろうか、もっと——あのぞっとしない二〇世紀後半の類語反復はなんだったろう？　先を見越す。将来を考えてさらに先を見越す。

だが、もう一度マリファナを深く吸いこむと、ジョシュアは十二歳に連れもどされた。十二歳だったときに。早熟な子供。毎朝、目が覚めると、「核による世界の終わりまであと十二時間」という状況がやってくるのではないかと思う。お馴染みの安っぽい「世界の終わり」シナリオだ。当時、ジョシュアは、思い切った決意だの残された時間だのについて、さまざまなことを考えた。その当時でさえ、自分が最後の十二時間を隣家の十五歳のベビーシッター、アリスと寝たり、皆に向かって愛してると言ったり、正統派ユダヤ教に改宗したり、やりたいことをすべて、それまでやる勇気がなかったようなことをすべてやったりして過ごすようなことはしないだろう、という気がした。ただ自分の部屋にもどり、平然とレゴの中世の城を完成させる、なんてほうがありそうだ、ずっとありそうだといつも思った。ほかに何ができる？　ほかにどんな選択が考えられる？　選択には時間が必要なのだから。充分な時間が、モラルの水平軸となる時間が——決定を下したら、成り行きを見守る、じっと見守るのだ。だが、これはステキなファンタジーだ、時間がないというファンタジー（あと十二時間あと十二時間）。結果は消えてしまい、どんな行為も許される（「たまんねえ——やりたくてたまんねえ！」通りから叫びが聞こえる）。だが、十二歳のジョシュアは、あまりに神経過敏で、肛門期性格で、チャルフェニストであったため、それを楽しむことができなかった、それについて考えることすらも。かわりに、彼はそこで思ってしまうのだ。だけど、もし世界が終わらず、アリス・ロッドウェルと寝て妊娠させてしまったら、そしてもし——。

いまも同じだった。いつも結果にたいする恐れが。いつもこのどうしようもない無気力が。ジョシュアが父親に対してしようとしていることはあまりに大きく、途方もないことなので、結果は想像することもできなかった——事を成した一瞬あとがどうなるか、ジョシュアには想像できなかった。空白のみ。なにもない。まるで世界の終わりだ。そして、世界の終わりに直面すると、いや、ただの年の終わりに直面してさえ、ジョシュはいつも奇妙に超然とした気持ちになるのだった。

大晦日というのは、ミニチュア版の迫り来る世界の終わりだ。好きなところでバカをやり、好きなときに吐き、瓶でぶん殴りたいヤツをぶん殴る——通りに群がるおびただしい数の人々。テレビは過去を振り返って良かったこと悪かったことを総括する。最後は大騒ぎでキス。10！　9！　8！

ジョシュアはホワイトホールを睨めまわした。新年のリハーサルにいそしむ楽しげな人々を。みな、なにも起こらないと確信している、あるいは、たとえ起こったとしても対処できると。だが、世の出来事が人間に降りかかるのであって、人間が世の出来事に降りかかるわけではない。人間にできることなどなにもない。生まれてはじめて、ジョシュアは心底そう思った。だが、マーカス・チャルフェンは正反対のことを信じている。早い話、だから、と彼は思う、自分はこんなことになってしまったんだ。ウェストミンスターを出ると、ビッグベンが目に入る。父親のすべてをひっくり返す時が迫る。結局、こんなことになってしまった。辛いことばかりだ。フライパンと火のなか、どっちを向いても辛い。

＊

1992年12月31日木曜日、大晦日
ベイカー・ストリートにおいて、信号機の故障
ベイカー・ストリートからの南行きジュービリー線は不通
乗客の皆様は、フィンチリー・ロードでメトロポリタン線に
お乗り換えになるか、または、ベイカー・ストリートで
ベイカールー線にお乗り換えください。
バスによる代替輸送のサーヴィスはありません。
最終電車は02：00です。
ロンドンの地下鉄職員一同、乗客の皆様がご無事に
よいお年を迎えられますようお祈り申し上げます！
ウィルズデン・グリーン駅駅長　リチャード・デーリー

ブラザー・ミラト、ヒファン、タイローン、モウ・フセイン＝イスマイル、シヴァ、アブドゥル＝コリン、アブドゥル＝ジミーは、新年のダンスが繰り広げられる駅のまんなかで、メイポールのようにじっと立ちつくしていた。

「なんてこった」とミラト。「で、これからどうする？」

「字が読めないのか？」とアブドゥル＝ジミー。

「掲示板に書いてあるとおりにするんだよ、ブラザー」アブドゥル＝コリンの落ち着いた低いバリトンが口論を阻止する。「フィンチリー・ロードで乗り換えよう。アッラーがちゃんとしてくださる」

　ミラトが壁に書いてあることを読めなかった理由は簡単だった。ヤクをやっていたのである。この日はラマダーンの二日目で、ミラトはラリッていた。体じゅうの神経細胞が、夕方になったからとタイムレコーダーをおして家に帰ってしまったのだ。だが、まだミラトの頭の踏み車をまわす良心的な労働者がいて、一つの問いを頭蓋の内でしっかりとまわしていた。なぜ？　なぜラリッた、ミラトよ？　なぜだ？　いい質問だ。

　昼間、ミラトは引き出しのなかに古いハシッシが一オンスあるのを見つけた。六ヶ月前に捨てるのをためらってそのままにしておいた、小さなセロハン包みだ。そしてミラトはそれをぜんぶ吸ってしまった。自分の寝室の窓を開けていくらか吸い、それからグラッドストーン公園へ歩いて、そこでまたいくらか吸った。大部分を吸ったのはウィルズデン図書館の駐車場だった。最後は、以前つきあいのあったウォレン・チャップマンという南アフリカ人スケートボーダーの、学生アパートの共同キッチンでぜんぶ吸ってしまった。そしてその結果、いまはすっかりラリッているのである。ほかのみんなとプラットホームに立っているミラトは、ラリッているせいで、音のなかの音が聞こえるだけでなく、音のなかの音のなかの音まで聞こえた。線路をネズミが走る音が、スピーカーシステムの雑音や二十フィート向こうの老婦人がオフビートで鼻をぐすぐすいわせるのと絶妙に調和のとれたリズムを作り出す。電車が入ってきたときでさえ、ミラトの耳にはまだこういった音が表面下で聞こえていた。さて、ミラトは、ラリッて、とある状態に達することがある、と知っていた。うんとラリッた状態になると、禅のような沈着さに到達し、そもそもまったくラリッたりしていないみたいな、反対側に突き抜けたすばらしい気分になるのだ。ああ、ミラトはどれほどそれを願ったことだろう。そこまで行きたいとひたすら願った。だが、それには量が足りなかった。

「だいじょうぶか、ブラザー・ミラト？」地下鉄のドアが開くと、アブドゥル＝コリンが心配そうにたずねた。「ひどい顔色だぜ」

「だいじょうぶ、だいじょうぶ」とミラトはしっかりした表情を見せた。ハシッシは酒とは違う。どれほどひどい状態でも、ある程度は、いつでもしゃんとしていられる。この理論を自分自身に証明してみせようと、ミラトはゆっくりと自信に満ちた足取りで電車に乗りこみ、ブラザーたちのいちばん端にすわった。シヴァと、ヒポドロウム（ショーで有名なレストラン）へ向かおうとしている浮き浮きしたオーストラリア人グループのあいだにだ。

シヴァは、アブドゥル＝ジミーとは異なり、自分もやっていた経験があるので、五十ヤード離れていたって充血した目には気がついた。

「おいミラト」電車の音でほかのブラザーたちには聞こえないだろうと判断して、シヴァはひそひそ声で話しかけた。「おまえ何やったんだ？」

ミラトはまっすぐ前を向いたまま、電車の窓に映る自分に向かって答える。「おれは心の準備をしてるんだ」

「メチャやってか？」とシヴァはなじり、あまりよく覚えていないコーラン五十二章のコピーを眺めた。「おまえ、気は確かか？　火星へいっちまわないようにしながらこれを覚えるのは、けっこう大変だぞ」

ミラトはわずかに体を揺らし、ずれたタイミングで不器用にシヴァの方を向いた。「おれはそんなことのために心の準備をしてるんじゃない。行動の覚悟を決めてるんだ。ほかには誰もやろうってヤツがいないんだからな。われわれは一人の男を失い、あんたたちはみんな大義を裏切るんだ。捨て去っちまう。でも、おれはぜったい妥協しないぞ」

シヴァは黙りこくった。ミラトが言っているのは、最近のブラザー・イブラーヒームッディン・シュクラッラーの「逮捕」のことだった。脱税と市民的不服従の容疑をでっち上げられたのだ。告発を気にする者は一人もいなかったが、これがロンドン警視庁の、KEVINの行動を監視しているぞというあまり穏やかならざる警告であることは、皆が承知していた。この件を考慮して、決まっていたAプランから最初に撤退したのはシヴァだった。すぐにアブドゥル＝ジミーが続き、誰かに、誰にでもいいから復讐の暴力を振るいたいと切望しながらも、店のことを考えねばならないフセイン＝イスマイルも続いた。一週間のあいだ、激しい議論が繰り広げられたが（ミラトは断固Aプランを死守した）、二十六日に、アブドゥル＝コリンとタイローンが、そしてついにはヒファンまでも、Aプランは長い目で見るとKEVINの利益にはならないかもしれないと認めるにいたった。結局のところ、自分たちの代わりにリーダーがつとまる層がKEVINにいるという確信が持てないかぎり、投獄されるわけにはいかなかったのだ。そこでAプランは打ち切りとなり、Bプランが急遽（きゅうきょ）作成された。Bプランでは、七人のKEVIN代表がマーカス・チャルフェンの記者会見の最中に立ちあがり、コーラン五十二章を読み上げることになった。「山に」とまずアラビア語で（これはアブドゥル＝コリンが一人でやる）、そしてあとは英語で。ミラトはBプランにがっくりきた。

「で、それだけなのか？　あいつに読んで聞かせるだけ？　それがあいつへの罰なのか？」

復讐はどうなった？　正当な報いは、天罰は、聖戦（ジハード）はどうなったんだ？

「じゃあ君は」とアブドゥル＝コリンは重々しく問い返した。「預言者ムハンマド――彼にアッラーの恵みと平安がありますように――に授けられたアッラーの言葉では不足だと言うのか？」

いや、ちがいます。というわけで、がっくりきたものの、ミラトは譲るしかなかった。名誉、犠牲、義務といった問題の代わりに、一派(クラン)の戦いを入念に計画するに際して出てくる生き死にの問題、ミラトがこのためにこそKEVINに加わった問題の代わりに――こういった問題の代わりに、翻訳の問題が浮上した。翻訳したコーランは神の言葉とは言いかねるということについては、みな異論なかったが、同時に、なにを言っているのかわからなければBプランの趣旨は伝わらないということも、みなが認めていた。となると問題は、どの翻訳をどういう根拠で、ということになる。信用はおけないけれどわかりやすいオリエンタリストのどれか、パルマー（一八八〇）、ベル（一九三七―九）、アーベリー（一九五五）、ダウッド（一九五六）のどれかにするか？　エキセントリックだが詩的なJ・M・ロッドウェル（一八六一）は？　昔から人気のある、情熱的かつ献身的な非常に優れたイングランド人改宗者、ムハンマド・マルマデュケ・ピクタール（一九三〇）はどうだ？　あるいはアラブ人同胞の散文的なシャーキル、それとも華麗なユスフ・アリ？　彼らは五日間議論を戦わせた。ある夜、ミラトがキルバーン・ホールに入っていったときには、この丸くなって舌戦を繰り広げている集団、この狂信的な原理主義者ということになっている集団は、一瞥しただけでは、『ロンドン・レビュー・オブ・ブックス』の編集会議と間違えられそうだった。

「だが、ダウッドは重苦しい！」ブラザー・ヒファンが激しく反論する。「たとえば五二の四四だ。『天の一部が落ちてくるのを見ても、彼らはなおも言うだろう、単なる雲の塊だ！　と』雲の塊？　ロックコンサートじゃないんだぞ。少なくともロッドウェルなら、詩的要素を、アラビア語のすばらしい特性をとらえようとしているところが見られる。『そして、天のかけらが落ちてくるのを見たとしても、彼らは言うことだろう、これはただの濃密なる雲です』かけら、濃密な――ずっと効果的じゃないか、ええ？」

するとと、ためらいがちにモウ・フセイン＝イスマイルが口をはさむ。「おれはただの肉屋兼小商店主だ。大した知識はない。だが、おれはこの最後のところが大好きだな。これはロッドウェルだ……と、ええ、思うんだが、そうだ、ロッドウェルだ。五二の四九、『そして夜の帳が下りたら。星の輝くときに彼を褒め称えよ』夜の帳。これはすばらしい言葉だと思う。まるでエルヴィスのバラードみたいだ。ほかのよりずっといい、ピクタールなんかより。『そして夜間にもまた、彼を称えるように、星の下で』夜の帳のほうがずっとすばらしい」

「で、おれたちはこんなことのためにここにいるのか？」ミラトはみんなに向かって怒鳴った。「おれたちは、こんなことのためにKEVINに加わったのか？　なんの行動も起こさないで？　すわりこんで言葉をおもちゃにするために？」

　だが、Bプランは動かしがたく、そしていま、彼らはこうしてここにいるのだ。フィンチリー・ロードをびゅーっと通過し、Bプランを実行するためにトラファルガー広場に向かっているのである。そしてこれが、ミラトがラリッている理由だった。べつのことをやるだけの度胸をつけるためだ。

「おれは妥協しないぞ」ミラトはシヴァの耳に囁いた。言葉が少しもつれる。「そのためにこそ、おれたちはこうしてここにいるんだからな。妥協しないでやり抜くために。そのためにに加わったんだ。おまえはなんでメンバーになったんだ？」

　実のところ、シヴァがKEVINに加わったのには三つ理由があった。まず第一に、ベンガル人ムスリムのレストランにおけるただ一人のヒンドゥー教徒だということでいじめられるのに嫌気がさしたのだ。第二に、KEVINに内部保安部門のチーフになることは、「パレス」の副ボーイ長でいるよりずっと価値があったからだ。そして第三には、女のためだった（KEVINの女ではない。彼女たちはきれいだが極度に身持ちが固い。そうではなく、外部の女たち、彼の放縦な生活に一度は愛想を尽かしたものの、いまでは彼の新しい禁欲主義にいたく心を打たれている女たちだ。みな髭が気に入り、帽子も気に入り、三十八になってシヴァもとうとう男の子じゃなくなった、と言ってくれた。彼女たちはシヴァが女を断ったという事実にひどく引きつけられ、拒絶すればするほど寄ってくるようになった。もちろんこの等式が成り立つのは当座だけだが、シヴァは、異教徒だったときよりもずっとたくさんの女を手に入れられるようになった)。だが、いま求められているのは真実の答えではないと見て取ったシヴァは、こう答えた。「義務を果たすためだ」

「じゃあ、おれたちは同じ考えってわけだな、ブラザー・シヴァ」ミラトはシヴァの膝を叩こうとしたが、手がそれてしまった。「問題は一つ、やる気はあるのか？」

「失敬」シヴァは両足のあいだに落ちてきたミラトの手をどかした。「だけど、おれが思うにだなあ、おまえの、そのう……現在の情況を考えると……問題はだなあ、おまえはやるのか？」

　そう、それが問題だ。自分がもしかしたらひょっとして、なにか正しい、愚かで、だけど立派な、でも良くないことをやるのかどうかは、あまり確信が持てなかった。

「ミル、われわれはBプランに決めたんだぞ」ミラトの顔におぼつかなげな表情が浮かぶのを見て、シヴァは強く言った。「Bプランでいけばいいじゃないか、そうだろ？　トラブルを起こしたってしょうがないぜ。おまえは父親にそっくりだな。典型的なイクバルだ。物事を放っておけないんだ。寝てるネコをそのまま死なせておけない（本来は、寝ているイヌをそのままにしておけない）、とかなんとか言ったっけなあ」

　ミラトはシヴァから目をそらし、自分の足を見つめた。初めはもっと気持ちが固まっていた。行程をジュービリー線上の冷静で着実な一本の矢としてイメージしていたのだ。ウイルズデン・グリーン→チャリングクロス。乗り換えはなし。こんなごちゃごちゃした行程ではない。ただまっすぐトラファルガーへ行く。そして広場への階段をあがり、ひいひいじいさんの敵、ハトの糞がへばりついた石の台座に立つヘンリー・ハヴロックと向かいあう。これで度胸をつけて、ペレ・インスティテュートに入っていく。復讐と修正を念頭に置き、心には失われた栄光を抱いて、そして、やるんだ、やるんだ、や……。

「おれ」とミラトはしばらくして言った。「おれ、吐きそう」

「ベイカー・ストリートだぞ！」アブドゥル＝ジミーが叫んだ。シヴァにさりげなく助けられて、ミラトはプラットホームを横切って乗り換え電車のほうに行った。

二十分後、彼らはベイカールー線で、凍てつくようなトラファルガー広場へと運ばれた。向こうのほうにはビッグベン。広場にはネルソン。ハヴロック。ネイピア。ジョージ四世。そして、ナショナル・ギャラリーが奥のセント・マーティンのそばにある。銅像はすべて時計と向きあっている。

「この国の人間は自分たちのいつわりの偶像が大好きなんだ」アブドゥル＝コリンが重々しさと皮肉の混じった独特の口調でいった。いくつもの灰色の石の塊につばを飛ばし、周りで踊り、うろつきまわる新年の群衆のことなど意に介していない。「なあ、だれか教えてくれよ。いったいなんだってイギリス人は、自分たちの文化には背を向け、時間に目を向けるような銅像を立てるんだろうな?」彼はいったん間をおいて、震えるKEVINの同志たちにこの修辞疑問をしばし考えさせた。

「なぜなら、彼らは過去を忘れるために未来に目を向けるからだ。ときどき、彼らがかわいそうにならないか?」彼は浮かれる群衆をぐるっと見回しながらつづけた。

「彼らはなんの信仰も持たない、あのイギリス人たちは。彼らは人間が作るものを信じているが、人間が作るものは崩れ去る。彼らの帝国を見ろ。これが彼らの持っているすべてだ。チャールズ二世通りに、南アフリカ館、そして石の馬に乗ったバカげた恰好の石の男たちがいくつも。いまは小さなこの国の上で、太陽は十二時間で昇っては沈む、造作もなくな。残ったのはこれだけだ」

「寒くてたまんないぜ」アブドゥル゠ジミーが手袋をはめた手を打ちあわせる(おじの演説にうんざりしているのだ)。「行こうぜ」噴水の水で濡れた妊婦のようなビール腹の大男のイギリス人に体当たりされながら、彼は言った。「このバカ騒ぎから抜け出そう。あれはシャンドス通りだったよな」

「ブラザー?」アブドゥル゠コリンは、仲間から離れて立つミラトに声をかけた。「行くぞ?」

「すぐ追いつくよ」ミラトは先へ行ってくれと曖昧に促した。「なんでもない、すぐ行くから」

ミラトには二つ、見ておきたいものがあった。最初はベンチだ、向こうのほうの、遠くの壁のそばにあるやつ。ミラトはそちらへ向かって歩いた。長い距離をつまずきながら、踊り狂う人の列にぶつからないよう気をつけて（ハシッシがうんと頭に残っていて、一歩一歩が鉛のようだった）。だが、彼はたどり着いた。腰をおろす。すると、それがそこにあった。

IQBAL

ベンチの足と足のあいだに、五インチ角の文字が。ＩＱＢＡＬ。字はぼやけ、色もくすんだ錆色だったが、でもそこにちゃんとあった。これには古い由来がある。

ミラトの父親がイギリスに着いて数ヶ月後のこと、彼はこのベンチに腰掛け、血の出ている親指の処置をしていた。年寄りのウェイターの不注意でおぼつかない包丁さばきに、親指の先っぽをとばされたのだ。レストランで事故が起こったとき、最初、サマードはなにも感じなかった。死んだほうの手だったからだ。それで、止血のためにハンカチでくるんだだけで仕事をつづけた。だが、血で染まったハンカチが客の食欲を減退させるので、しまいにアルデーシルに家へ帰されたのだ。サマードは傷ついた親指を抱えてレストランを出て、劇場街を通り、セント・マーティン通りを歩いた。広場につくと、噴水に指を突っこみ、自分の体内の赤い血が青い水のなかに流れ出すのを見つめた。だが、流れ出す血は人目を引いた。サマードはベンチにすわって、血が止まるまで指の付け根を握りしめていることにした。血は止まらない。しばらくして、サマードは指を立てておくのを止め、ハラール肉のように地面に向けて逆さにすることにした。そうすれば、血がさっさと出きってしまうのではないかと思ったのだ。両足のあいだに頭を垂れ、親指から敷石に血を滴らせていたとき、幼稚な衝動がこみ上げた。ベンチの足と足のあいだに、したたる血でゆっくり、ＩＱＢＡＬとサマードは書いた。それから、これをなるべく長く残しておこうと、文字をペンナイフでなぞり、石に刻みつけたのだ。

「やり終えたとたん、なんとも恥ずかしくなった」サマードは後年、息子たちにそう話した。「その場から夜の闇のなかへ逃げ出した。おれは自分から逃げようとしたんだ。自分がこの国ですっかり意気消沈してるのは自覚してた……だが、これは違った。最後には、ピカデリー・サーカスで手すりにしがみついて、ひざまずいて祈った、泣きながら祈った、大道芸人のじゃまをしながらな。あれが、あの行為がなんだったのか、自分でちゃんとわかってたからだ。あれは、おれはこの世に自分の名前を記したいってことだったんだ。おれはつけあがってたんだよ。ケララの通りに妻の名前をつけたイギリス人たちや、月に自分たちの旗を立てたアメリカ人たちと同じだ。あれはアッラーの警告だったんだ。イクバルよ、おまえはやつらと同じになりかけてるぞ、っていう。あれはそういうことだったんだ」

ちがう、と最初に聞いたときにミラトは思った。ちがう、そんなことじゃない。単に、あんたは価値のない人間だ、というだけのことだ。いまこうして見ていても、ミラトは軽蔑しか感じなかった。ミラトはずっとゴッドファーザーを求めていたのに、得られたのはサマードだけだった。欠点だらけの打ちひしがれた愚かな片手のウェイター、十八年異国で暮らして、こんな痕跡しか残せない。「ただ単に、あんたは価値のない人間だっていうだけのことだよ」ミラトはそう繰り返しながら、早くも吐いている者がいるなかを（三時からダブルで飲んでいる女の子たち）ハヴロックに向かって、ハヴロックをこのラリッた目で見てやろうと進んだ。「あんたは価値のない人間で、彼は大した人間だってことだ」そうなのだ。だからこそ、パンデーは木から吊され、彼を処刑したハヴロックはデリーで長椅子に寝そべっていたのだ。パンデーはつまらない人間で、ハヴロックは大物だった。図書館の本も議論も復元も必要ない。「わからないのかい、アッバー？」ミラトは囁く。「そうなんだ。それがおれたちとあいつらの長い長い歴史なんだ。そしてこうなったんだ。だけど、もうたくさんだ」

ミラトはそれを終わらせるためにここにいるのだ。復讐するために。歴史の向きを変えるために。自分の姿勢は違う、二世の姿勢だ、とミラトは思おうとしていた。マーカス・チャルフェンが世界中に名前を記すつもりなら、ミラトはもっと大きく名前を書いてやる。日付や時間が忘れられることもない。自分の名前の綴りが歴史の本で間違えられることはないだろう。パンデーがAを選んだところで、ミラトはBを選ぶのだ。パンデーが踏み違えたところを、ミラトは着実に進むだろう。

そうだ、ミラトはラリッていた。一人のイクバルが、何世代も前にべつのイクバルが撒いたパン屑がまだ風に吹き散らされもせずに残っていると信じるなど、バカげたことかもしれない。だが、何を信じようと、大した問題ではない。いまの人生は前世によって支配されると思っている人間や、タロットカードのクィーンの効験を信じるジプシーの考えを、われわれの信じるものによって変えさせることなどできないのではないか。自分の行動の責任すべてを母親になすりつける情緒不安定な女性や、真夜中に丘の上で一人、折りたたみ椅子に腰掛けて小さな緑の人間を待つ孤独な男の考えを変えさせるのは難しい。星の効験への信仰にとってかわったこの奇妙な状況のただなかにあって、ミラトはそれほど奇妙ではない。彼はなされた決意はもどってくると信じている。人間は円のなかで生きていると信じている。彼の考えはれっきとした宿命論なのだ。行ったものはもどってくる。

「カーン、カーン」ミラトは大声を上げ、ハヴロックの足をぺちゃぺちゃ叩くと、もうろうとした頭でシャンドス通りに向かった。「第二ラウンドだ」

＊

一九九二年十二月三十一日
**知識を増す者は憂いを増す**
伝道の書　一の一八

ランベス王国会館の一九九二年版「日々の思い」卓上カレンダーの編集を頼まれたとき、ライアン・トップスは、先任者たちと同じ過ちを犯さないよう、とくに気を配った。過去においては、とライアンは思う、まったくくだらない世俗的な日のために言葉を選ぶ際、編者が感情に流されてしまうことが多々あった。その結果、一九九一年版ではバレンタインの日に、「愛には恐れがなく、完全な愛は恐れを追いやる」（ヨハネの第一の手紙四の一八）という言葉が記されている。まるでヨハネが、なにものにも勝るイエス・キリストへの愛ではなく、お互いにミルクチョコレートや安物のテディーベアを送りあう行為を誘発するつまらない感情について考えていたようではないか。ライアンは正反対のやり方をした。たとえば、大晦日のような、皆が新年の決意を固めたり、この一年を振り返ったり、翌年うまくいくように計画を練ったりする日には、人々を地上にどすんとたたきつけねばならないと考えたのだ。世のなかは辛く無意味なものだ、人間の努力などすべてまったく意味がない、この世における進歩に価値などなく、価値があるのは、神の御心にかなって来世でいい目が見られる側に加われるチケットをもらうことだけなのだということを思い出させてくれる、ちょっとした言葉を提供したいと思ったのである。前年にカレンダーを完成したあと、自分のやったことをあらかた忘れてしまっていたので、ライアンは嬉しい驚きを感じた――三十日をちぎり三十一日のさわやかな白いページを見たときに――この戒めの言葉がいかに効果的であることかと。これからの一日に、これほど適切な思想はない。これほどぴったりの警告はない。ライアンはそれをカレンダーからやぶって、ぴったりした革ズボンに押しこむと、ミセス・Bにサイドカーに乗るよう言った。

「すべての災厄に立ち向かおうとする勇敢なる者よ！」二人でランベス・ブリッジをとばしてトラファルガー広場に向かいながら、ミセス・Bは歌った。「つねに変わらず主にしたがわしめん！」

ライアンは、後続のマイクロバスに乗った教団のご婦人方がまごつかないように、左へ曲がる一分前にはきちんと合図を出した。ヴァンに積んだ物を頭のなかで素早くチェックする。賛美歌集、楽器類、バナー、『ものみの塔』。すべてちゃんと揃っている。チケットは持っていないのだが、外で抗議するつもりだ。寒いなかで、真のクリスチャンらしく辛苦に耐えながら。ありがたや！　なんとすばらしい日だろう！　すべていい兆しばかりだ。昨夜は悪魔そのものとなったマーカス・チャルフェンと、鼻をつきあわせて立っている夢さえ見た。ライアンはこう言っていた。「私とあなたは敵同士です。どちらか一方だけが勝つのです」そして、聖書の引用を相手に向かって投げつけた（どんなものだったか正確には思い出せないが、黙示録のなかの言葉だった）、何度も何度も繰り返し。ついに悪魔のマーカスはどんどん小さくなって、耳が伸び、先の割れた長い尾が生えてきて、最後にはちっぽけな悪魔ネズミになって逃げてしまった。夢でこうだったのだから、現実でもそうなるだろう。ライアンは断固自分を曲げず、じっと不動を保ち、信仰を守り抜く、そうすれば、最後には、罪人は悔い改めるだろう。

これがライアンの、神学上の、実際上の、そして個人的な軋轢（あつれき）に対処する方法だった。彼は動かない、一インチたりとも。とはいえ、それはつねに彼の才能であった。彼は単一思考力を持っていた、驚異的なねばり強さで一つの考えにしがみつく能力を。そして、ライアンにとって、エホバの証人教会ほどそれに適したものはなかった。ライアンはものごとを黒白で考える。以前に情熱を傾けていたもの――スクーターとポップミュージック――の問題点は、つねに灰色の影の部分があることだった（とはいえ、おそらく俗世においてもっともエホバの証人の伝道者に近いものは、『ニュー・ミュージカル・エクスプレス』に投稿する少年たちと、『スクーターズ・トゥデイ』に記事を書く熱狂的愛好家たちであろうが)。キンクスに対する高い評価をスモール・フェイセスによって若干薄めるべきだろうか、とか、イタリアとドイツのどちらがエンジン部品スペアの製造でより優れているか、といったややこしい問題がつねに存在したのだ。そういった生活はいまではあまりに遠く思え、そんな暮らしを送っていたことさえほとんど覚えていないほどだった。あいった問題やジレンマの重みにあえぐ人々を、ライアンは憐れんだ。ミセス・Bとスクーターで通り過ぎながら、議会を憐れんだ。そこで作られる法は暫定的なものに過ぎないが、彼の法は永遠なのだから……。

「どのような目に遭おうとも、その決意が挫けることはない、巡礼者になろうと心定めた者の！」ミセス・Bがふるえる声で歌う。「つまらぬ話で彼の決意を挫こうとする者は……自ら混乱をきたし、彼の力はいや増すばかり……」

ライアンは楽しんだ。悪魔と鼻をつきあわせ、「自分でやってごらんなさい。私に証明してみなさい。さあ、証明してみなさい」と言うのを。イスラム教徒やユダヤ教徒のような議論の必要は感じない。複雑な証明も擁護も要らない。ただ自分の信仰だけ。そしていかなる道理も信仰と戦うことはできない。『スター・ウォーズ』(ライアンの密かなお気に入りの映画である。善！　悪！　力！　非常にシンプル。非常に本質的)がほんとうにあらゆる古代神話の集大成であり、もっとも純粋なかたちでの人生の寓話であるとするなら(ライアンがそう信じているように)、信仰は、本物の、無知なる信仰は、宇宙でもっとも大きな敵を退ける光のサーベルだ。「さあ、証明してみなさい」ライアンは毎日曜日、入り口の踏み段でそう言っている。そしてマーカス・チャルフェンにも同じように言ってやるのだ。「あなたが正しいと証明してみなさい。あなたが神より正しいと証明してごらんなさい」この地上のなにものをもってしても、そんなことはできない。ライアンは地上のなにものをも、信じてもいなければ、気にかけてもいないのだから。

「もうそろそろ着くかねェ？」

ライアンはミセス・Bのか弱い手を握りしめ、スピードを上げてストランド街を横切り、ナショナル・ギャラリーの裏手に回りこんだ。

「たとえ巨人と戦おうと、彼にかなう敵はいない、彼は自らの権利を守り抜く、巡礼者になるという！」

よくぞ言ったり、ミセス・B！　巡礼者になるという権利！　つけあがることなく、しかも地を継ぐ者に！　正しい者であるという、ほかの人々にものを教え、つねに公正であるという権利。神にそう定められているのだから。異国異境へ行って無知なる者に話をする権利、自分は真実しか話さないと自信を持って。つねに正しくありつづける権利。かつて大切に思っていた権利よりずっといい。表現の自由や性的な自由といった自由の権利、マリファナを吸う権利、パーティーの権利、ヘルメットなしで本線を時速六十五マイルでスクーターをとばす権利。これらすべてよりずっと大きな権利を、ライアンは主張することができた。この世紀の終わりに、まったく時代遅れになっているまれな権利をライアンは行使していた。もっとも基本的な権利。良い人間であるという権利を。

＊

一九九二年十二月三十一日

ロンドン・トランスポート・バス会社

98路線

ウィルズデン・レーンから

トラファルガー広場まで

時刻　17：35

料金　大人一名〇・七〇ポンド

検札のため切符はそのままお持ちください。

おおっ（とアーチーは思った）、昔とぜんぜん違うじゃないか。悪くなったという意味ではない。ただ、なんというか、すごく、すごく違うのだ。情報が満載だ。切り取り線から一枚切り取ったとたん、なんでもお見通しの剝製師に詰め物をされ、固定されたような気がする。ちょうどそこでストップモーションをかけられたような、捕まってしまったという感じだ。前はこうじゃなかった、とアーチーは思い出す。ずっと昔、ビルという従兄弟(いとこ)がいて、オックスフォード通りを通る旧32路線の運転手をしていた。いいヤツだった、ビルは。誰にでもにこにこ優しい言葉をかけていた。バスンバスン音のする大きなハンドルのついた機械から（あれはどこへいっちまったんだ？　にじんだインクはどうなった？）切符をこっそり一枚取っては、金はとらずに、「ほらよ、アーチー」って。それがビルだ、いつも人を助けてくれる。とにかく、あの切符、昔の切符には、行き先なんか書いてなかったし、まして、どこから乗ったかなんて書いてなかった。日付も見た覚えがないし、時刻は絶対になかった。もちろん、いまではすっかり変わってしまった。こんなに情報がいっぱいだ。どうしてだろうとアーチーは思った。サマードの肩を叩く。サマードはすぐ前にすわっていた。二階のいちばん前の席だ。サマードは振り向き、切符を見せられてアーチーの疑問を聞くと、変な顔をした。

「いったい、なにが知りたいっていうんだ？」

サマードは多少苛立っていた。いまはみんな、ちょっと苛立っている。昼過ぎに一揉めあったのだ。ニーナが断固主張したのである、みんなでネズミを見に行くべきだ、アイリーが、マジドが、どう関係しているのかを見に行かなくちゃ、家族を応援しに行くくらいのことはしてもいいんじゃないか、みながどう思っていようと、多大な労力が費やされたのは確かなんだし、子供は両親に肯定してもらうことを必要としているのだし、たとえみんなが行かなくても自分は行く、だって、晴れの日に家族が来ないなんてあんまりかわいそうだし……とまあこんな具合にまくしたてたのだ。そして、感情的な二次現象が起こった。アイリーがわっと泣き出したのである（アイリーはどうしたんだろう？　この頃はなにかというとすぐ泣く）。クララは、感情を利用した脅しじゃないかとニーナをなじり、アルサナはサマードが行くなら行くと言い、サマードは、自分はこの十八年間オコンネルズで大晦日を過ごしてきたのだから、いまさらそれをやめるわけにはいかないと言った。アーチーは、自分としてはこの騒ぎを夜じゅうずっと聞かされるんじゃたまらない――それくらいなら一人で静かな丘の上にでもすわっていたいと言った。この言葉を聞いて、みんなは変な顔でアーチーを見た。アーチーが前日にイーベルガウフツから受け取った予言的な忠告を参考にしていたのだということを、みんな知らなかったのだ。

一九九二年十二月二十八日

親愛なるアーチボルド

楽しかるべきこの季節……とされていますが、我が家の窓から目に映るのは、混乱だけです。現在六匹のネコどもが、縄張りを求めて、我が家の庭で戦いを繰り広げているのです。自分の縄張りを小水でびしょぬれにするという秋のお楽しみに飽きたらなかったのか、冬はいっそうの狂乱的欲求を彼らのうちに呼び覚ましたのです……爪をたて、毛をまき散らし……ぎゃーぎゃーいう声で一晩じゅう眠れません！　我が家の飼い猫ガブリエルが、静かな生活と引き替えに自分の縄張りに対する権利の主張をあきらめて納屋の上にすわっているのは、正しい考えだと思わずにはいられません。

だが、結局、アルサナが断固言い渡した。アーチーはじめ全員が行く、行きたかろうと行きたくなかろうと。みんな行きたくはなかったのだが。そしていま、それぞれが一人ですわりたくて、バスの半分を占領しているのである。クララはアルサナのうしろ、アルサナはアーチーの後ろ、アーチーはサマードの後ろ、サマードはニーナと通路を隔てている。アイリーはアーチーの隣だったが、これは単にそれ以上場所がなかったからだった。

「おれが言っているのはただ……つまりだな」ウィルズデンを出て以来の冷ややかな沈黙を破る会話の糸口にしようと、アーチーは言った。「面白いじゃないか。最近のバスの切符には、これだけの情報が盛りこまれているんだ。昔と、ほら、比べてみろよ。どうしてなのかなあと思ってさ。興味をそそられるじゃないか」

「正直に言わせてもらってだなあ、アーチボルド」サマードはしかめ面で答える。「まったく面白くもなんともないと思うがね。おそろしくつまらんよ」

「ああ、確かに」とアーチー。「おまえの言うとおりだ」

バスは、一息でも吹きかけたら車体がひっくり返るのではないかと思うほど傾きながら、急カーブを曲がった。

「じゃあ……おまえは知らないんだな、どうしてだか――」

「知らないよ、ジョーンズ。バス会社に親しい友人はいないし、毎日のようにロンドン・トランスポートでつぎつぎなされているに違いない進歩的な決定に関する内部情報も持ってないからね。だがまあ、おまえがおれの無教養な推測を聞きたいっていうんなら、おれが思うに、これはアーチボルド・ジョーンズなる人物の動きをすべて追跡しようとする政府の大がかりな監視システムの一環じゃないかね、彼がどこで何をしているかをどの日も一日じゅう事細かに――」

「まったく」ニーナがいらいらと口をはさむ。「なんでそうやってひとをいびるのよ？」

「なんだって？　ニーナ、あんたと話していたつもりはないがね」

「アーチーはただ質問しただけなのに、そうやってつっつかないとおさまらないんだから。だいたい、あなたってば、半世紀のあいだ、そうやってアーチーをいじめてるじゃない。もう充分じゃないの？　なんでほっといてやらないのよ？」

「ニーナ・ベーガム、今日これから、あと一言でもおれに向かって偉そうな口をきいたら、その舌を根元から引きちぎってネクタイにしてやるからな」

「落ち着けよ、サム」自分が心ならずも引き起こした騒ぎにうろたえながら、アーチーがとりなす。「おれはただ――」

「わたしの姪をおどかさないでちょうだい」アルサナが向こうのほうから口をはさむ。「いつもどおり豆とフライドポテトを食べていたかったからって、その子に八つ当たりしないでよ」——ああ！（とアーチーは切なく思う）豆とフライドポテト！——「自分の息子がせっかくなにか成し遂げようとしているのを見に行くよりもね、それに——」

「あなたがそんなに見たがっていたとは思わなかったけどねえ」クララも負けじと口を出す。「あなたって都合よくできてるのね、アルシ。二分前のことでも忘れちゃうんだから」

「これが、アーチボルド・ジョーンズと暮らしている女性の言うことなんだからな！」サマードが混ぜっ返す。「こういう言葉をお忘れなく。ガラスの家に住む人は——」

「やめてよ、サマード」クララが抗議する。「あなたにちょっとでもとやかく言われる筋合いはないわよ。なんだかんだって来るのに反対したのは、あなたじゃない……でも、あなたって、ぜんぜん決心を守らないんだから、違う？　いつだってパンディー的転換をしちゃうのよね。少なくともアーチーはね、ええっと、その……」クララは口ごもった。夫を擁護するのに慣れておらず、うまい形容が見つからなかったのだ。「少なくともアーチーは、決心したらそれを守る。少なくともアーチーは、いつも変わらないわ」

「そうね、確かに、そう」アルサナがとげとげしく言う。「石がいつも変わらないみたいにね。わたしのバッバがいつも変わらないみたいにね。理由は簡単、バッバはもうずっと前から地面に埋められているからね——」

「いいかげん、黙りなさいよ」とアイリーが叫んだ。

アルサナは一瞬黙りこみ、それから、ショックが和らぐとまた口を開いた。「アイリー・ジョーンズ、わたしにむかってそんな口を――」

「いいや、言ってやる、言ってやるわよ」アイリーの顔は真っ赤になっている。「ちゃんとね。そうよ、言ってやる。黙りなさい。黙りなさい、アルサナ。それからほかのみんなも。わかった？　黙ってちょうだい。わかってないかもしれないから言っとくけどね、このバスにはほかの人たちも乗ってるの、そして、あんたたちには信じられないかもしれないけど、この世界の誰もがあんたたちの話を聞きたいわけじゃないのよ。だから、黙ってなさい。いいわね。やってみてよ。静かにしてるの。ああ」アイリーは、自分が作り出した静寂に触れようとするかのように、宙に手をのばした。「けっこういいじゃない？　よその家族はこうなんだって、知ってた？　みんな静かなの。ここにすわってる誰かに聞いてみて。教えてくれるから。あの人たちも家族を持ってる。いつもこんなふうにしてる家族もあるのよ。そして、こういう家族のことを、抑圧されてるとか、感情が発達してないとかなんとか言う人もいる、でも、あたしならなんて言うか、わかる？」

イクバル夫婦もジョーンズ夫婦も、バスのほかの乗客とともに（ブリクストンのダンスホールへ新年の催しに向かう騒々しいラガ（レゲエに似たダンスミュージック）娘たちでさえ）驚きに黙りこくったまま、なにも答えなかった。

「あたしなら言う、幸せなやつら（ラッキー・ファッカー）だって。幸せな（ラッキー）、幸せなやつら（ラッキー・ファッカー）だって」

「アイリー・ジョーンズ！」クララが叫ぶ。「言葉に気をつけなさい！」だが、アイリーの言葉はとまらない。

「なんて平穏な生き方。ああいう人たちの生活はどれほど楽しいだろうね。ドアを開けると、そこにあるのは浴室や居間だけ。中立の空間だけ。現在の部屋や過去の部屋の果てしない迷路もなければ、何年も前に言われたことだの、みんなの古い歴史的な汚物だのが家中に散乱してることもない。おんなじ古い間違いをずっと繰り返したりもしない。昔からの同じたわごとをずっと聞かされることもない。公共の交通機関に乗って、人前で苦悩を演じてみることもない。ほんとに、こういう人たちは存在するんだからね。ほんとよ。彼らの人生最大のトラウマは、絨毯（じゅうたん）の張り替えみたいなこと。請求書の支払いとか。門の修理とか。自分の子供が人生で何をやるかなんて気にしない、まともにやってさえいれば。つまり、ちゃんとしていたら、幸せだったらね。そして、自分は誰か、自分は誰であるべきか、自分はなんだったか、自分はなんになるのか、なんてことで毎日ガタガタけんかすることもない。ほら、聞いてみて。きっと教えてくれるから。モスクもない。教会は多少あるかもしれないけど。罪なんてものは、ほとんどない。赦（ゆる）しはたっぷり。屋根裏もない。屋根裏のガラクタもない。戸棚の骸骨（一家の秘密の意）もない。ひいじいさんもない。二十ポンド賭けてもいい、ここにいるなかで、ひいじいさんの足の長さを知ってるのは、きっとサマードただ一人だよ。なんでみんな知らないかわかる？　どうでもいいことだからよ。みんなにとって、それは過去なの。よその家庭じゃ、こうなのよ。彼らは自分勝手じゃない。ガタガタ走り回ったり、自分たちの家庭がまったくの機能不全だっていう事実を楽しんだりしない。自分の人生をもっと複雑にするために時間を費やしたりしない。彼らはただ生きていくだけ。幸せなやつら（ラッキー・バスターズ）よね。ほんと、幸せな連中（ラッキー・マザーファッカーズ）」

　この奇妙な感情の爆発からほとばしり出た多量のアドレナリンがアイリーの体を駆けめぐり、心拍を早め、アイリーの腹の子の末梢神経をくすぐった。アイリーは妊娠八週目で、本人もそれを知っていた。アイリーが知らなかったのは、そして、けっして知ることはできないかもしれないと気づいたのは（妊娠判定紙に薄い青の線が、どこかのイタリアの主婦のズッキーニに現れた聖母のように、ぼんやり浮きあがってくるのを見た瞬間）、父親が誰かということだった。この世のどんな検査でもわかりはしない。同じ濃い黒髪。同じ輝く目。ペンの先を噛む同じ癖。同じ靴のサイズ。同じデオキシリボ核酸。自分の体がどういう決定を下したのか、アイリーにはわからない。どんな選択をしたのか。生殖体へのレースにおいて。救われた者と救われない者とのあいだで。その選択でなんらかの違いができるのか、アイリーにはわからない。兄弟のどちらだろうと、それはもう一方でもあるのだ。アイリーにはけっしてわかることはないのだ。

最初、この事実は、アイリーには言いようもなく悲しく思えた。本能的に、アイリーは生物学的事実を感傷で色づけし、説得力のない独自の三段論法を付け加えた。もし誰かの子ではないのなら、誰の子でもないことにならないか？　アイリーはジョシュアの古いSF本、冒険ファンタジーものについていた詳細な架空の地図を思い浮かべた。あたしの子はあれみたいだ。現実とはまったく縁のない、完全な作り物。架空の父の国への地図だ。だが、泣いて、歩きまわって、心のなかで何度も思いめぐらしたあげく、アイリーは思った。なんだっていいじゃない、でしょ？　なんだって。いつだってこんなことになるんだから。まったくこうってわけじゃないけど。でも、こういうふうに関係してしまう。こちらに問題のイクバル一家。こちらはジョーンズ一家。こうなることはわかりきってるじゃない。

アイリーが震える胸に手を当てて、深く息を吸って気持ちを静めるうちに、バスは広場に近づき、ハトが舞いはじめた。どちらか一方にだけ告げよう。どちらか決めるのだ。今夜そうするのだ。

「だいじょうぶかい？」長い沈黙が続いたあと、茶渋のような肝斑（かんぱん）の浮いた大きなピンクの手を娘のひざに置いて、アーチーがたずねた。「胸にもやもやがいっぱい溜まってたんだな」

「だいじょうぶよ、お父さん」

アーチーはにっこりして、娘の後れ毛を耳に撫でつけてやった。

「お父さん」

「なんだい？」

「バスの切符のことだけど」

「うん？」

「一つ考えられるのはね、乗る区間より少ない額しか払わない人が多いんじゃないかな。ここ何年かで、バス会社の損害額がどんどんかさんだのよ。『検札のため切符はそのままお持ちください』って書いてあったでしょ？　そうやってあとでチェックするのよ。ぜんぶ書いてあるから、ごまかせないでしょ」

じゃあ、昔は、とアーチーは考えた、ごまかす人間が少なかったってことか？　みんなもっと正直で、玄関のドアは開けっ放しで、子供を平気で近所の人に任せて、人付き合いもちゃんとして、肉屋ではつけで買い物してたってことか？　一つの国で年をとることの面白い点は、みんなかならずこう言ってもらいたがるということだ。昔はほんとうに緑したたる快適な国だったと言ってもらいたがる。それを必要としているのだ。娘もそれを必要としているのだろうか、とアーチーは思った。娘はこちらを変な顔で見ている。口をへの字にし、目はなにか嘆願しているみたいだ。だが、娘になにを言ってやれるだろう？　新年がやってきて、過ぎ去る。だが、どれほど決意を新たにしようと、この世に悪いヤツがいるという事実は変えられないのではないか。いつだって悪いヤツはいっぱいいるのだ。

「子供の頃」降車のベルを鳴らしながら、アイリーがそっと言った。「ちょっとしたアリバイだって、いつも思ってたの。バスの切符はね。だって、時刻が打ってあるでしょ。日付も。場所も。もし法廷に出るようなことになったら、自分を弁護しなきゃならなくなったら、いたと言われている場所にいなかったことを証明しなきゃならなくなったらね、やったと言われている時間に、やったと言われていることをやってないと証明しなきゃならなくなったら、バスの切符を出そうと思ってたの」

アーチーはなにも答えなかったので、会話は終わったと思っていたアイリーは、数分後、無目的にたたずんでいる楽しげな新年の群衆や旅行客をかき分けながらペレ・インスティテュートの階段を上っているときに、父にこう言われて驚いた。「いやあ、おれはそんなこと、考えたこともなかったな。覚えておくよ。おれがなに考えてるかわかるか？　わかるかい？　あのな、思いついたんだ。道で拾っておいたらどうだろう。入れ物にためとくんだ。どんなときでもアリバイが間にあうように」

＊

みなが同じ部屋を目指していた。最終空間だ。ペレ・インスティテュートのたくさんの部屋のなかの一つ、大きな部屋だった。展示とは別個になっているのだが、展示室と呼ばれている。法人向けの場所だ。清潔なスレート。白、クローム、純粋で、単純（これがデザインの指示である）、二〇世紀の終わりに、ニュートラルな場所で会いたいという人々の会合に使われる。がらんとした染み一つない空洞のなかでビジネスが行える（ブランドの刷新だろうが、下着だろうが、下着のブランドの刷新だろうが）、仮想空間。混みあって血に染まった千年の空間の論理的行き止まりだ。ここは、業務用フーヴァー掃除機を駆使するナイジェリア人の掃除婦によって磨きたてられ、消毒され、毎日新しくなり、ポーランド人の夜警、ミスター・デ・ウィンター（と、本人は名乗っている——肩書きは資産保護コーディネーター）に夜通し守られている。ウォークマンでポーランド民謡を聞きながらこの施設の境界を歩きまわって警備している彼の姿が見られる。彼の姿を、その様子を見ることができる、大きな正面のガラスを通して、通りがかりに——保護された広大な虚空と、アーチーの頭のてっぺんから爪先までを三人分に少なくともアルサナ半人分を足したもの以上の幅と高さにはなる空間、空間、空間一平方フィートあたりの値段を記した掲示、そして今夜は（明日にはもうないだろうが）、二枚の大きな対のポスターがある。壁の二面に壁紙のようにべったり貼られ、『MILLENNIAL SCIENCE COMMISSION』（ミレニアム科学委員会）と、わざと古風にした viking から現代的な **impact** まで、レタリングで千年を感じさせるように（というのが指示だった）さまざまな書体の活字が並んでいる。色は、グレイとライトブルーとダークグリーンが交互に使われている。調査の結果、これらの色が「科学技術」を連想させる色だということになったからである（紫と赤は芸術、ロイヤルブルーは質の良さ及び良い商品、あるいはそのどちらかを意味する)。数年にわたって皆で共感覚(塩&ヴィネガーブルー、チーズ&オニオングリーン)に馴染んだあげく、人々はついに、空間がデザインされる際に、あるいはなにか、部屋とか家具とかイギリスが(これが指示だった。新しいイギリスの部屋、イギリスのための空間、イギリス性、イギリスの空間、イギリスの工業空間文化空間空間)リブランディングされる際に求められる答えを与えることができるようになったのである。つや消しのクロームはどんな感じがするかとたずねられたら、それが何を意味するかわかるのだ。つぎのようなものが何を意味するかもわかってしまう。国家のアイデンティティーとは？　シンボルとは？　絵は？　地図？　音楽？　エアコン？　微笑む黒人の子供たちか微笑む中国人の子供たちか(欄に丸をつけよ)？　世界の音楽？　毛足の長い敷物か短い敷物か？　タイルかそれとも板敷きか？　植物は？　流れる水は？

人々は自分が何を望んでいるのか知っている、とくにこの二〇世紀、ミスター・デ・ウィンター(元ヴォイチェフ)のように、とある空間からべつの空間に、名前を変え、ブランドを変えて移ることを余儀なくされた者は。どのアンケートも答えは、なにもなし、なにもなし、空間を、ただ空間だけをお願いしますよ、なんにもなしでね、ただなにもなしで、空間だけを。

## 20　ネズミと記憶と

まるでテレビだ！　これは、何らかの現実の出来事に対してアーチーが思いつく最上のほめ言葉である。ただし、まるでテレビだが、テレビよりすばらしい。非常にモダンなのだ。デザインが完璧で、なかで息をするのも憚（はばか）られるほど。オナラなんてとんでもない。椅子がある。プラスチックだが、足がない。S字形にカーブしている。折りたたまれた部分が支えになっているようだ。そして全体がつながっている。十列になって二百ばかり。腰をおろすとしなう――柔らかいのにしっかりしている！　快適！　モダン！　こんなふうに折りたたむとはすばらしいなあ、椅子の一つに身を沈めながらアーチーは思う、自分が関わったどれよりもずっと高度な折りたたみ方だ。すごい。

テレビよりすばらしいもう一つの原因は、このいっぱいの人だ、とアーチーは思う。ミルボイドがいちばん後ろにいる（やくざ者め）、アブドゥル＝ジミーとアブドゥル＝コリンといっしょだ。ジョシュ・チャルフェンはまんなかあたり。マジドはチャルフェンの女（アルサナは断固彼女のほうを見ようとしないが、アーチーは一応手を振る、振らないのは失礼じゃないか）といちばん前にすわっており、聴衆と向かいあって（アーチーからはすぐそばだ――アーチーは一家でいちばん良い席をとったのである）、マーカスが長い長いテーブルに、まさにテレビのように、たくさんのマイクロフォンを前にしてすわっている。まるで、巨大な黒い殺人バチの腹部がうじゃうじゃ群がっているみたいだ。マーカスの横にはほかに四人すわっている。三人はマーカスと同じくらいの年輩、一人はすごい年寄りだ。乾いた感じ――干からびてる、というのだろうか。一人残らず眼鏡を掛けている、テレビに出てくる科学者みたいに。だが、白衣は着ていない。みんなカジュアルな恰好だ。Vネック、ネクタイ、ローファー。これにはいささかがっかりだ。

こういう記者会見騒ぎを、アーチーはさんざん見てきているが（泣く親、いなくなった子供、あるいは逆に、外国の孤児の話だと、泣く子供、いなくなった親）、こっちのほうが数段上だ。テーブルのまんなかにひどく面白そうなものがある（テレビではふつう、こういうものは出てこない、泣いている人間だけだ）、ネズミだ。ごく当たり前のネズミである。茶色で、たった一匹だけだが、えらく活発で、空気穴の開いたテレビくらいの大きさのガラスの箱のなかを走り回っている。最初に見たとき、アーチーはちょっと気になった（ガラスの箱のなかに七年も！）、だが、その箱のなかにいるのは一時的なことらしい。写真のためだけだ。この施設には、ネズミのための巨大な装置が用意されているのだとアイリーが教えてくれた。パイプや秘密の場所や重なった空間などがいろいろしつらえられ、ネズミがあまり退屈しないようになっている。あとでそこへ移されるのだ。となると、気に病む必要はない。抜け目のない顔をした、なかなか大したヤツだ、このネズミは。しょっちゅうしかめっ面をしているような顔だ。ネズミがどれだけ油断のない顔をしているか、忘れていた。ネズミの面倒を見るのは大変だ。だから、アイリーが小さなときにも、ネズミは飼ってやらなかった。金魚のほうが清潔だ——記憶力も悪いし。アーチーの経験では、記憶力がいいと不満を持つ。不満を持っているペットなんか（あのときはエサを間違えやがったな、あのときは風呂に入れやがったな）、ごめんだ。

「ああ、そこにいたのか」アブドゥル＝ミッキーの声がして、隣の椅子にドスンと本人が腰をおろす。足のない椅子に感心する様子もない。「恨めしそうなネズミなんて、引き受けたくねえよな」

アーチーは微笑む。ミッキーは、サッカーやクリケットをいっしょに見たいタイプの男だ。路上のけんかを見物するときも、いっしょにいてほしい。彼は人生における一種のコメンテーターなのである。哲学者なのだ。日常生活で自分のそういう側面を見せる機会があまりないので、かなり不満を抱いている。だが、エプロンを外し、オーブンから離れ、活躍の場を与えられれば——本来の自分にもどる。アーチーはミッキーならいつでも大歓迎だ、いつでも。

「で、いつからはじまるんだ？」ミッキーはアーチーにたずねる。「えらく時間がかかるじゃないか？　一晩中ネズミなんか眺めてらんねえぜ、だろ？　大晦日にこれだけの人間が集まってるんだ、なにか面白いことがなくっちゃあなあ」

「ああ、だけど」アーチーは反対したいわけではなかったが、かといって同意もできない。「まず最初に声明を発表したりするんじゃないかな……これはただ立ちあがって、ちょっとわあわあ叫ぶだけのもんじゃないからな？　みんなをただ楽しませようってわけじゃない、だろ？　科学なんだぜ」アーチーはモダンというのと同じ調子で科学と言う。まるで、壊さないと誓わされて誰かから借りた言葉みたいに。「科学」とアーチーはもっとしっかり繰り返す。「こいつはまた別だよ」

ミッキーはうなずき、アーチーの言葉を真剣に吟味する。専門技術やレベルの高さ、ミッキーもアーチーも足を踏み入れたことのない思考の場といった含意を持つこの科学という反論に、どのくらいの重みを与えてやるべきか（答え：ぜんぜん）、こういった含意に照らしてどのくらいの敬意を払うべきか（答え：誰が払うかい。こちとら人生大学だ、だろ？）、そして、こっぱみじんにする前に、何秒くらいの猶予を与えてやるべきか（答え：三秒）。

「そうじゃないぜ、アーチボルド。そうじゃない。もっともらしい意見だがな。よくある間違いだ。科学なんて、ほかのものとぜんぜん違わない、そうじゃないか？　まともに考えてみろよ。つまるところ、ひとを喜ばせなきゃならないんだ、違うか？」

アーチーはうなずく。ミッキーの言うことはわかる。（なかには——サマードのように

——つまるところ、なんて言葉を多用する人間——サッカーのマネージャーとか、不動産屋とか、あらゆる種類のセールスマンとか——は信用するなというやつもいるが、アーチーはそんなふうに考えたことはなかった。こういう言葉をうまく使われると、相手の言っていることは物事の核心をついている、根底をえぐっているとかならず思ってしまうのである）

「それに、もしもだなあ、こういう場所とおれの店とのあいだになんらかの違いがあるって思ってるなら」朗々と弁じながらも、デシベルの観点でいうとささやき声を上まわることはない声で、ミッキーはつづける。「そんなの、お笑いぐさだ。結局はみんな同じなんだ。結局は客商売だ。たとえて言えば、誰も食いたがらないのに、おれがカモのオレンジソースをメニューに入れたってしょうがないだろう。それと同じく、なんだか知らん利口げな考えに金をたくさん使ったって、しょうがないってことさ、誰かのためにならないんならな。考えてみるんだな」ミッキーはこめかみを叩いて見せ、アーチーはその指示に精一杯従う。

「とはいっても、チャンスをやるなって言ってるんじゃないぞ」ミッキーの口調には熱がこもってくる。「こういう新しい考えにもチャンスはやらなきゃいかん。でないと、ただの実利主義ってことになるぞ、アーチ。ま、つまるところ、おれはいつだって最先端を行くほうだからな。だからこそ、二年前にバブルンドスクイークを新しくはじめたんだ」

アーチーは思慮深くうなずく。バブルンドスクイークは意外な新機軸だった。

「ここでも同じさ。こういうことにはチャンスをやらなきゃいけない。アブドゥル＝コリンとうちのジミーにもそう言ったんだ。早まったことをする前に、まあちょっと、見に来たらいいじゃないかってな。あいつらも来てるよ」アブドゥル＝ミッキーは頭を後ろにふって見せた。弟と息子のいるほうへ、気がついているぞという乱暴な合図だ。向こうも同様の動作を返してよこす。「ここで聞くことはあいつらの気に入らんかもしれんがな、もちろん、だけど、そこまで責任は持てんよ、なあ？　でもまあ、すくなくとも、あいつらは偏見を捨てて来たんだな。おれが来たのは、マジド・イックボールという確かな人間から聞いたからだ――おれはあいつを信頼してる、あいつの判断を信頼してるからな。でも、まあ、見てみなくちゃな。生きてそしてしっかり学ぶのさ、アーチボルド」ミッキーには、べつに相手を侮辱するつもりはない。Fで始まる言葉は挿入句なのだ。使わないではいられない。豆の混ぜものみたいなものだ。「おれたちは生きて、そしてしっかり学ぶ。言っとくがな、今夜ここで聞くことのなかに、うちのジミーがいまいましい月の表面みたいなあばた面にならないですむかもしれないって希望を抱かせてくれる言葉があったら、おれは宗旨変えするよ、アーチ。ここで言っとく。ネズミがユスフ老人の肌とどう関係してるのか、おれにはまったくわからん。だがな、おれはあのイックボールの息子になら命を預けるよ。あの子は気に入った。弟の一ダース分の価値はあるな」ミッキーは声をひそめてつけ足す。サマードが後ろにすわっているのだ。「軽く一ダース分だ。あいつはいったい（ファック）何を考えてたんだろうな？　おれならどっちを送り返したか明白だな。ぜったいだ」

アーチーは肩をすくめる。「あれは難しい選択だった」

ミッキーは腕を組んで皮肉っぽく言い返す。「そんなことないさ。正しいか、正しくないか、それだけだ。それがわかると、人生がぐっと（ファッキン）ラクになる。おれの言ったことを覚えとけ」

アーチーはミッキーの言ったことをありがたく胸にしまいこみ、今世紀が与えてくれたほかの賢明な言葉に付け加える。正しいか、正しくないか、それだけだ。昼食券の黄金時代は終わった。まあいいじゃないか。表か裏か？

「おやおや、あれはなんだ？」ミッキーがにやっとする。「はじまるぞ。動きが出てきた。マイクのスイッチが入った。一、二。一、二。はじまり、はじまり、らしいな」

＊

「……そしてこれは新たな地平を切り開く研究なのです。公的な資金援助、公的な関心に値するものであり、そしてまたこれは、理性ある人間なら誰が考えても、この計画に対する異議申し立てに優る重要性を持った研究なのです。われわれに必要なのは……」

われわれに必要なのは、とジョシュアは考える。前の方の席なんだ。いかにもクリスピンらしい、バカげた計画だ。クリスピンはまんなかに席を占めるようにと命じた。そうすればFATEは群衆に紛れこみ、最後の瞬間にバラクラヴァ帽をさっとかぶることができる。だが、これは明らかにバカげた考えで、中央の通路付近にすわれるかどうかに成否がかかっていたのに、中央に通路はないじゃないか。こうなったら、もたもたと横の通路へでなきゃならない。まるで映画館で席を探すテロリストだ。作戦はすべて遅れてしまう。スピードと衝撃を与えることこそが眼目なのに。なんてやり方だ。計画全体がうんざりだ。入念でバカげた、すべてクリスピンのさらなる栄光のために立てられた計画。クリスピンが叫ぶ。クリスピンが銃を振り回す。クリスピンが、ジャック・ニコルソンが異常者役でやったような痙攣（けいれん）を、単に劇的効果のためだけに演じてみせる。スバラシイ。ジョシュが言うのは、「お父さん、お願いです。彼らがほしがるものを渡してください」というセリフだけだ。とはいえ、密かに、即興の余地があると思ってはいるのだが。「お父さん、お願いです。ぼくはまだこんなに若いんです。死にたくありません。彼らがほしがるものを渡してください、お願いだから。ただのネズミじゃないですか……ぼくはあなたの息子なんですよ」そして父親がためらったら、ピストルで殴られたふりをして失神の真似ごとをするのもいいかもしれない。計画全体があまりにお粗末だ。でも、うまくいく（とクリスピンは言った）、こういったことはいつもうまくいくのだから。だが、動物王国で長年過ごしてきたために、クリスピンは『ジャングル・ブック』のモウグリのようになっている。

人間の気持ちというものがわかっていない。彼が詳しいのはアナグマの心理で、チャルフェンの内面などわかろうはずがない。驚異のネズミとともに前に立って、自分の人生、そしておそらくはこの時代の偉大なる成果を言祝(ことほ)いでいるマーカスを見ていると、ジョシュアは、つむじ曲がりの自分の頭が、自分もクリスピンもFATEも完全に判断を誤ったのではないかという思いにとらわれるのを、抑えることができない。みんな見事に大失敗したのではないかと。チャルフェニズムの力やその驚くべき理性への傾倒を過小評価していたのではないかと。自分の父親はきっと、一般のつまらない人間のように愛する者をただ無分別に救ったりしないだろうから。きっと愛など入りこむ余地はないだろうから。そう考えただけで、ジョシュアの顔はほころぶのだった。

＊

「そして、皆さんに感謝したいと思います。とくに大晦日を犠牲にしてくれた家族や友人に……すべての人にすばらしいと思っていただけると確信するこのプロジェクトの開始に際し、ここへお集まりいただいた皆さんに感謝します。このプロジェクトは私や研究者のためばかりではなく、もっとずっと幅広い……」

マーカスは話しはじめ、ミラトはKEVINのブラザーたちが視線を交わすのを見つめる。あとおよそ十分。ひょっとしたら十五分。アブドゥル＝コリンから合図がある。みんなは指示に従う。だがミラトは、指示には従わない。少なくとも口伝えで、あるいは紙片に書かれて渡されるような指示には。彼への指示は遺伝子に否応なく刷りこまれていて、ポケットに入っている冷たい鋼鉄が、ずっと昔彼になされた要求への答えなのである。ミラトはその奥底でパンディーなのだ。その血には反逆が流れている。

実際面での問題は、大したことはなかった。昔の仲間への電話が二本。暗黙の了解。KEVINの金がいくらか。ブリクストンへ出かけていったら、あっとびっくり、ブツが手に入ったというわけだ。想像していたより重いが、それを別とすればそれほど驚くような代物ではない。見覚えがあるような気さえした。ミラトはずっと前にキルバーンのアイランド人地区で車の爆破を目撃したときのことを思い出した。彼はまだ九歳で、サマードと歩いていた。だが、サマードが震えていたのに、ほんとうに震えていたのに、ミラトはほとんど瞬きもしなかった。ミラトにとって、それはお馴染みのものだったのだ。まるで平気だった。もはや、見慣れないものや出来事などないのだから、聖なるものがないのと同じく。すべてがお馴染みだ。すべてがテレビで見たものばかり。だから、はじめて冷たい金属を手にし、肌に感じたときも、なんてことはなかった。そして、物事がなんの苦もなく運ぶと、苦もなくかちっと収まると、ついあのFではじまる四文字語を使いたくなってしまう。FATE（うんめい）。それはミラトにとって、テレビと非常に近いものだ。とめどなく流れる言葉。誰かほかの者によって書かれ、演出され、監督されたもの。

もちろん、いまやこうしてここに来てしまうと、ラリッて不安な気持ちになると、それほど簡単には思えない。ジャケットの右側が、マンガに出てくるようなかなてこを誰かに突っこまれたみたいに感じられる――ミラトは現実とテレビの大きな違いに気づき、その認識は彼の股間を蹴り上げる。起こることの結果が。だが、こんなふうに考えていてさえ、思い浮かぶのは映画なのだ（ミラトはサマードやマンガル・パンデーとは違う。戦争をしたことはない。実際の行動を見たことはない。類似体験も逸話も持ちあわせないのだから）、『ゴッドファーザー』第一部のパチーノを思い出してしまう。レストランのトイレに身を隠し（パンデーが兵舎に身を隠したように）、トイレから出てチェックのクロスがかかったテーブルにいる男二人に発砲したらどうなるか、しばし考えこむところ。そしてミラトは思い起こす。数年にわたり、数え切れないほど何度もそのシーンを巻きもどし、一時停止し、また再生したことを。パチーノが考えこむほんの一瞬をどれだけ長く停止させていようとも、彼の顔を横切るためらいをどれだけ繰り返し再生しようとも、いつも、彼はやるはずのことしかやらない。

＊

「……そして、この技術の人類にとっての意義というものを考えますと……これは、私はそう信じるのですが、今世紀における物理学上の発見、相対性理論や量子力学に匹敵するものであり……この研究がわれわれに与えてくれる選択について考えると……青い目と茶色い目の選択ではなく、盲目になる目とならない目の選択について……」

だが、アイリーはいまや、人間の目には見えないものが存在すると信じている、どんな拡大鏡や双眼鏡、顕微鏡を使っても見えないものが。わかって当然だ、やってみたのだから。アイリーは一方を見つめ、つぎに他方を見つめ、一方を、つぎに他方を――あまり何度も繰り返したので、もはや顔に見えなくなってしまった。おかしな突起のあるただの茶色のカンバスだ。同じ言葉を何度も繰り返すと意味をなさなくなってしまうように。マジドとミラト。ミラトとマジド。マジラット。ミルジッド。

お腹の子供になにか合図してくれと頼んでみても、なにも反応はない。ホーテンスの家で聞いた一節が頭のなかを駆けめぐる――詩篇六三――「わたしはあなたを捜し求める。わたしの魂はあなたを渇き望む。わたしの肉体はあなたを慕いこがれる……」だが、これは彼女には荷が重すぎる。ずっとずっと遡って、根元まで、精子が卵子と出会い、卵子が精子と出会った根本の瞬間までもどらなければならないのだ――この歴史のずっと初期の、たどり得ないようなところまで。アイリーの子供は正確に描かれることもなければ、どんな確実性をもって語られることもないだろう。永遠の秘密というものがあるのだ。幻想のなかで、アイリーは一つの時代を見る、いまからさほど遠くない時代を。ルーツなんてものがもはやどうでもよくなる時代、ルーツなど重要視されず、重要視してはいけない時代。ルーツなんていう長くて曲がりくねったものは地中深く埋められてしまう時代を。そんな時代が待ち遠しい。

＊

「すべての災厄に立ち向かおうとする勇敢なる者よ！……」

もう数分になるが、マーカスのスピーチとカメラのシャッターの音の下に、べつの音が（ミラトはとくにその音に同調していた）、微かな歌声が聞こえている。マーカスは努めて無視して話をつづけているが、声は次第に大きくなってきた。マーカスは言葉を途中で切っては、あたりを見回しはじめた。だが、歌声はどうもこの部屋のなかから聞こえてくるのではなさそうだ。

「つねに変わらず主にしたがわしめん……」

「いやだ」クララが呟いて、身を乗り出して前の席の夫に囁く。「ホーテンスだわ。ホーテンスよ。アーチー、外へ行ってなんとかしてよ。お願い。あなたのほうが席を立ちやすいじゃない」

だが、アーチーはすっかり楽しんでいる。マーカスの話とミッキーのコメントを同時に聞いていると、テレビを二台同時に見ているみたいなのだ。非常にためになる。

「アイリーに言えよ」

「だめよ。あの子は奥のほうだから、外には出にくいわ。アーチーったら」クララはうなり、せかそうと、ついお国訛が出てしまう。「あんなのずゥっと歌わせといたら、だめだァ！」

「サム」アーチーは声をひそめて呼びかける。「サム、おまえ、行けよ。だいたい来たくもなかったんだろう。さあ。ホーテンスは知ってるよな。ただ声を下げろって言ってくれたらいいんだ。おれはこいつをぜんぶ聞きたいんだよ。すごくためになる」

「お安いご用だ」サマードはそう言って、唐突に椅子から立ちあがり、ニーナの爪先をぎゅっと踏みつけながら謝りもしない。「べつにこの席をとっといてくれなくてもいいからな」

ネズミの七年間の詳細を四分の一ほど話し終わったマーカスは、この動きに原稿から目を上げて、サマードの姿が消えるまで聴衆とともに注視する。

「どうやら、この話がハッピーエンドに終わらないことに気づいた人がいるようですね」

聴衆は楽しげに笑い、沈黙がもどると、ミッキーがアーチボルドの肋骨をつつく。「なんていうか、あれだな」とミッキー。「けっこう喜劇っぽいノリじゃないか――なかなか明るい雰囲気だ。よく言うだろ？　誰もがオックスブリッジに行ったわけじゃない。なかには――」

「人生大学だよな」アーチーはうなずく。二人ともそこを出ている。時期は違ったが。

「あそこはいちばんだ」

＊

屋外で。後ろでドアが閉まるときには強かったはずの自分の意気込みが、恐るべきエホバの証人の老婦人連に近づくにつれて弱くなるのを、サマードは感じた。十人いる。みなものすごいカツラをかぶり、正面の階段に立ち、リズムよりももっと実体のあるものを打ち出そうというような勢いで打楽器を打ち鳴らしている。みんな大声で歌っている。五人の警備員はすでに負けを認め、ライアン・トップスでさえ、このフランケンシュタイン聖歌隊を多少懼れているのか、舗道にちょっと離れて立ち、ソーホーへ向かうおびただしい人々に『ものみの塔』を配っている。

「あたしも入れてもらえるのかなあ？」酔っぱらった女の子が表紙の低俗な天国の絵を眺め、手にたくさん持っていた新年のクラブのチラシにそれを加えながら聞く。「あそこって、服装の決まりはあるの？」

サマードは心許ない思いで、トライアングルを鳴らしている女性のラグビーのフォワードのような肩を叩く。インド人男性が潜在的な危険を秘めた年輩のジャマイカ人女性に話しかける際に使える言葉を精一杯並べるが（もしもできたらおねがいですからすみませんができればたのみますごめんなさい――こういった言葉はバス停で学ぶことができる）、太鼓はどんどん打ち鳴らされ、カズーはブーブー、シンバルはジャンと鳴る。女性たちはがっしりした靴で霜をカサカサ踏み固めつづける。ホーテンス・ボーデンは、楽隊に加わるには年をとりすぎているので、折りたたみの椅子にすわったまま、きっとした視線をトラファルガー広場で踊る人々に向けている。膝のあいだにはバナーを垂らしていて、それにはただこう書いてある。

**定められた時が近い**――黙示録　一の三

「ミセス・ボーデン？」サマードは歌の合間に前へ出て話しかける。「私、サマード・イクバルです。アーチボルド・ジョーンズの友だちです」

ホーテンスはこちらを見もしないし、気づいた素振りも見せない。サマードは、お互いの込み入った関係のクモの巣の、さらに奥深くに絡め取られたような気分だ。「妻はあなたの娘さんと親しくさせてもらってます。私の義理の姪もです。息子たちはあなたの――」

ホーテンスは舌打ちする。「あんたが誰かは知ってるよォ。あんたはあたしを知ってる、あたしゃァあんたを知ってる。だけどいまこの時点で、世界には二種類の人間しかいないんだ」

「じつはその、ちょっと」サマードは説法を予感して、根元からばっさり断ち切ろうとする。「なんとかもう少し音を下げてもらえないでしょうか……なんとか下げて――」

だが、ホーテンスは、サマードの言葉にオーバーラップしてすでに話しはじめている。目を閉じ、手をあげて、昔のジャマイカのやり方で真実を誓いながら。「二種類の人々が。主のために歌う者と、魂を危険にさらしながら主を拒否する者と」

ホーテンスは向きを変え、立ちあがる。行きつもどりつ、なかには噴水に入ったりする者もいる酔っぱらいの群に、激しくバナーを振る。すると、新聞の六面を埋めなければならないシニカルなカメラマンが、もう一度やってくれとホーテンスに頼む。

「もうちょっとバナーを高くお願いしますよ、おばあちゃん」片膝を雪の上につき、カメラを構えて彼は言う。「さあ、怒って、そうそう。いいよ」

エホバの証人の女性たちは声を張り上げ、天空高く歌う。「わたしは切にあなたを捜し求める」ホーテンスも歌う。「わたしの魂はあなたを渇き望む。わたしの肉体はあなたを慕いこがれる、水なき乾いた地において……」

じっと見ていたサマードは、自分でも驚いたことに、ホーテンスを黙らせたくはなくなっている。疲れたということもある。もう年だということもある。だが何よりいちばん、自分も同じことをしたいからだ。べつの名前を通じてではあるが。求めるというのがどういうことか、サマードは知っている。乾きがどういうことか、知っている。異国の地での渇きを感じている――恐ろしく、しつこい――一生つづく渇きを。

まあいいじゃないか、と彼は思う。まあいいじゃないか。

＊

屋内で。「だけど、おれの皮膚の話がまだでてこないぞ。まだなにも言ってないよな、アーチ？」

「まだだ。話さなきゃならないことがたくさんあるんじゃないか。なにしろ、これは革命的なんだから」

「ああ、もちろんだ……だけど、金を払ってんだから、こっちの注文も考えてもらわないと」

「金を払ってチケットを買ったわけじゃないだろ？」

「ああ、金は出してない。だけど、期待して来たんだからなあ。基本的には同じだろ？　おいおい、ちょっと黙っててくれ……いま、皮膚って聞こえたような……」

　ミッキーが皮膚という言葉を聞いたのはまちがいではなかった。皮膚の乳頭腫の話らしい。たっぷり五分間も。アーチーは一言も理解できないが、その話が終わると、ミッキーは、求めていた情報はすべて手に入れたというような、満足げな顔になる。

「ふうむ。これを聞くためにおれは来たんだ、アーチ。いやじつに興味深い。偉大なる医学の進歩だなあ。ほんとに(ファッキン)驚異的な研究者だぜ、あの連中」

「……そしてこのなかにおいて」とマーカス。「彼は不可欠な、なくてはならない存在でした。その着想がすばらしいだけではなく、この研究の多くの部分の基礎を形作ったのです。とくにその独創性に富んだ論文によって。この論文のことをわたしがはじめて聞いたのは……」

なかなかいいじゃないか。年寄りに花を持たせてやっている。ご当人は、明らかに喜んでいる。ちょっと涙ぐんでいるみたいだ。名前を聞き漏らしたが。でもまあ、ああやって栄光を独り占めしないのは感心だ。とはいっても、やりすぎはいけない。マーカスの言い方じゃあ、あの年寄りがなにもかもやってのけたみたいじゃないか。

「ふん」ミッキーも同じことを考えていたらしい。「しつこくほめすぎだぜ、なあ？　偉いのはあのチャルフェンだって、おまえ、言ってたよな」

「たぶん、あの二人は共犯なんじゃないか」とアーチー。

「……新たな可能性を追求したのです。この分野の研究が深刻な資金不足に悩み、まだまだSFの領域にあるかのように見られていたにもかかわらず。この一事のみをもってしても、かれは研究グループの、言うなれば影の導き手であり、そして、現在も変わらずわたしの師、この二十年わたしを導いてくれた人なのです……」

「おれの師は誰か知ってるか？」とミッキー。「モハメッド・アリだ。ぜったいに。心も、精神も、体も、完全無欠だ。最高の男だな。すごいファイターだ。それに、彼はな、自分のことをもっとも偉大だって言うときは、ただ『もっとも偉大だ』なんて言わなかったぞ」

「言わなかった?」とアーチー。

「言わないね」ミッキーは重々しく言う。「『おれは、つ、ね、に、も、っ、と、も、偉、大、だ』、ってかれは言ったんだ。過去も現在も未来も。生意気なヤツだったよなあ、アリは。まちがいなくおれの師だ」

師か……とアーチーは考える。アーチーにとって、それはつねにサマードであった。もちろん、ミッキーにそんなことは言えない。バカみたいに聞こえる。なんだか怪しげだ。だがこれは本当だ。つねにサミーだった。終始変わらず。たとえこの世の終わりが来ても。この四十年、彼の助けなしでなにか決めたことはない。いいやつだ、サムは。大した男だ、サムは。

「……というわけで、あなた方の前にある驚異の最大の功労者とされて当然の人物が、この、ドクター・マーク゠ピエール・ペレなのです。すばらしい人物であり、また、大変優れた……」

すべての瞬間は二度起こる。屋内と屋外で。そしてそれは二つの異なった歴史なのである。アーチーは頭のどこかでその名前に微かに聞き覚えがあるとは思ったものの、すでに椅子の上で体をねじって、サマードがもどってくるかどうか確かめようとしている。サマードの姿は見えない。代わりに、ミラトが目に入るが、どうも様子が変だ。確かに変だ。ちょっとどころではなく。椅子の上で微かに体を揺すっている。視線をとらえて、おいだいじょうぶかい、と目顔で問いかけようとするが、ミラトの視線はなにかに釘付けになっている。その視線の先をたどると、アーチーも同じ奇妙なものを目にする。老人が誇らかな涙を流している。赤い涙を。アーチーの知っている涙を。

だが、それより早く、サマードがこれに気づく。サマード・ミアー大尉。かれは音もなく開くモダンなドアからそっと入ってきたところだ。サマード・ミアー大尉は。彼は入り口でしばしたたずみ、眼鏡越しにそれを見て、そして自分が世界でたった一人の友人に五十年近く嘘をつかれていたことを悟る。二人の友情の礎石がマシュマロや石鹸の泡同様の頼りないものであったことを。アーチボルド・ジョーンズという人間が、いままで思っていたよりもずっと奥が深いことを。安手のヒンドゥー・ミュージカルのクライマックスのように、サマードはすべてを一瞬で悟る。そして、ある種憎しみに似た感情の高まりとともに、根本的な真実、認知（アナグノリシス）に到達する。このこと一つで、またあと四十年、おれたち二人の男の友情はつづくだろう。これはすべての物語の終わりにくる物語だ。これは尽きることのない贈り物なのだ。

「アーチボルド！」サマードはドクターから目を離して部下の中尉のほうを向き、短い大きなヒステリックな笑い声をあげる。二人の関係がすべて変わってしまった瞬間に、はっと悟って花婿を見る花嫁の心境だ。「二枚舌のくそったれのバカ野郎のインチキ野郎。ミサー・マーター、バヒンチュート、ショーラー・バッチャー、チュート・マラーニ、ハラーム・ジャッダー……」

サマードはベンガルのお国言葉を連発する。嘘つき、姉妹と寝る男、ブタの息子や娘、自分の母親にオーラルセックスの喜びを与える男……こうした罵(ののし)り言葉には事欠かないのである。

だが、これより前、あるいは少なくとも同時くらいに、年輩の茶色い男が年輩の白人の男に外国語でなにか叫んでいるのを聴衆があっけにとられて見守っている最中、アーチーはなにかほかのことが起こりかけているのに気がつく。この空間でなにかの動きが。部屋じゅうになにかはじまりそうな気配がある（後方にインド人の男たち。ジョシュの周りにすわっている若者たち。アイリーはミラトからマジドへ、マジドからミラトへと審判のように視線を交互に移している）。そして、ミラトがまず動きはじめそうな気配を見せる。ミラトがパンデーのように銃に手をのばす。アーチーはテレビでも現実でも見ているので、そのような体の動きが何を意味するか知っている。だから、彼は立ちあがる。だから、彼は動く。

だから、銃が発射されると、アーチーはそこ(ヽ)に(ヽ)いる。コインの助けを借りずにそこにいる。サマードがとめるより早くそこにいる。なんのアリバイもなしに、ミラト・イクバルの決意とその標的のあいだにいる。思考と言葉のあいだに挟まる一瞬のように。記憶や後悔が、ほんの一瞬もぐりこんでくるように。

＊　＊　＊

闇のなかのどこかで、二人は、平坦な大地を歩いていた足を止めた。アーチーはドクターをぐいと押して目の前に立たせ、顔が見えるようにした。

「じっとしてろ」ドクターが何気なく月明かりのなかへ足を踏み出すと、アーチーは命じた。「そこにじっとしてろってば」

アーチーは悪を見たかったのだ、純然たる悪を。大いなる悟りのときに、アーチーは悪を見なければと思ったのだ――そうすれば、定められているとおりに実行することができる。だが、ドクターはひどい猫背で、弱々しげだった。その顔は、すでに行為が実行されたかのように、薄赤い血で覆われている。アーチーはこれほど打ちひしがれた男を見たことがなかった。完全にまいったようすだ。なんだか出鼻を挫かれた感じだった。アーチーはつい、「あんた、おれの気分を形にしたように見えるよ」と言いたくなった。アーチーの頭痛や、胃からこみ上げる酒臭いむかつきを形にしたら、いま目の前に立っている男になるだろう。だが、どちらもなにも言わない。しばらくそこに立ち、弾をこめた銃を挟んで互いを見つめているだけだった。こいつを殺す代わりに折りたためるんじゃないだろうか、という奇妙な感覚にアーチーはとらわれた。折りたたんでポケットにいれちまう。

「まったく、気の毒だなあ」三十秒も沈黙が続いたあとで、アーチーはやけくそ気味に言った。「戦争は終わったんだ。あんたには個人的になんの恨みもない……だけど、友だちのサムが……まあ、なんだかおれがやることになっちまってさ。そういうわけだ」

ドクターは何回か瞬きし、呼吸を整えているようだった。自分の血で赤くなった唇を開いて、ドクターは言った。「歩いていたときに……命乞いしてもいいと言いましたよね……?」

両手を頭の後ろに当てたまま、ドクターはひざまずこうとした。だが、アーチーは首を振ってうなるような声で言った。「確かにそう言った……だけどもう……いっそこのほうがいいんじゃないかな――」アーチーは悲しげに、引き金を引いて銃を跳ね返らせる真似をしてみせた。「そう思わないか? いっそ……簡単じゃないかって?」

ドクターはなにか言おうとするかのように口を開いたが、アーチーはまた首を振った。

「おれ、こういうことをするのははじめてなんだ。それにちょっと……じつは酔ってんだよ……うんと飲んじゃってさ……だからだめだよ……あんたがそこであだこうだ言ったって、おれにはわけがわからない、だから……」

アーチーは両腕をドクターの額の高さまで上げ、目を閉じ、銃の撃鉄を起こした。

ドクターの声が一オクターブあがった。「タバコを吸ってかまいませんか?」

そのときからだった、事態がおかしくなったのは。パンデーの場合もそうだったように。あのとき、あの場で、あの男を撃っておけばよかったのだ。たぶん。だがそうするかわりに、アーチーは目を開き、獲物が、まるで人間みたいに、胸ポケットからひしゃげたタバコの箱とマッチを引っぱり出そうとするのを目にした。

「あのう――かまわないですか？　最後に……」

アーチーは、人を殺そうとためこんでいた息がすべて鼻から抜けていくにまかせた。「最後の願いにだめだとは言えないからな」アーチーは言った。こういうのは映画で見ていた。「火を貸してやろうか、よかったら」

ドクターはうなずき、アーチーがマッチを擦ると、前かがみになってタバコに火をつけた。

「さっさとしてくれよ」しばらくしてアーチーは言った。いつもつい、余計なことを言ってしまうのだ。「なにか言いたいことがあったら、言えよな。一晩じゅうこんなことをしてるわけにはいかないんだ」

「話してもいいんですか？　あなたと話をしろと？」

「べつにおれと話をしろとは言ってない」アーチーはぴしゃっと答える。これは映画でナチがやる策略だからだ（アーチーは当然知っている。戦争がはじまってからの四年間、ブライトン・オデオンで、映りの悪いナチ映画を見て過ごしたのだから）。やつらは口先で逃げ切ろうとする。「まずあんたが話して、それからおれが殺す、そう言ったんだ」

「もちろん、そうです」

ドクターは袖で顔を拭い、目の前の少年を興味深そうに見つめた。相手が本気かどうか再確認したのだ。少年は本気らしかった。

「じゃあ……こう言わせてもらってよければ……」ドクターは口を開けたままアーチーの顔を見て、相手の名前が告げられるのを待ったが、なにも反応はなかった。「中尉……こう言わせてもらってよければ、中尉、私が思うに、あなたはなんというか……その……モラルの苦境に陥っておられるようだ」

アーチーは苦境という言葉の意味がわからなかった。その言葉は石炭とか金属とかウェールズ、石切場とか鋳物工場を連想させた。よくわからないまま、アーチーはこういう場合にいつも言うことを言った。「まったくだ!」

「ああ……そうです、そうです」ドクター・シックは多少強気になって言った。「まだ撃たれてはいないし、これでもう一分は過ぎた。「どうもあなたはジレンマを抱えていらっしゃるんじゃないでしょうか。それに……あなたが私を殺したがっているようには思えないのですがね――」

アーチーは肩をいからせた。「なあおい、あんた――」

「でも一方で、あなたは激情家のお友だちに、やると約束した。しかし、これはそんな約束以上の問題です」

ドクターの手が震えてタバコを揺らし、灰が灰色の雪のようにブーツに落ちるのを、アーチーは見つめた。

「一方で、あなたは義務を負っている——あなたの国とあなたが正しいと信じるものへの。でも一方で、私は人間です。言っておきますがね。あなたと同じく、息をし、血を流します。それにあなたは、私がどんな人間かちゃんと知っているわけではない。ただ噂を聞いただけです。だからね、あなたが困るお気持ちはよくわかります」

「おれは困ってなんかいないぞ。困ってるのはあんただろ、ええ、あんた」

「そして、私はあなたの友人ではありませんが、あなたは私にも義務を負っているのです、私が人間だからです。あなたはこれらの義務のあいだで板挟みになっているんじゃありませんか。かなり面白い状況ですね」

アーチーは足を前に踏み出し、銃口をドクターの額から二インチのところにつきつけた。

「それで終わりか？」

ドクターは、はいと言おうとしたが、くぐもった音が聞こえただけだった。

「よし」

「待ってください！　お願いです。サルトルはご存じですか？」

アーチーはいらいらとため息をついた。「知らん、知らん、知らん——あんたと共通の友だちなんていないよ――なにしろ、おれには友だちは一人しかいないし、そいつはイックボールって言うんだ。さあ、おまえを殺すぞ。気の毒だとは思うが――」

「友だちじゃありません。哲学者です。サルトル。ムッシュー・J・P」

「誰だって？」いらいらと疑わしげにアーチーは問い返す。「フランス人みたいだな」

「フランス人です。偉大なフランス人です。四一年に、ちょっとだけ会ったことがあるんです、彼が投獄されていたときに。私が会ったとき、彼は一つの問題を提起しました。私が思うに、あなたのと似た問題です」

「つづけろ」アーチーはゆっくりと言った。実のところ、なにか助けがほしかったのだ。

「問題というのは」呼吸を整えようと努めながら、ドクター・シックはつづけた。ひどく汗をかいて、首の付け根の窪みに小さな水たまりが二つできている。「若いフランス人学生に関するものです。パリにいる病気の母親の面倒を見るべきなのですが、また一方で、イギリスへ渡って自由フランス軍がナチと戦うのを手助けすべきでもあるのです。いや、いろんな種類のべきがありますが――人は慈善に金を出すべきである、とかね、たとえば。でも、人はいつもそうするとはかぎりません。理想ではありますが、必須ではありません――そこで、彼はどうすべきなんでしょう？」

　アーチーは嘲笑を浮かべた。「バカげた質問だ。考えてみろよ」アーチーは銃をドクターの顔からそらして、それで自分のこめかみを叩いて見せた。「つまるところだな、より気になるほうを選べばいいんだ。国家を愛するか、年取ったかあちゃんを愛するかってことだよ」

「しかし、もし両方とも気にかけていたら、同じくらい？　つまり、国家も『年取ったかあちゃん』も。どちらもなんとかしなければならなかったら？」

アーチーは少しも困らない。「じゃあ、まずどっちか片方をさっさと片づければいいだろ」

「かのフランス人もあなたの意見に賛成するでしょう」微笑みを浮かべようとしながら、ドクターは言った。「どちらの義務も無視できないとなったら、一つ選んで、おっしゃるように、さっさと片づけるしかありません。結局のところ、人は自分自身をつくりあげるんです。そして自分がつくるものには責任があるんです」

「じゃあこれで、話はお終いだな」

アーチーは両足を開き、体の重心のバランスをとって銃の跳ね返りに備えた――そしてふたたび撃鉄を起こした。

「しかし――しかし――考えてください――どうか、わが友よ――考えてみてください――」ドクターはひざまずき、土埃がため息のように舞いあがって落ちた。

「立て」目から流れ出る血に、脚にかけられた手に、そして靴に押し当てられた唇に恐れをなしながら、アーチーはどなった。「頼むよ――そんなことしなくても――」

だが、ドクターはアーチーの膝に抱きついた。「考えてください――お願いです――どんなことだって起こりうるんです……私が悪い人間じゃないとあなたにわかってもらえるかもしれない……あなたが間違っているかもしれない――あなたの選択はあなた自身に返ってくるのですよ、オイディプスのように、恐ろしい、損なわれた状態で！　確かなことなんて言えないんですから！」

アーチーはドクターの細い腕をつかみ、引っ張り起こしてどなりはじめた。「いいか。もうたくさんだ。おれは占い師じゃない。世界は明日にも終わりになるかも知れない。だけど、おれはいまやらなきゃならないんだ。サムが待ってるんだ。頼むよ」手は震えるし、決心はどこかへいってしまうしで、アーチーは懇願した。「頼むから、もう話さないでくれよ。おれは占い師じゃないんだから」

だが、ドクターはまたもくずおれた、びっくり箱の人形のように。「違います……違います……私たちは占い師じゃありません。自分の人生が子供の手によって絶たれるなんて、予測できるわけがないじゃありませんか……コリント人への第一の手紙、十三章八節、『預言はすたれ、異言は止み、知識はすたれるであろう。なぜなら、わたしたちの知るところは一部分であり、預言するところも一部分にすぎない。全きものが来る時には、部分的なものはすたれる』でも、それはいつ来るんだろう？　私はもう、待ちくたびれた。恐ろしいことだ、一部分しか知らないというのは。全きものを、人間として全きものを持っていないということは。ごく簡単に手にはいるのに」ドクターは立ちあがり、アーチーに手をのばしたが、アーチーは後ずさった。「われわれが、なさねばならない選択をなせるほど勇敢でさえあったら……救う価値のある者とそうじゃない者との……そんなことを望むのは、犯罪だろうか――」

「頼む、頼むよ」自分が泣いているのに気づいて、アーチーは恥ずかしいと思った。ドクターのような赤い涙ではなく、透明の塩辛い涙が流れる。「じっとしててくれ。頼むからなにも言うな。頼む」

「あの、ひねくれ者のドイツ人、フリードリッヒを思い出すよ。はじまりも終わりもない世界を考えてみなさい、ボーイ」ドクターはこの最後の「ボーイ」を吐き出すように言い、その言葉が二人のあいだのバランスを変え、アーチーに残っていた力を泥棒のように奪いつくし、風にまき散らした。「想像してみたまえ、君にできるならね。世界の出来事は繰り返すんだ。果てしなく、前と同じように……」

「そこにじっとしてろったら！」

「この戦争が何回も何回も、限りなく繰り返されると想像してみたまえ……」

「まっぴらだ」アーチーは鼻水で息を詰まらせそうになる。「最初の一回だけでたくさんだ」

「これはべつに真剣な問題じゃない、テストだよ。十二分に強く、人生を肯定している者だけが――たとえ人生がただの繰り返しだけになっても――最悪の暗黒に耐えるに必要なものを持っている。私は自分がやってきたことが果てしなく繰り返されても見ていられる。自信を持っているからね。だが、君はそうじゃないみたいだな……」

「頼む、しゃべるのはやめてくれ、頼むよ、でないと――」

「君が行う選択はどうだ、アーチー」ドクター・シックは、最初から知っていたのをうっかり洩らしてしまった。少年の名前を。もっとも効果的なときに使おうと機会を待っていたのだが。「君は人生が何度も何度も、永遠に繰り返されても見ていられるか？　どうだ？」

「おれにはコインがある！」アーチーは叫んだ。喜びに満ちた声で。はっと思い出したのだ。「おれにはコインがある！」

ドクター・シックはまごついた顔になり、前へよろよろと進めていた足を止めた。

「へん！　おれにはコインがあるんだ、ざまあみろ。へん！　くそったれ！」

また一歩。両手を伸ばし、手のひらを上へ向ける、邪気のない顔で。

「下がれ。そこでじっとしてろ。そうだ。これから言うことを聞いてろ。おしゃべりはもうたくさんだ。おれは銃をここへ置く……ゆっくりと……ここへ」

アーチーはかがみこみ、銃を下に置いた。ざっと二人のまんなかあたりへ。「これでおれを信用できるだろ。おれは自分の言ったことは守るよ。これからこのコインを投げる。

もし表なら、あんたを殺す」

「でも――」とドクター・シック。そして、アーチーははじめて相手の目に本物の恐怖らしきものが浮かぶのを見た。アーチー自身が、しゃべるのもやっとなくらい感じているのと同じ恐怖だ。「もし裏なら、殺さない。話はそれだけだ。考えるのは得意じゃないんだ、あんたにいくらいろいろ言われたって。これがおれにできる最上の方法だ。いいか、いくぞ」

　コインは高くあがった。全き世界ならいつもそうなるように。きらりと光ったかと思うと影の部分を見せる、うっとりするほど何度も。そして、意気揚々と上昇していくうちに、コインは弧を描きはじめる。だが、その弧は違うほうへ伸びた。コインは自分のところにもどってこないで後ろへ落ちる、かなり後ろだ、とアーチーは気づいた。アーチーが振り向いて見つめるなか、コインは泥のなかに落ちた。体を曲げて拾おうとしたとき、銃声が響いた。アーチーは右の腿に焼けるような痛みを感じた。下を見る。血だ。弾丸は足を貫いていた。骨はそれていたものの、破片を肉に深く埋めこんで。苦痛は耐え難いほどだったが、同時に奇妙に遠い感じだった。アーチーが振り向くと、ドクター・シックが体をかがめ、右手に頼りなく銃をぶら下げていた。

「まったく。なんだってこんなことするんだよ？」アーチーは荒々しく言うと、ドクターから銃をやすやすともぎ取った。「裏だよ。な？　裏だ。見ろよ。裏だよ。裏だったんだ」

＊

だから、アーチーはそこにいる。弾丸の進む道に。並外れたことをやらかそうと。テレビでさえお目にかかれないようなことを。同じ人間を二度救うのだ。最初のときと同様、理由もなにもなしに。だが、厄介な仕事だ、人を救うというのは。その場にいた全員が、戦慄の思いでアーチーが腿に弾丸を受けるのを見つめる。弾丸は大腿部にあたり、アーチーは派手にスピンして倒れ、ネズミのガラス箱を直撃。破片が舞台中に飛び散る。なんてパフォーマンスだ。これがテレビなら、ここでサクソフォーンが聞こえ、クレジットが画面に流れるだろう。

だが、まずはエンドゲームといこう。それについてどう考えようと、やはりエンドゲームは行われなくてはならない。たとえ、インドやジャマイカの独立のように、平和条約の締結のように、客船のドック入りのように、終わりがただ単にもっと長い物語の始まりにすぎなくても。この部屋の色、カーペット、ポスターの書体、テーブルの高さなどを選んだグループならば、すべて最後まで見るという欄に、間違いなく丸をつけるだろう……そして、マジドとミラトの区別がついていない目撃者証言、混乱した公判記録、非協力的な被害者や家族のビデオ、結局判事が匙(さじ)を投げて双子の両方に四百時間の地域奉仕を命じ、当然のことながら二人はジョイスの新しいプロジェクトであるテムズ河岸の広大なミレニアム公園で園芸の仕事をすることに、という顚末となった裁判、こういったものを見たがる人々については、人口動態統計上のパターンがきっとあるにちがいない……。

　そして、それから七年後、アイリーとジョシュアとホーテンスがカリブ海のほとりにすわり（アイリーとジョシュアは結局恋仲になる。運命を避けることができるのは、しばらくのあいだだけなのだ）、父親のいないアイリーの小さな娘が「悪いおじちゃんミラト」と「良いおじちゃんマジド」に愛情のこもった葉書を書き、父方の糸を断ち切られた操り人形のピノキオとして自由気ままにしているのをのぞき見たいと思うのは、十八歳から三十二歳までの若いワーキング・ウーマンだろうか？　それから、アブドゥル＝ミッキーがついに女性に扉を開いたかの歴史的な夜、一九九九年十二月三十一日に、オコンネルズで、アルサナとサマード、アーチーとクララがやるブラックジャックの勝者が誰か賭けたいと思うのは、主に犯罪者層と老齢層あたりだろうか？

　だが、こうしたほら話やそれに類する話を語ることは、過去はつねに不安で、未来は完全だなどという神話を、ひどい嘘を、ばらまくことになる。そしてアーチーが知っているように、そんなことはない。いままでも、そんなことはなかった。

　だが、いまこの場にいる人間を調査し、見物人を二つのグループに分けると、面白いもの（どんな種類かはお好み次第だが）になるだろう。テーブルに前のめりになって血を流す男に目を向けている者と、小さな茶色の反逆者ネズミが逃亡するのを注視している者とに。アーチーはと言えば、ネズミを見ていた。ネズミが、期待どおりだとでもいうようなすました顔で、一瞬たたずむのを、見つめていた。自分の手を乗り越えて素早く逃げ去るのを。テーブルの上を走り、つかまえようとする手をすり抜けて。端から飛びおりて、空気孔へ姿を消すのを。「行け、若いの！」アーチーは心の中でつぶやいた。

# 訳者あとがき

新たなるミレニアムを迎えた二〇〇〇年一月、イギリスでは、まだ二十四歳の新人女性作家がマスコミを賑わせていた。本書の著者、ゼイディー（十四歳の時にセイディー Sadie から改名）・スミスである。

スミスがケンブリッジ大学在学中に書き始めたという本書『ホワイト・ティース』は、執筆中の処女作にもかかわらず、破格の前金（次作との二作品に対して二十万ポンドといわれている）が支払われたということで出版前から話題を呼んでいたが、刊行になるや、かのサルマン・ラシュディをはじめとする多くの作家や批評家の絶賛を浴び、たちまちベストセラーリストに躍り出た。ついで出版されたアメリカでも同様に賛辞を集め、ベストセラーとなっている。

ゼイディー・スミスは一九七五年、本書の舞台となっている移民の多いロンドン北西部のウィルズデンで、イギリス人の父とジャマイカ人の母のもとに生まれ、つい最近までそこで暮らしていた（現在もキルバーン在住）。ミュージカルと本が好きな、本人いわく「もっさりした女の子」は、地域の公立校を経て、名門ケンブリッジへ進学。そこでナボコフやT・S・エリオット、ディケンズといった英米文学の豊かな果実を手当たり次第に読みふけった。

　やがて、学内の雑誌に投稿した短篇が出版社に注目され、もう少し長いものを見せてほしいという申し出を受ける。年の離れた両親の出会いが、とあるパーティーだったという姉から聞いた話をヒントに百ページ足らずの物語を書いたところ、たちまちエージェントがつき、ロンドンの出版社のあいだで版権争奪戦が起こった。結局ヘイミッシュ・ハミルトン社と契約がまとまり、以後およそ二年半がかりで完成の運びとなったのが、この『ホワイト・ティース』である。

「二〇〇〇年最大の文学的才能」「新たなる文学の宝」などという各紙誌の書評に押され、一躍スミスは時の人となる。有名大学を卒業したばかりの黒人女性作家という、いかにもマスコミ受けしそうな背景も手伝って、文芸誌は言うに及ばず若者向けファッション誌からテレビまで、さまざまなメディアに引っ張り出されることとなった。

　まもなく、ウィットブレッド処女長篇小説賞、ガーディアン新人賞、英国図書賞新人賞、スコットランドのジェームズ・テート・ブラック記念文学賞をつぎつぎと受賞。ブッカー賞最終候補の選に漏れた際には、ブーイングの声があちこちで聞かれた。また、このあとがきの執筆中、新たにW・H・スミス新人賞、コモンウェルス作家賞最優秀新人賞を受賞したというニュースが飛びこんできた。ハリウッドから映画化の話もきたというが、スミスはこれを断り、テレビドラマにしたいというBBCの申し入れを受諾した。現在準備中のもようである。(イギリスで二〇〇二年九～一〇月に放送された)

二〇〇一年四月現在、イギリスでは『ホワイト・ティース』ペーパーバック版がまたもベストセラーリストの上位に入っている。なぜこれほど多くの読者を惹きつけるのか?まず、新人離れした骨太なプロットが挙げられるだろう。

物語は、ロンドンの下町育ちで、優柔不断きわまりないが底ぬけに人のいいアーチーと、バングラデシュ出身のムスリムで、誇り高い教養人サマードとの半世紀にわたる友情を軸に、地理的にはヨーロッパ大陸からインド、そしてジャマイカ、時間的にはセポイの乱(一八五七)にジャマイカ大地震(一九〇七)、第二次大戦から現代へと自在に行き来しながら進んでゆく。登場人物もまた一筋縄ではいかない面々ばかりだ。イスラム原理主義の若者たち、生真面目なエホバの証人、過激な動物愛護主義者、リベラルなインテリを気取る遺伝子工学者と園芸家の夫妻、フェミニストのレズビアン……。複雑で不安定な現代のありさまを鮮やかにすくいとった本書には、宗教、人種間の軋轢、世代の断絶、移民のアイデンティティー、遺伝子工学の倫理と、多様なテーマが盛り込まれている。さまざまな登場人物を配し、溢れんばかりのエピソードを積みあげておいて、最後に主な登場人物を一堂に集めて悲喜劇的なラストに収斂(しゅうれん)させる手腕は見事である。

ニューヨークタイムズの文芸記者ミチコ・カクタニは本書を、「よくあるこぢんまりした半自伝的な処女作ではない。ディケンズやサルマン・ラシュディの著作を思わせ、『マイ・ビューティフル・ランドレット』のようなインディーズ系映画とも共通点をもつ華やかな大作であり、扱いにくいテーマに真っ向から取り組む作品である」と評している。

また西インド諸島出身の作家、キャリル・フィリップスはオブザーバー紙で言う。「この多層的で奥深い小説をカテゴリーの枠に押し込めるのは容易なことではないが、それこそが著者の意図するところなのだ。……プロットは、時に眩暈(めまい)がするほど豊かである。『ホワイト・ティース』は、われわれの現在の状況の、まさに根本にかかわる二つの問題とがっぷり取り組んでいる。われわれは何者なのだろう？　われわれはなぜここにいるのだろう？　という二つの問いと」

この作品のもう一つの魅力は、描写の巧みさにある。「人物をすばやく端的に描き出してはたちまちふくらませていく手腕は熟練の業」であり、その言葉を操る巧みさに出版社（ヘイミッシュ・ハミルトン社）は注目したのだと、スミスの担当編集者であるサイモン・プロサーは語っている。若い女性であるスミスが、中年男たちの生態や悩みを描き出す力量には、舌を巻くものがある。スミスの鋭い耳がロンドンの街角で捉えたいくつもの訛りもまた、登場人物をリアルに描きだす道具立ての一つとして物語の魅力となっているのだが、非力な訳者にはうまく日本語に移し変えることはかなわなかった。お許し願いたい。

全体をつらぬくコミカルなトーンも魅力である。懸命に生きる人々の、懸命なるがゆえの滑稽さを描く筆致は、この作家独自のものだ。マイノリティーを描いた文学には、内から外へ向けての問題提示にとどまりがちなものも見られるが、スミスは英国社会の主流に内在する偏見だけではなく、マイノリティー同士の差別感情やステレオタイプな西洋文化観をずばりと指摘、あらまほしき幻想としての「自分たちの文化」に対する移民の執着をドライに皮肉る。対象と冷静に距離をとり、内にも外にも蹴りを入れるこの姿勢から、上質のユーモアが生まれている。

　また一方で、登場人物を描く目は寛大だ。さまざまな「狂信者」たちはみなどこか憎めないし、スミスが「他者に対する同情心(シンパシー)はたっぷりあるけれど共感(エンパシー)する心に欠ける人間」と説明する（NYタイムズ・ブックフォーラム）チャルフェン夫妻にしても、その独りよがりな「進歩的文化人」ぶりは鼻につくが、とことんお人好しに描かれている。

　そして最後に、多くの評者が指摘していることであるが、この小説の底に流れるオプティミズムも読者をひきつける大きな要因ではないだろうか。このオプティミズムに関して、スミスはガーディアン紙のインタビューでこう語っている。「この本は一種のファンタジー、ここに描いた人種間の関係は、こうあってほしいという願いです。でも、現在すでにこういう関係はありうるかもしれませんし、どんどん混じりあっていけば、将来はきっとこうなるでしょう。わたしの世代は、そしてわたしの弟の世代はなおさらのこと、従来と同じ荷物を引きずったりはしません」

ルーツや歴史に拘泥することを超えて、さまざまな人種の共存を当たり前のこととして受け止める世代が、ロンドンのような大都会では着実に育っているようだ。混じりあっていくことに抵抗を覚える向きもまだ多いだろうが、これが二一世紀なのではないだろうか。「二〇世紀は客人の世紀である」という言葉が本書にはある。人々の移動はますます頻繁になり、あちこちで衝突も生じるだろうが、そうしながらも、アーチーのように、「みんながなんとなく仲良くいっしょに」暮らしたいと願う人々も増えていくのではないか。そんな希望と、特定の宗教や主義によらない「なんとなく」のたしかさを伝えてくれるこの小説は、まさに、新たな世紀、新たなミレニアムの始まりにふさわしいといえるだろう。

タイトルの『ホワイト・ティース』は「白い歯」の意味だが、歯は本書の中で、さまざまなメタファーとして繰り返し使われている。アーチーの妻であるクララが結婚前に事故で歯を失うのは、エホバの証人にしてジャマイカ人という、彼女のルーツとの決別を象徴しているし、元軍人の老ハミルトンがコンゴで敵を攻撃する際目印にしたという「白い歯」は、コントラストをなす黒い肌を想起させる。そして「白い歯」こそ、肌の色に関わりなく、すべての人間に共通するものなのだ。

ゼイディー・スミスは現在、つぎの小説を執筆中だそうだ。マイノリティー作家というレッテルを貼られるのを嫌い、ウィルズデンの吟遊詩人になるつもりはないという彼女の次作は、ユダヤ人と中国人の血を併せ持つ男を主人公に、カバラや仏教を扱ったものになるという。『ホワイト・ティース』に盛り込まれたいくつものテーマのなかで、宗教は、スミスが今後もつづけて追求したい関心事であるということだ。この才能あふれる作家が、つぎはどんな小説を読ませてくれるのか待ち遠しい。

いくつもの宗教に遺伝子工学、ポップカルチャーと、なんでも飛び出してくる本書の訳出にあたっては、多くの方々のお力添えをいただいた。ヒンドゥー教徒・イスラム教徒およびベンガル語圏の人名表記などについてご教示くださったアジア・アフリカ語学院の雪下洋一先生、インターネットを通じての問い合わせに親切にお答えくださった各専門分野の方々、そして友人たちに、心よりお礼を申し上げます。また、鋭い目配りと的確な助言で終始しっかりと訳者を支えて下さった新潮社出版部の須貝利恵子さんに、深い感謝を捧げます。

二〇〇一年四月

小竹由美子

# 文庫版訳者あとがき

二十四歳にして処女作である本書『ホワイト・ティース』で英語圏文学界の寵児となったゼイディー・スミスも、今や四十五歳。詩人で作家の夫ニック・レアードとのあいだに娘と息子がいる。夫婦は二〇〇六年からローマで二年暮らし、その後ニューヨークとロンドンを往来しながら、スミスはニューヨーク大学で創作を教え、その一方で有名文芸誌や新聞に短篇や書評、エッセーを発表してきた。スミスは小説のみならず、批評やエッセーでも高く評価されている。

本書のあと、長篇としては、二〇〇二年に、有名人のサインを売買する中国系ユダヤ系イギリス人青年の不思議な九日間を描く『直筆商の哀しみ』（新潮社クレストブックス）、二〇〇五年に、『ハワーズ・エンド』を下敷きにボストン近郊の大学町における宿敵同士の教授二人とその家族の絡み合いをコミカルに描く『美について』（河出書房新社：オレンジ賞〔現在は女性小説賞〕受賞、ブッカー賞最終候補）、二〇一二年に、NW地区の同じ小学校出身の男女四人のその後から社会の分断や格差を覗かせる『NW』（女性小説賞最終候補）、二〇一六年に、名前不詳の語り手による、タップダンスを通じて仲良くなったロンドン北西部育ちの褐色の肌の女の子二人それぞれの人生にポップスターの虚飾に満ちた生活を絡めた『Swing Time』を発表している。二〇〇八年には現代作家たちによる短篇集『The Book of Other People』を、創作を学ぶ学生を支援するチャリティー企画として編纂。二〇一九年には短篇集『Grand Union』（ストーリー賞最終候補）を刊行。エッセー集としては、二〇〇九年に『Changing My Mind』、二〇一八年に『Feel Free』（全米批評家協会賞受賞）、そして昨年、コロナ禍中での暮らしや、この年特に社会の関心を集めた人種差別というウィルスについて綴った『Intimations』を出している。自分にできるのは書くことしかないとの思いでこの本を企画したスミスは、コロナ緊急支援基金と不平等と闘う団体に印税を寄付している。また今秋、初の戯曲、チョーサーの「バースの女房の話」を二一世紀のキルバーン大通りに移し替えたという『The Wife of Willesden』を刊行予定。

舌鋒鋭い批評家でもあるスミス自身は自らの処女作に対してかなり辛口なのだが、本書は二〇〇五年にタイム誌の「オールタイム・ベスト百冊」、二〇一九年にガーディアン紙の「二一世紀のベスト百冊」、同年ＢＢＣの選ぶ「最も素晴らしい百冊の小説」などに選ばれ、刊行後二十年経ってもなおよく読まれている。ミシェル・オバマも愛読書として挙げていた。

改めて本書を読み返すと、現代社会の問題点がじつに見事に網羅されていることに瞠目する。「今」に影響を及ぼす過去の歴史のしがらみ、自分たちとは「違う」ものに対する根強い偏見や不信、移民排斥、アイデンティティの揺らぎ、世代の断絶、階級格差。どの問題も解消されていないどころか、むしろあちこちで軋轢が増しているように思える。

今や宗教や信仰についてはとかくぴりぴりした雰囲気が漂い、さまざまな主義主張がどんどん先鋭化し、世界中で人種差別や移民排斥が激しさを増し、経済格差は増大し、階級を上がる梯子はつぎつぎ外されている。

スミスは二〇一六年に国民投票で英国のＥＵ離脱が決まった際、『ニューヨーク・レビュー・オブ・ブックス』にエッセーを寄稿し、人々が人種や階級によって分断され、それぞれ塀（物理的にも心情的にも）を巡らして混じりあわなくなった社会を深く憂えている。『ホワイト・ティース』の魅力のひとつは、様々な人種、宗教、考え方、階級の人々がぶつかり合いながらも互いの生活に入りこみ、混じりあうところから生まれる、もつれはあるものの強く温かい絆だと思う。これは、分断ばかりの今の社会が見失いかけている大切な灯なのではないだろうか。二一世紀の幕開けに刊行されたこの小説はこんなにも明るかったのか、と、ちょっと胸の詰まる思いがする。

わたしたちはまだ、この小説が示唆する、人種や宗教や階級や伝統や歴史へのこだわりを軽やかに乗り越えて、「みんながなんとなく仲良くいっしょに」暮らせる世界からは遠いところにいる。アーチーの単純だけれど大切な思想を、読後にぜひ噛みしめていただきたい。

最後になりましたが、長らく絶版となっていた本書を文庫で復刊するという決断をしてくださった中央公論新社、そして企画を立てて推し進め、編集の労をとってくださった香西章子さんに、深く感謝いたします。

小竹由美子

二〇二一年五月

本書は『ホワイト・ティース　下』（二〇〇一年六月　新潮社）を文庫化したものです。

WHITE TEETH
by
Zadie Smith

Copyright © 2000 by Zadie Smith
Japanese translation published by arrangement with
Zadie Smith c/o Rogers, Coleridge and White Ltd.
through The English Agency (Japan) Ltd.
Japanese paperback edition © 2021 by Chuokoron-shinsha, Inc.

中公文庫

# ホワイト・ティース（下）

2021年6月25日　初版発行

著　者　ゼイディー・スミス

訳　者　小竹由美子

発行者　松田陽三

発行所　中央公論新社

〒100-8152　東京都千代田区大手町1-7-1
電話　販売 03-5299-1730　編集 03-5299-1890
URL http://www.chuko.co.jp/

ＤＴＰ　ハンズ・ミケ

印　刷　三晃印刷

製　本　小泉製本

©2021 Yumiko KOTAKE
Published by CHUOKORON-SHINSHA, INC.
Printed in Japan　ISBN978-4-12-207083-7 C1197

定価はカバーに表示してあります。落丁本・乱丁本はお手数ですが小社販売部宛お送り下さい。送料小社負担にてお取り替えいたします。

●本書の無断複製（コピー）は著作権法上での例外を除き禁じられています。また、代行業者等に依頼してスキャンやデジタル化を行うことは、たとえ個人や家庭内の利用を目的とする場合でも著作権法違反です。

各書目の下段の数字はＩＳＢＮコードです。978－4－12が省略してあります。

# 中公文庫既刊より

**よ-25-4　海のふた**　よしもとばなな
ふるさと西伊豆の小さな町は海も山も人もさびれてしまっていた。私はささやかな想いと夢を胸に大好きなかき氷屋を始めたが……。名嘉睦稔のカラー版画収録。
204697-9

**よ-25-5　サウスポイント**　よしもとばなな
初恋の少年に送った手紙の一節が、時を超えて私の耳に届いた。〈世界の果て〉で出会ったのは……。ハワイ島を舞台に、奇跡のような恋と魂の輝きを描いた物語。
205462-2

**む-4-3　中国行きのスロウ・ボート**　村上　春樹
１９８３年――友よ、ぼくらは時代の唄に出会う。中国人とのふとした出会いを通して青春の追憶と内なる魂の旅を描く表題作他六篇。著者初の短篇集。
202840-1

**む-4-9　Carver's Dozen　レイモンド・カーヴァー傑作選**　カーヴァー　村上春樹 編訳
レイモンド・カーヴァーの全作品の中から、偏愛する短篇、エッセイ、詩12篇を新たに訳し直した〝村上版ベスト・セレクション〟。作品解説・年譜付。
202957-6

**む-4-10　犬の人生**　マーク・ストランド　村上　春樹 訳
「僕は以前は犬だったんだよ」……とことんオフビートで限りなく繊細。村上春樹が見出した、アメリカ現代詩界を代表する詩人の異色の処女〈小説集〉。
203928-5

**む-4-11　恋しくて　TEN SELECTED LOVE STORIES**　村上春樹 編訳
恋する心はこんなにもカラフル。海外作家のラブ・ストーリー＋本書のための自作の短編小説「恋するザムザ」を収録。各作品に恋愛甘苦度表示付。
206289-4

**む-4-12　極　北**　マーセル・セロー　村上春樹 訳
極限の孤絶から、酷寒の迷宮へ。私の行く手に待ち受けるものは。この危機は、人類の未来図なのか――読み始めたら決して後戻りはできない圧巻のサバイバル巨編。
206829-2